Colleen Coleman
Der Geschmack von Karamell und Liebe

PIPER

Zu diesem Buch

Für ihre Zukunft hatte die talentierte Köchin Katie große Pläne: Gemeinsam mit ihrem Partner Ben wollte sie ein eigenes Restaurant eröffnen. Doch als Ben nach der Ausbildung eine Stelle als Küchenchef auf einem Luxuskreuzfahrtschiff annimmt, geht ihre Beziehung in die Brüche. Katie setzt alles auf eine Karte, eröffnet ihr Restaurant allein – und scheitert. Zum Glück findet sie in der betagten Martha, die sie während ihres öden Jobs als Küchenhilfe im Seniorenheim kennenlernt, eine echte Freundin. Die alte Dame schafft es, Katies Leidenschaft fürs Kochen wieder zu erwecken, und hilft ihr, das perfekte Menü für den Kochwettbewerb zu kreieren. Wird Katie damit den eigenwilligen Starkoch Jean-Michel Marchand überzeugen können? Und findet sie auch das Rezept für ihr privates Glück?

Colleen Coleman ist eine irisch-kanadische Schriftstellerin. Sie arbeitete zehn Jahre lang als Lehrerin für Englisch und Philosophie, bevor sie ihren großen Traum wahr machte und ihren ersten Roman schrieb. Heute lebt sie mit ihrem Ehemann und ihren Zwillingstöchtern in London, Irland und auf Zypern.

Colleen Coleman

Der Geschmack von Karamell und Liebe

Roman

Aus dem Englischen von
Sina Hoffmann

PIPER

Mehr über unsere Autoren und Bücher:
www.piper.de

Wenn Ihnen dieser Roman gefallen hat, schreiben Sie uns unter Nennung des Titels »Der Geschmack von Karamell und Liebe« an *empfehlungen@piper.de*, und wir empfehlen Ihnen gerne vergleichbare Bücher.

Von Colleen Coleman liegen im Piper Verlag vor:
Die Liebe kommt selten allein
Der Geschmack von Karamell und Liebe

MIX
Papier aus verantwortungsvollen Quellen
FSC www.fsc.org
FSC® C083411

Deutsche Erstausgabe
ISBN 978-3-492-31595-1
Mai 2021

Titel der englischen Originalausgabe:
»One Way Or Another«,
Bookouture, ein Imprint von StoryFire Ltd., London 2018

Lektorat: Nadine Lipp
Umschlaggestaltung: zero-media.net, München
Umschlagabbildung: Stocksy/ ELLIE BAYGULOV; FinePic®, München
Satz: Satz für Satz, Wangen im Allgäu
Gesetzt aus der Adobe Garamond
Druck und Bindung: CPI books GmbH, Leck
Printed in the EU

Für Julian

Du bist die Liebe meines Lebens und mein bester Freund.
Du wolltest überrascht werden – ich hoffe, es ist mir gelungen.
Ich danke dir dafür, dass du mein Leben so bereicherst.

Deine C.

1

»Da sind Sie ja, Katie Kelly! Sie haben mal wieder nur diesen verdammten Sternekoch-Blödsinn im Kopf, was?« Meine Chefin, Bernie, knallt ihr Klemmbrett auf die Küchenarbeitsplatte aus Edelstahl. »In mein Büro! SOFORT!«

Ich will den Mund öffnen und ein berechtigtes »Was habe ich denn verbrochen?« herauslassen, es bleibt mir aber im Halse stecken. Mel und Zoe schauen mich gleichzeitig an, runzeln die Stirn und heben einen blauen Gummihandschuhfinger warnend an die Lippen. Das ist unser Code dafür, besser den Mund zu halten, um den Job nicht zu gefährden. Diese kleine Geste der Solidarität bedeutet, dass die bescheuerte Bernie nicht nur unsere Vorgesetzte ist; nein, sie ist eine despotische Irre. Am besten stimmt man ihr einfach zu und sagt sich: Es ist nur ein Job, es hat keinen Sinn, sich aufzuregen. Oder den Wochenlohn aufs Spiel zu setzen. Oder meine Selbstachtung zu verlieren, weil meine Chefin mich auf den Tod nicht leiden kann.

Alles klar. Die beiden haben recht.

Ich halte den Mund und ziehe mir das Haarnetz bis über beide Ohren. Als wäre es ein Schutzhelm und hätte die Macht, mich vor dem verbalen Überfall zu schützen, der mich zweifellos hinter Bernies Bürotür erwarten wird.

Mel summt eine Melodie. Fröhlich, optimistisch und absolut realitätsfern, um mich mental zu stärken und mir das große Ganze in Erinnerung zu rufen.

Im Kleinen sieht es allerdings so aus, dass ich eine kleine Küchenangestellte bin, die acht Stunden am Tag beige Breipampe in einem Altenheim herstellt und dabei unter Bernies Pantoffel steht.

Jetzt summe auch ich und beschwöre eine Perspektive herauf, um aus dieser karrieremäßigen Tiefpunktszene rauszuzoomen, die für meinen Geschmack viel zu sehr auf Großaufnahme eingestellt ist.

Zoe kann wohl meine Gedanken lesen, da sie mir hinterherruft: »Sei die Klügere, Katie. Denk immer daran, worüber wir gesprochen haben … *wachse über dich hinaus!*«

Ich drehe mich kurz zu ihr um, lächle sie matt an und nicke. Der Job hier ist schon ein Tiefpunkt, aber ganz am Boden bin ich noch nicht. Seitdem mein Restaurant dicht ist, ist dieser Job das Einzige, was sich noch zwischen mir und der Talsohle befindet. Und wie mir meine Freunde immer wieder sagen, ist der Job nur für den Übergang. Bis ich wieder festen Boden unter den Füßen habe, bis ich etwas anderes gefunden habe. Ich werde Bernie einfach in den Hintern kriechen, da ich derzeit keine andere Wahl habe. Ich hatte meine Chance, meine eigene Chefin zu sein, und hab's vergeigt.

Und da bin ich nun. Hier und jetzt gerade in der Parklands Seniorenresidenz. Oberste Kartoffelschälerin. Leitende Topfspülerin. Hauptpüriererin, die fiese, undefinierbare Pampe in etwas weniger klumpige Pampe verwandelt. Der einzige Lichtblick dabei ist, dass ich Vollzeit arbeite, fünf Tage die Woche, und das Gehalt okay ist, der Arbeitsplatz sich in fußläufiger Entfernung zu meiner Wohnung befindet und ich das tun kann, wozu ich qualifiziert bin.

*Über*qualifiziert, heißt das natürlich ... aber gut, in der Not frisst der Teufel eben Fliegen. Wie Bernie schon im Vorstellungsgespräch sagte: Eine Köchin ist eine Köchin ist eine Köchin. Schmeiß die Lebensmittel in den Kochtopf, servier pünktlich das Essen und bleib im Rahmen des Budgets – basta.

Daher hole ich tief Luft und folge Bernie vom Mise-en-place-Bereich, wo alle Zutaten vorbereitet werden, in ihr Büro. Bei jedem Schritt kaue ich auf der Innenseite meiner Wangen herum. Als ich im Büro bin, knallt Bernie die Tür hinter mir zu.

»Wollen Sie etwa unsere Bewohner umbringen?«, schreit sie mich an.

Ich habe nicht den blassesten Schimmer, was sie meint.

Bernie holt einen riesengroßen, wiederverschließbaren Plastikbeutel aus ihrer Tasche und schleudert ihn auf den Tisch zwischen uns.

»Ich rede von *Schmuggelware!*« Sie deutet auf die kleinen Säckchen mit getrockneten Kräutern, die sich in dem Beutel befinden. »Petersilie – im Ernst? Oregano? Rosmarin. Thymian. Mir entgeht nichts, das kann ich Ihnen versichern. Die hier habe ich hinter den Suppenkonserven versteckt gefunden. Von Anfang an hatte ich meine Bedenken, was Sie betrifft, Katie, und wie es aussieht, hatte ich voll und ganz recht.« Sie verschränkt die Arme vor der Brust und schürzt die stoppelige Oberlippe. »So, ich höre, Katie. Ich kann's kaum erwarten, wie Sie sich da dieses Mal wieder rauswinden werden.« Sie lehnt sich auf ihrem Schreibtischstuhl zurück und grinst mich süffisant an.

»Schön. Das sind meine. Ich habe sie mitgebracht und einen Hauch davon in die Suppe gestreut, um sie zu würzen, damit sie, Sie wissen schon ... ein wenig Geschmack bekommt.«

Bernie drückt ihre Zunge fest in die Wangentasche, reißt mir den wiederverschließbaren Beutel aus der Hand, öffnet ihn und schnüffelt an dem Inhalt, als sei sie eine Zollbeamtin. »Wie oft noch, Katie? Das läuft hier nicht! Kräuter und Gewürze und dieser ganze Schickimicki-Kram stehen nicht auf den Rezepten! Und es ist Ihre Aufgabe, den Rezeptvorgaben NACH VORSCHRIFT zu folgen! Was Sie eindeutig nicht tun. Außerdem verbringen Sie zu viel Zeit im Service und unterhalten sich mit den Bewohnern. Ihre Aufgabe besteht darin, zu kochen und das Essen so zu servieren, wie wir es mögen – mehr nicht –, ohne sich dabei in weitschweifenden Gesprächen über sämtliche Einzelheiten des Tages unserer Bewohner zu verlieren. Was mich zum zweiten Punkt bringt. Was haben Sie mir zu Mrs Rosenblatts Nachtisch zu sagen?«

»Das kann ich erklären.«

Bernie löst sich von ihrem Schreibtisch und faltet die Hände. »Ich wusste es! Ich wusste, dass Sie dahinterstecken, Katie. Sie und Ihre sogenannte Haute Cuisine! Ist Ihnen klar, was Sie ihr angetan haben? Sie hat heute Morgen drei Stunden lang auf der Toilette gesessen. Drei Stunden! Die Schwester dachte schon, Mrs Rosenblatt hätte einen Darmvirus, und wollte sie ins Krankenhaus einliefern lassen. Aber die alte Dame hat sich geweigert und behauptet, dass ihr Nachtisch das Ganze ausgelöst habe.«

»Hervorragend!« Ein Lächeln breitete sich auf meinen Lippen aus. »Mrs Rosenblatt sagte, sie leide unter Verstopfung, und bat mich um Hilfe. Ich wusste, dass eine kleine Trockenpflaume und ein gewürzter Birnen-Crumble die Sache in Gang bringen würde.«

Bernie ballt die Hand zur Faust. »So können Sie nicht weitermachen. Sie brechen die Regeln, tauschen den Speiseplan aus, bereiten Ihre eigenen Speisen für die Bewohner zu ... das ist *nicht* die Art und Weise, wie wir hier arbeiten.«

»Ich soll mich also einstempeln, das Essen in den Kochtopf schmeißen und Verstand und Herz zu Hause lassen?«

»Ganz genau.«

»Tut mir leid, Bernie, das wird nicht passieren.«

Sie bebt. Und knurrt. Und nimmt eine seltsame Hautfarbe an. Ich würde sie als fleckiges Fleischklößchen bezeichnen.

Bernie beugt sich vor und wedelt mit erhobenem Zeigefinger vor meinem Gesicht herum. »Ich habe das so satt mit Ihnen! Ich habe dem Küchenleiter geradeheraus gesagt, dass ich mit Ihnen im Team nicht glücklich bin. Ich habe ihm alles berichtet – die andauernden Veränderungen, die Sie vornehmen, dass Sie nicht auf meine Anweisungen hören, dass Sie ständig Widerworte geben, dass Sie viel Zeit während der Essensausgabe damit vertun, mit den Bewohnern zu quasseln. Er ist einverstanden damit, dass Sie hier rausfliegen, sobald jemand den Laden betritt, der nur halbwegs qualifiziert ist. Sie passen hier nicht rein, Sie wollen auch nicht reinpassen, und ich persönlich sehe auch nicht, dass Sie irgendwann mal reinpassen könnten. Sie werden hier einzig und allein noch toleriert, weil wir sonst in der Klemme säßen.« Bernie beißt die Zähne zusammen und kneift die Augen so zu, dass nur noch schmale Schlitze übrig bleiben.

Mir ist klar, dass sie mich damit nur verletzen oder ängstigen oder mich über diese Einschüchterungsversuche dazu zwingen will, nach ihrer Pfeife zu tanzen. Aber im Grunde empfinde ich alles so, wie sie es sagt. Ich *will* hier nicht reinpassen. Und ich bin einzig und allein hier, weil auch ich in der Klemme sitze.

Ich schließe die Augen und denke an meine Mutter. Ich

stelle mir vor, was ihr vor ein paar Jahren auf einem Supermarktparkplatz passiert ist. Irgendein verrückter Autofahrer ist auf sie zugekommen und hat sie angebrüllt. Sie hat die ganze Zeit über nur gelächelt. Nachdem alles vorüber war, habe ich sie gefragt, warum sie das getan hat. Hätte sie nicht zurückbrüllen sollen? Hätte sie sich nicht verteidigen und den Mann in die Flucht schlagen sollen? Sie verneinte jedoch. Manchmal sei es das Beste, diejenigen einfach nur anzulächeln, die einen am Boden sehen wollen. Das bringe sie völlig aus dem Konzept.

Also öffne ich die Augen wieder und schenke Bernie mein breitestes strahlendes Lächeln, das ich zu bieten habe.

Meine Mutter wäre stolz auf mich. Und deswegen lächle ich noch ein wenig breiter und strahlender.

Bernie schüttelt den Kopf und verzieht den Mund. »Verschwinden Sie aus meinem Büro und nehmen Sie dieses bescheuerte Grinsen mit.«

Sie reißt die Tür auf, und ich darf gehen.

»Bringen Sie Mrs Rosenblatt ein Schmelzkäse-Sandwich auf ihr Zimmer – ein schlichtes Schmelzkäse-Sandwich –, ja? Das ist das Mindeste, was Sie nach all den Problemen, die Sie ihr bereitet haben, tun können!«

Ich hebe den Daumen, als ich das Büro verlasse.

Mrs Rosenblatt jedoch werde ich auf gar keinen Fall ein schnödes Schmelzkäse-Sandwich bringen.

Denn dafür mag ich sie viel zu gern.

2

Hey, Mrs Rosenblatt! Ich habe gehört, die Trockenpflaume hat einen ganz schönen Wirbel verursacht – in vielerlei Hinsicht!«

Mrs Rosenblatt schaut mich über den Rand ihrer Zeitung hinweg an, ein Grinsen im Blick. »Dank Ihnen fühle ich mich pudelwohl.«

Sie ist makellos gekleidet, hat das Haar zu ihren markanten Elizabeth-Taylor-Gedächtnislocken frisiert, und mit ihren blau umrandeten Augen blinzelt sie mir lächelnd zu. Ihr Zimmer im Seniorenheim ist ganz anders als die anderen; so stelle ich mir ein Elsternnest vor. Juwelen funkeln hier in allen Formen und Farben; überall wird das Licht reflektiert, sodass es einem ins Auge sticht. Obwohl Mrs Rosenblatt das Heim nie verlässt, schminkt sie sich jeden Tag mit Rouge und Lippenstift, als wolle sie vor dem Theaterbesuch noch etwas trinken gehen.

Sie schiebt sich in ihrem Bett ein wenig hoch; dabei fällt mein Blick auf den Halsausschnitt ihres altrosafarbenen Nachthemds, der wunderschön mit Pailletten zu einem Pfauenmuster bestickt ist. Jedes Mal, wenn ich ihr Zimmer betrete, habe ich das Gefühl, Santas Weihnachtswerkstatt einen Besuch abzustatten – als gäbe es noch Güte und Magie, als stünden einem hier alle Möglichkeiten der Welt offen, und ich müsste nur lieb und brav sein und mich anstrengen, dann würde schon alles gut. Tatsächlich ist mir aufgefallen, dass meine bloße Anwesenheit hier schon dazu führt, dass mein Herz nicht mehr tausend ängstliche Schläge pro Sekunde rast. Sobald ich hier eintrete und die Duftmischung aus blumigem Parfum und Puder rieche, beruhigt mich das ungemein. Ich habe das Gefühl, dass die Zeit stehen bleibt, man sich um nichts sorgen muss und dass alles gut werden wird, wenn Mrs Rosenblatt mir das mit ihrer beruhigenden, lieblichen Stimme versichert.

Ich stelle die pochierten Eier und den Räucherlachs auf einen Serviertisch neben ihr Bett.

»Da ist viel Omega-3-Fettsäure drin«, erkläre ich ihr. »Das ist gut für das Gehirn, das Herz und das Immunsystem. Das sollten Sie also besser aufessen.«

Mrs Rosenblatt streckt die Hand aus. »Kommen Sie herüber und umarmen Sie mich mal. Sie haben eine alte Frau gerade sehr glücklich gemacht. Es sind diese kleinen Nettigkeiten, die an einem Ort wie diesem einen Unterschied ausmachen. Also Schluss jetzt mit diesem Mrs-Rosenblatt-Gedöns. Martha. Nennen Sie mich bitte Martha. Freundinnen sollten einander beim Vornamen nennen.«

Ich tue, worum Martha mich bittet, und lasse zu, dass sie mich warmherzig und weich umarmt. Es gibt keinen besseren Trost auf dieser Welt. Sie duftet nach frischen Bettlaken und Erdbeermarmelade.

Bevor sie sich über ihr Frühstück hermacht, öffne ich das Fenster und pflücke ein paar Pfefferminzblätter von dem kleinen Kräutergarten ab, den sie in ihrem Blumenkasten heranzieht. »Das ist gut für die Verdauung. Einfach ein wenig von der Pfefferminze mit einem Zitronenschnitz in heißes Wasser geben«, erkläre ich.

Martha nimmt mir die Blättchen aus der Hand und atmet den frischen, angenehmen Duft tief ein. »Oh, das duftet köstlich! Das erinnert mich an Marokko. Oskar und ich haben immer gern die Suks besucht und uns an allen Gewürzwundern dieser Märkte gelabt. Das war der Himmel auf Erden. Ja, ein frischer Pfefferminztee, das wäre eine wahre Gaumenfreude. Vielen Dank, Katie, Sie verwöhnen mich richtig.« Sie deutet auf ein schweres, gebundenes Fotoalbum, das mit der Zeit immer mehr zu einer Art Sammelalbum geworden ist, in dem Einladungen, Konzertkarten, Postkarten und persönliche Briefe zwischen den Seiten stecken. »Seien Sie so gut und reichen Sie mir doch bitte das Album, dann kann ich Ihnen etwas zeigen.«

Ich hole das Album aus dem schmalen Buchregal neben ihrem Kleiderschrank und reiche es ihr.

Da meine Schicht inzwischen beendet ist, setze ich mich, während sie mich auf eine Reise durch ihre Erinnerungen mitnimmt. Sämtliche Fotos sind vorsichtig auf die dicken Kartonseiten geklebt, jedes einzelne davon ist mit Datum und Unterschriften in ihrer eleganten, fließenden Handschrift versehen. Welch ein unglaubliches Leben Martha hatte!

Sie blättert zur Mitte des Albums weiter und streicht mit der Hand über ein ganz kleines Foto mit einem gezackten Rand, dessen Farben mit der Zeit ein wenig verblasst sind. Darauf ist eine sehr viel jüngere Martha zu sehen, deren Haar in perfekte Wellen gelegt ist, sowie ein Mann mit einem Poirot-Bart, der breit in die Kamera grinst, während er ein Kamel in die Wüste führt.

»Kairo. Das waren unsere Flitterwochen. Oskar war der Meinung, wir sollten unser Eheleben mit einem Abenteuer beginnen, was wir dann auch getan haben. Zuerst war ich dagegen, es erschien mir zu verschwenderisch. Ich habe also protestiert, doch Oskar wollte nichts davon hören. Er sagte: *Geh auf Reisen, kauf die Schuhe, iss den Kuchen!* Das war sein Lebensmotto, und, du meine Güte, wie hat er sich daran gehalten! Wir haben also diese Reise gemacht. Ich kam als frischgebackene Ehefrau in Ägypten an und verließ das Land als werdende Mutter. Das war ein Abenteuer! Oskar Rosenblatt, du wusstest, wie man einem Mädchen eine schöne Zeit bereitet.«

Nachdem sie das Album sanft zusammengeklappt hat, lege ich es wieder an seinen besonderen Platz zurück. Als Martha danach durch ihre Zeitung blättert, unterhalten wir uns über Filme, Bücher und Urlaube, über die Arbeit und über Immobilienpreise, über Streiks bei den Fluglinien und alles andere. Ich schneide die Pflanzen im Blumenkasten ein wenig zurück, gieße die Kräuter und pflücke ein paar Blätter für mich. Ich habe keine Eile. Es gibt nichts, was ich tun müsste, ich muss nirgendwo sein. Dies ist ein riesengroßer Unterschied, der mir aufgefallen ist, seitdem ich mein eigenes kleines Restaurant schließen musste – ich habe unendlich viel Zeit. Zum ersten Mal in meinem Leben habe ich wirklich Zeit zur Verfügung. Ich weiß, dass die meisten jetzt wahrscheinlich denken, wie beneidenswert das ist. Aber um ehrlich zu sein: Ich hasse es. Mir wird erst jetzt klar, dass ich mit meiner Rolle als Restaurantbesitzerin verheiratet gewesen bin – darum fühlt es sich jetzt auch so an, als sei ich verlassen und im Stich gelassen worden, als sei meine Liebe nicht erwidert worden. Denn ich habe dieses Restaurant weiß Gott geliebt; ich habe mich ihm voll und ganz gewidmet. Ich habe alles aufgegeben, um mich einzig und allein auf das Restaurant zu konzentrieren, ich habe alles gegeben. Für mich galt tatsächlich: bis dass der Tod uns scheidet – obwohl es dann am Ende hieß: *bis dass die Schulden uns scheiden …*

Diese ganze endlose, ziellose Zeit ist eine der schlimmsten und am wenigsten erwarteten Folgen, wenn man pleitegeht und den Job sowie das Geschäft verliert. Ich nutze meine Zeit nicht mehr produktiv, was dazu führt, dass ich nur noch mehr von mir selbst enttäuscht bin. Ich verbringe meine Zeit damit, zu lange Etiketten in kleinen Feinkostläden zu studieren, in denen ich mir einen Einkauf nicht mehr leisten kann, und durch Food-Kanäle auf Instagram zu scrollen sowie auf Pinterest nach Kuchenrezepten zu suchen. Ich schleppe mich zu Fuß nach Hause, was mich an meinem geschlossenen Restaurant vorbeiführt. Dort sind die Vorhänge zugezogen, im Fenster hängt ein »Zu vermieten«-Schild. Es macht echt keinen Spaß, viel Zeit und wenig Kohle zu haben. Ich muss etwas zu tun haben, ich brauche eine Struktur, einen Sinn, ein Ziel. Davor habe ich mein Restaurantbaby gefüttert, in den Schlaf gewiegt, gebadet und Bäuerchen machen lassen. Es hat jede wache Minute in Beschlag genommen. Die Stunden hatten nicht ausreichend Minuten, die Tage nicht genügend Stunden. Weder hatte ich genug Zeit für mich oder meine Familie noch für meinen Freund, Ben. Na ja, wenigstens hat er mir das genauso gesagt, bevor er aufgebrochen ist, um seinen großen Traum im Ausland zu verwirklichen. Und jetzt, wo alles vorbei ist, sowohl mit Ben als auch mit meinem Restaurant, habe ich nicht die geringste Ahnung, was ich mit mir anstellen soll.

Zuerst und um wenigstens einen Silberstreif am Horizont zu sehen, dachte ich, na ja, jetzt habe ich jede Menge Zeit, all das zu tun, wozu ich vorher nicht gekommen bin, weil ich so verdammt viel und hart gearbeitet habe. Ich könnte Sport machen und fit werden, mich um Dates kümmern oder mir ein neues, mein Leben bereicherndes Hobby suchen.

Doch die Wahrheit ist, dass ich nicht gut mit dieser vielen

Zeit zurechtkomme, die mir plötzlich zur Verfügung steht. Ich habe schlichtweg keine Lust, Hanteln zu stemmen, im Pub mit einem Fremden herumzusitzen oder zu lernen, wie ich mit Aquarellfarben malen kann.

Alles, was ich will, ist, Chefköchin zu sein. Und ich bezweifle, dass sich das je ändern wird. Und da ich das jetzt nicht sein kann, na ja, da bringt es mich quasi um, die Zeit totzuschlagen. Alles, was ich zuvor hatte, war eine kurze Aussicht auf das Paradies. Ich hatte einen Freund, den ich geliebt habe, und eine Karriere, für die ich gebrannt habe. Jeden. Einzelnen. Tag. All das zu verlieren, war die Hölle. Wahrscheinlich sitze ich also hier in diesem Fegefeuer fest und putze, schäle und schneide Kartoffeln, bis sich etwas Neues für mich ergibt.

Ich stelle den Wasserkocher an und bereite uns einen Pfefferminztee zu.

»Katie, ich bin verwirrt«, stellt Martha fest und hält die Zeitung hoch. »Ich muss Sie etwas fragen. Was um alles in der Welt ist eine ›Schneeflocke‹?«

»Eine Schneeflocke?«, wiederhole ich und zucke mit den Schultern. Martha war eine erfolgreiche Bankerin in der Stadt, außerdem hat sie keineswegs den Verstand verloren, daher ist mir klar, dass sie etwas anderes als das Offensichtliche meint. »In welchem Kontext denn?«, frage ich sie.

Sie hält mir die Zeitung hin. »Schauen Sie mal auf die allerletzte Seite; Sie werden diesen widerwärtigen Mann sicherlich wiedererkennen. Jean-Michel Marchand. Ein Narzisst, wie er im Buche steht … Er hat eine ganzseitige Werbung geschaltet. Ein schamloser Exhibitionist. Ich habe ihn einmal kennengelernt: kleiner Mann, riesengroßes Ego.«

Ich drehe die Zeitung um. Und tatsächlich, da ist er. Jean-Michel Marchand, der berühmteste Koch des Landes, hat eine ganzseitige Anzeige in der Zeitung geschaltet, auf der sein Gesicht in Lebensgröße abgedruckt ist – so nah, dass man das Gefühl hat, er starrt einem direkt entgegen. Quer über der Seite steht in fetten, großen Buchstaben: »Hast DU alles, was dich zu Jean-Michels nächstem Spitzenkoch macht?«

Ich lasse mich auf Marthas Bett nieder.

Martha setzt sich auf und deutet auf das Kleingedruckte unter seinem Kinn. »Sehen Sie? Dort unten steht: ›Hobbyköche oder Schneeflocken brauchen sich gar nicht erst zu bewerben.‹ Was um alles in der Welt meint er damit?«

Wow. Jean-Michel sucht einen neuen Koch. Und zwar nicht einfach irgendeinen Koch. Einen Spitzenkoch.

»Wissen Sie, was er damit meint, Katie?«

Ich drehe mich zu ihr und reiße mich vom Anblick eines Gesichts los, das ich in Rezeptbüchern und im Fernsehen studiert habe, seitdem ich wusste, dass das Kochen meine Zukunft ist. »Ich weiß es nicht ganz genau, Martha, aber ich glaube, dass es eine abwertende Bezeichnung für meine Generation ist. Manche Leute finden, dass wir mit dem echten Leben nicht klarkommen und uns immerzu von allem und jedem angegriffen fühlen. Daher werden wir als ›Schneeflocken‹ tituliert, weil man uns vorwirft, dass wir uns angeblich für etwas Besonderes und Einzigartiges halten und eine völlig überhöhte Anspruchshaltung besitzen, ohne zu wissen, was harte Arbeit wirklich bedeutet, und unter Druck sofort dahinschmelzen.«

Martha tippt auf die Zeitung und schüttelt den Kopf. »Von einem derartigen Unmenschen wie ihm erwarte ich auch nichts anderes als solch einen reißerischen Blödsinn.«

»Er mag ein Unmensch sein. Aber er ist definitiv auch ein kulinarischer Gott.«

Sie mustert mich einen Augenblick lang, bevor sie sich die

Brille hochschiebt. »Sie sollten sich da melden, Katie. Mein ganzes Leben lang habe ich Wein getrunken, Speisen serviert bekommen und wunderbarste Gerichte gegessen, die hochgeschätzte Spitzenköche zubereitet haben. Ich kann Ihnen versichern, dass Sie das in sich haben. Diese Leidenschaft, diese Arbeitsmoral.«

Yep. Ich kenne dieses Geschwätz. Es ist verführerisch und kann einen in die vollkommen falsche Richtung leiten, wenn man es ernst nimmt. Man glaubt nachher noch, dass alles möglich ist, bla, bla, bla.

»Vielen Dank, Martha, aber dazu gehört schon ein wenig mehr. Meine Chance hatte ich bereits, dieses ›Versuch es, du kannst es schaffen, wenn du nur fest daran glaubst, du kannst alles erreichen, wovon du träumst‹. Ich habe daran geglaubt und bin voll und ganz auf die Nase gefallen. Und sowohl mein Schuldenverwalter als auch ich können Ihnen versichern, dass das nicht stimmt. Es ist vielmehr ein sehr teurer und höchst schmerzhafter Irrglaube, dass Leidenschaft und harte Arbeit ausreichen, um erfolgreich zu sein.«

Martha schürzt die Lippen und schaut mich mit zusammengekniffenen Augen an. »Sind Sie eine Hobbyköchin?«

Ich schüttele den Kopf. »Uh! Nein! Ich habe eine vierjährige Ausbildung an der *Le Cordon Bleu London Culinary School* absolviert. Ich bin eine diplomierte Köchin der französischen Küche.«

»Sind Sie eine Schneeflocke?«

Ich muss lachen. »Glauben Sie allen Ernstes, dass jemand, der über eine halbwegs überhöhte Anspruchshaltung verfügt, hier arbeiten würde? Mit Bernie?«

Martha tippt auf die Zeitung und schaut mir in die Augen. »Nun, Sie haben alles, was gefordert ist. Die Bewerbungsfrist endet heute um Mitternacht, deswegen würde ich vorschlagen, dass Sie jetzt mal Gas geben, Chefköchin!«

Dankbar für dieses lieb gemeinte Kompliment blinzele ich ihr zu, ganz gleich, wie unangebracht es auch sein mag. Es ist wirklich nett, dass sie mich pushen und mir einen Traum geben will, dem ich nachjagen soll. Doch Jean-Michel ist ein Hai. Er würde Hackfleisch aus mir machen und mich anschließend wieder ausspucken. Nach meinem großen Reinfall war es jetzt schon unmöglich, eine angemessene Stelle als Köchin zu bekommen. Ein schlechtes Wort von Jean-Michel, und ich wäre für immer und alle Zeiten in der Welt der erlesenen Speisen erledigt.

»Ich weiß Ihr Vertrauen sehr zu schätzen, Martha, aber wie Sie schon ganz recht sagten, ist der Mann ein Unmensch. Er erwartet, ja *verlangt* Perfektion in jeglicher Hinsicht. Ich bin gut, aber nicht gut genug für ihn. Da sprechen wir von einem ganz anderen Niveau. Jeder ernst zu nehmende Koch im Land würde alles tun, um mit Jean-Michel zusammen in einer Küche zu stehen. Der Konkurrenzkampf wäre ungeheuerlich. Und unbarmherzig. Selbst wenn ich also die Bewerbungsrunde überstehen sollte, würde er mich ganz sicher gleich in der ersten Phase der Kandidatensichtung rauswerfen. Da ist es weiser, mir die Zeit und den Ärger zu ersparen.«

Martha nimmt meine Hände in die ihren. »Alt zu sein, ist gar nicht so schlimm, wie Sie vielleicht denken mögen, wissen Sie? Mit dem Alter kommt Weisheit, was bedeutet, dass man viele Dinge anders sieht. Und Katie, ich sehe mir hier tagtäglich an, wie sie sich abmühen. Darum werde ich Ihnen das Folgende schlicht und einfach sagen: Sie glauben, Sie sparen Zeit und bleiben besser, wo Sie sind? Falsch. Denn es spielt absolut keine Rolle, meine Liebe, ob Sie nun neunundzwanzig oder neunundachtzig Jahre alt sind, denn keine von uns kann ihre Zukunft als selbstverständlich ansehen. Keine von uns hat Zeit zu verlieren oder Chancen zu vergeben. *Jetzt* ist Ihre Zeit, Süße; greifen Sie zu, sonst wird jemand anders es tun.«

Und genau in diesem Moment ist tief in meinem Inneren etwas entflammt. Es fühlt sich heiß und eindringlich an, wie Wut und Ehrgeiz und Empörung und Leidenschaft, und all das lässt mein Herz fast platzen. Die lähmenden Betriebskosten und die steigende Miete haben mich das Restaurant gekostet, das Versprechen eines beruflichen Aufstiegs und Abenteuers hat mir meinen Freund genommen, und eine grausame, unbarmherzige Krankheit hat mir meine Mutter entrissen. Und jetzt hat mir Bernie auch noch meine Kräuter weggenommen, Herrgott noch mal!

Ich kann nicht zulassen, dass mir noch jemand etwas wegnimmt.

Hier gibt es nichts mehr wegzuschnappen.

Ich blicke noch einmal zum Foto von Jean-Michel. Diese phänomenale Chance, mit einem der großartigsten Spitzenköche zu arbeiten, gilt es zu ergreifen. Ich lasse die Wut und den Ehrgeiz und die Empörung, die in seinen Brauen zu erkennen sind, die manische Intensität seiner Augen, die Anspannung seines Kiefers sowie die herausfordernde Art und Weise, wie sein Kinn gereckt ist, auf mich wirken. Er würde nicht bleiben, wo er ist. Er würde sich mit nichts weniger als der Perfektion zufriedengeben.

Was würde Jean-Michel tun, wäre er hier, jetzt in diesem Augenblick, in meiner derzeitigen Lage? Wo er ganz frisch nach einem kräftigen Anschiss die größte Gelegenheit der kulinarischen Welt vor der Nase hat? Er würde die Gelegenheit natürlich beim Schopfe packen. Er würde kraftvoll zupacken. So oder so würde er sich aus seiner Lage herauskämpfen, sich aus dem Mist herauswühlen und über alles hinauswachsen, was ihm in die Quere kommt.

Ich studiere seine Lippen, seine Finger, die tiefen Falten quer über seiner Stirn, die wie alte Kampfesnarben aussehen. Wer bist du wirklich, Jean-Michel? Wie hast du es geschafft, dein Imperium aufzubauen? Wie bist du dahin gekommen, wo du heute bist? Was treibt dich an? Was ist dein Geheimnis?

Ich schüttle gleichermaßen verwirrt wie fasziniert den Kopf. Eines ist sicher: Wenn es da draußen einen Lehrer gibt, der es wert ist, von ihm zu lernen, dann ist er es.

Martha beugt sich vor und drückt sanft meinen Ellbogen. »Katie, bei allem Respekt, was haben Sie zu verlieren?«

Wir beide kennen die Antwort auf diese Frage.

3

Was zum Teufel …?«

Alice ist nicht nur meine beste Freundin, sondern hat mir als Eigenheimbesitzerin eine Notunterkunft angeboten, als ich meine Miete nicht mehr länger bezahlen konnte. Nun steht sie mit offenem Mund in der Tür und schlägt entsetzt die Hände vors Gesicht.

»Ich mache alles wieder sauber. Versprochen … Die Töpfe da vorn weichen schon ein.«

Alice befördert ihre High Heels, die sie zur Arbeit trägt, mit einem Tritt in die Ecke, öffnet ihren BH, zieht ihn durch die Ärmel ihrer Bluse aus und wirft ihn über den Sessel. Auf diesen Moment hat Alice den ganzen Tag lang gewartet, auf diesen Moment der Freiheit, wenn sie die Privatsphäre ihrer vier Wände betritt, wo sie ausatmen und es sich gemütlich machen kann und nicht mehr die verspannte, akkurate Fachanwältin mit dem Schwerpunkt Arbeitsrecht sein muss.

»Oh, tut das gut! Und wow, was duftet das hier gut!« Sie schlängelt sich aus ihrem schwarzen Bleistiftrock und schlüpft in eine Shorts.

Ich reiße mich vom Anblick meines Steaks los, das ich gerade brate, und lasse den Blick durch die Küche schweifen, die ich komplett in Beschlag genommen habe. Auf jedem Kochfeld steht eine Pfanne, jeder Zentimeter der Arbeitsplatte ist mit Sachen aus dem Kühl- und Vorratsschrank überladen … Zutaten, Messer, Schneidebretter, Küchenwagen, Handmixer, Wein, Whiskey … für Fonds und Saucen natürlich.

»Tut mir leid, Alice. Hier sieht's aus, als hätte eine Bombe eingeschlagen. Ich habe mich nicht mehr bremsen können. Überraschung!«

Alice kommt zu mir und legt mir einen Arm um die Schultern. »Ach was, ist nicht schlimm. Aber du kochst wieder! Das ist TOLL!« Sie taucht ihren kleinen Finger in die cremige Cognac-Sauce, die ich gerade vom Herd genommen habe. »Du meine Güte, Katie! Die ist der Wahnsinn! Ich brauche mehr von dieser Sauce in meinem Leben!« Sie schnappt sich die Weinflasche und schenkt sich ein Glas ein. »Bitte sag, dass ich sie heute Abend essen werde und sie die letzten acht Stunden aus meinem Gedächtnis nahezu auslöschen wird.«

Ich schöpfe ein wenig aus dem Topf in eine Schüssel und reiche sie ihr mit einem Stückchen Brot. »Hast du heute überhaupt schon was gegessen?«

Alice schüttelt den Kopf. »Keine Zeit gehabt.« Sie tunkt das Brot in die Sauce.

»Alles gut bei dir?« Die arme Alice ist schon immer sehr intelligent gewesen, nur könnte man momentan meinen, sie würde dafür bestraft. Jedes Mal, wenn sie das Gefühl hat, nach Hause gehen zu wollen, hält man ihr einen Köder vor die Nase oder redet ihr ein schlechtes Gewissen ein, damit sie noch einen weiteren Klienten übernimmt, bevor der Kreislauf wieder von vorn beginnt und man ihr Versprechungen macht, die dann nicht eingehalten werden.

Alice zuckt mit den Schultern. »Wird schon wieder. Nichts Ernstes. Nur wieder der alte Kram bei der Arbeit. Spielt aber jetzt keine Rolle mehr; ich bin zu Hause, du bist hier, und diese Sauce bringt mich dazu, Babys mit ihr zeugen zu wollen, also … vergiss es, jetzt ist alles gut. Alles, was falsch war, ist hiermit wiedergutgemacht.« Wieder tunkt sie ein warmes Stück Brot in die Schüssel und beginnt ihren Geschmacksorgasmus.

Zum Glück geht sie nicht oft zum Essen aus.

Sie bebt und stößt einen hohen Ton aus. »Das ist so gut! Das Geilste überhaupt! Das brauche ich auf Rezept. Aber eigentlich sollte ich jetzt damit aufhören. Alles beenden, Schluss, aus.«

Alice ist meine liebste Kritikerin. Sie liebt Essen, hat aber keine Ahnung, was zusammenpasst – so wurde sie durchaus schon dabei erwischt, wie sie Gemüsesticks in Nutella tunkte. Eine schlechte Farbwahl macht sie rasend; trägt man einen Lippenstift, der mehr ketchupfarben als signalrot ist, wird Alice nichts mehr mit einem zu tun haben wollen. Doch würde sie einen Pasta-Snack-Becher auf Blauschimmelkäse essen? O ja, problemlos.

Alice wischt mit einem Brotstück die letzten Soßenreste auf und küsst es, bevor sie es sich in den Mund schiebt. »Gibt es eigentlich so was wie die Anonymen Alkoholiker für Kohlenhydratjunkies?«

Als sie schließlich mit dem Seufzen aufhört, ist sie wieder Alice. Ihre großen Augen sind wieder klar und voller Begeisterung. Sie schaut mich an. »Was ist eigentlich der Grund hierfür? Ist etwas passiert? Ich dachte, du hättest damit abgeschlossen.«

Ich deute auf den Kühlschrank, von dessen Tür mich Jean-Michels intensiver Blick anstarrt; ich habe die ganze Zeitungsseite dort mithilfe von Buchstabenmagneten aufgehängt.

Alice kneift die Augen zusammen, um die Überschrift zu lesen. »Hast DU alles, was dich zu Jean-Michels nächstem Spitzenkoch macht?« Sie schlägt sich die Hand vor den Mund und blinzelt. »Ist das dein Ernst?«

»Mein voller Ernst«, erwidere ich.

»Aber er ist ein Psycho! Hast du denn nicht die Dokumentation über ihn gesehen, die neulich im Fernsehen lief? Ohne Witz: Wir haben Teile davon in unserer Schulung geguckt, in der es um Rechte und Pflichten ging. Denn so, wie er seine Angestellten behandelt, wie er mit ihnen spricht, diese Kultur der Angst und Einschüchterung … Das ist illegal! Ich kann es gar nicht fassen, dass er bis jetzt noch nie verklagt wurde. Warum willst du dir das antun, Katie? Du hast doch schon genug durchgemacht. Mach doch mal eine Pause.« Sie verzieht das Gesicht.

Ich schüttle den Kopf. »Ich verstehe schon, was du meinst. Aber ich habe bereits eine Pause gemacht, und ich bin so weit. Ich weiß, wie verrückt das klingt, aber ich vermisse es. Ich vermisse den ganzen Wahnsinn.«

Alice ballt ihre Hände zu Fäusten und pocht sich damit sanft an den Kopf. »Du weißt schon, dass das der *pure* Wahnsinn ist, oder? Bei der Arbeit muss ich wirklich viel hinnehmen. Ich habe einen Chef, der sich über jeden lustig macht, der mir andauernd in den Nacken pustet und mir ungeniert auf die Brüste glotzt. Morgens gehe ich im Dunkeln ins Büro, abends gehe ich im Dunkeln wieder nach Hause – keinen Tag dauert meine Mittagspause länger als acht Minuten Sonnenlicht. Ich unterhalte mich mehr mit Bildschirmen als mit echten Menschen. Aber in einer Umgebung mit höchstem Stressfaktor und mit einem für seine Launenhaftigkeit bekannten Spitzenkoch als Chef arbeiten? Ähm, nicht mal ich vertrage so viel Wahnsinn, besten Dank.«

»Das ist was anderes. Du hast eine anständige Karriere, du hast einen Kredit. Selbst wenn dich auf der Arbeit niemand leiden könnte, hättest du wenigstens den Respekt der anderen.«

Alice zeigt mir den Mittelfinger. »Na prima. Aber eigentlich bin ich diejenige, die die anderen nicht mag. Und die mögen sich nicht mal untereinander. Niemand ist glücklich und fühlt sich unterstützt. Wir sind alle gleichermaßen unglücklich.«

Ich schneide das Steak, das auf einem Teller geruht hat, und reiche ihr ein saftiges Stück auf einer Gabel. »Erinnerst du dich noch, wie überzeugt wir damals waren, London im Sturm zu erobern? Mit guten Jobs, einem megatollen gesellschaftlichen Leben, super Freunden?«

Alice nickt vehement. »Ja. Nach außen wirkte ich wie ein absolutes Londoner Stadtkind, das es so viel besser getroffen hatte als all unsere Klassenkameraden, die sich in kleinen, ländlichen Städten niedergelassen haben. Aber tatsächlich verbringe ich den Großteil meiner wachen Zeit damit, online blinde Wut gegenüber Fremden zu hegen, und wenn mein Jahresrückblick-Video auf Facebook ehrlich wäre, bestünde es ausschließlich aus Ausschnitten von mir, wie ich schreie und ständig ›Fuck!‹ brülle. Wie konnte das nur so schiefgehen?«

Ich stupse sie am Ellbogen an. »Zumindest haben wir den ›Beste Freundinnen‹-Teil richtig gemacht.«

Daraufhin muss sie lächeln. »Yeah! Und ich habe einen tollen Abend: Ich komme nach Hause und bekomme ein Sternemenü von meiner hauseigenen Privatköchin serviert, was will man mehr? Jetzt nur noch eine Massage und sechzehn Millionen Pfund. Wir bewegen uns auf ausgefahrenen Gleisen, aber was die Gleise betrifft, ist das nicht das Schlechteste. Bleiben nur noch die beschissenen Jobs. Wenn wir jetzt noch dagegen etwas unternehmen, dann haben wir's geschafft.«

Ich halte meine Geheimwaffe in die Höhe, eine hundert Jahre alte Gusseisenpfanne, und stelle sie dann auf den Herd.

Alice versteht sofort. Sie weiß, was es bedeutet, wenn ich die Bratpfanne raushole. Sie kaut auf der Unterlippe und grinst. »Gut! Mach weiter! Die Spitzenköchin soll es also sein. Das ist also das letzte Puzzleteilchen! Natürlich brauchst du da jemanden, der den Chefvorkoster macht. Wo fangen wir an?«

Ich erzähle ihr alles rund ums Einstellungsverfahren: zuerst eine Online-Bewerbung, aufgrund derer dann eine engere Auswahl an Kandidaten in Jean-Michels Küche eingeladen wird, um ihre jeweilige eigene Menükreation in weniger als fünfzehn Minuten vor einer Fachjury zuzubereiten. Danach wird eine Reihe von Aufgaben die finale Kandidatenzahl nach und nach reduzieren. Die letzten übrigen Kandidaten müssen gegeneinander antreten und kämpfen, bis der Spitzenkoch gekürt ist.

Nachdem ich uns Wein eingeschenkt habe, nehmen wir die Gläser und prosten uns zu.

»Was uns nicht umbringt, macht uns stärker, nicht wahr?«

Alice neigt den Kopf zur Seite. »Du weißt schon, dass Nietzsche das gesagt hat, oder? Während er an Syphilis starb.«

»Na gut, du Besserwisserin.« Nachdem ich das Glas geleert habe, schenke ich mir großzügig Wein nach und reiße mir noch ein Stück Brot ab. »Wie wäre es dann stattdessen mit: *Was uns nicht umbringt, lässt uns mit einer Menge Bewältigungsmechanismen und einem Sinn für schwarzen Humor zurück.*«

»Das klingt sehr autobiografisch gefärbt.«

Erneut stoßen wir an, bevor Alice in Gelächter ausbricht, während sie sich die Finger ableckt. »Wenigstens haben wir das hier.« Sie hält das Brot hoch. »Das ist die einzige Sinneserfahrung, die mir noch geblieben ist. Manchmal denke ich, dass ich mich genauso gut dem Zölibat verschreiben könnte. Ich würde dann in ein großes, wunderschönes Landhaus ziehen, tagaus, tagein Wein trinken und Käse essen, mir nie wieder Gedanken um meine Körperbehaarung machen und mich einfach gehen lassen.«

Ich grinse sie an. »Man soll immer an seine Ziele glauben.«

Sie tut, als höre sie mich nicht, und wechselt das Thema. »Wann erfährst du, ob du in der engeren Auswahl bist?«, fragt sie.

»Der Einsendeschluss für die Online-Bewerbungen ist heute um Mitternacht. Meine Bewerbung habe ich bereits abgeschickt, wahrscheinlich werde ich dann in der nächsten Woche etwas hören. Aber ich möchte schon anfangen zu üben, für den Fall, dass ich angerufen werde. Für Jean-Michel kann man sich nicht gut genug vorbereiten.«

Ich bereite meine Spezialität Steak Diane zu Ende zu; danach trinken wir eine Flasche Wein, plündern die Chips-Vorräte, fertigen Comiczeichnungen von Alice' Arbeitskollegen an und denken uns Limericks über jeden Einzelnen aus. Wir stellen uns vor, in der Todeszelle zu sitzen, und malen uns die wunderbarsten Speisen aus, die wir uns als Henkersmahlzeit bestellen würden … Ganz gleich, was sie kosten oder wie viele Kalorien sie haben mögen. Schließlich wünsche ich Alice eine gute Nacht, als sie sich in Richtung ihres Schlafzimmers verkrümelt, und rolle meinen Schlafsack auf dem Sofa aus. Seit fast zwei Jahren ist dies meine nächtliche Routine, während ich meine Schulden zurückzahle und dabei so viel wie möglich weglege, um mir ein eigenes kleines Polster anzusparen.

Ich weiß, dass ich das Richtige getan habe. Ab jetzt habe ich es nicht mehr selbst in der Hand. Ich habe die Bewerbung abgeschickt, jetzt gilt es abzuwarten. Das Warten ist das Schlimmste. Nicht zu wissen, wie oder wann ich etwas hören werde. Mir kommt in den Sinn, dass ich es nicht schaffen könnte, dass ich nicht weiterkommen und keinen Anruf erhalten könnte. Bei diesem Gedanken wird mir übel, sogar noch übler als nach der Riesenmenge Wotsits-Käseflips, die Alice und ich verputzt haben.

Just in diesem Moment wird mir klar, wie wichtig mir diese Bewerbung ist. Wie viel sie mir bedeutet. Mein letztes Wagnis war ein gewaltiger Reinfall, weshalb es jetzt für mich viel zu beweisen gilt. Allen, aber insbesondere all den Bernies dieser Welt, die mich für eine arrogante Nervensäge halten. Ich muss *mir selbst* beweisen, dass ich mehr als eine arrogante Nervensäge bin, die ihre Zeit verschwendet; dass ich etwas verfolge, das wirklich ein Ziel hat, irgendwo, irgendwann. Zuallererst muss ich meinem Dad beweisen, dass es die Sache wert war, Irland und die Familie zu verlassen. Dann meiner Schwester, Rachel, dass ich glücklich bin und vorwärtskomme, obwohl ich mit dem Restaurant pleitegegangen bin; meinen Brüdern, dass ich nicht unterzukriegen, sondern stark genug bin, um mit allen Hindernissen fertigzuwerden, die sich mir in den Weg stellen. Und mir selbst, dass ich die richtige Wahl getroffen habe, meine Karriere als wichtiger zu erachten als Ben.

Mein Handy klingelt. Ich nehme an, dass sich entweder jemand verwählt hat oder unabsichtlich an die Wähltaste gekommen ist. Um diese Uhrzeit würde mich niemand anrufen, es sei denn, es ist in der Familie etwas …

Ich kenne die Nummer nicht, aber angetrunken und zu logischem Denken nicht mehr fähig, beschließe ich, dennoch ranzugehen.

»Hallo? Wer ist denn da?«, frage ich, vollkommen panisch, dass es mein Dad sein könnte, weil ihm etwas zugestoßen ist.

»Spreche ich mit Katie Kelly?« Die Stimme ist leise, tief, rau. Die Verbindung ist grottig, aber diese Person klingt weder englisch noch irisch. Ich kann den Akzent gar nicht lokalisieren. Mir klopft das Herz bis zum Hals, während mir tausend Gedanken durch den Kopf schießen.

»Ja. Wer will das wissen?« Mit zitternder Hand knie ich mich aufs Sofa.

»*Ich* will das wissen. Jean-Michel Marchand.«

Ich krabbele vom Sofa und stelle mich aufrecht hin. Ist das etwa ein Telefonstreich? Ich schlage mir die Hand vor den Mund. Am liebsten würde ich ins Handy brüllen, dass sein Anruf um diese Uhrzeit mich zu Tode erschreckt hat. Wer zum Teufel ruft schon mitten in der Nacht an? Ich schlucke schwer. Du meine Güte, Jean-Michel, du bist wirklich ein Mistkerl.

»Sie haben sich für die nächste Runde qualifiziert. Finden Sie sich morgen um vier Uhr nachmittags im *Rembrandt Hotel* in Chelsea ein. Tragen Sie Ihre Kochuniform. Bringen Sie Ihre eigenen Zutaten mit. Für das Auswahlkomitee müssen Sie Ihr Gericht in weniger als einer Viertelstunde zubereiten.«

»Machen Sie Witze? Wie haben Sie …«

»Instinkt. Die wichtigste Eigenschaft eines jeden Anführers ist ein außergewöhnlicher Instinkt. Ohne Instinkt ist man ein Mitläufer, kein Anführer.«

Und damit ist die Leitung tot.

Wahrscheinlich ist das Jean-Michels Art zu gratulieren.

Aber um ehrlich zu sein, ist es mir vollkommen egal, wie er es sagt. All meinen Familienmitgliedern geht es gut, und ich habe gerade mit Jean-Michel Marchand telefoniert!

Ich bin eine Runde weiter. Ich habe es in die engere Auswahl geschafft. Er kannte meinen Namen. Er hat mich angerufen.

Der morgige Tag ist mit einem Mal der wichtigste Tag in meinem Leben.

Ich habe die erste Runde überstanden.

Morgen koche ich.

Für Jean-Michel. Für einen verrückten, launischen, wütenden, genialen Mistkerl wie ihn.

Schnell schnappe ich mir Papier und Stift, notiere meine Zutatenliste und stelle mir den Wecker für in drei Stunden.

Denn ich weiß genau, wo und wann es die besten Steaks gibt. Das bedeutet, dass ich um vier Uhr früh beim Smithfield Market sein muss. Bei diesem einen ganz bestimmten Metzger auf dem Großmarkt habe ich schon immer gekauft. Für mich als treue Kundin hat er immer noch etwas Besonderes gratis: ein zweites Filet, ein paar Koteletts oder Rindfleisch zum Kochen. Daher denke ich, ganz gleich, was passieren wird, Alice und ich würden uns abends über ein weiteres Festmahl hermachen können.

Ich ziehe mir die Bettdecke bis unters Kinn und versuche, mich zum Schlafen zu zwingen.

Schlafen. Als könnte ich jetzt schlafen!

Vielleicht bin ich ja tatsächlich verrückt.

Aber egal, ob ich mich jetzt zum Schlafen zwinge oder nicht: Der Wecker wird klingeln, und dann werde ich mich mit allem, was ich habe und bin, Jean-Michel widmen.

So oder so.

4

Als ich bei der verabredeten Adresse zum Vorstellungsgespräch ankomme, habe ich in meinem Fahrradkorb alles dabei, was ich brauche. Aber es kommt mir so seltsam still vor; vielleicht bin ich ja die Einzige? Ist Jean-Michels Instinkt tatsächlich so wählerisch?

Ich betrete das ultravornehme *Rembrandt Hotel* durch die Haupteingangstür und stoße auf ein Hinweisschild: »Für die Bewerbungsvorrunde zum Spitzenkoch nutzen Sie bitte den Kücheneingang rechts des Gebäudes.«

Also verlasse ich das Hotel wieder und gehe um die Ecke, wo ich auf einen Anblick stoße, bei dem mir das Herz stehen bleibt. Mindestens dreißig Köche stehen dort in einer schlangenähnlichen Reihe und sehen genauso entsetzt aus, wie ich mich fühle.

Das hier ist mein Wettbewerb. Offenbar gleicht Jean-Michels Instinkt eher einer Schrotflinte als einem Scharfschützen.

Ich trete an den Helfer heran, der neben der Eingangstür sitzt.

»Name?«, fragt er.

»Katie Kelly.«

Er reicht mir einen Aufkleber mit der Nummer 48. »Zutaten?«

Ich reiche ihm meine Tasche. Auch darauf klebt er eine 48.

»Name des Gerichts?«

»Steak Diane.«

Er schaut zu mir hoch. »Im Ernst?«

Ich nicke.

Er zuckt mit den Schultern und schreibt »Steak« auf den Aufnahmebogen. Dann guckt er wieder zu mir hoch. »Ist das da eine Bratpfanne in Ihrer Hand?«

»Eine Gusseisenpfanne.«

»Sie werden in einer vollständig ausgestatteten Küche kochen. Es ist nicht nötig, Ihre eigene Pfanne mitzubringen.«

»Doch, das ist es«, erkläre ich ihm.

Er seufzt. »Natürlich. Sie sind die Köchin. Ich bin sicher, in Ihrem Kopf klingt das bestimmt absolut sinnvoll. Wahrscheinlich genauso sinnvoll, wie Jean-Michel ein Steak vorzusetzen.« Er zieht die Augenbrauen hoch und lacht trocken. »Na, das wird sicherlich unvergesslich. Kann er dann mit einem McFlurry als Nachtisch rechnen?«

Ich umschließe meine Gusseisenpfanne fester und lasse den Blick zur Schlange zurückwandern. Leute aus allen Altersgruppen sind hier vertreten: einige ältere, sehr erfahren wirkende Köche mit gepflegten grauen Schnurrbärten, einige junge, aalglatte Typen Anfang zwanzig, die vor Zuversicht und Selbstvertrauen nur so strotzen. Außerdem etwa eine Handvoll Frauen, vergleichsweise wenige Frauen also, was in dieser Branche absolut typisch ist. Manche schieben es auf die Brutalität und Gewalt im Küchenmilieu sowie auf den branchenüblichen Sexismus, andere wiederum behaupten, die Arbeitszeit sei so lang und familienunfreundlich, dass man gleich zu Beginn schon die besten weiblichen Kochtalente verliere. So oder so, männlich oder weiblich, erfahren oder frisch nach der Ausbildung: Wir sind alle wegen einer

Sache hier. Nämlich um mit dem Gott Jean-Michel zu arbeiten, um unseren Horizont zu erweitern, um uns zu fordern, um den Zenit der kulinarischen Exzellenz zu erreichen, um neben dem Besten der Besten zu arbeiten und vielleicht, ja vielleicht einmal *selbst* der oder die Beste zu werden …

Der Verwalter schnalzt mit der Zunge, bevor er mir einen Fragebogen sowie einen Stift reicht. »Den können Sie ausfüllen, während Sie hier warten. Sie sind in der letzten Runde. Bis jetzt sind wir noch im Zeitplan. Vier Kandidaten werden jeweils reingerufen, um ihr Gericht für Jean-Michel und seine Jury vorzubereiten und zu servieren. Ein oder zwei Mitbewerber sind bereits ausgeschieden – denen sind die Nerven durchgegangen –, also sperren Sie besser die Ohren auf, falls Sie früher reingerufen werden sollten. Jetzt möchte ich Sie bitten, sich ans Ende der Schlange zu stellen. Viel Glück.«

Ich danke ihm, drücke den Aufkleber an meine Brust, kehre zum Ende der Schlange zurück und nutze die Chance, den Fragebogen zu überfliegen, der aus einer Seite besteht. Nach einem kurzen Blick auf die Rückseite sieht es so aus, als gäbe es nur zwei Fragen. Wie schwer kann das bitte schön sein?

Erste Frage:
Wie lauten Ihre Top-Ten-Berufsregeln?

Oh, einfach! Schnell kritzele ich meine Antworten aufs Papier. Ich kenne sie wie meine Westentasche; in meinem eigenen kleinen Restaurant hingen sie laminiert an der Fliesenwand.

1. Meine Messer sind meine Messer – Finger weg!

Wenn man nach einer todsicheren Methode sucht, einen Koch oder eine Köchin in den Wahnsinn zu treiben, dann sollte man ruhig mal versuchen, seine oder ihre Messer zu benutzen, ohne vorher zu fragen.

2. *Komme nie zu spät – pünktlich bedeutet, wenigstens eine Viertelstunde früher anwesend zu sein.*

3. *Gelegentlich könnte ich herumbrüllen, um meinen Standpunkt deutlich zu machen. Nimm es nicht persönlich.*

Manch einer mag bemängeln, dass so eine feindselige Arbeitsatmosphäre entsteht, wenn man es aber nicht allzu sehr übertreibt, kann es sehr effektiv sein.

4. *Sauber arbeiten – immer!*

5. *Es gilt, sich auch bei den kleinen Details größte Mühe zu* geben. *Die Details machen den Unterschied.*

6. *Die Qualität darf niemals für Schnelligkeit geopfert werden, die Schnelligkeit darf niemals für Qualität geopfert werden. Seid bereit für beides.*

7. *Du beginnst mit dem Gericht – folglich ist es dein Gericht.*

Du stellst die Pfanne auf die Kochstelle, zündest das Feuer an, gibst ein wenig Öl in die Pfanne und gehst dann weg, in der Annahme, jemand würde sich schon kümmern? Auf keinen Fall!

8. *Ein Kater ist keine Entschuldigung (Trunkenheit auch nicht!).*

9. *Was den Service betrifft: Einer für alle, alle für einen.*

10. *Bleib professionell – sei kein Trottel.*

In einer professionellen Küche ist kein Platz für Rebellen, die das alles hier für einen Witz halten. Das ist ein ernst zu nehmendes Geschäft, in dem Zusammenarbeit von äußerster Wichtigkeit ist. Wenn sich jemand als Rebell gibt und sich wie ein Blödmann verhält, dann würde ich denjenigen dazu ermuntern, sich woanders zu bewerben, bevor die Küchenmannschaft sich um ihn kümmert.

Das sind meine Top-Ten-Berufsregeln, an die ich mich gewissenhaft halte. Im Lichte meines geschlossenen Restaurants sollte ich wahrscheinlich besser noch hinzufügen: »Besorg dir jemanden, der sich mit der geschäftlichen Seite des Betriebs auskennt, und sieh zu, dass sich ein Buchhalter um die Bilanzen kümmert.« Doch hier geht es ums reine Kochen; ich werde mich nicht mit der Preisgestaltung, mit Mengen-, Steuer- oder Budgetfragen befassen müssen. Hier muss ich nichts anderes tun, als zu träumen, etwas zu erschaffen und zu kochen. Von meinem Standpunkt aus klingt das wie das Paradies.

Zweite Frage:
Wie sieht Ihr eigener oberster Lebensgrundsatz aus?

Hmmm. Diese Frage lese ich ein zweites Mal durch, um sicher zu sein, dass ich sie richtig verstanden habe. Wen um alles in der Welt interessiert das? Warum gibt es keine weitere Frage zu Gerichten, Erfahrung, Techniken oder Zukunftschancen? Ich habe noch nie einen Spitzenkoch kennengelernt, der über sein Privatleben geredet oder sich hingesetzt und über Grundsätze sinniert hätte ... Vielleicht ist Jean-Michel nachweislich verrückt. Bereits jetzt ist das hier das seltsamste und unvorhersehbarste Vorstellungsgespräch, bei dem ich je war. Anrufe um Mitternacht, eine Warteschlange, bestehend aus einem wild zusammengewürfelten Haufen von Kandidaten, in einer Seitenstraße ... Vollkommen bizarr, total ungewohnt. Aber wahrscheinlich liegt das daran, dass der Preis so außergewöhnlich ist.

Ich schiele auf die Frage hinunter und versuche krampfhaft, mir etwas einfallen zu lassen, das mich wie eine tiefsinnige, rücksichtsvolle Person wirken lässt, die ihr Leben vollkommen im Griff hat. Ein panisches Flattern macht sich in meinem Bauch breit, als in meinem Hirn völlige Ebbe herrscht. Ich hasse dieses Gefühl; es erinnert mich daran, wie es in der Schule war: nicht zu wissen, was von einem erwartet wird, und sich dann vor allen als dumm bloßzustellen.

Ich hole tief Luft und ermahne mich, mich zusammenzureißen. Das ist das Letzte, was ich noch ausfüllen muss, bevor ich endlich wieder in die Küche gehen und locker werden kann.

Mein oberster Lebensgrundsatz. Ganz schön kniffelig, weil ich mir noch nie Gedanken um meine Lebensgrundsätze gemacht habe; das ist mir noch nie in den Sinn gekommen. *Ich verspreche auf meine Ehre und nach besten Kräften: meine Pflicht gegenüber Gott und der Kirche zu erfüllen, meinen Mitmenschen jederzeit zu helfen und dem Pfadfindergesetz zu gehorchen.* Zugegeben, der letzte Satz ist ein bisschen verräterisch – es wird schwer, den als meinen eigenen zu verkaufen.

Aber welchen Sinn hat es, einen obersten Lebensgrundsatz zu haben? Das impliziert, dass es eine Art Regelbuch gibt, eine Sammlung von Regularien, die tatsächlich angewendet werden, denen alle treu bleiben. Aber so funktioniert das Leben leider nicht. Regeln werden andauernd gebrochen, ignoriert und verworfen. Autofahrer nehmen Radfahrern an Kreuzungen die Vorfahrt. Menschen wie Bernie bekommen die Leitung übertragen. Alle zwanzig Sekunden wird ein Big Mac verkauft, wohingegen mein kleines Restaurant nicht mal bis zum ersten Geburtstag überlebt hat. Junge Familien werden gezwungen, ohne ihre liebenden Mütter aufzuwachsen.

Einen Lebensgrundsatz? Hier gerate ich ernsthaft ins Straucheln.

Am liebsten würde ich ja schreiben: »Verschwende keine Zeit damit, lächerliche Fragen zu beantworten.« Aber von meinen eigenen Schulprüfungen her weiß ich, dass es wenig Eindruck macht, wenn man seine Prüfer verärgert. Ich lasse meinen Blick die Warteschlange meiner Mitkandidaten hinauf- und hinunterwandern. Einige von ihnen füllen ebenfalls den Fragebogen aus und wirken, als hätten auch sie Probleme – insbesondere ein sehr beleibter Koch, der nervös an den gegelten Spitzen seines sorgsam gepflegten Schnäuzers herumfummelt. Und mit einem Mal weiß ich genau, was ich schreiben werde. Dank Mr-Poirot-Schnäuzer höchstpersönlich, Oskar Rosenblatt, schreibe ich in meiner akkuratesten Handschrift: »Das Leben ist kurz. Geh auf Reisen, kauf die Schuhe, iss den Kuchen!« Fertig.

Mit meinem Fragebogen bin ich höchst zufrieden, und gerade als ich ihn dem Helfer abgegeben habe, höre ich, wie eine Eisentür zuschlägt und vier Köchinnen und Köche herausgeschlichen kommen. Sie alle schütteln den Kopf. Eine von ihnen presst sich die geballte Faust unter die Nase und schluchzt hemmungslos.

Niemand in der Schlange rührt sich und stürzt vor, um ihr zu helfen. Stattdessen recken alle die Köpfe und starren sie an.

Das muss die erste Gruppe sein. Ihrer Leichenblässe nach zu urteilen, war keiner von ihnen erfolgreich, aber sie sehen nicht aus, als seien sie gerade aus einer Küche gekommen. Vielmehr wirken sie, als wären sie von einem Horrorhaus ausgespuckt worden.

Die weinende Frau reißt sich die Kochmütze vom Kopf und öffnet die Augen.

Ich beuge mich vor und betrachte sie eingehender. Sie kommt mir irgendwie bekannt vor. Tatsache – sie sieht aus wie Georgia Jacobs, ein Mädchen, das ich aus meiner Ausbildung kenne. Mit ihr habe ich mich nicht angefreundet, da sie unaufhörlich geflirtet hat und sich die gesamten vier Jahre lang, die wir zusammen in einer Ausbildungsklasse waren, an Ben rangeschmissen hat.

Sie japst einmal tief nach Luft, bevor sie noch lauter schluchzt.

Der Helfer steht von seinem Stuhl auf und legt ihr recht ruppig die Hand auf den Rücken. »Okay, dumm gelaufen. Aber bitte geh jetzt weiter. Wir müssen den Durchgang zu den Türen freihalten.«

Georgia bleibt wie angewurzelt stehen, ihr läuft die Nase. Man kann kaum hingucken.

Ich krame in meiner Hosentasche nach einem Taschentuch und rufe sie. »Georgia?«

Sie dreht sich zu mir um und erkennt mich sogleich. Erleichterung macht sich in ihrer Miene breit.

Schnell verlasse ich meinen Platz in der Warteschlange

und lege ihr den Arm um die Schultern, während ich sie sanft aus der Schlange bugsiere und aus der Schusslinie der gaffenden Gesichter nehme, die ihren Kummer noch vergrößern. »Komm rüber, hier bist du ein wenig geschützter.«

Georgia kommt mit, und wir lehnen uns an die Mauer. »O mein Gott, Katie! Du bist auch hier! Tu dir das nicht an. Es war schrecklich! Er ist ein Schwein. Ein absolut gemeines, bösartiges, arrogantes, widerliches Schwein!«

Ich reiche ihr ein weiteres Taschentuch. Sie putzt sich die Nase und wischt sich die Tränen weg, bevor sie mich ansieht.

»Er hat meinem Gericht einen einzigen Blick zugeworfen und gesagt: ›Sie überraschen mich wirklich. Sie haben eine so gute Ausbildung und servieren einen solchen Müll.‹ Dann hat er meinen Rehbraten durchgeschnitten und gemeint, er sähe wie ein vertrockneter Scheißhaufen aus.«

»Wow, ein Rehbraten, das war mutig. Insbesondere weil ich mich noch gut daran erinnere, dass gerade die Desserts deine große Stärke waren. Im Ernst, Georgia, deine Petits Fours waren der helle Wahnsinn.«

Georgia nickt und holt tief Luft, doch sogleich steigen ihr wieder die Tränen in die Augen. »Dann hat er meinen Jus gekostet und gesagt, das sei eine fade, geschmacklose Pisse, die selbst seine Großmutter besser zubereiten könne … und die sei tot.«

Heiliger Bimbam. Ich beiße mir auf die Unterlippe. Jean-Michel ist nicht gerade zimperlich. Wenn überhaupt, klingt er noch beleidigender und vernichtender, als ich es mir vorgestellt habe. Vielleicht hat dieser Helfer recht und mein Steak wird nicht gerade berauschend sein. Verdammt, was mache ich denn jetzt? Ich habe meine Zutaten abgegeben, jetzt bleibt keine Zeit mehr, um noch etwas zu ändern …

»Und dann ist er aufgestanden und hat gesagt: ›Was wäre

gewesen, wenn dieser Fraß hier einem Kritiker serviert worden wäre? Was, wenn *The Times Review* mich nach diesem Mist hier beurteilt hätte? Haben Sie eine Ahnung, was das mit mir gemacht hätte? Mit meiner Karriere?‹ Danach hat er den ganzen Teller in den Müll geschmissen.«

O mein Gott. Ich lege meine Hand auf Georgias Schulter. Obwohl ich im College nicht gerade ihr größter Fan war, so tut es mir doch leid, sie so aufgebracht zu sehen.

»Er hat gesagt: ›Das war Mist, genauso wie Sie.‹«

Mir klopft das Herz bis zum Hals, während mir der kalte Angstschweiß ausbricht. Ich habe Angst. Ich habe richtig Panik, was gleich passieren wird, was er zu mir sagen wird.

»O Georgia, wie schlimm! Aber das darfst du dir nicht zu Herzen nehmen …«

Ich weiß nicht, was ich sagen soll. Mir liegt es auf der Zunge, noch ein »Was weiß *er* denn schon?« hinzuzufügen. Aber wir reden hier von Jean-Michel, der alles weiß. Wenn hier jemand Rehbraten von einem vertrockneten Scheißhaufen unterscheiden kann, dann er.

Um sie abzulenken, versuche ich, das Thema zu wechseln. »Wo arbeitest du gerade?«

»Im *Buckingham* als Konditorin.« Kurz zuckt ein Lächeln über ihre Lippen.

»Im *Buckingham!* Das ist fantastisch, Georgia! Davon habe ich so viel Gutes gehört! Vergiss Jean-Michel, du arbeitest in einem Spitzenrestaurant, und als Konditorin dort bist du doch schon gewaltig die Karriereleiter hinaufgeklettert, oder?« Wüsste sie über meine Situation Bescheid, würde sie erst recht zu schätzen wissen, wie weit sie mir voraus ist. Zwischen dem *Buckingham* und meiner Küche in der Parklands-Seniorenresidenz liegen Welten.

Sie nickt und wischt sich mit dem Ärmel ihrer Kochjacke

über die Augen. »Ich habe von deinem Restaurant gehört. Tut mir leid, dass es nicht geklappt hat.«

Ich nicke und lächle gekünstelt. »Ja, mir auch. Aber wir alle erleben mal Rückschläge, nicht wahr? Dann heißt es, den Staub abzuklopfen und am nächsten Tag weiterzukämpfen.«

Dieses Mal nickt Georgia und scheint ein wenig Trost in meinem Scheitern zu finden. »Wie geht es Ben?«

Verdammt, Georgia, ich dachte, du seist hier diejenige, die Trost braucht.

Ich zucke mit den Schultern. »Wir sind nicht mehr zusammen.«

Im College hätte Georgia sich auf Ben und sein Singledasein gestürzt, doch jetzt beißt sie sich auf die Unterlippe. »Wie schade. Ihr wart das perfekte Paar.«

Das ist süß. *Bittersüß.*

»Wie sich herausstellte, wollten wir beide unterschiedliche Dinge. Er wollte unbedingt die Welt bereisen. Er hat eine Stelle auf einem Luxuskreuzfahrtschiff angenommen, und ich bin geblieben und habe mein Restaurant eröffnet.«

»Wow. Wie gefällt es ihm?«

Ich zucke mit den Schultern. »Gut, nehme ich an. Er ist nicht zurückgekehrt, daher kann ich nur vermuten, dass er wirklich glücklich und zufrieden ist und seine Arbeit liebt. Wir haben keinen Kontakt mehr. Das ist alles schon Jahre her.«

Und dann, ohne jede Vorwarnung, wird die Eisentür ein weiteres Mal aufgerissen. Wieder werden vier völlig verstörte, zutiefst erschütterte Kandidaten vor die Tür gesetzt. Dieses Mal sind es jedoch vier Männer, die allesamt heulen.

5

Nummer 48.

Ich betrete die offene Küche, wo mein Blick sofort auf ein Post-it-Zettelchen an der Ecke fällt, auf dem *Nummer 48 – Katie Kelly* steht.

Ich drehe mich um und sehe, dass dort noch drei weitere Köche stehen und warten. Die Zutaten liegen vor dem jeweiligen Koch parat.

Kurz überprüfe ich den mir zugeteilten Bereich; alles ist makellos sauber und perfekt ausgestattet. So weit, so gut. Ich habe genau fünfzehn Minuten Zeit, die über alles oder nichts entscheiden.

Die große Haupttür geht auf, und drei Juroren betreten im Gänsemarsch die Küche – sie haben alles und jeden im Blick.

Ich fühle mich, als würde ich gleich einen Herzinfarkt erleiden.

Der Serviceleiter geleitet jeden von ihnen zu einem Barhocker und bleibt anschließend neben den dreien stehen. Martha hat recht, Jean-Michel ist ein kleiner Mann. Viel kleiner und schlanker, als ich ihn mir vorgestellt habe. Noch nie war ich jemandem so nahe, den ich nur vom Bildschirm oder aus der Zeitung kenne. Besonders einer Person mit einem so legendären Ruf wie Jean-Michel – und dennoch steht er dort nun in Fleisch und Blut vor mir, genauso bemerkenswert klein, wie Martha ihn beschrieben hat, aber mindestens so schillernd, wie ich ihn mir vorgestellt habe. Man sieht gleich, dass dieser Mann es gewohnt ist, einen Raum zu betreten und das Zepter in die Hand zu nehmen. Die Jurymitglieder haben sich auf ihren Stühlen niedergelassen, woraufhin der Serviceleiter eine kleine Glocke läutet, um die Aufmerksamkeit aller zu erregen. Mein Herz kann unmöglich noch schneller schlagen als jetzt in diesem Moment.

»Vielen Dank für Ihre Geduld. In wenigen Augenblicken werden wir beginnen. Ich möchte Ihnen unser Jurygremium vorstellen, den preisgekrönten Starkoch Jean-Michel Marchand, den bekannten Sommelier und Restaurantkritiker Pip Taylor sowie die weltweit agierende Hotelbesitzerin Octavia Timmins. Heute werden nicht nur Ihre grundlegenden technischen Fähigkeiten und die Geschmacksqualität Ihres Gerichts unter die Lupe genommen, es wird auch Ihre Eignung für diese begehrte Position geprüft. Ich muss Ihnen nicht sagen, dass dies eine wahrlich einmalige Chance ist, dafür ausgewählt zu werden, für den bekanntesten Spitzenkoch der Welt zu arbeiten. Die Ausbildung, die Sie von diesem kulinarischen Gelehrten erhalten, ist weit mehr als außergewöhnlich. Jean-Michel hat sich einen Namen gemacht, indem er der jüngste Starkoch war, der bereits im Alter von dreiunddreißig Jahren mit drei Michelin-Sternen ausgezeichnet wurde.«

Jean-Michel streicht sich sanft über die Brust, während er dieser glühenden Lobhudelei all seiner Leistungen lauscht. Schweigend hört er zu, den Kopf geneigt, die Augen geschlossen.

»Er ist nicht nur der König des Gaumenschmauses, sondern auch eine Art Königsmacher, da er seine Lehrlinge zu rund um den Globus tätigen Spitzenköchen ausgebildet hat. Heute ist der Tag gekommen, an dem diesen drei außergewöhnlichen Persönlichkeiten Ihr Name über die Lippen kommen könnte. *Bonne chance!* Ihre Zeit läuft ab jetzt!« Er haut auf den Zeitmesser. Ich stelle den Gasherd an.

Mir bleiben genau fünfzehn Minuten, um mein Leben zu verändern. Jede Millisekunde zählt.

Pip kommt zu meiner Station, nimmt erst meine Messer unter die Lupe und dann meine Zutaten, bevor er mir schließlich ins Gesicht sieht.

»Katie. Erklären Sie mir bitte, was Sie uns heute anbieten.«

Ich unterbreche meine Vorbereitungen und schaue auf, um ihm zu antworten, obwohl ich am liebsten durchpowern würde. »Ein klassisches Steak Diane. Das Filet Mignon wird kurz in der Pfanne in einer Sauce aus Schalotten, Butter, Senf und Sahne sautiert, mit einem Schuss Cognac versehen und zum Schluss flambiert – das lässt den Alkohol verfliegen und verleiht dem Gericht eine köstliche Karamellnote.«

»Steak ist ja eine sichere Wahl.« Als er kichert, zieht er automatisch die Schultern hoch. »Aber meinen Sie wirklich, das reicht aus, um weiterzukommen?«

»Absolut, Sir! Dieses Stück Steak wurde heute Morgen beim besten Schlachter des Smithfield Market gekauft. Und ich habe meine eigene gusseiserne Pfanne mitgebracht. Sie ist beinahe hundert Jahre alt und noch nie mit Seife oder Wasser in Berührung gekommen. Von meiner Urgroßmutter wurde sie über die Generationen hinweg weitergegeben, zuerst an meine Großmutter, dann an meine Mutter, bevor sie schließlich bei mir gelandet ist.«

Pip starrt mich amüsiert an. »Glauben Sie ernsthaft, dass das einen Unterschied ausmacht?«

»Sogar den entscheidenden Unterschied, Sir«, erkläre ich, ohne seinem Blick auszuweichen.

Er hält den Blickkontakt noch eine Weile und scheint eine Art Code oder Hinweis auf meinen Charakter zu suchen, bevor er sich dann mit dem Zeigefinger an die Lippen tippt. »Zu kunstvoll ist riskant, aber zu schlicht kann mindestens ebenso riskant sein. Ich hoffe, Sie schaffen das, Katie.«

Und ich erst.

Ich vertiefe mich in die Zubereitungen, während die Jurymitglieder ihre Runden durch den Raum drehen, bis ich auf einmal merke, dass Octavia sich mir nähert und jede noch so kleine meiner Bewegungen beobachtet. Wie eine Statue steht sie da. Es ist unmöglich, ihrer Miene, ihren Bewegungen oder ihrem eisigen Schweigen etwas zu entnehmen. Irgendwann überkreuzt sie ihre Hände auf der Brust und sucht meinen Blick.

»Wie lange kochen Sie schon?«, fragt mich Octavia.

»Seit meinem dreizehnten Lebensjahr«, erwidere ich, kippe die Pfanne und beobachte, wie die goldene Butter blubbert und schäumt. »Ich entstamme einer großen Familie, in der ich die Familienküche übernommen habe. Dort habe ich schon in jungen Jahren jeden Abend für alle gekocht.«

»Welcher Traum steckt für Sie hinter dem Kochen, Katie?«

Ich kann nicht stehen bleiben, um ihr zu antworten; ich muss weiterreden, während ich mich von einer Küchentheke zur anderen drehe, da ich mich darauf konzentriere, das hier innerhalb der vorgegebenen Zeit anzurichten. »Ich möchte etwas Besonderes kreieren, etwas Unvergessliches. Ich möchte Menschen zusammenbringen«, antworte ich ihr über das dampfende und brutzelnde Gericht hinweg. »Ich möchte ihnen nicht nur etwas geben, woran sie sich erinnern, sondern auch einen Ort, um diese Erinnerungen zu schaffen.«

Octavia nickt und lächelt mich knapp an. Was bedeuten könnte, dass sie genau versteht, was ich meine. Oder dass sie mich für eine plappernde Idiotin hält.

Ich drehe das Gas weiter auf. Die Pfanne muss richtig heiß sein. Die Uhr tickt; ich muss meine Sauce vom Herd nehmen und das Steak in die Pfanne geben.

Octavia geht zum nächsten Koch weiter. Jean-Michel hat bislang noch kein einziges Wort mit mir gesprochen. Zwar ist er schon ein paarmal um mich herumgeschlichen, doch er hat noch nicht einmal Augenkontakt aufgenommen. Vielleicht hat der Helfer von draußen recht; vielleicht ist mein Steak zu simpel, vielleicht hat mich Jean-Michel bereits als zu einfach, fade und unterdurchschnittlich aussortiert.

Plötzlich fängt meine Hand an zu zittern, dann setzt ein richtiges Schütteln ein. Manchmal habe ich's mit den Nerven. Während Prüfungen ist mein Stift immer wie ein schwungvoller Lügendetektor über die Seite gezittert und hat meine Angst preisgegeben. Als ich an der Gastronomiefachschule war, dachte ich, mehr Kontrolle darüber zu haben, da ich mich von Mathe und Englisch entfernt und meiner Komfortzone des Essens genähert hatte. Offenbar kehren jedoch das Zittern und Schütteln zurück, jedes Mal, wenn meine Leistung auf dem Prüfstand steht oder ich das Gefühl habe, beurteilt zu werden. Und es ist nahezu unmöglich, es zu kontrollieren, geschweige denn zu verbergen. Das ist alles andere als ideal, wenn ich nur diese eine Chance habe, etwas Außergewöhnliches zu kochen, das über meine Zukunft entscheidet.

Ich habe nicht den blassesten Schimmer, wo ich stehe, was sie denken oder wonach genau sie suchen. Stehe ich an der Spitze? Auf dem letzten Platz? Bin ich eine Lachnummer? Lande ich im Müll wie Georgias Rehbraten? O mein Gott –

was, wenn Jean-Michel mich hier vor all diesen Leuten in der Luft zerreißt, wie er es mit Georgia gemacht hat? Meine Hand zittert jetzt so, dass es aussieht, als hielte ich einen unsichtbaren vibrierenden Zauberstab in der Hand. Ich habe keine andere Wahl – ich halte inne, lege mein Messer beiseite, atme ganz tief und langsam ein und aus, während ich versuche, mich zu fangen, um nicht noch mehr kostbare Zeit zu verlieren.

»Fünf Minuten noch«, verkündet der Serviceleiter.

Na prima. So gut wie gar kein Druck.

Mein Teller ist warm und bereit, meine Beilage ist fertig, das Steak ist wunderbar gebraten – noch ein wenig blutig – und wird bis zum Servieren perfekt ruhen, die Alice-erprobte Cognac-Sauce ist samtig. Ich probiere sie mit meinem kleinen Finger … auf den Punkt gewürzt, die Konsistenz genau richtig. Ich packe den Stiel meiner gusseisernen Pfanne und nehme sie vom Feuer; jetzt muss ich nur noch alles auf den Teller geben, dann bin ich fertig. Ich bin stolz. Es ist perfekt, das weiß ich. Ich verstehe durchaus, was Pip meinte, aber ich habe nur die besten Zutaten verwendet und bin ihnen gerecht geworden. Natürlich hat er recht, dass ein zu schlichtes Gericht riskant ist, denn wenn ich das nicht perfekt serviere, gibt es nichts, wohinter ich mich verstecken kann; hier sind meine technischen Fähigkeiten durch und durch transparent. Wenn ich beim Steak etwas falsch mache, gehöre ich nicht hierher – dann heißt es zurück zu Bernie, zurück zu Soßengranulat und Dosenfutter.

Ich hab's gepackt. Das spüre ich. Jetzt muss ich das nur noch meiner Hand verklickern, damit das Zittern aufhört.

Moment mal … Das kann doch nicht wahr sein! Das kann er doch nicht sein!

Aus dem Augenwinkel sehe ich einen Mann, der exakt

wie mein Ex, Ben, aussieht. Dieser Mann kommt durch die Schwingtür in die Küche und geht direkt auf den Serviceleiter zu. Ich muss zweimal hinschauen. Die Hitze, der Druck, die schlaflosen Nächte, die Verzweiflung: Das alles geht mir wirklich an die Nieren. Von meinen zitternden Fingerspitzen bis zu meiner Halluzination von Bens erstauntem Gesicht ... das alles hier bringt mich wirklich an meine Grenzen. Denn das kann nicht wahr sein ... ich *kann* ihn gar nicht sehen! Die Person, die ich vor mir zu sehen glaube, segelt gerade um die Welt. Das ergibt gar keinen Sinn ... Es *kann* gar nicht sein, dass Ben Cole gerade hier zur Tür hereingekommen ist. *Mein* Ben. Durch *diese* Tür. Na ja, mein Ex-Ben. Aber immer noch durch *diese* Tür.

Mit einem Blinzeln schließe ich die Augen, und als ich sie wieder öffne, ist es sogar noch schlimmer. Denn zweifellos steht fest: Es ist dasselbe weiche schwarze Haar, dieselbe olivbraune Haut, dieselben wunderschönen vollen Lippen, die immer zu einem schiefen Lächeln verzogen sind. Das ist derselbe Ben, genau hier, genau jetzt, in dieser Küche. Und auch er starrt mich an, auch in seinem Blick liegt die gleiche ungläubige Überraschung. Ich hole tief Luft, packe die Zange, um das Steak auf den Teller zu heben, und dann, völlig aus dem Nichts heraus, vollzieht meine Hand wie von allein einen Ruck nach oben. Dann ist das Steak weg. Es klemmt nicht mehr in der Zange, es liegt nicht auf dem Teller.

Es liegt auf dem Boden.

Ich habe das Steak fallen gelassen. Ich habe mein verdammt perfekt gebratenes Filet Mignon auf den Boden fallen lassen.

Das reicht aus, dass alles anders ist. Dass meine Welt mit einem Ruck zum Stillstand kommt. Dass alles vorbei ist. Eine kleine Unkonzentriertheit für den Bruchteil einer Sekunde, ein unerwarteter Anblick und eine zitternde Hand – und mein schlimmster Albtraum ist Wirklichkeit geworden.

Das gibt es gar nicht! Oh, zu spät. Das gibt es sehr wohl.

Ich schaue zum Himmel hinauf, verschlucke mich fast an den Flüchen, die ich herunterschlucke, und schaue noch einmal zu Boden, um sicher zu sein, dass ich nicht gerade einen stressbedingten halluzinatorischen Albtraum erlebe. Dann werfe ich Jean-Michel einen Blick zu. Vielleicht hat er es gar nicht gesehen? Vielleicht kann ich noch einmal von vorn beginnen, und er wird nie davon erfahren?

Aber ich höre ihn dicht hinter mir schnauben. Verdammt, er schaut mich gerade direkt an. Und ich kann seinem Hohn sehr genau entnehmen, dass es in seiner Küche keine zusätzliche Zeit für Unfälle, Missgeschicke oder Entschuldigungen gibt.

Ich wirbele auf dem Absatz herum, doch das macht alles noch viel schlimmer. Denn jetzt stehe ich Ben von Angesicht zu Angesicht gegenüber, und er starrt mich mit einem erstaunten, besorgten Blick an. Ich kneife die Augen fest zu und massiere mir die Schläfen. Was zum Teufel habe ich da bloß gemacht? Ich hab's vergeigt! Das ist immerzu das Problem, so was passiert mir jedes Mal … Mein Vater bezeichnet es als das Ikarus-Syndrom: Wenn man zu viel zu schnell und zu früh will, dann endet alles in einem Feuerball. Was ich tatsächlich kann, bleibt weit hinter dem zurück, was ich will und was ich denke, tun zu können. Jedes. Verdammte. Mal.

Mein Herzschlag wird schneller, und ich merke, wie mir Panik heiß den Nacken emporkriecht, als ich mich wieder meiner brandheißen Gusseisenpfanne zuwende. Es ist vorbei. Ich war nah dran, verdammt nah dran, aber das scheint wohl das Schicksal meines Lebens zu sein. Immer zu versagen, immer den falschen Dingen Priorität einzuräumen, zu laufen, wenn ich eigentlich stillstehen sollte, immer am Ziel vorbeizuschießen und auf die Nase zu fallen.

Was auch immer jetzt mit Jean-Michel passiert – was ich mir wie eine quälende, öffentliche Standpauke vorstelle –, ich kann nicht zulassen, dass Ben mich so sieht. Er hat mich seit drei Jahren nicht mehr gesehen, da kann ich es schlichtweg nicht zulassen, dass er diesen Eindruck von mir bekommt. Nervös, wild zuckend, scheiternd. Das muss ich korrigieren.

Meine zuverlässige Gusseisenpfanne ist immer noch heiß. Mir bleiben exakt viereinhalb Minuten. Ich muss mich also in dieser Sekunde zurückkämpfen und das Steak perfekt scharf anbraten. Noch ist es nicht vorbei; ich habe immer noch den Hauch einer Chance. Ich schaue sowohl Ben als auch Jean-Michel an und bedenke sie mit einem preisgekrönten Lächeln, das ihnen signalisieren soll: *Ich weiß genau, was ich tue.* Dank meines wunderbaren Schlachters schmeiße ich mein zweites Steak in die Pfanne, füge einen besonders großen Schluck Cognac hinzu und beobachte, wie alles brutzelt, während ich im Eiltempo Zwiebeln und Pilze schneide und eine brandneue Soße koche.

Unter meinem prüfenden Blick neige ich die Pfanne und bereite mein Stück Fleisch in heißer goldener Butter zu, arbeite dabei mit einer erstaunlichen Schnelligkeit, Löffelchen für Löffelchen, wie ein Cartoon im Schnelldurchlauf – alles, um bloß nicht aufschauen zu müssen. Ich fokussiere mich mit allem, was ich habe, voll und ganz auf das, was vor mir ist, bis sich der Rest der Welt in Bedeutungslosigkeit auflöst. Wie immer, wenn ich koche. Genau, wie ich es mag.

Kann eine brandneue Express-Zubereitung eines klassischen Rezepts in weniger als vier Minuten gelingen?

Ich werde es herausfinden.

6

Fünf, vier, drei, zwei, Zeit vorbei! Hände weg! Bitte bringen Sie Ihre Gerichte zur Begutachtung nach vorn.«

Es ist, wie es ist.

Ich trete hinter meiner Kochstation hervor, von der aus ich Ben gerade noch aus den Augenwinkeln sehen kann. Ich habe keine Zeit, um herauszufinden, warum er hier ist, ob er zur Jury gehört oder ob er ein Kandidat wie der Rest von uns ist. Jetzt ist meine Zeit gekommen, und ich muss all meine Konzentration fokussieren. Daher nehme ich meinen Teller, geselle mich zu den anderen drei Köchen, die zögerlich zur Servicetheke hinübergehen und auf das Urteil der Jurymitglieder warten.

Sie fangen beim großen bärtigen Koch am linken Ende an.

»Sebastian, bitte beschreiben Sie uns kurz Ihr Gericht«, bittet ihn Pip.

»Ein Safranrisotto mit Jakobsmuschel umhüllt von Klettenwurzel.«

Mist. Das klingt unglaublich. Kunstfertig, ambitioniert, köstlich, originell. Wie um alles auf der Welt hat er es geschafft, innerhalb von nur einer Viertelstunde ein perfektes Risotto zu kochen und anzurichten? Im Gegensatz zu diesem Gericht klingt meines wie ein Big Mac.

Jean-Michel massiert sich die Schläfen. »Wenn man immer noch das Innere dieses klaren Reiskorns sehen kann, was bedeutet das dann?«

»Dass der Reis vielleicht noch nicht ganz durchgegart ist.« Ich beobachte, wie Sebastian schnell blinzelt und die Konfrontation abschmettern will. »Aber wenn man die zeitliche Beschränkung bedenkt, dann …«

»Vielleicht … VIELLEICHT noch nicht ganz durchgegart?« Jean-Michel schnappt sich seine Gabel, spießt die Jakobsmuschel auf und hält sie Sebastian unter die Nase. »Die ist nicht ›vielleicht noch nicht ganz durchgegart‹, die ist definitiv ROH! Sie hätten wissen müssen, dass es unmöglich ist, dieses Gericht innerhalb dieser kurzen Zeit entsprechend meiner hohen Ansprüche zuzubereiten. Sie haben keinerlei Verständnis der Basics. Dabei haben Sie nicht nur die Aufmerksamkeit aller verschwendet, sondern, schlimmer noch, die Zutaten! Es ist nicht die Zeit, die Sie beschränkt hat, sondern Ihre eigene Idiotie …«

Pip seufzt schwer. »Begreifen Sie, warum wir überhaupt hier sind? Wonach wir suchen? Wir suchen nach Instinkt. Können. Fantasie. Spitzenleistungen. Ist Ihnen bewusst, wie viele Bewerbungen eingegangen sind? Über tausend. Also wagen Sie es ja nicht, hierherzukommen und uns zu bevormunden. Das hier ist kein Spielchen. Wir sind nicht zum Spaß hier.« Er lässt die Gabel fallen und geht weiter, wobei er den zweiten Koch noch schneller abserviert.

Octavia geht zum nächsten Kandidaten, zu einer kleinen Köchin mit roten Haaren, die jünger ist als ich. Ich erkenne sie aus einem Artikel aus der *Good Food* wieder, in dem es um spannende, aufsteigende Sterne am Köche-Himmel ging. Ich war einmal eine dieser Köchinnen. Bevor mein Glücksstern abgestürzt und in Flammen aufgegangen ist.

»Elle, beschreiben Sie mir bitte Ihr Gericht«, wendet sich Octavia an den lächelnden Rotschopf.

»Wir haben hier Lammravioli mit Paprikaschoten und Jalapeño-Salsa, mit Kreuzkümmel verfeinert.«

Lammravioli, exzellente Wahl; auch im Hinblick auf den engen Zeitrahmen eine weise Entscheidung. Sehr weise. Es wird schwer, das zu übertreffen. Gemessen am Niveau dieses Wettbewerbs könnte meine Steak-Rettungsaktion möglicherweise vergebens gewesen sein.

Octavia lässt Messer und Gabel in die Ravioliteigtaschen gleiten und probiert. Nachdem sie einen Moment lang gekaut hat, leckt sie sich über die Oberlippe, blinzelt leicht und legt die Gabel wieder auf den Tisch zurück.

»Kreuzkümmel ist ein Gewürz, das nicht oft für die Zubereitung von Pasta genutzt wird. Aus gutem Grund. Hier schmecke ich lediglich Paprika mit einem fiesen, bitteren Nachgeschmack … Das funktioniert nicht. Das funktioniert überhaupt nicht.«

Octavia ist also doch nicht so nett, wie ich sie mir vorgestellt habe.

Von meinem Platz aus sehe ich, wie Elle die Fäuste ballt. Sie ist vollkommen anderer Meinung, und sie juckt es richtig, das der Jury auch zu sagen. Das hier ist jedoch kein Forum, bei dem ein offener Dialog möglich ist. Ich muss an Zoe und Mel denken; *halt* einfach *besser den Mund und schluck es runter.*

Pip tritt vor und probiert einen Happen. Sofort schnappt er sich eine Serviette und spuckt den Bissen wieder aus.

»Klassiker sind nicht grundlos Klassiker. Immer wieder werden sie über Jahrhunderte und Generationen hinweg gern gegessen. Da gibt es gewisse universelle Zubereitungsgesetze. Wenn Sie diese nicht begriffen haben und sie nicht respektieren, dann steht Ihnen kein Platz in der Küche zu. Insbesondere nicht in dieser.«

Elle schiebt das Kinn vor und schüttelt den Kopf. Ihre Augen blitzen vor Wut. »Es tut mir leid, aber das stimmt einfach nicht ... Einerseits sagen Sie, dass Sie Originalität wollen, aber wenn Ihnen dann etwas Mutiges, Gewagtes, Frisches, Originelles und wirklich anderes serviert wird, dann machen Sie es als nicht klassisch genug herunter.«

Eine bleierne Stille breitet sich aus, als Jean-Michel seinen Blick hebt und sie anschaut. Ich sehe, wie sie zurückweicht. Ihre Unterlippe beginnt zu zittern, als er sich ihr nähert.

»Wer auch immer Sie sind. Was auch immer Sie sich einbilden, wer Sie sind. Sie sind genau das, was ich nicht will! Sie kommen her und bereiten Ihre eigenen geschmacklosen Veränderungen eines Klassikers zu, ohne einen Blick auf die Herkunft oder das Handwerk zu werfen. Und das alles nur, um uns zu beweisen, wie süß und clever Sie sind. Nun, meine Glückwünsche, Sie haben sich gerade ein One-Way-Ticket dahin verdient, wo Sie hergekommen sind. Und jetzt können Sie dann wieder zu Ihren ach so süßen Freunden und den sechs Menschen zurückkehren, die Ihnen eingeredet haben, Sie hätten Talent. Sie sind nicht mal in der Lage, Kartoffeln zu schälen. Es gibt nur eines, was noch schlimmer ist, als eine Köchin ohne Geschmacksnerven: eine selbstverliebte kleine Schneeflocke wie Sie. Sie werden nie etwas lernen, da Sie sich weigern zuzuhören. Vielen Dank für nichts.« Jean-Michel nimmt ihren Teller und wirft ihn in den Mülleimer. »Die Nächste.«

Heiliger Bimbam. Das bin ich. Ich bin die Nächste.

Octavia stellt mir keine einzige Frage. Stattdessen nimmt sie ihr Messer und schneidet das Filetsteak mittig durch. Sie führt die Gabel an die Lippen. Schiebt den Bissen in den Mund und schließt die Augen.

Und dann lächelt sie. Ein echtes Lächeln, bei dem sich die Mundwinkel nach oben heben.

»Das ist genau auf den Punkt gebraten, wie ich es mag. Ein Koch muss auch wissen, wann man aufhören muss, wann man zurücktreten und das Gericht für sich selbst sprechen lassen muss, um nicht Gefahr zu laufen, alles unnötig zu verkomplizieren oder zu überstrapazieren. Das hier ist schlicht, elegant, hochklassig und schön dargereicht. Das Risiko hat sich ausgezahlt, Katie. Sehr schön!« Sie dreht sich zu Pip und Jean um. »Das ist das Beste, was ich heute gekostet habe.«

Jetzt treten die anderen beiden Juroren an meine Kochstation heran und probieren mein Steak. Beide nicken, während sie kosten, alles zerteilen und jedes Fitzelchen auf meinem Teller unter die Lupe nehmen. Bis jetzt hat sich keine Miene verzogen, es erklingen keine erstickenden Geräusche, kein Porzellan zerschellt.

Pip seufzt. »Ich stimme Octavia voll und ganz zu. Das hier ist gut, sehr gut, sogar exzellent. Ich kann jedoch Unbeholfenheit nicht entschuldigen. Nahrungsmittel auf den Boden fallen zu lassen. Im Ernst? Auf dieser Ebene der Perfektion sollte man so etwas nicht erleben. Meiner Meinung nach zeugt das von Schlampigkeit. Unachtsamkeit. Das ist gefährlich und kann teuer werden … Beim nächsten Mal kann es in einem kritischen Augenblick in einer unter hohem Druck stehenden Küche nicht mehr so leicht sein, das noch zu drehen. Von mir ein klares Nein.«

Ich nicke liebenswürdig, obwohl meine Wangen wie Feuer brennen. Um mein wiederkehrendes Zittern zu verbergen, falte ich die Hände hinter meinem Rücken. Bislang habe ich also ein Ja und ein Nein. Meine Zukunft ist in der Schwebe.

Ich kann nicht sagen, in welche Richtung die Entscheidung gehen wird.

Jean-Michel mustert mich eingehend, betrachtet mich von Kopf bis Fuß. Jetzt gerade wünschte ich mir, ich hätte bessere Schuhe an, nicht diese billigen, von der Arbeit abgenutzten schwarzen Sneaker. Es liegt allein an ihm. Alles steht und fällt damit, ob er Potenzial in mir sieht oder nicht. Er dreht sich zu Ben um, der die ganze Zeit über schweigend an der Tür steht.

»Meine Frau hat Sie empfohlen. Sie hat einen Tisch bei Ihnen gehabt und mich von Gott weiß woher aus dem Mittelmeer angerufen. ›Ich habe ihn gefunden!‹, hat sie mir gesagt. ›Ich habe deinen Spitzenkoch gefunden.‹«

Bescheiden senkt Ben den Kopf.

»Der Art und Weise, wie meine Frau von Ihnen geschwärmt hat, entnehme ich, dass Sie kochen können. Aber taugen Sie auch für diese Aufgabe hier? Das muss sich noch herausstellen.« Jean-Michel reicht Ben Gabel und Messer. »Probieren Sie das Steak.«

Ben tut wie ihm geheißen und nähert sich meinem Teller. Ich warte. Er kostet das Essen und nickt. »Köstlich.«

Jean-Michel schaut zu Octavia zurück. »Wenn es nach meiner Frau geht, sollte ich Ben sofort einstellen. Vielleicht hat Pip recht und ich sollte genau das tun. Wir könnten auf der Stelle den restlichen Wettbewerb canceln. Wollen wir wirklich noch mehr Zeit und Mühe investieren, um uns mit ungeeigneten Bewerbern herumzuschlagen? Wir brauchen Leute, die in Bestform sind, und keine Kandidaten, die hochwertige Nahrungsmittel auf den Boden fallen lassen.«

Octavia schaut erst mich an, dann Jean-Michel. »Wir haben heute bereits mehr als vierzig Köche gesehen. Die meisten davon waren nervös und haben aufgrund dessen einen

Fehler gemacht. Die meisten haben unzulängliche Gerichte serviert. Anders jedoch Katie. Es ist etwas schiefgelaufen, aber sie hat sich angepasst und sich zurückgekämpft. Wir haben darum gebeten, innerhalb von fünfzehn Minuten ein Gericht von höchster Qualität zuzubereiten, und das hat sie gemacht. Sie hat abgeliefert. Der Erfolg dieses Gerichts hat bereits vor ihrem Betreten der Küche begonnen. Ihre Steak-Wahl war sehr klug. Zeigt es doch, dass diese Köchin hier nicht nur ein großes Verständnis von Nahrungsmitteln hat, sondern auch von der Branche als solcher. Ich finde, sie ist bestens vorbereitet hergekommen und hat ihre Stärken demonstriert. Sie hat Zutaten angerichtet, die sich von ihrer besten Seite zeigen. Und das bewundere ich. Aber was ich noch viel mehr bewundere: Sie ist auf ein Hindernis gestoßen und hat sich instinktiv angepasst. Das zeigt eine unglaubliche Stärke, Belastbarkeit und Entschlossenheit. In einem neuen Restaurant wird es immer mal wieder Herausforderungen und Hürden geben, und wir brauchen einen Koch, der bewiesen hat, dass er die Fähigkeit besitzt, solche Herausforderungen und Hürden zu überwinden. Finde ich also, dass sie eine Chance verdient hat? Ja. Ja, das tue ich.«

Nachdenklich legt Jean-Michel die Finger an den Mund und holt tief Luft.

»Okay, ich bin der Küchenchef und werde als solcher eine Entscheidung treffen. Mir gefällt nicht, was Sie getan haben. Aber das, was die anderen getan haben, gefällt mir noch viel weniger. Basierend auf dem heutigen Tag, müssen Sie noch einiges beweisen. Glauben Sie, dass Sie alles mitbringen, was gefordert ist?«

»Ja, Chef.«

»Sind Sie bereit, alles zu opfern, worum ich Sie bitte, und mir alles zu geben?«

»Ja, Chef.«

»Ihnen ist bewusst, dass der Weg nicht leicht wird und dass Sie das Verfahren jetzt verlassen sollten, wenn Sie es sich lieber leichter wünschen würden?«

»Ja, Chef.«

»Dann sind Sie weiter. Nicht weil es perfekt war, was Sie abgeliefert haben. Sondern weil ich denke, dass es mit der Zeit perfekt werden könnte.«

»Vielen Dank, Chef.« Hinter dem Rücken knete ich meine kalten, klammen, zitternden Hände. *Ich bin weiter!*

»*D'accord.* Kaufen Sie sich ein Paar Gitterhandschuhe für mehr Griffsicherheit, denn wenn Sie noch einmal irgendetwas fallen lassen, Katie, dann lasse ich Sie fallen, *tu comprends?*«

»Ja, Chef.« Dankbar verbeuge ich mich vor Jean-Michel Marchand. Und merke, dass wir beide auf einmal die Einzigen sind, die noch im Raum sind. Octavia und Pip sind bereits durch die Schwingtür verschwunden, und die anderen Kandidaten inklusive Ben wurden glücklicherweise schon durch die Hintertür hinauskomplimentiert.

Dankbar verneige ich mich ein zweites Mal, woraufhin er nickt, um anzudeuten, dass auch ich nun gehen kann.

Und während ich meine Schürze aufknote und meine Sachen zusammenpacke, geht mir einzig und allein durch den Kopf, dass Martha so was von recht hatte. Jean-Michel ist für einen solchen Giganten ein verdammt kleiner Mann.

7

»Hi, Dad! Du wirst es nicht glauben, aber ich habe die unglaublichste Nachricht schlechthin!«

Nachdem er ans Telefon gegangen ist, springe ich vom Fahrrad, stelle mich vorübergehend in einen Hauseingang in der Hauptstraße und halte mir das andere Ohr zu, damit ich ihn über die knackende, rauschende Verbindung überhaupt hören kann.

»Du hast im Lotto gewonnen und kommst für immer nach Hause, um deinem alten Herrn Gesellschaft zu leisten.«

»Oh, besser als das!«, rufe ich, immer noch ganz atemlos und voller Adrenalin nach der Prozedur eben und dem Hügel, den ich vom *Rembrandt* aus hochgeradelt bin. »Ich habe ein Vorstellungsgespräch bei Jean-Michel!«

»Jean-wer?«

»Der berühmte Starkoch. Von dem ich seit jeher schon besessen bin«, erkläre ich ihm.

»Ich dachte, du bist der größte Fan von dieser Fernsehköchin, Celia Soundso?«

»Ja, schon, ich vergöttere Celia Sanderson, und das wird sich auch nie ändern, aber das hier ist etwas vollkommen anderes, da geht es nicht um Eintöpfe und Törtchen. Wir sprechen hier von der *gehobenen Küche,* Dad. Das ist die erste Liga; das höchste Niveau, das man als Köchin erreichen kann. Wenn ich die Stelle bekommen sollte, kann man sich das so vorstellen, als würde ich vom Topmanager des Landes – der ganzen Welt – unter Vertrag genommen. Das ist meine große, *große* Chance.«

»Okay, ich verstehe. Wenn du meinst.« Er atmet laut aus. »Es fällt nur schwer, mit dir Schritt zu halten, Katie. Wir haben das mit dem Restaurant alles mitgemacht, und jetzt stürzt du dich Hals über Kopf wieder in etwas Neues …«

»Oh, das hier ist etwas ganz anderes. Jean-Michel eröffnet in London ein brandneues Restaurant und stellt eine ganz neue Truppe zusammen. Und ich habe die Vorauswahl bestanden! Ich bin in der nächsten Runde.«

Ein Seufzer am Telefon. »Aber das ist immer noch eine Stelle als Köchin? In London?«

»Dad, das ist *die* Stelle als Köchin in London schlechthin! Eine Million Köche würden sich für so eine Chance umbringen!«

»Da bin ich sicher. Sie bringen sich um, indem sie sich zweifellos rund um die Uhr für diesen undankbaren Job abrackern. Kein Urlaub, keine Rente, keine Lohnfortzahlung im Krankheitsfall, keine Versicherung. Erinnerst du dich, als du dir die Hand mit kochend heißem Wasser verbrüht hast? Man hat die Hand mit einem Desinfektionsmittel behandelt und einen Verband darum gewickelt, und am nächsten Tag hast du wieder in der Küche gestanden. Das ist doch nicht richtig, Katie. Die Bedingungen sind schlimmer als in einem Ausbeuterbetrieb!«

»Das war aber doch meine Entscheidung, Dad, außerdem sah das schlimmer aus, als es tatsächlich war. Jedenfalls ist es sehr schnell verheilt.«

»Das ist es nicht. Bei der Hochzeit deiner Schwester haben wir es alle mit eigenen Augen gesehen. Du hast dieses wunderschöne Brautjungfernkleid mit einem Handschuh wie Michael Jackson getragen, um die Verletzung vor uns zu verstecken. Du hättest uns das nicht nur sagen müssen, sondern auch zulassen, dass wir dir helfen. Warum um alles in der Welt willst du dir das alles noch einmal antun? Das hast du doch alles schon mal durchgemacht. Du hast es versucht, du hast es wirklich versucht. Dabei solltest du es belassen. Beende das Thema und schau nach vorn.«

Die Frustration ist seiner Stimme deutlich anzumerken. Eigentlich habe ich ihn angerufen, weil ich dachte, die Neuigkeiten würden ihn freuen, vielleicht sogar stolz machen. Ihm Kummer zu bereiten, war das Letzte, was ich wollte.

»Aber das tue ich doch gerade: Ich blicke nach vorn. Und erblicke hoffentlich einen Aufstieg.«

»Verrate mir nur eins: Wohnst du immer noch bei Alice?«

»Ja.«

»Wo du auf dem Boden schläfst?«

»Na ja, ja. Aber nur übergangsweise.«

Ich höre, wie er tief Luft holt. Kein gutes Zeichen.

»Arbeitest du immer noch für einen Hungerlohn in diesem Seniorenheim?«

»Ja. Darum brauche ich auch diese …«

Er unterbricht meinen Erklärungsversuch; seine Stimme klingt eine Oktave tiefer. »Es tut mir leid, dass ich derjenige bin, der dir das sagen muss, Katie, aber mit fast dreißig bist du zu alt, um bei Freundinnen auf dem Boden zu schlafen und dich mit einem Lohn unterhalb des Existenzminimums über Wasser zu halten. Deine Mutter und ich haben dich nicht erzogen, damit du so herumkrebsen musst. Es hat ganz und gar keinen Sinn, in einer der teuersten Städte der Welt zu leben, um einen Job zu haben, mit dem man nicht einmal die Miete bezahlen kann …«

»Dad, das ist total unfair.« Jetzt schneide ich ihm das Wort ab, bevor er noch weiterredet. Ich hasse es, wenn er meine Mutter ins Spiel bringt. Als wäre sie immer noch da. Als stünde sie neben ihm und würde zustimmend nicken. »Welche Wahl habe ich denn?« Meine Stimme erreicht eine ungekannte Höhe. Ich hole tief Luft und betrachte auf meiner rechten Hand die verschmolzene Haut, die die Verbrühung zurückgelassen hat. Es ist nur eine Narbe. Es tut nicht mehr weh.

»Du hast reichlich Auswahl, Süße! Ach, Katie, ich will dich nicht ärgern. Ich bin schrecklich stolz darauf, wie verzweifelt du es versucht hast. Aber in deinem eigenen Interesse wäre es jetzt vernünftig, ein wenig zurückzutreten. Um etwas anderes zu probieren. Dir liegt die ganze Welt zu Füßen, du arbeitest hart, und du hast viele solide, respektable Auswahlmöglichkeiten zur Verfügung. Warum erwägst du nicht mal, dir andere Berufswege anzuschauen, dich umschulen zu lassen, vielleicht aufs College zurückzukehren und etwas anderes anzugehen, das weniger …«

»Weniger *was?*«

»Das weniger gladiatorisch ist.«

Jetzt bin ich diejenige, die seufzt.

»Rachel sagte, du hättest sehr müde geklungen, als ihr das letzte Mal miteinander telefoniert habt«, fährt er fort.

»Aber ich habe seit einer Ewigkeit nicht mehr mit Rachel gesprochen!«

»Ja, das hat sie auch gesagt.«

Mir fällt es schwer, darauf zu kontern. Es stimmt – ich habe meine kleine Schwester seit einer halben Ewigkeit nicht mehr zurückgerufen. Oder mir ihr geskypt oder per Facetime gesprochen. Alles läuft bestens für Rachel; sie lebt mit ihrem tollen Ehemann in Australien, der Nachwuchs ist unterwegs. Da kann ich einfach nicht mithalten. Nicht, dass sie das so sehen würde, aber ich will einfach nicht, dass sie sich Sorgen um mich macht. Denn mir geht es gut im Sinne von »ich funktioniere«, wenn ich nur mich betrachte. Oder von Alice' und meinem Standpunkt aus gesehen. Wenn ich jedoch innehalte, mich aus den Augen meiner kleinen Schwester betrachte, wie ich mich ihr darbiete, komme ich mir wie eine einzige riesige Enttäuschung vor – und nicht etwa wie die große Schwester, die sie während ihrer Kindheit angehimmelt hat, so viel steht fest. Ich weiß genau, worauf Rachel aus ist, was sie zu finden versucht: Anzeichen von Glück, Kraft, Hoffnung und Begeisterung. Mir ist aber auch klar, dass mein magerer Körper, die blasse Haut und die dicken dunklen Ringe unter den Augen nicht gerade diese Botschaft auf ihre sonnige Veranda in Melbourne senden würden.

»Okay, ich werde sie anrufen. Bald, versprochen«, erkläre ich und bin selbst ganz überrascht, wie überzeugend ich klinge.

»Prima, Katie. Sie wird sich über ein schönes, langes Gespräch mit ihrer Schwester freuen. Jetzt, da das Baby unterwegs ist, hat sie ein wenig Heimweh, weißt du? Deine Brüder sind toll, aber du bist diejenige, mit der sie offen sprechen kann. Sie vermisst dich, das ist alles. Bleib am Apparat, ich muss nur kurz den Hund reinlassen. Bin sofort wieder da.«

Ich schlucke. Wie sehr auch ich sie vermisse! Ich vermisse sie alle. Aber ironischerweise ist es noch viel schlimmer, wenn ich mit ihnen rede. Ich vermisse sie noch mehr, wenn ich darüber nachdenke, wie weit sie alle entfernt sind. Meine Brüder haben beide einen kleinen Dachschaden und sind freiwillig zur irischen Marine gegangen, Adam als Mediziner und Conor als Ingenieur. Sind meine Brüder mal nicht auf hoher See unterwegs, tauchen sie in ihrer Freizeit nach Schiffswracks oder klettern auf Berge und schlafen in Höhlen. Weil es ihnen offenbar Spaß macht. Sie sind Überlebenskünstler und verschwinden gern schon mal von der Bildfläche, um sich alles abzuverlangen – von einem verrückten Extrem zum anderen – Kälte, Hunger und Ferne. Dieses Gen teilen wir absolut nicht. Rachel und ich mögen Custard-Creme und flauschige Kuschelsocken und haben die beiden immer ihr eigenes Ding machen lassen. Meistens halten sie sich in weit entfernten Ecken der Welt oder mitten auf dem tiefen blauen Meer auf. Oder tatsächlich eben unter Wasser. Was sie schon immer machen wollten, seitdem sie kleine, rotgesichtige Bengel waren, die knietief im Matsch steckten. Und so schlimm und verrückt es sich anhört: Ich hasse es, ihre Stimmen zu hören, weil mir das jedes Mal einen Stich ins Herz versetzt. Denn dann höre ich sie lachen, und nur kurz darauf ist es schon wieder Zeit, sich zu verabschieden und aufzulegen. O mein Gott, wie sehr hasse ich es aufzulegen und den wunderbaren, wohltuenden Trost ihrer Stimmen zu unterbrechen, die mir sagen, dass sie mich lieb haben und mir versprechen, dass bald eine Zeit kommen wird, in der wir uns alle wiedersehen werden. Die Vorstellung, dass wir uns alle an ein und demselben Ort aufhalten, in Reichweite voneinander, so nah, dass ich nur die Hand auszustrecken bräuchte und sie an meine Brust ziehen könnte – das ist mehr, als ich verkraften kann. Sich mit ihnen am Telefon zu unterhalten, ist nur eine Freude, die von kurzer Dauer ist und mich aufgrund ihrer Abwesenheit ganz traurig macht. Darum gehe ich nicht ans Telefon und rufe auch nicht zurück. Nicht weil ich sie nicht vermisse. Sondern, weil ich sie wirklich schrecklich, schrecklich vermisse.

Ben heute zu sehen war ähnlich. Sogar nur der flüchtige Blick auf ihn. Er war glücklicherweise kurz, aber dennoch löste er in meinem Herzen etwas aus, das ich als Sehnsucht kenne. Aber auch Herzschmerz und Bedauern. Also habe ich das gemacht, was ich immer mache, und mich mit etwas anderem beschäftigt. Ich habe mich mit etwas abgelenkt, das jedes Quäntchen meiner Aufmerksamkeit benötigte. Und es hat funktioniert. Irgendwie jedenfalls.

Ich lausche wieder meinem Vater am Telefon, das ist eine willkommene Ablenkung von meinen Gedanken an Ben sowie der Frage, was alles hätte werden können. »Du weißt doch, mir kam da in den Sinn, warum du nicht Jura studierst. In der Schule warst du doch genauso klug wie Alice. Sie könnte doch in ihrer Firma dafür sorgen, dass du dort einen Fuß in die Tür bekommst, dann könntet ihr dort gemeinsam arbeiten. Sieh dir nur mal an, wie gut sie es sich jetzt gehen lässt!«

Na klar. Wenn er sie sähe, wie sie in Unterwäsche dasitzt und Eis isst, dann wüsste er, *wie* gut es ihr geht …

»Ich denke darüber nach, Dad. Ich muss jetzt aber los«, erkläre ich ihm, obwohl ich gar nicht wegmuss. Von diesem Telefonat hatte ich erwartet, dass es ganz anders verläuft, dass er sich für mich freut. Dass er mir Glück wünscht, anstatt meine große Chance zu zerknüllen, sie wie ein Stück Papier wegzuwerfen und mich an all die Löcher und den Kummer in meinem Leben zu erinnern.

»Jetzt sei nicht so, Katie. Ich will doch nur, dass du glücklich bist. Ich weiß genau, was dahintersteckt, und es ist an der Zeit, das alles loszulassen. Du musst nichts mehr beweisen; du bist jetzt frei, dein eigenes Leben zu leben. Das wünsche ich mir für dich. Wir wünschen uns alle, dass du einfach nur glücklich bist.«

»Klar, danke. Ich muss jetzt aber wirklich los; ich muss noch Vorbereitungen für die nächste Auswahlrunde morgen treffen.«

»Oh, da wir gerade über Vorbereitungen sprechen: Ich treffe gerade selbst welche, während wir miteinander reden.«

Seine Stimme klingt so anders; ich kann mir genau vorstellen, wie er dasitzt, mit den Fingern die Lippen knetet und sich nur zögerlich traut, die Worte auszusprechen. Bei schlechten Neuigkeiten macht er das immer so. Ich wappne mich.

»Mir ist die Frühpensionierung angeboten worden, und ich habe mich entschieden, das Angebot anzunehmen.«

»Wow. Das ist toll, oder?«

»Ja, ich bin ganz aufgeregt. Im Leben gibt es auch noch andere Dinge außer der Arbeit. Ich habe Lust auf eine Auszeit, auf einen Tapetenwechsel. Vielleicht gehe ich auf Reisen, vielleicht besuche ich ein paar Orte, die ich schon immer mal sehen wollte – vielleicht reise ich sogar nach Australien, um deiner Schwester zu helfen, wenn das Baby da ist.«

»Dad, das sind ja tolle Neuigkeiten! Vielleicht kannst du dann auch mal nach London kommen, um mich zu besuchen. Dann könnten wir einen Happen essen gehen, uns die Sehenswürdigkeiten anschauen …«

Er unterbricht mich. »Und um das alles tun zu können, Katie, muss ich mich verkleinern. Das bedeutet, ich muss das Haus verkaufen.«

Aha. Wusste ich's doch, dass da noch schlechte Nachrichten im Busch sind. Schon faszinierend, wie man Tausende von Meilen voneinander entfernt leben kann – und der andere doch wie ein offenes Buch für einen ist, sodass man alle Hinweise und Eigenarten flüssig lesen kann. Jede Wette, dass er seine Lippen knetet, bis sie blau sind.

»Aber wir können unser Haus nicht verkaufen, Dad«, protestiere ich.

»Es wird Zeit, Katie. Es ist nicht zweckmäßig, dass nur noch ich hier wohne. Ich geistere hier nur noch herum. Es tut mir leid, aber ich habe einen Entschluss gefasst; ich will nach vorn blicken, Geld lockermachen und mein Leben voll auskosten. Sowohl deine Brüder als auch deine Schwester verstehen mich und stehen voll und ganz hinter mir.«

»Du hast also bereits allen außer mir davon erzählt …«

»Ich habe immer wieder versucht, dich zu erreichen, aber du bist nie rangegangen.«

Blinzelnd kämpfe ich gegen Tränen der Wut an. Nicht zu fassen, dass alle außer mir Bescheid wussten. Ich bin nun wirklich die Letzte, die von der Familie ausgeschlossen sein sollte … auch wenn es auf mein eigenes Handeln zurückgeht.

»Katie? Liebes, bitte sag doch etwas. Es ist nichts Persönliches. Ich hatte nur so viel zu tun, und mit allem, was du durchgemacht hast, fiel es mir schwer, den passenden Moment zu finden.«

Ich platzte mit meinen Gedanken heraus, bevor ich überhaupt darüber nachdenken konnte. »Du kannst das Haus nicht verkaufen. Wir sind dort aufgewachsen. All unsere Erinnerungen an Mum hängen an diesem Haus.«

Mir fehlen weitere Worte. Aber ich sollte auch keine weiteren Worte brauchen.

»Ich dachte mir schon, dass du so empfinden würdest. Aber man kann nicht für immer an der Vergangenheit kleben, Katie. Man kann nicht an etwas festhalten, was längst vorbei ist und niemals wiederkehren wird. Vielleicht solltest auch du darüber einmal nachdenken. Möglicherweise ist auch für dich die Zeit gekommen, etwas vollkommen anderes zu tun. Etwas, das dir ein Leben erlaubt. Das zulässt, dass du in deinem Leben den Blick nach vorn richten kannst. Conor und Adam zum Beispiel, die beiden haben sich großartige Karrieren aufgebaut, Karrieren fürs Leben! Und Rachel: Sie ist glücklich, verheiratet, hat eine Familie gegründet, hat die richtige Balance gefunden und kann eine Beziehung aufrechterhalten.«

Autsch.

»Vielleicht könntest du dieses Mal jemanden kennenlernen, der kein Koch ist. Möglicherweise ist das der Schlüssel.«

Ich öffne den Mund, um zu reden, um zu schreien. Doch dazu bin ich zu aufgebracht. Wenn ich jetzt damit loslege, meine Proteste rauszuschreien, dann werde ich hysterisch – was ich hier bei Tageslicht und auf offener Straße ganz bestimmt nicht werden möchte.

»Ich kann das Haus nicht als Speicher- und Abstellort behalten, Katie. Du musst dir die Zeit nehmen, um deine Sachen abzuholen und einen Ort zu finden, wo du sie unterbringst, bevor ich mit den Hausbesichtigungen anfange.«

»Prima. Mach doch, was du willst. Ich muss mich jetzt auf morgen vorbereiten.« So viel also zum besten Tag meines bisherigen Lebens. So viel also zu den Gratulationen von zu Hause.

»Okay, aber denk an die Definition von Wahnsinn: Man macht jeden Tag dasselbe, erwartet aber andere Ergebnisse.«

Und genau an diesem Punkt lege ich auf. Wahnsinn? Na ja, sollte ich wahnsinnig sein, muss es vererbt sein. Er will unser Zuhause verkaufen? Ich bin entsetzt. Das ist die dümmste Idee, von der ich in meinen ganzen neunundzwanzig Jahren je gehört habe. Als Familie sind wir an der Trauer fast zerbrochen, jetzt sind wir durch die Lebensumstände überall in der Welt verteilt. Das Einzige, was uns noch zusammenhält, ist unser Zuhause. Und das will Dad verkaufen? Um den Blick nach vorn zu richten? Auf keinen Fall!

Mein Dad hat unrecht. Er hat so was von unrecht, sowohl was mich betrifft als auch das Haus. Nicht die Tatsache, dass ich Köchin bin, hält mich zurück; ich brauche nur meinen Durchbruch. Beim letzten Mal war es etwas anderes. Ich hatte mir zu viel vorgenommen, außerdem war ich naiv und unerfahren. Ich habe mich einzig und allein auf das Essen konzentriert und die Finanzen dabei leider ignoriert. Ich habe blind auf Personal vertraut, das ich kaum kannte. Für Regentage hatte ich nicht vorgesorgt. Oder für Absagen. Oder für unvorhergesehene Ausgaben in Form einer verstopften Toilette oder eines undichten Dachs oder unverschämter Kunden, die das Besteck geklaut haben. Ich habe nicht ein einziges Mal eine Excel-Tabelle geöffnet. Nie die Bankauszüge gelesen oder die Kassenlage überprüft. Meine Pacht nicht gesichert und keine Versicherung gehabt, die bei Wasserrohrbrüchen hätte einspringen können. All das hat nach und nach meinen Gewinn aufgefressen, sodass ich Lieferanten mit meiner Kreditkarte bezahlte – und in den roten Zahlen landete, ehe ich mich's versah. In den tiefroten Zahlen. Leuchtend, blinkend, warnschild- und blutbadmäßig rot.

Dann stellte sich heraus, dass mein Personal recht großzügig mit meinem Geld umging, was ich nur als Trinkgeld für sich selbst bezeichnen kann. Ich wurde in die Bank einbestellt, dunkle Anzüge hinter einem Schreibtisch, Manager, Anwälte, Schuldnerberater … Alles wurde mir in sehr klaren Zahlen dargelegt … und wir sind zu einer Einigung gekommen. Die einzige Möglichkeit, meine angehäuften Schulden abzutragen, bestand darin, meine Schulden zu deckeln und die Verluste so gut wie möglich einzudämmen. Was bedeutete, beim Kühlschrank den Stecker zu ziehen, meine wunderschöne, leuchtend blaue Eingangstür ins Schloss zu ziehen, mein perfektes kleines Restaurant zum letzten Mal abzuschließen und keine andere Wahl zu haben, als zu gehen.

Was hätte ich also anderes tun können, als den erstbesten Job anzunehmen, der wöchentlich Gehalt einbrachte? Mich auf die Güte von Freunden zu verlassen. Meine Messer und die Kochuniform einzupacken und mich in die Gruppe der Mittellosen und Beinahebankrotten einzureihen.

Also ja, Dad hat durchaus nicht ganz unrecht, was aber nicht automatisch heißt, dass es stimmt.

Denn so schlimm das alles auch war, so habe ich doch sehr viel daraus gelernt. Ich stehe zu allen Fehlern, die ich gemacht habe. Aber nicht alles, was ich gemacht habe, war ein Fehler. Es gab auch eine Menge Gutes. Meine Gerichte waren innovativ, spannend, ansprechend und, am allerwichtigsten, köstlich. Die Kritiken waren positiv, die Kundenfrequenz steigend. Ich hatte beständig mehr zu tun, wurde professioneller, kreativer und geübter. Ich habe Neues ausprobiert, und sehr oft haben diese Sachen funktioniert. Ich bin schneller geworden, selbstsicherer und mutiger.

Etwa zu diesem Zeitpunkt bekam ich den Anruf von der Bank, woraufhin alles zunichte war. Ich musste es mir selbst eingestehen und akzeptieren, dass alles meine eigene Schuld war, da die Verantwortung einzig und allein bei mir lag. Nachdem ich für alles geradegestanden und tief in mich hineingehorcht hatte, habe ich realisiert, dass ich so etwas überstehen, dass ich von ganz unten wieder anfangen und mit Alice' Hilfe überleben kann. Am allerersten Abend, als ich immer noch empfindlich und vorsichtig war im Hinblick auf alles, was vor mir lag, hat sie mir erklärt, dass ein Fehler, der mich demütig mache, immer noch besser sei als ein Erfolg, der mich hochmütig werden lasse. Dass all die arroganten Anwälte, mit denen sie arbeite, niemals einen Misserfolg erlebt hätten, da sie nie etwas Neues ausprobiert hätten und dadurch von nichts zehren könnten. Sie seien nicht in der Lage, Mitgefühl zu empfinden. Sie kennen weder sich selbst noch irgendjemand sonst.

Was habe ich also über mich erfahren? Ich habe gelernt, dass ich, auch wenn ich nur kriechen kann, loskrieche. Ich bin zu Alice gekrochen und habe sie gebeten, bei ihr wohnen zu dürfen. Und ich bin zur Cateringfirma gekrochen und habe um einen Job gebettelt, der am nächsten Tag begann. Aus eigener Erfahrung weiß ich jetzt, dass es nicht darum geht, dass das Leben leichter oder nachsichtiger wird. Vielmehr geht es darum, dass ich stärker und belastbarer werde und all meine Fehler packe und sie mir eine Lehre für die Zukunft sein lasse.

Für *meine* Zukunft. Die Zukunft, auf die ich mich freue und vor der ich keine Angst habe.

Am liebsten würde ich meinen Dad zurückrufen und ihm sagen: Weißt du, was? Ich bin nicht wahnsinnig. Ich mache nicht das Gleiche immer und immer wieder und erwarte stets andere Ergebnisse. Ich lerne, ich passe mich an, ich verändere mich. Ich habe das Steak fallen gelassen. Ich habe ein neues zubereitet. Vielleicht ist also nicht der Absturz das Wichtigste, was mir je widerfahren ist, sondern das Wissen um die Fähigkeit, immer wieder aufstehen zu können.

Doch ich bin zu erschöpft und zu müde, um ihn von etwas zu überzeugen, worüber er sich längst eine andere Meinung gebildet hat. Daher beschließe ich, ihm eine Textnachricht zu schicken.

Tu, was du für das Beste hältst. Und mach dir keine Gedanken um mich. Denn ich werde einen Weg finden. Ich finde immer einen Weg.

Dann warte ich den Bruchteil einer Sekunde und schicke ihm eine weitere Nachricht, da ich ihm nicht böse sein kann, denn trotz all seiner guten Absichten und Vorschläge ist er immerhin das einzige Elternteil, das mir noch geblieben ist.

Und ich rufe Rachel bald an.
Versprochen. Kuss, Katie

8

»Warum bist du denn hier? Du hast doch heute frei!«, wundert sich Mel, als ich am Ende ihrer Schicht die Küche der Parklands-Seniorenresidenz betrete.

»Ich weiß. Aber ich wollte euch noch abpassen.« Ich schlage die Zeitung auf und zeige ihnen die Anzeige von Jean-Michel. »Ich habe mich da beworben und bin eine Runde weiter!«

Alle hüpfen aufgeregt auf und ab, umarmen mich zwischen begeisterten High Fives und schwingen die Hüften in einem Jubeltanz.

»Ich wusste, du schaffst das! Ich wusste, du ziehst das durch!«, ruft Mel und reckt abwechselnd die Arme in Siegerpose, als spiele eine fröhliche Musik, die nur sie hören kann.

»Aber vergiss uns ja nicht, wenn du Bombay Duck mit Austern und Champagner für all diese luxusverwöhnten Millionäre kochst«, lacht Zoe.

»Nein, darum geht's ja. Ich habe den Job *noch* nicht. Ich habe nur die erste Runde des Auswahlverfahrens bestanden, das insgesamt ein paar Wochen lang dauern könnte. Vielleicht ist aber auch schon morgen alles vorbei. Jean-Michel ist ziemlich unberechenbar. Darum wollte ich euch um einen Gefallen bitten.«

Zoe verschränkt die Arme vor der Brust und schiebt die Unterlippe zu einem Schmollmund vor. »Was genau willst du jetzt von uns?«, fragt sie, die Augen in gespieltem Argwohn zusammengekniffen.

»Ich muss meine Schicht tauschen. Ich muss die Nachtschicht übernehmen, damit ich tagsüber am Auswahlverfahren teilnehmen kann.« Davor habe ich mich gescheut. Nicht etwa wegen der langen Arbeitszeit oder der Arbeitslast, sondern weil es bedeutet, dass ich im Dunkeln zur Arbeit muss und auch im Dunkeln wieder heimkomme. Ich hasse die Dunkelheit. Mir stellen sich alle Nackenhärchen auf, und ich knete nervös meine Hände hinter dem Rücken. Es ist ja nicht für lange, versuche ich mich zu beruhigen. Ich schaffe das, für Jean-Michel, für eine bessere Zukunft … »Was meint ihr? Glaubt ihr, dass das für Bernie in Ordnung geht?«

Sowohl Mel als auch Zoe schütteln den Kopf.

»Nee, nee. Auf gar keinen Fall. Sie wird an die Decke gehen und alles tun, was in ihrer Macht steht, damit du nicht bekommst, was du willst. Sie darf unter keinen Umständen davon erfahren. Denn wenn sie es erfährt, wird sie es dir vermasseln, glaub mir!«, warnt mich Mel und lässt aufgebracht die Arme herabfallen.

»Aber das will sie doch, dass ich hier weggehe. Da wird ihr doch alles entgegenkommen, was mir hilft, einen anderen Job zu finden.«

Zoe reckt einen scharfen, spitzen türkisfarbenen Fingernagel in die Höhe. »Ha! Und da liegst du falsch. Das ist eben nicht irgendein Job. Sie will dich hier raushaben, das stimmt, aber sie will ganz bestimmt nicht, dass du etwas Besseres als das hier bekommst! Nö. Wenn dir die Arbeit für diesen Franzosen so viel bedeutet, dass du bereit bist, zwei Schichten in Folge zu arbeiten, dann darf sie niemals davon erfahren.

Sonst sorgt sie noch dafür, dass du keine Chance haben wirst.«

Ich lasse mich auf die Stahlbank sinken. Wie um alles in der Welt soll ich das bloß machen? Auf die Arbeit kann ich nicht verzichten, da ich absolut kein Geld habe. Ich nehme schon mehr Hilfe an, als mir eigentlich recht ist, indem ich bei Alice auf dem Boden schlafe. Ich kann niemanden um Almosen bitten, und von nichts kann ich nicht leben.

Ich fahre mir mit den Händen durchs Haar. Diesen beschissenen Job hier kann ich einfach nicht aufgeben! Aber ich kann auch nicht bei Jean-Michel anrufen und ihm sagen, dass ich mich aus der Auswahlrunde zurückziehe, weil ich mich bei Bernie einstempeln muss. Das ist mit Abstand das traurigste Dilemma, in dem ich mich je befunden habe.

Das kann einfach nicht wahr sein … Es kommt mir so falsch vor! Ich presse mir die Handballen auf die Augen, aber ich weigere mich zu weinen. Vielleicht muss ich mich übergeben. Diese Situation wäre noch schlimmer, als im Auswahlverfahren gar nicht erst weitergekommen zu sein. Am schlimmsten wäre es, die Chance zu bekommen, sie dann aber verstreichen lassen zu müssen.

Zoe klatscht in die Hände. »Mel, hast du diese Woche Dienst?«

»Ja, warum?«

»Ich glaube, ich hab die Lösung! Wie gut, dass ihr alle Bernie so sehr hasst wie ich und absolut keine moralischen Bedenken habt, ihr schamlos ins Gesicht zu lügen.«

»Nicht die geringsten Bedenken«, bestätige ich. Auch Mel nickt. Wenigstens sind wir uns in dieser Sache einig.

»Ich werde Bernie sagen, dass Katie für mich die Spätschicht übernehmen muss, um mir bei der Kinderbetreuung zu helfen, weil Tashs Dad diese Woche nicht einspringen kann. So wird sie denken, dass wir das Problem unter uns gelöst und ihr die Arbeit erspart haben. Das ist der beste Weg, oder?«

Ratlos legt Mel die Stirn in Falten. »Ich weiß nicht, Leute. Das ist verdammt riskant. Immerhin haben wir es hier mit Bernie zu tun. Wenn sie auch nur einen Hauch davon mitbekommt, was wir hier hinter ihrem Rücken veranstalten, geht sie auf uns los. Gestern habe ich gehört, wie sie die Putzfrau angeschrien hat. Ohne Witz, ich hatte Angst.« Mel beißt sich auf die Lippe und kratzt sich im Nacken. »Warum nimmt sich Katie nicht einfach frei? Dann wäre das geklärt, und es wäre auch noch sicherer, als mit den Schichten herumzupfuschen.«

Zoe wirft Mel einen vielsagenden Blick zu. »Weil ich denke, dass Katie sich unbezahlten Urlaub nicht leisten kann?«

Ich nicke. »Ich brauche jeden einzelnen Penny.«

Mel nickt verständnisvoll, denn was den Lohn anbelangt, sitzen wir alle in demselben Boot. »Ich weiß, was du meinst.«

Zoe stupst sie am Ellbogen an. »Wir sind bis jetzt noch nie ertappt worden, als wir füreinander eingesprungen sind. Wir können das ruhig so durchziehen.«

»Aber das war nur gelegentlich mal eine Schicht, oder? Jetzt reden wir aber von einer kompletten Woche, oder?«

Ich schüttle den Kopf. »Du hast recht. Vielen Dank, aber das kann ich von euch beiden nicht verlangen. Das ist einfach zu viel. Und viel zu riskant.« Ich muss mir wohl oder übel etwas anderes einfallen lassen. Das ist meine große Chance – ich muss eine andere Möglichkeit finden, wie es funktionieren kann. Allein.

Mel holt tief Luft, lässt den Blick durch die Küche schweifen und blinzelt dann, als würde sie aus einer Art Trance aufwachen. »Nein. Wir machen das so! Was habe ich mir bloß dabei gedacht? Wir tun doch nichts Falsches! Wir helfen einander lediglich. Die Arbeit wird ja erledigt. Wovor haben wir also Angst? Bitte vergesst, was ich vorhin gesagt habe. Du musst einfach nur zur Spätschicht herkommen, Zoe und ich werden alles rund um den Dienstplan klären, okay? Überlass das uns. Bernie kann uns mal, oder, Zoe?« Die beiden zwinkern einander zu und stupsen sich mit den Hüften an.

»Das ist mein Mädchen«, lacht Zoe. »Für den Bruchteil einer Sekunde habe ich eben Angst bekommen.«

Mir richten sich wirklich die Nackenhaare auf. Zoe und Mel würden das tatsächlich für mich tun? Sie wollen ernsthaft ihren Kopf hinhalten, um mir zu helfen? Ich glaube, mir kommen gleich die Tränen; meine Augen brennen schon. Zoe und Mel – womit habe ich bloß zwei so tolle Mädels verdient?

Ich gehe zur Auswahlrunde! Ich werde es schaffen. Und ich werde gleichzeitig meinen Job behalten.

Ich nicke, während mir die Tränen in die Augen steigen. »Was würde ich bloß ohne euch tun?«

Zoe zuckt mit den Schultern. »Du würdest dasselbe doch auch für uns tun. Verdammt, du hast das schon für uns getan. Du bist für mich eingesprungen, als ich zur Fahrprüfung musste und Bernie mich nicht gehen lassen wollte.«

Mel pflichtet ihr bei. »Und du hast Tash zum sechsten Geburtstag diesen Einhornkuchen gebacken. Von dem spricht sie immer noch. Freunde tun eben so was. Und Freunde vergessen so etwas nie.« Wir schließen einander zu einem Gruppenkuscheln in die Arme.

»Hey, wenn man schon so lange wie wir in einer solchen Einrichtung arbeitet, dann wird einem klar, wie wichtig Freundschaften sind, nicht wahr?« Zoe nickt zustimmend. »Die gesunden Bewohner sind die glücklichen Bewohner.

Und wisst ihr, was? Die glücklichen Bewohner sind diejenigen, die wissen, dass sich jemand um sie sorgt, dass jemand hinter ihnen steht. Das sind diejenigen, die ihr Leben genießen. Bei den anderen sind die Tage sehr, sehr lang. So, du gehst da also schön hin und gibst dein Bestes – und denk immer daran, dass deine Freunde hinter dir stehen. Bei jedem Schritt, den du gehst.«

Ich drücke beide ein letztes Mal, bevor mir Mel mit einem Geschirrtuch die Tränen wegwischt.

»Und jetzt verschwinde besser von der Bildfläche, bevor Bernie noch herkommt und den Braten riecht. Aber bevor du gehst, geh bitte hoch und besuch Martha, sie hat schon nach dir gefragt.«

*

Ich stecke den Kopf zu Marthas Tür rein. Sie ist wach. Mit zwei Kissen im Rücken sitzt sie da, die Zeitung in der Hand, Lippenstift aufgetragen, die Haare frisiert.

»Sie sehen heute Abend aber toll aus, Martha.«

Als sie zu mir hochschaut, breitet sich ein Lächeln auf ihrem Gesicht aus.

»Gibt es einen besonderen Anlass?«, frage ich.

»Ein neuer Arzt. Äußerst attraktiv. Kam zur Blutabnahme.«

Ich muss lachen. Nur Martha würde solche Mühen in Kauf nehmen, um eine Nadel in ihren Arm zu bekommen.

»Es ist wichtig, jederzeit gut auszusehen. Wissen Sie, als ich noch im Finanzwesen tätig war, kannte ich viele Kollegen, die Investitionen auf Grundlage des Schneiders getätigt haben, den ein Kunde gewählt hatte – anstatt sich an der Summe der Bilanzen zu orientieren. Aber Ihnen muss ich das ja nicht sagen; Sie wissen, dass das Auge mitisst.«

Ich lächele sie an und schalte den Wasserkocher an. »Wie geht es Ihnen?«

Sie winkt ab. »Mir geht's gut. Aber viel wichtiger ist die Frage, wie es Ihnen geht. Ich habe den ganzen Tag an Sie gedacht. Gibt es Neuigkeiten an der Jean-Michel-Front?«

Ich lasse mich auf der Bettkante nieder und berichte ihr alles. Ich erzähle, dass ich Ben gesehen habe, erstarrt bin und Panik bekommen habe, was zusammen mit meiner Nervosität schließlich dazu geführt hat, dass ich das Steak fallen gelassen habe. Und wie sich Octavia anschießend für mich stark gemacht hat. Danach schildere ich ihr, dass mein Dad es für den falschen Schritt hält und findet, dass ich die gleichen Fehler immer wieder mache.

»Und dieser Ben? Er muss Ihnen früher einmal viel bedeutet haben, wenn er Sie so aus dem Konzept bringen kann.«

Ich nicke.

»Wie haben Sie sich kennengelernt?«, fragt Martha weiter. »Haben Sie bitte Nachsicht mit mir, ich bin eine alte Romantikerin.«

»Ich habe ihn auf der Kochschule kennengelernt. Ich war gerade aus Irland mit einem Stipendium hergekommen, und Ben, der im Süden Londons geboren und aufgewachsen ist, hat mir angeboten, mir alles zu zeigen und mir dabei zu helfen, mich zu orientieren. In unserer Klasse war dieser Idiot namens Ozzy, der es witzig fand, sich über meinen Akzent lustig zu machen und zu behaupten, ich hätte kein Stipendium verdient und sollte wie alle anderen zahlen. Ben hat ihm klargemacht, dass er sich verziehen soll, woraufhin er mich nicht mehr belästigt hat. Das war an Tag zwei, und am Ende der ersten Woche waren wir unzertrennlich. So haben wir dann auch unsere vier Ausbildungsjahre miteinander verbracht; wir sind in ein Einzimmerapartment gezogen, das sich in Clapham über einem Café befand. Alles war perfekt. Dann war die Collegezeit zu Ende, und wir mussten uns Gedanken um das echte Leben machen: Jobsuche und Schichten aufeinander abstimmen.«

»Und wie hat es geklappt?«

»Am Anfang gut. Wir haben beide in der Branche gearbeitet und wussten daher, was uns erwartet. Überstunden, kein Urlaub … Doch dann wurde Ben als Chefkoch von einem Unternehmen angeheuert, das Luxuskreuzfahrten anbietet. Alle haben ihm gesagt, dass dies Selbstmord für seine Karriere bedeuten würde, und selbst ich fand, dass er sich damit komplett aus allem zurückziehen würde, sodass es hinterher schwer werden würde, noch einmal in eine Spitzenküche zurückzukehren. Doch er war so aufgeregt – ich habe gesehen, wie er jedes Mal innerlich aufleuchtete, wenn er darüber sprach. Das Angebot hatte eine Saat gelegt, eine Flamme in ihm entzündet, sodass ich ihm ansehen konnte, dass für ihn kein Weg daran vorbeiging. Erforschen, entdecken, das Ganze aus dem System herausbekommen – ganz gleich, wie man es bezeichnen will. Er litt unter Fernweh, und ich wollte nicht diejenige sein, die ihm im Weg steht. Deswegen habe ich ihn dazu gedrängt, es durchzuziehen. Ich habe ihm erklärt, dass er tun müsse, was er eben tun müsse, und dass das auch für mich gelte. Und das war's, wir mussten beide unseren eigenen Weg gehen und schauen, wohin er uns jeweils führt.«

»Und das war in Ordnung für ihn?«

»Zuerst nicht. Er wollte, dass wir das gemeinsam machen. Zusammen um die Welt segeln, zusammen reisen und sich auf dieses große Abenteuer einlassen. Doch das war sein Traum, nicht meiner. Ich habe mir nie etwas anderes gewünscht, als mein eigenes Restaurant zu führen und irgendwann einen

Michelin-Stern zu erhalten. So oder so mussten wir eine Entscheidung treffen. Entweder mussten wir einen Kompromiss finden und zusammenbleiben oder unsere Ziele verfolgen, dann aber im Alleingang. Deswegen habe ich ihn davon überzeugt, dass keiner von uns beiden im Grunde die Zeit für eine Beziehung hatte. Dass wir erst unsere eigenen Ziele verfolgen müssten, denn wenn wir das nicht täten, würde einer von uns den Kürzeren ziehen und es dem anderen irgendwann vorwerfen.«

»›Wenn du jemanden liebst, lass ihn gehen. Kommt er zu dir zurück, war er immer dein. Tut er es nicht, war er es nie‹«, zitiert Martha mit einem sanften Lächeln.

»Das stimmt, nur: Ben ist nicht zurückgekommen. Bisher jedenfalls. Und jetzt ist er wegen Jean-Michel zurückgekommen, nicht wegen mir.« Beim Gedanken daran brennen meine Augen. Ich habe ihn gehen lassen. Zum Teil mag es aus Liebe geschehen sein, aber hauptsächlich aus Dummheit.

Martha beugt sich zu ihrem Nachttisch, nimmt ein Taschentuch und reicht es mir. »Was ist dann passiert?«, erkundigt sie sich.

»Das Café unter unserer Einzimmerwohnung war zu vermieten, und ich habe alles investiert, was ich hatte. Mein Traum war wahr geworden, ich habe mein eigenes kleines Restaurant eröffnet. Ich ging davon aus, dass alles schon laufen würde wie vorgesehen, aber dann habe ich am Ende auch noch das Restaurant verloren.«

»Und vielleicht *ist* ja auch tatsächlich alles wie vorgesehen gelaufen. Vielleicht sollten Sie beide sich wiedersehen.«

Ich zucke mit den Schultern. »Das bezweifle ich. Das Ganze ist jetzt drei Jahre her. Der Zug – vielmehr das Schiff – ist abgefahren. Er könnte inzwischen verheiratet und Vater von vier Kindern sein.«

Martha legt ihre Hand auf die meine. »Nun, wir wollen uns nicht den Kopf zerbrechen über Dinge, die mit so viel Wenn und Aber verbunden sind. Halten wir uns an das, was wir wissen: die Fakten. Werden Sie ihn morgen in der Auswahlrunde wiedersehen?«

Wieder nicke ich. »Ja, er ist von Jean-Michels Frau entdeckt worden, deswegen ist sein Sieg eigentlich schon vorprogrammiert. Was er zweifellos verdient hätte, denn er ist ein wunderbarer Koch. Um ehrlich zu sein, glaube ich nicht, dass ich ihn schlagen kann.«

Sie stupst mich an. »Genug davon. Morgen fahren Sie dahin – mit hocherhobenem Kopf und dem Wissen, dass Sie vollkommen zu Recht dort sind und mindestens genauso gut, wenn nicht gar besser als jeder andere dort kochen.«

Während der ganzen Zeit hat Martha ihre Hand auf der meinen liegen, und sie hat mir mit jeder Faser ihres sanften Ichs zugehört. Es fühlt sich so gut an, mit ihr zu reden, dass ich viel mehr gesagt habe, als ich eigentlich wollte, viel mehr, als mir vorher überhaupt bewusst gewesen ist.

»Diese Woche werde ich wegen des Auswahlverfahrens leider nicht so viel hier sein«, erkläre ich ihr.

Leise Enttäuschung zeigt sich in ihrer Miene, sie nickt sanft und lächelt ein wenig schicksalsergeben. Was mich mit einem Schlag in mein dreizehntes Lebensjahr zurückversetzt. Zu dem Gespräch, das ich mit meiner Mum geführt habe, vor so vielen Jahren, auf der Bettkante eines Krankenhausbettes mit gestärkten Bezügen wie diesen hier. Ihre Hand mit der weichen, seidenpapierdünnen Haut in der meinen, während sie mich darauf vorbereitete, dass die Zeit gekommen sein könnte, in der wir über eine Zukunft ohne sie nachdenken müssten. Obwohl sie es nicht wollte, müssten wir jetzt stark sein, positiv denken, das Beste aus allem machen und ein Lächeln aufsetzen, selbst wenn wir innerlich zusammenbrechen würden. Bis zu diesem Zeitpunkt war ich fest davon überzeugt gewesen, dass sie die Krankheit besiegen würde. Aber von dem Zeitpunkt an war mir aufgrund ihres Blicks und des traurigen Lächelns klar, dass sie mir bedeuten wollte, meinen Glauben auf etwas anderes zu richten. Darauf, dass wir es überstehen, es ohne sie schaffen und irgendwann auch wieder aufrichtig lächeln würden. Auch wenn wir uns das damals überhaupt nicht vorstellen konnten. Sie trug mir auf, mich um die Jüngste, Rachel, zu kümmern, weil die Jungs einander hatten, ich jedoch die einzige Schwester war, die Rachel hatte. Ich habe es ihr fest versprochen. Natürlich – ich hätte ihr alles versprochen.

Kurz nach diesem Gespräch ist sie gestorben, und ich ging heim und realisierte dann erst die Lücke, die ihr Tod inmitten unserer Familie bereits gerissen hatte. Meine jüngeren Brüder und meine Schwester aßen trockene Cornflakes direkt aus der Packung. Mein Dad hat dicke gelbe Margarine und Schmierwurst auf tagealtes Brot geschmiert und Sandwiches aufgetürmt, die keiner essen wollte. Alice war bei mir; ich überreichte ihr eine Einkaufsliste, und mit großem Verständnis lief sie los und besorgte alles, während ich den Tisch für eine Person weniger deckte. Ich hob Mums Eisenpfanne vom Haken neben dem Aga-Ofen und legte los. Von da an habe ich jeden Abend gekocht: warme, gesunde Mahlzeiten. Ich habe darauf bestanden, dass wir beisammensitzen, zusammen essen und einander wieder in die Augen schauen. Und ganz langsam schloss sich die Lücke. Langsam heilte unser gebrochener Familienkreis. Langsam fingen wir an, uns wieder einer Vollständigkeit anzunähern, wie Mum es versprochen hatte.

»Ich werde Sie vermissen, aber ich komme schon klar. Sie

konzentrieren sich bitte auf dieses neue, aufregende Abenteuer – das ist das Einzige, was zählt«, erklärt mir Martha und reicht mir das ganze Päckchen Taschentücher, damit ich mir die Tränen trocknen kann.

»Ich springe zwischendurch mal rein, okay? Versprochen. Ich weiß nicht genau, wann meine Arbeitszeit sein wird, aber ich komme definitiv vorbei. Ich werde meine tägliche Dosis Martha brauchen – Sie können sich auf mich verlassen.«

Ich werde Martha vermissen. Ohne sie hätte ich mich nicht einmal für die Bewerbung entschieden. Mir gehen Zoes und Mels Worte durch den Kopf, wie lang ein Tag sein kann, wenn man allein ist, wenn kein Freund auf einen Plausch und ein Lächeln vorbeischaut. Martha bekommt keinen Besuch; ihr einziger Sohn hat seine Büros vor ein paar Monaten in die USA transferiert – das ist der Grund, warum sie hier und nicht bei ihm lebt.

»Ich werde Mel und Zoe bitten, ein Auge auf Sie zu haben, falls Sie etwas brauchen sollten. Sagen Sie mir einfach Bescheid, dann kümmere ich mich darum, okay?«

Martha lächelt mich an. »Und jetzt ab nach Hause mit Ihnen! Bereiten Sie sich vor, geben Sie Ihr Bestes und lassen Sie alle wissen, dass Sie ein Profi sind und es ernst meinen.«

*

Ich fahre mit dem Rad eine Abkürzung nach Hause und nehme nicht die gewohnte, sich dahinschlängelnde Route, um Zeit totzuschlagen und mein früheres Wohnumfeld auszuspionieren. Das muss ein positives Zeichen sein. Ich habe jetzt keine Zeit mehr, die alten Orte und Überreste der Vergangenheit abzufahren, da ich weit kommen will, meine Zeit wieder kostbar geworden ist und ich keinen Drang verspüre zurückzuschauen. Doch während ich fahre, erhasche ich einen Blick auf mein Spiegelbild im Schaufenster eines Ladens und halte an. Meine Jacke sieht ein wenig schmuddelig aus. Rund um die Knöpfe ist sie ausgefranst, außerdem passt sie nicht mehr richtig. Wahrscheinlich, weil ich kurz vor Öffnung meines Restaurants, als ich die Kochjacke gekauft habe, noch ein wenig breiter gewesen bin. Damals war ich stärker, gesünder und wog gute zwölf Kilo mehr als jetzt. Das meiste davon ging auf Bens Konto. Ich konnte seinem Essen einfach nicht widerstehen. Ich habe nicht nur ihn angebetet, sondern auch die Art, wie er mich beköstigt hat. Als mir dann Monate später klar wurde, wie sehr ich ihn und die Freude am gemeinsamen Essen vermisste, verlor ich auch meinen Appetit.

Ich ziehe an meinem weiten Halsausschnitt, dem Ergebnis der Diät aus schlaflosen Nächten, zu viel Koffein und Angst, die ich ungewollt die meiste Zeit des folgenden Jahres gemacht habe. Diese Kleidungsstücke passen mir nicht mehr. Und morgen möchte ich wirklich super aussehen, wie ein Profi – als wüsste ich, wer ich bin und was ich da tue. Man soll sehen, dass ich es ernst meine. Denn wie Martha schon sagte, hat man mit der Präsentation bereits die halbe Miete.

Ich brauche einen neuen Kochkittel. Um den zu bezahlen, werde ich etwas verkaufen müssen. Was ist noch übrig, das ich nicht brauche?

Ich brauche meine Messer, die sind nicht verhandelbar. Ohne meine Babys wäre ich niemals in der Lage gewesen, mich wieder so zu erholen, wie es geschehen ist, und in Rekordgeschwindigkeit Gemüse bei der Vorrunde zu schneiden. Nein, das sind meine Werkzeuge, mein Schild, ein Teil meines Arms. Sie müssen bleiben.

Ich brauche auch mein Fahrrad. Sonst würde ich es niemals durch die Stadt schaffen, um sofort zu allen Orten zu gelangen, wo ich hinmuss. Auch bedeutet es, dass ich mich schneller durch die Stadt bewegen kann, weil ich nicht auf Bahnen oder Busse warten muss. Und schlussendlich spare ich damit Geld, denn solange ich keinen Platten habe, brauche ich für dieses Rad nur frische Luft und Kraft, um in die Pedale zu treten. Daher ein klares Nein, das Fahrrad muss bleiben.

Mein Handy? Riskant. Denn es ist der einzige Weg, auf dem mich Jean-Michel kontaktieren kann, und angesichts unserer Verschwörung, um Bernie im Ungewissen zu lassen, muss ich alle Kommunikationswege in Richtung Mel und Zoe offen halten, falls wir erwischt werden sollten. Und mein Dad wäre noch enttäuschter von mir, wenn ich komplett vom Radar verschwinden sollte. Daher nein – das Handy muss bleiben.

Ich werfe einen Blick auf meine Uhr. Ich sollte mich schnell entscheiden, wenn ich das tatsächlich durchziehen will. Ich muss das geklärt haben, bevor es nicht nur zu spät und zu dunkel ist, sondern auch bevor die Läden schließen.

Da wird mir klar – aaah! Die Uhr! An meinem Armgelenk tickt ein zeitloser Zeitmesser fröhlich vor sich hin. Ein Geburtstagsgeschenk von Ben, das er während seines Praxisjahrs in Paris für mich gekauft hat. Am Morgen meines sechsundzwanzigsten Geburtstags hat er die Uhr plötzlich unter seinem Kissen hervorgezogen. Als ich wach wurde, lag er neben mir, seitlich aufgestützt, beobachtete, wie ich schlief, und wartete darauf, dass ich aus dem Schlaf erwachte. Es war ein Sonntag, normalerweise unser Tag, den wir nach einem anstrengenden Samstagabendservice nur mit Faulenzen und leckerem Essen verbrachten. Er überreichte mir die Uhr in einer kleinen roten Tasche, die mit schmalen goldenen Bändern verschlossen war. Selbst in meinem verschlafenen, halb wachen Zustand war mir klar, dass dies kein Ring war. Wir lagen so sehr auf der gleichen Wellenlänge, dass es einfach unmöglich gewesen wäre, ein solches Vorhaben wie einen Antrag zu planen, ohne dass ich etwas davon mitbekommen hätte. Fast hätte ich erwartet, dass er mich fragt, ob er um meine Hand anhalten solle. Ich habe immer gedacht, wir wären so anders gewesen als alle anderen; ich habe immer gedacht, wir wären einander so ähnlich, dass wir für immer zusammenbleiben würden. Wie es sich herausstellte, war genau das Gegenteil der Fall. Wir waren einander so ähnlich, dass wir getrennte Wege gehen mussten.

Ich hielt die elegante kleine Uhr hoch, sodass sich die späte Morgensonne in dem roségoldfarbenen Armband der Uhr spiegelte.

»Magst du sie?«, fragte er.

Ich nickte. »Fast so sehr, wie ich dich mag«, antwortete ich ihm, ohne dabei zusammenzuzucken.

Er lächelte und deutete auf das winzige Ziffernblatt. »Sie hat auch einen Sekundenzeiger, hast du gesehen? Der sollte das Problem mit deiner geronnenen Hollandaise lösen.«

»Du frecher Mistkerl!«, lachte ich. »Meine Eier Benedict sind mit Abstand die besten weit und breit, und das weißt du auch.« Und schon tauchten wir wieder unter die Bettdecke ab und nutzten unsere wenige gemeinsame Zeit.

Ich streiche über das gewölbte Uhrenglas. Die Uhr liebe ich sehr. Sie passt perfekt zu mir, ist immer im Takt und zudem auch noch wasserfest, sodass ich sie nie abnehmen muss.

Aber ich frage mich laut: »Wofür ist es Zeit?« Ich muss die Zeit nicht mehr *ablesen,* ich muss die Zeit *nutzen.* Morgen muss ich verdammt gut aussehen. Um eine starke, beeindruckende Botschaft an Jean-Michel, die Jury und all meine Mitkonkurrenten zu senden … und an Ben.

Eine Nachricht, die allen verdeutlicht: Ich bin zurück, ich bin bereit und werde es euch zeigen!

Ich löse das Armband und stecke mir die Uhr in die Hosentasche. *Höchste Zeit, nach vorn zu schauen.* Vielleicht ist Dad nicht der Einzige, der den alten Krempel aussortiert, um Platz für Neues zu schaffen. Ich hole noch einmal die Uhr aus der Tasche und mustere sie ein weiteres Mal. Das ist eine Investition. Wenn ich das hier durchziehe, werde ich in der Lage sein, die Uhr zurückzukaufen. Zusammen mit dem Rest meiner ganzen Sachen, die sich in Tüten und Kartons im Hinterzimmer eines Ladens in East London befinden.

Ich krame mein Handy raus und rufe einen Kontakt an, mit dem ich eigentlich fertig zu sein glaubte.

»Hallo, Paul Pawns hier, was kann ich für Sie tun?«

»Hi, ich bin's. Was ist dein höchstes Gebot für eine Armbanduhr von La Roche in Roségold mit Marmorziffernblatt? Französisches Design auf höchstem Qualitätsniveau, sorgsame Erstbesitzerin?«

»Katie, komm her, dann schaue ich sie mir mal an und sage dir, was ich für dich tun kann.«

Ich danke ihm und lenke mein Fahrrad in dem Wissen in seine Richtung, dass ich zum ersten Mal seit Jahren mit einem nackten Handgelenk nach Hause fahren werde, sollte Paul mir genug für eine schicke, maßgeschneiderte blendend weiße Kochjacke anbieten.

9

Als ich in die Wohnung zurückkehre, ist es fast schon dunkel, sodass ich mein Fahrrad abschließe und mit größter Vorsicht meine in Packpapier gewickelten, brandneu riechenden Pakete die nur schwach beleuchtete Treppe nach oben trage. Ich habe lang genug mit Paul zu tun gehabt, um zu wissen, wie ich einen Superpreis aushandeln kann, aber selbst ich war verblüfft, wie viel er für meine Uhr rausgerückt hat. Dabei ist mir erst klar geworden, wie viel Ben dafür für mich ausgegeben haben muss. Ich hatte nicht die geringste Ahnung, dass die Uhr so wertvoll ist. Paul hat mir vier Wochen eingeräumt, um die Uhr zurückzukaufen; wenn also alles gut geht und Jean-Michel mich einstellt, ist die Uhr das Erste, was ich wieder zurückerwerben werde.

Weil ich diese Uhr geliebt habe und – da kann ich nicht aus meiner Haut – ich immer noch ein wenig all das mag, wofür sie steht.

Mit dreimal so viel Bargeld wie angenommen in der Tasche bin ich dann einkaufen gegangen. Nicht, dass ich sehr lange gebraucht hätte; genau das, was ich brauchte, habe ich gleich schon im Schaufenster entdeckt. Wie eine Braut beim Anprobieren des Hochzeitskleides wusste ich gleich in der Sekunde, als ich dieses schicke Teilchen über den Kopf gezogen habe, dass es genau das ist, wonach ich gesucht habe. Auch die Verkäuferin wusste es, und innerhalb einer Viertelstunde war das kleine weiße, gestärkte Teil von der Schaufensterpuppe in meinen Fahrradkorb gewandert. Aber irgendwas stimmte immer noch nicht. Meine ausgelatschten Sneakers wirkten neben der strahlend weißen Kochkleidung noch viel schmuddeliger als ohnehin schon. Daher beschloss ich zum zweiten Mal an diesem Tag, Oskar Rosenblatts Rat zu folgen: »Kauf die Schuhe.« Somit ist die Ausstattung nun mit einem neuen Paar rutschfester, strahlend weißer Chefkoch-Clogs komplett. Mit diesem Outfit kann ich nun mein Bestes geben.

Alice ist zu einer Tagung gefahren, daher backe ich eine große Menge Bananenbrot mit Zimtbutter, damit sie sich darüber hermachen kann, wenn sie – wann auch immer – wieder zurückkehrt. Ich streife im Wohnzimmer umher in dem Wissen, dass ich eigentlich früh schlafen gehen sollte. Aber ich bin so aufgeregt, dass ich garantiert nicht einschlafen würde, und halte es daher für das Beste, den Rest des Abends alles zu pauken, was ich über Jean-Michel, Pip, Octavia und diese neue Welt finden kann, in die ich morgen vorstoßen werde.

Ich beginne meine Online-Stalkingtour mit Pip Taylor, da ich a) nicht viel über ihn weiß und b) er derjenige ist, der mich *nicht* wollte, weshalb ich mir besonders viel Mühe geben will, um ihn umzustimmen. Ich fange mit seinem beruflichen Werdegang an.

Pip Taylor ist ein bekannter amerikanischer Winzer, Gastronom, Autor und Unternehmer. Gemeinsam mit seinen Geschäftspartnern besitzt er dreißig Restaurants rund um die Welt, darunter auch das Loca in Las Vegas, dem kürzlich ein Michelin-Stern verliehen wurde. Taylor hat als Co-Autor zwei preisgekrönte Bücher über französischen und italienischen Wein verfasst, seine Memoiren, »Wino«, wurden innerhalb einer Woche nach Veröffentlichung schon ein *New York Times*-Bestseller.

Okay. Pip Taylor. Nachdem ich jetzt weiß, wer du bist, ist es mir noch peinlicher, dass ich das Steak fallen gelassen habe. Der Kerl gehört zu den ganz Großen. Ich hole tief Luft und frage mich, ob ich wirklich noch weiterlesen will. Mit einem Mal wirkt alles so real und erdrückend. Ich war schon nervös genug, als ich noch nicht wusste, was Pip für eine große Nummer ist. Wie wird es dann wohl nächstes Mal werden, wenn der bloße Gedanke an sein Sterne-Restaurant bei mir schon für zitternde Hände sorgt?

Ich mache mit Octavia weiter. Sie ist meine Lieblingsjurorin. Sie hat mich unterstützt. Als ich ihren Namen eingebe, wird auch bei ihr eine Vielzahl von Ergebnissen angezeigt. Ich klicke ein Video mit einem Interview an, das eine junge und glamouröse Octavia zeigt, die wie eine blonde Joan Collins aussieht. Der Interviewer, der einen braunen Anzug trägt und die Haare völlig platt frisiert hat, wirkt sichtlich nervös; wahrscheinlich lässt er sich von ihrer Schönheit und ihrem Selbstbewusstsein, ihrem Reichtum und, zweifellos, von ihren Schulterpolstern beeindrucken. »Was ist das Geheimnis Ihres beispiellosen Erfolgs als internationale Hotelbesitzerin?«

Sie senkt das Kinn, lächelt kaum merklich und reißt die blassblauen Augen auf. »Wenn es schlicht, aber gut gemacht ist, verstehen das die Leute. Man muss sie gar nicht mit Gold und Marmor erschlagen. Ganz ehrlich: Wenn man das tut, hat man etwas zu verbergen. Mein Augenmerk richtet sich allein auf Qualität und Ausführung. Dann muss ich mich um nichts anderes mehr kümmern.«

Ich schaue mir weitere Videos von Octavia an. Ich glaube, ich bin ein wenig verliebt in sie. Ganz genau beobachte ich ihr sicheres Auftreten, ihre Körperhaltung, die wohlbedachte Art und Weise, wie sie zuhört und sich dann eine Antwort überlegt. Ich richte mich auf. Atme langsamer. Ich versuche, meine innere Octavia herauszukitzeln. Ich wiederhole die Worte »schlicht« und »gut gemacht«. Ich kann das. Ich kann schlicht und ich kann alles gut machen.

Anschließend scrolle ich hinunter. Es folgen weitere glamouröse Bilder von Octavia in rückenfreien Kleidern und ausladenden Roben bei Banketten, Wohltätigkeitsbällen, Versammlungen sowie Veranstaltungen mit Präsidenten, Premierministern, Scheichs, Kinogrößen – ja sogar mit Mitgliedern des Königshauses. Dann entdecke ich ein einziges Foto in Miniaturansicht von ihr, auf dem sie in einem schwarzen, hochgeschlossenen Spitzenkleid mit langen Ärmeln und einem Schleier vor dem Gesicht und mit einer großen dunklen Brille auf einem Rasenstreifen zu sehen ist. Die Beerdigung ihres Ehemannes und »Seelenverwandten« vor drei Jahren. Das waren die »jüngsten« Ergebnisse, die die Suchmaschine zu bieten hatte. Trotz meiner besten Cyber-Stalking-Bemühungen kann ich weder ein Foto noch ein Interview von Octavia Timmons aus der Zwischenzeit finden.

Ich koche mir einen Tee, schmiere mir eine noch heiße Scheibe des Bananenbrots und lecke die goldene Zimtbutter von meinem Handrücken ab. Ich werde das Gefühl nicht los, dass ich mich wappnen und lieber in einen kohlenhydratreichen Mutmacher beißen sollte, bevor ich Jean-Michel Marchand googele. Darum genehmige ich mir einen weiteren warmen, süßen Bissen und gebe dann seinen Namen ein. Innerhalb von 0,69 Sekunden, mit immer noch offenem Mund, werden mir 50 900 000 Ergebnisse angezeigt. Mehr als *fünfzig Millionen* Ergebnisse!

Ist das normal?

Ich tippe »Irland« ein. 896 000 (0,74 Sekunden).

Jean-Michel ist größer und bekannter als ein gesamtes europäisches Land! Ich schlucke und bemühe mich, das zu begreifen.

Ich gebe »Bananen« ein. 176 000 (0,76 Sekunden).

Jean-Michel wird öfter gegoogelt als Nahrungsmittel.

Ich tippe »Weihnachten« ein. 1 940 000 000 (0,51 Sekunden).

Puh, Gott sei Dank. Ich werfe den Kopf in den Nacken, blähe die Wangen auf und atme erleichtert aus.

Dennoch bleibt die Frage, wo ich bei mehr als fünfzig Millionen Treffern anfangen soll. Wie soll ich da die Trüffel des Insiderwissens erschnüffeln, um mich in eine Gewinnerposition zu bringen? Was mag er? Was hasst er? Was schätzt er? Was bedauert er? Was motiviert ihn? Was treibt seine Leidenschaft an? Wie steht er zu Trockenpilzen?

Das alles will ich wissen. Aber ich möchte mir nicht die ganze Nacht um die Ohren schlagen müssen, um mich durch diese Datenmenge durchzubeißen und das Geeignete zu finden.

Ich gebe »Neues Restaurant Jean-Michel London« ein.

Ein einzelner Artikel aus der *La Revue* wird mir angezeigt. Dieser ist zwar auf Französisch, doch mit meinen ganz passablen Französischkenntnissen aus der Schule und aus Kochbüchern sowie mit ein wenig Unterstützung von Google Translate sollte ich in der Lage sein, das hinzubekommen.

Das Restaurant wird noch in diesem Jahr eröffnen und ausreichend Platz bieten für einen Essbereich für die gehobene Küche mit zwölf Tischen, für einen Barbereich, in dem noch einmal siebzig Personen speisen können, sowie für drei große Bankettsäle. Wirtschaftsforscher schätzen die Kosten des Start-ups auf acht Millionen Pfund.
Im Hinblick auf dieses Unternehmen verfügt Marchand über einen reichen Erfahrungsschatz – das Restaurant, das ›The Marchand at The Rembrandt‹ heißen wird, ist sein viertes Lokal, das er nach sich benannt hat und das sich den Marchands in Tokio, New York und Paris anschließt.
Unproblematisch? Keineswegs.
Dies ist seine erste Restauranteröffnung seit einem Jahrzehnt.
Dies wird das erste Restaurant in London.
Das erste Restaurant, seitdem er im vergangenen Jahr öffentlich in Ungnade gefallen war, nachdem ein Video bekannt geworden war, auf dem er nach einer Preisverleihung sturzbetrunken einem jungen Fotografen gegenüber ausfallend geworden ist und ihm Obszönitäten ins Gesicht geschrien hat.
Während die Pariser Fans Marchand eine sture, irrational wirkende Treue erweisen, die schon an Liebe grenzt, wird er von den Briten sicherlich weitaus weniger herzlich aufgenommen werden.
Ist Marchand wirklich in der Lage, etwas so Neues, so Mutiges, ja so Nervenaufreibendes anzugehen?
Seine Freunde, wenige an der Zahl, sind nicht überzeugt.
Seine Feinde, viele an der Zahl, sind ebenfalls nicht überzeugt.

Mit großem Interesse werden wir verfolgen, wie sich die Dinge entwickeln, und beobachten, ob Jean-Michel immer noch die Kraft besitzt, sein Reich aufrechtzuerhalten.

Uiuiui. Ich klappe den Laptop zu. Wie es aussieht, ist die einzige Person, die diese Chance noch mehr braucht als ich, Jean-Michel Marchand höchstpersönlich.

Ich stelle meinen Wecker auf fünf Uhr, doch als er endlich klingelt, liege ich schon seit einer Stunde wach und starre ihn an.

Ich muss so viele Dinge ins Auge fassen. So vieles bedenken, mir so vieles ausmalen, dass ich mein Gedankenkarussell nicht abstellen konnte. Kurz darauf bin ich geduscht und habe schon Kaffee getrunken, als die Sonne aufgeht. Ich bin bereit. Ein Neubeginn, ein neuer Tag, ich habe ein gutes Gefühl.

Alice schickt mir eine Nachricht.

Ist es normal, wenn man an einem Dienstag schon so früh an Wein denkt? Frage für eine Freundin. Küsschen, A.

Bist du schon wach?

Ich kann nicht schlafen.

Oh-oh. Eine unausgeschlafene Alice verheißt für den restlichen Tagesverlauf nichts Gutes. Die meisten Leute träumen davon, in einem Hotel zu übernachten, wenn alle Kosten übernommen werden. Für Alice dagegen ist dies eine mit Sorgen und Ängsten behaftete Höllenqual.

Wie schlimm ist es?

80 Prozent. Habe neue Klienten gestern beim Abendessen kennengelernt. Der Typ aus der Personalstelle ist ziemlich süß. Später soll ich ihn windelweich klopfen (also eigentlich seinen Kunden), aber er ist einfach zu sexy. Vielleicht muss ich ein paar Tage bleiben, bis alles unter Dach und Fach ist. Muss noch auf mein Namensschild schreiben: »Bin kein Miststück, leide nur unter Jetlag.«

Aber du bist doch nirgendwo hingeflogen, du bist doch in Manchester!

Wie auch immer. Viel Glück für heute! Wenn du den Job in der Tasche hast, feiern wir! Sollte Jean-Michel dir Probleme machen, dann stell dir einfach vor, wie er sich Nutella auf die Brustwarzen schmiert. Reiß sie heute vom Hocker! Viel Glück und alles Liebe, du wunderschöne kulinarische Zauberin!

Ich stehe vor dem Spiegel und kämme mein Haar zu einem professionellen, strengen Dutt. Während ich meine neue Kochjacke zuknöpfe, richte ich mich auf und straffe die Schultern. Sie sitzt recht eng, fast schon militärisch; das Design ist französisch, strapazierfähig und aus atmungsaktiver Baumwolle, um in der Hitze der Küche kühl zu bleiben. An der Brust sitzt sie gemütlich, an der Taille wird sie enger und verfügt über ungewöhnlich kurze Ärmel, in die ich mich verguckt habe. Ich trage keine Uhr, aber das ist mir auch egal, da ich um die Zeit weiß.

Denn meine Zeit ist *jetzt* gekommen.

10

Guten Morgen. Sie haben es alle hergeschafft. Willkommen in unserer neuen Küche!«, begrüßt uns ein sehr elegant gekleideter Pip in einem blau karierten Anzug.

Gemeinsam betritt unsere kleine Gruppe aus Kandidaten der zweiten Runde, Konkurrenten und nervösen Anwärtern die weitläufige, glänzende Küche des neuen *London Marchand.*

»Bitte unterzeichnen Sie die Geheimhaltungsvereinbarung zu Ihrer Linken, und gehen Sie dann zu der Kochstation, die mit Ihrem Namen versehen ist. Dann werden wir Ihnen die Möglichkeit geben, sich vorzubereiten. Waschen Sie sich die Hände, setzen Sie Kochmützen auf, und binden Sie sich eine Schürze um, danach sortieren Sie bitte Ihre Messer in die bereitstehenden Messerblöcke ein. Im Anschluss daran werden wir uns vorstellen.«

Ich schaue mich um und betrachte die glänzenden Edelstahloberflächen, von denen ich umgeben bin; brandneue, funkelnde Backöfen, Kühlschränke, Töpfe, Pfannen, Mixer und Arbeitsflächen. Die hochwertig designte, ultramoderne Küche ist die perfekte Vereinigung von Form und Funktion. Klare Linienführung, glatte Oberflächen, unglasierte weiße Klinkerriemchen mit offenen Regalen an jeder Wand. Die

Küche ist traumhaft schön, jeder makellose, überwältigende Zentimeter. Zehn Kochstationen, sogenannte Posten, sind direkt an den Pass angegliedert, wo die Speisen an den Service übergeben werden. Ich drehe mich auf dem Absatz um und mustere die allerneuste, tollste Ausstattung und hüpfe ganz leicht vor Aufregung. Hier befindet sich alles, wovon man nur träumen kann, um zu räuchern, gefrierzutrocknen, zu dörren oder zu frittieren. Wow, wie unglaublich wäre es, hier zu arbeiten! Diesen hellen, luftigen Raum zu beherrschen! Das ist meilenweit entfernt von der Großküche der Parklands-Seniorenresidenz mit ihren Plastiktellern und Dosensuppen. Ich stelle mir vor, wie es wäre, jeden Tag über diese glänzenden Schachbrettfliesen zu gehen. Das ist mit Abstand die beeindruckendste Küche, die ich je in meinem Leben gesehen habe; sie wirkt fast, als gehöre sie auf ein Raumschiff. Es ist mehr als offensichtlich, wo ein großer Teil der acht Millionen Pfund abgeblieben sind.

»Bitte. Schauen Sie sich um. Machen Sie sich mit Ihrer Umgebung vertraut.«

Ich fahre mit der Hand über die stahlgebürstete, altarhafte Pass-Theke. Hier werden wir unsere beste Arbeit abliefern, unsere Seele hergeben, damit diese dann vom Servicepersonal zum Gaumen der Götter gebracht wird. Natürlich kann jeder, dessen Portemonnaie nur dick genug ist, um sich überhaupt einen Tisch hier leisten zu können, einer dieser Götter werden. Ich gehe nach hinten in Richtung der Speisekammer, die man schon fast als Palast bezeichnen kann. Die Regalwände sind mit klar markierten Wannen und Körben mit frischen Lebensmitteln, Obst, Gemüse und Kräutern auf der einen Seite und mit trockenen Grundnahrungsmitteln, Spirituosen und verschiedenen Ölen auf der anderen Seite geradezu überladen. Der Materialraum ist voll ausgestattet mit Spitzenmodellen sämtlicher Geräte, die sich ein Chefkoch nur wünschen kann; in der Ecke entdecke ich einen brandneuen Sous-vide-Garer. Nur eines von diesen Geräten kostet so viel wie eine kleine Wohnung in manchen Vierteln der Stadt. Diese Küche ist wirklich der wahr gewordene Traum eines jeden Chefkochs. Hier befindet sich alles, was man als Köchin schon immer benutzen, womit man schon immer spielen und experimentieren wollte.

Pip klatscht in die Hände und ruft uns an unsere Posten zurück. »Einer oder eine von Ihnen wird Chefkoch dieser Küche werden. Einer oder eine von Ihnen wird berühmt werden. Einer oder eine von Ihnen wird auserwählt werden. Einer oder eine von Ihnen wird den ultimativen kulinarischen Hauptgewinn erhalten und den Traum leben, mit dem größten Kultkoch der Welt zu kochen, mit Monsieur Jean-Michel höchstpersönlich.«

Als unser Applaus aufbrandet, tritt Jean-Michel durch die Schwingtür. Er faltet die Hände und mustert uns zehn.

»Ich bin kein Monster. Aber Ihren Mienen nach zu urteilen, denke ich, dass Sie mir nicht vertrauen.«

Gedankenverloren legt Jean-Michel seinen Zeigefinger auf die Unterlippe und blinzelt mit den Augen, als führe er gerade ein Gespräch mit sich selbst.

»Viele Menschen haben mich scharf dafür verurteilt, kontrovers zu sein. Ich bin niemals kontrovers. Ich bin niemals widersprüchlich. Ich bin *echt.*«

Er reckt sein Kinn gen Himmel. »Ich gebe nicht vor, etwas zu sein, was ich nicht bin. Der Großteil meines Rufes beruht auf Unwissenheit und Übertreibung. Auf einer Überempfindlichkeit derer, die sich durch ihre fehlende Wertschätzung für das, was ich mache, was *wir* machen, angegriffen gefühlt haben.«

Ich beobachte die anderen Kandidaten. Sie nicken, daher nicke auch ich.

»Schreie ich?«, flüstert Jean-Michel. »*Mais oui.* Ich schreie, weil ich von der Front aus anführe«, dröhnt er und reckt die geballte Faust hoch in die Luft. »Ich bekenne Farbe und kämpfe für mein Metier, für unser Metier. Für unser edles Streben. Will man ein Revolutionär sein, muss man kämpfen, kämpfen und noch mal kämpfen, für alles, woran man glaubt. Und nichts anderes tue ich.«

Er lässt seinen Arm sinken und holt tief Luft. Die Finger beider Hände flattern vor seiner Brust.

»Was hat mich zum Kämpfer gemacht?« Der Hauch eines Lächelns ziert seine Lippen. »Das Gleiche, was jeden zu einem Kämpfer werden lässt. Die Angst vor unseren eigenen Unsicherheiten. Unsicherheiten und Ängste machen uns entweder zu Verlierern oder Siegern. Meine Unzulänglichkeiten – Lesen, Schreiben, Schulprobleme. Wegen ihnen habe ich kämpfen gelernt, um mich zu beweisen. Denn ich wurde für ein Nichts gehalten. Wertlos. Zum Scheitern verurteilt. Ich wurde kleingeredet. Tief in mir wusste ich jedoch, dass ich mehr konnte, mehr sein konnte, aber man hat mir nicht geglaubt. Das war mein Treibstoff.«

Er hält einen Moment inne. Dann hebt er den Blick und schaut uns an. In einem wütenden, trotzigen Tonfall fährt er fort.

»Ich habe keine Zeit damit verloren zu flennen, mit dem Finger auf andere zu zeigen und auf Entschuldigungen zu warten. Ich habe gekämpft. Ich habe gezeigt, dass das, was ich tief in meinem Inneren immer wusste, wahr ist.«

Die Stille, die sich zwischen uns ausgebreitet hat, fühlt sich bleischwer an, dennoch sind wir wie gefesselt. Es traut sich nicht einmal jemand, nicht im Takt mit uns zu atmen.

»Wir alle sind in unserem Leben mit Situationen konfrontiert gewesen, in denen der Druck bei Weitem das übersteigt, was wir glauben, aushalten zu können. In solchen Momenten ertappen wir uns dabei, fest davon überzeugt zu sein, nicht die Kraft zum Weitermachen zu besitzen. Manchmal haben wir auch gerade erst ein großes Hindernis überwunden oder eine Krankheit hinter uns gelassen, um in dem Moment, in dem wir kurz Luft holen wollen, gleich mit dem nächsten Hindernis konfrontiert zu werden. Manchmal erleiden wir einen Verlust nach dem anderen und fragen uns, wann wir endlich von der Mühsal des Lebens verschont bleiben. Es kommt einem ungerecht oder falsch vor, dass das Leben mehr von uns abverlangt, wenn wir doch das Gefühl haben, alles, was möglich war, gegeben zu haben. Aber manchmal ist das Leben eben so.«

Hinter mir holt jemand tief Luft. Ich muss mich gar nicht umdrehen. Mir ist klar, dass das Ben war. Meine Sinne führen mich direkt zu ihm. Dieser Duft. Sein Geruch. Zum Teufel noch mal, ich kann nicht anders: Ich *rieche* ihn.

Er benutzt immer noch das gleiche Eau de Cologne. Mein Lieblingsduft. Ich sehe die dunkelrote Flasche im Spiegelschrank unseres gemeinsamen kleinen Badezimmers vor mir. Obwohl ich es ihm jedes Jahr zu Weihnachten gekauft habe, kann ich den Namen immer noch nicht aussprechen. Es duftet süßlich und warm, eine moschushafte Mischung aus Kaffee, Schokolade, Salz und Leder. *Lecker*.

Ben ist die einzige Person, die ich kenne, die diesen Duft benutzt. Na ja, jedenfalls ist er der Einzige, bei dem es mir auffällt.

Jean-Michel hält inne und starrt mich an. Ich halte die Luft an.

»Wenn wir auf unser Leben zurückschauen, entdecken

wir, dass wir viele Prüfungen und Widrigkeiten bestanden und zahlreiche Hindernisse überwunden haben – oft zu unserer eigenen großen Verwunderung. In jedem dieser Fälle mussten wir unsere Vorstellungen dessen, wie viel wir ertragen können, überwinden, und tiefer in unsere versteckten Reserven eintauchen. Hier werden Sie kleingemacht. Hier werde ich brüllen, fluchen und schreien, bis Sie sich dazu entscheiden, diese versteckten Reserven anzuzapfen. Das, von dem Sie tief in Ihrem Inneren wissen, dass es wahr ist. Lasst also die Spiele beginnen!«

Versteckte Reserven? Ich Dummerchen, und ich dachte noch, ich sei hier, um fantastisch schmeckendes Essen zu kochen. Ich mache einen Versuch, Luft zu holen.

Pip schnalzt mit der Zunge und faltet die Hände wie zu einem Kirchturm. »Der Wettbewerb beginnt jetzt! Dieses Restaurant wird nur so gut sein wie der zuständige Chefkoch dieser Küche. Ich bin ein Geschäftsmann. Ich investiere in ein großartiges Restaurant und in einen großen Chefkoch. Darum muss ich absolut sicher sein, dass wir die richtige Person finden, sonst bricht alles zusammen. Über die nächsten drei Tage hinweg werden wir Ihnen eine Aufgabe pro Tag geben, um Aufschluss über Ihr Können in den verschiedenen Bereichen zu bekommen. Wir suchen nach dem besten Koch, und nach jeder Aufgabe werden die schlechtesten ausgeschlossen. Wir haben keine Lust, an einem Ladenhüter festzuhalten.«

Wir stehen an unseren Posten. Ich lasse den Blick um mich schweifen. Wo ist Octavia? Sie ist die Hotelbesitzerin, vielleicht ist sie deshalb nicht bei jedem Schritt dabei? Mir dreht sich der Magen um. Lieber Gott, ich gegen Pip und Jean-Michel und all die anderen Kerle. Gegen Ben. Bitte mach, dass Octavia heute dabei ist – ich kann jede Unterstützung brauchen, die ich bekommen kann.

Pip fährt fort: »Ihre erste Aufgabe. Während der Vorrunde durften Sie sich selbst ein Gericht aussuchen. Dann wollen wir einmal sehen, was Sie machen, wenn diese Wahlmöglichkeit wegfällt. Wie kreativ sind Sie? Wie gut kommen Sie mit Druck klar? Mit welchen Fähigkeiten können Sie trumpfen, die uns nachhaltig beeindrucken?«

Je ein Ober kommt zu unseren Stationen und bringt jedem von uns eine Servierplatte, die mit einer Servierkuppel bedeckt ist. Die Ober bleiben in Habtachtstellung.

Was um alles in der Welt befindet sich darunter? Es könnte eine sehr ausgefallene Zutat sein, von der ich vielleicht keine Ahnung habe, was ich damit anstellen soll. Wie zum Beispiel ein ausgefallenes Obststück oder ein seltenes Gewürz oder ein sehr exotisches Stück Fleisch. Klapperschlange zum Beispiel? Käferlarven? Oder Gras? Etwas absonderlich Kniffliges, was man nur hinbekommt, wenn man genau weiß, was man tun muss, wenn man bei jedem neuen abgefahrenen Trend der Lebensmittelwelt auf dem allerneusten Stand ist.

O Gott, ich hoffe nicht. Ich bin erledigt, wenn es bei dieser Challenge darum gehen sollte. Denn mir macht es keinen besonderen Spaß, etwas zu kochen, was ich nicht selbst essen würde. Und wenn ich nicht mit Leib und Seele dabei bin, weiß ich genau, dass ich nicht mein Bestes geben kann. Außerdem kann ich mir beileibe nicht vorstellen, dass jemand das lieblose Produkt, das ich dann auftischen werde, genießen wird. Bei meiner Art zu kochen geht es um Geschmack und Würze und nicht etwa darum, das Ungenießbare irgendwie genießbar zu machen. Sollte das Jean-Michels Ziel sein, werde ich die Erste sein, die heute geht.

Dann denke ich jedoch, dass wir hier von Jean-Michel Marchand reden. Das wäre zu vorhersehbar. Und das Unvorhersehbare ist einfach zu vorhersehbar. Im Prinzip könnte es also alles sein.

Okay. Ja. Nein. Er wird uns mit etwas konfrontieren, womit wir nicht rechnen. Etwas, bei dem wir wirklich unsere versteckten Reserven anzapfen müssen. Was aber, wenn ich ums Verrecken nicht weiß, was das unter der Servierkuppel ist? Was, wenn es etwas so Unbekanntes ist, dass ich es nicht einmal erkenne, ganz zu schweigen davon, nicht zu wissen, wie ich das Zeug auf einem Niveau zubereiten kann, das dieser Küche gerecht wird?

Ich grabe mir die Fingernägel in die Handfläche. Das ist mein schlimmster Albtraum. Obwohl ich eine klassische Ausbildung genossen habe, ist meine Herkunft ganz gewöhnlich. Mein Gaumen ist nicht immer so kultiviert wie bei den anderen, die in der Welt herumgekommen sind und schon in jungen Jahren einer größeren Bandbreite an Gewürzen, Aromen und Geschmäckern ausgesetzt gewesen sind. Das ist mir schmerzlich bewusst. Meine Mutter war eine großartige Köchin, doch sie hat eben Hausmannskost zubereitet. Alles, was sie konnte, hat sie aus einem Buch von Celia Sanderson namens *Kochen mit Herz* gelernt, das jedes Mal beim Kochen neben ihr aufgeschlagen auf der Arbeitsfläche lag, bis sie krank wurde. Verglichen mit anderen Haushalten waren die Gerichte schlicht, es gab die reinen Basics. So richtig begriffen habe ich das erst, als Alice in unser Dorf gezogen ist. Ihre Eltern waren viel älter als meine (sogar älter als manche Großeltern; ihre Geschwister aus früheren Ehen waren altersmäßig viel näher an meinen Eltern). Sie waren sehr vornehm und gebildet. Das merkte man gleich daran, wie sie sprachen, aber hauptsächlich an ihrer Art zuzuhören: Bei ihnen gab es kein Hereinreden, Augenverdrehen und erbarmungsloses Spötteln, das man erntete, wenn man bei mir zu Hause etwas sagen wollte, was mehr als fünf Silben besaß. Alice' Eltern haben immer geschrieben und gelesen, stets neue Dinge ausprobiert, Sprachen und Instrumente gelernt, Alice in experimentierfreudige Restaurants ausgeführt, wilde Kräuter gesammelt und sie dazu eingeladen, verschiedene Weine zu probieren und sie anschließend mit ihnen zu diskutieren – sogar als sie noch im Teenageralter war.

Alice empfand das jedoch keineswegs als bewundernswert. Sie hasste es und fühlte sich wie in einem Museum. Insgeheim zog sie mein Zuhause vor, weil es »weniger intensiv« war – was bedeutete, dass es bei uns chaotischer zuging, niemand sich darum scherte, was man tat, dachte oder trank. Ich dagegen liebte ihr Zuhause, eben *weil* es sich für mich wie ein Museum anfühlte; ein leiser, gedämpfter, kultivierter Ort, wo man etwas über die Vergangenheit lernt, das andere erforscht, zuhört, ohne dass im Hintergrund eine überbeanspruchte Waschmaschine dröhnt und scheppert oder die Geschwister sich oben streiten. Und ich habe mein Wissen angereichert. Ich versuche immer, noch mehr zu lernen, doch schäme ich mich immer noch wegen meiner fehlenden Weltkenntnis. Ich habe immer das Gefühl hinterherzuhinken. Alice weiß das kulturelle Kapital gar nicht zu schätzen, das sie – ohne es zu merken – einfach von klein auf aufgesogen hat. Wie im vergangenen Jahr, als wir eislaufen waren und Musik spielte. Sie wusste sofort, dass das irgendwas von Vivaldi war. Und als ich meinen eigenen aromatisierten Gin für sie zum Geburtstag gemacht habe, hat sie sofort den Hibiskus herausgeschmeckt und meinte, ihre Mutter würde ihr den immer in den Tee machen. Einmal haben wir Speeddating ausprobiert, was aber dann eine so traurige Veranstaltung war, dass wir früher gegangen sind. Danach meinte Alice, je länger sie in dieser Stadt bleibe, desto mehr würde sich ihr Kopf matschig anfühlen, fieberhaft und ziellos, wie ein Gemälde von Jackson Pollock. Ich dachte, Pollock sei ein Fisch – der heißt aber Pollak. Ich habe mein Leben damit verbracht, diese Wissenslücken zu schließen, sie zu begradigen und zu verdecken.

Wieder mustere ich die mysteriöse Servierplatte, während meine Gedanken rasen und sich um die Frage drehen, was sich wohl darunter verbergen könnte. Panik steigt in mir auf, als ich an die vielen Möglichkeiten denke, von denen ich noch nie im Leben etwas gehört habe. Meine Wangen färben sich dunkelrot. O Gott, das könnte mein Ende bedeuten. Das könnte nicht nur meinen Rauswurf aus diesem Wettbewerb bedeuten, sondern auch noch meine fundamentale Unwissenheit preisgeben. Ich weiß, was mir beigebracht wurde und was ich selbstständig gelernt habe, aber hey, erzähl das mal einem Jean-Michel. Wahrscheinlich ist mein minderwertiger, Fleisch-und-zwei-Gemüsebeilagen-Hintergrund für immer meine große Unsicherheit.

Mir klopft das Herz bis zum Hals. Ich könnte mich hier wirklich richtig schlimm blamieren. Mir eine riesengroße Schmach antun. Denn wenn hier gleich der Deckel gelüftet wird und ich keinen blassen Schimmer habe, wird mich Jean-Michel sicherlich nicht mit einem freundlichen Lächeln bedenken und mir helfen herauszufinden, was das ist.

Und wo zum Teufel ist Octavia? Ich hatte gehofft, wenigstens ihre Unterstützung zu haben. Denn immerhin wollte Pip mich nicht, und Jean-Michel gefiel die Sache mit dem Steak nicht; welche Chance habe ich da also noch?

Um ehrlich zu sein, fühlt sich das alles immer mehr nach den *Tributen von Panem* an als nach einer Bewerbung um eine Stelle als Köchin. Und ich habe keine Ahnung, ob ich nach heute überhaupt noch weiter an diesem Posten stehe. Ein Ausscheiden wird immer wahrscheinlicher.

Zum ersten Mal drehe ich mich um. Womöglich zum letzten Mal. Und da ist er. Er wirkt so stark und zuversichtlich und sonnengebräunt und attraktiv und so typisch Ben eben. Er lächelt mich an. Ja, Jean-Michel, du hast in einer Sache recht. Manches passiert und bricht dir so komplett das Herz, dass man fast nicht glauben kann, es überlebt zu haben. Ich nicke Ben zu und drehe mich schnell wieder um, bevor er sieht, dass ich rot werde.

»Ober, bitte die Servierkuppeln lüften!«

Ich kneife die Augen fest zu und schlucke schwer. *Bitte mach, dass es nicht klein, weich, rosa und seltsam ist oder groß, grün, klebrig und seltsam oder lang, braun und hart und …*

Als ich die Augen öffne, bleibt mir kurz die Luft weg. Ich schlage mir die Hände vors Gesicht. *Danke, danke, danke! Für heute ist meine Würde gerettet.* Hier weiß ich genau, was ich tun muss; ich muss keine Angst mehr vor irgendwas Unbekanntem haben. Angesichts dessen, was ich vor mir habe, kommt es mir fast lächerlich vor, mich deswegen so verrückt gemacht zu haben. Alice hat ja nach einem kostenlosen Online-Test bei mir schon ein akutes Hochstapler-Syndrom diagnostiziert. Denn ich glaube nicht wirklich zu wissen, was ich tue, und warte eigentlich immerzu darauf, dass jemand kommt und sagt: »Komm schon, Katie, netter Versuch, aber das war's.«

Na ja, heute ist das immerhin nicht passiert. Und ich kann nicht anders – ich muss lachen, aus vollem Hals.

»Die bescheidene Kartoffel«, verkündet Jean-Michel, ein verschmitztes Funkeln in den Augen.

Auf der silbernen Servierplatte vor mir liegt eine kleine Auswahl an verschiedenfarbigen Kartoffeln unterschiedlicher

Sorten. Nichts, was mich überfordert. Nichts Unbekanntes. Ich nehme eine Kartoffel in die Hand und streiche über ihre sandige, feste Oberfläche. Ich halte sie mir unter die Nase und atme den erdigen, mehligen Geruch ein. Sofort werde ich wieder daran erinnert, wie ich neben meiner Mutter am Spülbecken stand und ihr half, die Kartoffeln zu waschen und zu schälen, bis unsere Hände ganz rot, rau und runzelig waren und die Welt in Ordnung.

»Wir werden weit mehr tun, als nur an der Oberfläche zu kratzen«, erklärt Jean-Michel. »Wir werden mit dem anfangen, was sich tief unter der Erde befindet, vergraben im Schmutz. *Ausgewogenheit* ist alles. Nutzen Sie alles nach Belieben aus der Vorratskammer, aus dem Geräteraum – alles, was Sie wollen, um diese bescheidene Zutat aufzuwerten und glänzen zu lassen. Sie haben eine Stunde: Die Zeit läuft ab *jetzt!*«

11

Ich haste in die Vorratskammer und steuere direkt auf die Abteilung mit den frischen Lebensmitteln zu. Das ist meine Chance, ihnen zu zeigen, dass ich weiß, was von lokalen Erzeugern kommt und was saisonal ist. Ich entdecke einen schönen, frischen Feldsalat und denke, dass das eine Möglichkeit sein könnte. Leicht und wohlriechend, mit großen, löffelförmigen dunkelgrünen Blättern und dem charakteristischen nussigen Geschmack wäre er ein ausgewogener Begleiter für meine Freundin, die Kartoffel. Ich lasse den Blick über die restlichen Vorräte schweifen. Die ganze Zeit über muss ich an Ausgewogenheit denken … Wie will ich eine Ausgewogenheit in Farbe, Geschmack, Textur und Temperatur schaffen – und das alles auf einem Teller und innerhalb einer Stunde? Ausgewogenheit. Es ist wirklich schwer, diese hinzubekommen, nicht nur auf dem Teller, sondern auch in anderen Bereichen des Lebens.

Ich frage mich, woran Ben wohl denkt. Das ist eines der Dinge, die ich am meisten vermisse – *vermisst habe,* als er gegangen ist. Unser gemeinsames Brainstorming, unsere Gespräche darüber, was dazu und was dazu passen würde. Am liebsten würde ich jetzt zu ihm huschen und ihn fragen: *Was meinst du? Kartoffelblini mit Crème fraîche und Räucherlachs? Oder vielleicht eher Süßkartoffelgnocchi? Oder eine klassische*

Galette? Oder etwas Radikaleres, Grelleres mit einem gewissen Schockeffekt, wie ein Fondantküchlein aus dunkler Schokolade an Kartoffelschaum?

Ich kaue auf der Innenseite meiner Unterlippe herum. Ich könnte Bens Ratschlag jetzt gut brauchen. Er müsste nicht einmal etwas sagen; die leichteste Bewegung seiner linken Augenbraue oder das Zucken eines Mundwinkels würde mir alles Wichtige verraten. Denn ja, wir befinden uns in einem Wettbewerb, aber bis jetzt treten wir nicht direkt gegeneinander an – wir versuchen beide nur, diese Ausscheidungsrunde zu überstehen, nicht wahr? Was könnte es da schon schaden? Ich brauche keine Ideen von ihm, sondern lediglich eine Resonanz; ich brauche jemanden, mit dem ich meine Ideen teilen kann. Anders als andere Chefköche bin ich weniger der Kontrollfreak, sondern gehöre eher zu der Kategorie der *Probier-das-mal-und-sag-mir-was-du-davon-hältst-*Teamplayer. Mein Vater betrachtet das als den Grund für das Scheitern meines Restaurants. Ich hätte »mehr den Ton angeben« sollen. Ich hätte mehr auf die Hierarchie pochen müssen. Und dafür sorgen müssen, dass ich an der Spitze ebenjener Hierarchie stehe und mich nicht am Boden selbiger abrackere. Ich weiß jedoch, dass ich weitaus besser bin, wenn ich mit anderen Leuten zusammenarbeite. Ich mag es sehr, aus meinem eigenen Kopf rauszukommen, mit anderen zu kommunizieren, zu reden, lachen, weinen, schmecken, speien, fluchen und mich mit anderen zu begeistern.

Ich hole tief Luft und drehe mich zu Ben um. Zum ersten Mal, seit wir hier sind, mustere ich ihn genauer. Er sieht immer noch so aus wie früher. Er trägt das Haar ein wenig kürzer, es ist über der Stirn ein wenig dünner geworden; und Ben ist viel sonnengebräunter – was wahrscheinlich an der mediterranen Sonne an Deck liegt.

»Entschuldigung bitte! Ich muss da mal durch!« Ein sehr aufgebrachter bärtiger Koch starrt mich richtig finster an, als wolle er eigentlich sagen, *mach dich vom Acker*, und greift an mir vorbei zum Korb mit dem frischen Spinat.

Mich schaudert es. Er hat irgendetwas an sich, was mir einen fiesen Schauer über den Rücken jagt. Ich trete beiseite, woraufhin er sich sehr ruppig alles schnappt, was er in die Hände bekommt, und es dann in seinen brechend vollen Korb stopft. Keineswegs wird er all diese Zutaten brauchen; wie es aussieht, hortet er Zutaten, damit diese keinem anderen mehr zur Verfügung stehen. Die Schlacht ist eröffnet, jetzt kämpft jeder Koch für sich selbst.

Ich straffe die Schultern und schaue in meinen leeren Korb. Komm schon, Katie, die Uhr tickt! Vergiss es, Ben zu fragen! Er schuldet mir nichts. Inzwischen sind wir praktisch Fremde; wir hatten seit einer Ewigkeit keinen Kontakt mehr. Dieses leichte Lächeln war eindeutig seine Art und Weise, höflich zu sein. Seine Art, Auseinandersetzungen der Vergangenheit hinter uns zu lassen und den Blick nach vorn zu richten. Höchstwahrscheinlich hat er hier jeden so angelächelt. Selbst dieser schlecht gelaunte bärtige Typ scheint immer in Bens Nähe herumzulungern; vielleicht sind sie Kumpels? Vielleicht kennt er ihn aus seinem neuen Leben? Also aus dem Leben nach uns?

Ich hole tief Luft und blicke noch einmal nach rechts. Ben scheint fertig zu sein; er wirft eine letzte Handvoll Petersilie in seinen vollen Korb und kehrt mit großen Schritten zu seinem Posten zurück.

Ich bin auf mich allein gestellt. Die Zeit verstreicht; ich muss eine Entscheidung treffen und loslegen. Ich muss mir etwas einfallen lassen. Etwas verdammt Gutes.

Schnell packe ich den Griff meines Korbs fester und schaue

mich nach allen anderen um. Die eine Hälfte der Köche steht herum, beäugt die Menge der Vorräte und scheint wie ich von der eigenen qualvollen Unschlüssigkeit gelähmt zu sein. Die andere Hälfte hat sich wie Ben bereits Zutaten geschnappt und ist am Werk.

Ich schüttele den Kopf und versuche, mich zu konzentrieren. Mir kommt eine Idee. Mein Blick wandert zum Feldsalat. Die Idee ist klasse. Niemand sonst scheint in diese Richtung zu denken; die meisten befinden sich drüben in der Fleisch- und Molkereiabteilung. Meine Vorstellung: Parmesan-Rosmarin-Küchlein an einem leichten Feldsalat. Ich kann dafür sorgen, dass auch die Präsentation des Ganzen beeindruckend aussieht – wenn ich jetzt ranklotze. Mir bleibt weniger als eine Stunde. Ich will unbedingt mein Wissen und meine Fähigkeiten vorführen und es innerhalb der Zeitvorgabe zum Service schaffen.

Ein anderer unentschlossener Kandidat beäugt meinen Feldsalat. Ich werfe ihm einen Blick zu, schnappe mir die letzte Handvoll Feldsalat zusammen mit den frischen Kräutern, Gewürzen, Gemüse, Sahne, Käse und Butter, die ich brauche. Als ich die Vorratskammer verlasse, wird an den anderen Posten schon gebrutzelt und gekocht. Ich muss dringend einen Zahn zulegen.

Mit dem vollen Korb kehre ich zu meinem Platz zurück, schmeiße den Gasherd an und fange an, in Lichtgeschwindigkeit zu schälen. Diese besondere Fähigkeit habe ich der Parklands-Seniorenresidenz zu verdanken. Ich schäle mehr, als ich eigentlich brauche, und setze zur Sicherheit einen Kochtopf mit Kartoffeln auf das hintere Gasfeld. Nur für den Fall. Wenn ich aus dem fallen gelassenen Steak aus der Vorrunde etwas gelernt habe, dann, dass ich jederzeit mit dem Unerwarteten zu rechnen habe und einen Plan B parat haben sollte.

Als die Kartoffeln fertig sind, schneide ich sie vorsichtig in dünne, runde, feine Scheibchen. Dann gebe ich geschmolzene Rosmarinbutter, grobkörniges rosafarbenes Steinsalz und eine großzügige Portion geriebenen Parmesan dazu und wickle sie vorsichtig von Hand. Ich muss die Kartoffelscheiben ganz vorsichtig schichten, um sie wie Blütenblätter in die Förmchen zu geben und diesen Rosenknospen-Effekt zu schaffen. Jedes Blatt soll identisch und perfekt geformt sein. Behutsam träufele ich zum Schluss ein wenig Knoblauchöl über die Röschen und stelle sie in den Backofen. In etwa dreizehn Minuten sollte es hier nach geröstetem Knoblauch und geschmolzenem Käse duften. Das ist der Punkt, an dem die Magie einsetzt und die ganzen wundervollen Aromen harmonieren werden. Knusprige, knackige, salzige, geröstete Krusten, die zu einer zähflüssigen, samtigen Käsefüllung hinführen. Du meine Güte, Alice würde es lieben.

Ich prüfe ein weiteres Mal die Ofeneinstellungen, preise innerlich meine gebackenen Blumen und mache mich an die Zubereitung des Salats.

Irgendwo zu meiner Linken meine ich, etwas Angebranntes zu riechen. In der Ferne höre ich, wie ein Teller zerbricht und geflucht wird, und spüre die Energie dieses intensiven Arbeitens. Ich lächele still in mich hinein, da mein Herz vor Glück in meiner Brust schlägt und ich so enthusiastisch bin, weil das hier genau das ist, wo ich hingehöre. Gott, was fühlt sich das gut an! Ich bin zurück, ich habe alles in der Hand.

Als ich meinen Salat zubereite, kann ich nicht anders und folge meiner Nase. Es riecht definitiv verbrannt, weshalb ich noch einmal meinen Backofen überprüfe. Ich bin's nicht. Ich schnüffele weiter zum Ofen an der Wand, nah an der Speisekammer, wo ich vorhin den gierigen bärtigen Kollegen getroffen hatte. Da weit und breit kein Koch zu sehen ist, öffne ich die Ofentür, durch die mir Qualm entgegenschlägt. O nein, das ist nicht gut. Seit meinem eigenen Desaster weiß ich, dass bei diesem Anblick gleich irgendwem das Herz brechen wird.

Ich hebe eine Hand in die Höhe. »Achtung! Backofen an Posten drei!«, während ich versuche, das Blech mit den Aufraufförmchen zu retten, in denen sich wahrscheinlich Kartoffelsoufflés befinden. Verbrannte, eingesunkene Kartoffelsoufflés.

Während ich mit meinem Geschirrtuch durch die Luft wedele, um die Rauchschwaden zu verteilen, ertönt neben mir Bens Stimme.

»Was zum Teufel ist denn hier los?«

Ich drehe mich zu ihm um. Ungläubig hat er die Stirn gerunzelt, seine Wangen sind dunkelrot.

»Sind das deine?«, frage ich.

»Ja! Ich habe sie gerade vor fünf Minuten in den Ofen geschoben … wie können sie da verbrannt sein?« Er fährt sich mit der Hand durchs Haar und dreht sich von einer Seite auf die andere. »Das war's. Ich bin raus. Ende Gelände.«

Mein Blick fällt auf die Temperaturanzeige; sie zeigt 200 Grad an! Die Soufflés dürfen maximal bei 120 Grad gebacken werden. *Nie im Leben* hätte Ben Soufflés bei dieser Temperatur unbeobachtet gelassen, nicht einmal fünf Minuten lang. Wir sind beide gleich ausgebildet worden. Das würde niemals vorkommen. Ich zermartere mir das Hirn und drehe mich instinktiv zur entgegengesetzten Ecke des Raums um, wo ich aus dem Augenwinkel heraus sehe, dass uns der Bärtige beobachtet. Einen Moment lang begegnen sich unsere Blicke, bevor er schnell wegschaut.

Vor ein paar Minuten habe ich ihn hier gesehen. Das ist ganz eindeutig nicht sein Posten. Er hatte hier absolut nichts zu suchen, es sei denn, er war gerade dabei, Ben zu sabotieren … Ben ist schließlich derjenige, der Jean-Michels Ehefrau bereits nachhaltig beeindruckt hat und daher der derzeitige Favorit ist, den es zu schlagen gilt.

Du kleiner aalglatter, Soufflé-zerstörender, gieriger, betrügender, bärtiger Mistkerl!

Ich drehe mich zu Ben um, der mit dem Rücken an der Wand lehnt, die Augen zukneift, als könne er nicht einmal die verbrannten Überreste seines schwarzen, glimmenden Gerichts ansehen. Anhand seiner hängenden Schultern weiß ich, dass er sich geschlagen gibt. Er hat aufgegeben. Die Uhr zeigt nur noch fünfzehn Minuten an. Jetzt bleibt keine Zeit mehr für neue Soufflés oder Kartoffelblini mit Crème fraîche und Räucherlachs oder Süßkartoffelgnocchi oder eine klassische Galette oder irgendeine der Ideen, die ich eben hatte.

Ich lege meine Hände auf Bens Schultern und drücke sie. Er schaut mich an, die Niederlage im Blick.

»Ich dachte wirklich, ich könnte es schaffen. Ich wollte sehen, wie weit ich komme.« Er zuckt mit den Schultern. »Aber das muss ich dir nicht sagen, oder? Gerade du verstehst genau, was ich meine.«

Er hat recht. Ich verstehe es nur allzu gut.

»Du kannst es noch schaffen, Ben«, sage ich und ertappe mich dabei, wie ich mich ihm nähere. Mein Blick sucht den seinen, um sicher zu sein, dass er mir gut zuhört. Denn ich habe eine Idee. »Vichyssoise«, sage ich und muss lächeln. »Ben, deine Vichyssoise ist die beste der ganzen Welt, was für eine kalte Suppe eine ziemliche Aussage ist.«

Fast lacht er mich aus. »Danke, Katie, aber innerhalb einer Viertelstunde?«

Ich straffe die Schultern und gebe Anweisungen. »Ich habe zusätzliche Kartoffeln gekocht, die kannst du haben. Schreck die mit kaltem Wasser ab, dann passt das schon, das sind zwei Minuten. Ich schau kurz nach meinem Backofen, danach hole ich dir ein paar Porreestangen. Dann hast du genügend Zeit, die anzudünsten und zu pürieren. Zum Schluss gibst du die Sahne dazu. Du musst nur jetzt die Pfanne heiß machen.«

Er rappelt sich auf. »Meinst du wirklich?«

»Ja, Chefkoch! Jetzt leg los!«, rufe ich und haue ihm mit dem Geschirrtuch auf die Brust.

»Danke«, flüstert er, bevor er in den Vorratsraum läuft.

In der Zwischenzeit nehme ich die Parmesan-Kartoffeltürmchen in Rosenform aus dem Ofen und muss zugeben, dass sie perfekt geworden sind. Schnell hole ich die Porreestangen, gieße die zusätzlichen Kartoffeln für Ben ab, schrecke sie mit kaltem Wasser ab und kühle sie, bevor ich sie zu seinem Posten bringe. Geschafft, jetzt ist es an der Zeit, meinen eigenen Teller anzurichten. Dabei beschließe ich, Ben noch nichts von meinen Vermutungen hinsichtlich des bärtigen Kochs zu sagen – vielleicht sage ich ihm auch überhaupt nichts –, denn bei allem, was auf dem Spiel steht, und all den scharfen Messern hier im Raum ist es nicht sicher. Jean-Michel ist nicht der Einzige mit einem hitzigen Temperament. Sollte Ben Wind von der Sache bekommen, marschiert er nachher noch zu dem bärtigen Typen und reißt ihn in Stücke. Und auch wenn er jedes Recht dazu hätte, würde dies zu einem Ausschluss aus dem Wettbewerb führen. Mir wird klar, dass ich dafür noch nicht bereit bin. Zum einen, weil es unfair wäre, da Bens verbrannte Soufflés nicht seine Schuld waren. Und zum anderen will ich nicht, dass er geht, wenn ich ganz tief in mich hineinhorche und einen Moment lang ganz ehrlich bin. Es war viel zu schön, ihn wiederzusehen – selbst wenn ich ihn die meiste Zeit nur aus den Augenwinkeln heraus gesehen habe.

Ich erröte allein schon beim Gedanken daran, wie nah ich ihm bin und wie ich ihm tief in die Augen schaue, als hätten wir all unsere Fehler noch nicht gemacht – oder vielleicht eher, als hätten wir sie hinter uns gelassen. Ist das möglich? Dass es sich neu anfühlt? Anders? Als hätten wir es in der Hand, nach vorn zu schauen und noch einmal neu anzufangen, nur dieses Mal mit einem Happy End.

Ich muss kurz innehalten, damit meine Hand nicht so zittert, und hebe dann meine Kartoffelröschen aus der Form. Die erste wäre mir nämlich fast vom Servierlöffel gerutscht.

»Eine Minute noch!«, ruft Pip ermahnend.

Ich strecke die Finger, straffe die Schultern und versuche, Ruhe zu bewahren. *Denk daran, warum du hier bist,* rede ich mir ein. Ich denke an Martha und wie sie an mich glaubt. An ihre feste Überzeugung, dass ich es schaffen kann. Wie sie mich von ihrem kleinen Zimmer im Seniorenheim aus angefeuert hat und mich ermutigt hat, diesen Weg zu gehen. Ich denke an Zoe und Mel, wie sie ihre Schichten geopfert haben, um mir zu helfen. Ich denke an Alice, die ihr letztes Hemd mit mir teilen würde, wenn es nötig wäre. An Dad und Rachel und sogar an meine Brüder, die sich sorgen, ob ich je zurechtkommen werde.

All diese Menschen kann ich nicht enttäuschen. Für sie muss ich alles geben. Ich muss mich konzentrieren. *Katie, konzentrier dich!*

Vorsichtig hebe ich eine perfekt geformte goldene Rosenblüte aus dem Förmchen auf meinen hübsch dekorierten Teller. Mit der jetzt wieder ruhigen Hand wische ich den Rand mit meinem Tuch sauber, füge Dressing zu meinem Feldsalat hinzu und gebe dann dem Ganzen noch den letzten Schliff, indem ich ein getrocknetes, mit Goldpuder überzogenes Rosenblatt mittig auf das Gericht lege, um alles abzurunden.

»Drei, zwei, eins. Die Zeit ist vorbei!«

Wow. Es ist angerichtet. Ich habe es geschafft.

Dieses Mal drehe ich mich nicht zu Ben um. Ich halte den Blick stur geradeaus gerichtet. Auf meinen Teller. Auf die Juroren. Auf diese Chance, die ich so sehr will und so sehr brauche. Denn Ben heute so aus der Nähe zu sehen, reicht aus, um mich selbst aus dem Wettbewerb zu kicken und um mich vergessen zu lassen, warum ich hier bin. Aber ich kann es mir nicht leisten, noch irgendetwas zu verlieren. Und je weiter ich mich dem Sieg hier nähere, desto klarer wird mir, dass ich nicht mehr dorthin zurückkehren will, wo ich vorher gewesen bin.

12

Jean-Michel flüstert Pip etwas ins Ohr, während sie unsere Teller in Augenschein nehmen. Beide nicken daraufhin in feierlicher Übereinstimmung, bevor sie sich an uns wenden.

»Wir beabsichtigen, das Beste zu fördern und das Schlechteste auszusortieren. Heute gibt es zwei Gerichte, die uns wirklich beeindruckt haben – negativ.«

Pip geht zum Pass hinüber und mustert den ersten Teller, der von einem hochgewachsenen, schlaksigen Koch mit den größten Händen, die ich je gesehen habe, präsentiert wird. Pip beugt sich vor und schnuppert am Gericht.

»Blini.«

Der große Koch nickt.

»Wissen Sie, wie das ist? Für mich gleicht es einem Besuch bei den New York Philharmonikern. Sie sind aufgeregt, denn diese Jungs sind die Besten der Besten, oberste Liga, ausgewählt aus Tausenden Bewerbern, ausgebildet von den besten, am meisten gefeierten Musikern der Welt. Begabt, leidenschaftlich, vorbildlich in jeder Hinsicht. Sie haben sich schick gemacht, sind mit einer heißen Braut oder Ihrer Frau angereist. Alles ist für ein außergewöhnliches Ereignis, einen denkwürdigen, ganz besonderen Abend vorbereitet … Und dann wird der Flohwalzer gespielt.«

Der hochgewachsene Koch reißt die Augen auf. Das klingt, als ob alles in die falsche Richtung steuern würde.

»Diese Blini hier sind der Flohwalzer. Eine totale Enttäuschung. Herablassend einfach. Frei von jeglicher Fantasie.« Pip nimmt seine Gabel und beginnt, auf dem Teller herumzustochern. »Und soll ich Ihnen mal was sagen? Die Dinger mögen ja gut schmecken; sie können sogar fantastisch schmecken. Aber hören Sie mir zu. Es ist mir zu egal, um es herausfinden zu wollen. Allein schon von der Bezeichnung ›Blini‹ bin ich so uninspiriert, dass ich sie nicht einmal probieren möchte. Ich will das Wort nicht auf einer Speisekarte lesen; ich würde es nicht einmal den Küchenchef aufschreiben lassen, weil ich Angst hätte, dass er bereits vor dem zweiten Buchstaben vor Langeweile sterben könnte.«

Jean-Michel nickt. »Bei dieser Aufgabe ging es um Kreativität. Das hier ist nicht kreativ. Das ist *passé.* Da ist die Tür. Sie sind raus aus dem Wettbewerb.«

O mein Gott, er hat sie nicht mal probiert! Dabei wollte ich ursprünglich Blini zubereiten! Was für ein Glück, dass ich mich anders entschieden habe. Aber was ist mit meinem Gericht? Was wird er wohl dazu sagen? Ich kann seine Reaktion überhaupt nicht voraussagen. Meine Handflächen schwitzen. Obwohl ich keine Ahnung habe, was als Nächstes kommen wird, sollte ich auf alles vorbereitet sein. Ruhig bleiben. An Ort und Stelle stehen bleiben. Professionell bleiben. Ich kann nicht zulassen, dass meine Unsicherheit auffliegt und alles zunichtemacht.

Ich versuche, mir Trost zuzusprechen. Was wäre denn das Schlimmste, was passieren könnte? Abgesehen davon, dass mich beide angreifen, mich anschreien, anbrüllen oder vor allen anderen inklusive Ben mein Gericht in den Mülleimer befördern könnten. Dann werfen sie mich raus, und ich muss allen die traurige Nachricht verkünden, schon wieder mit einem Vorhaben gescheitert zu sein, bei dem ich eigentlich hätte erfolgreich sein sollen. Und dann wache ich morgen in aller Herrgottsfrühe in meinem Schlafsack auf Alice' Sofa auf, um in die Parklands-Küche zurückzukehren und Bernie für immer als meine Chefin ertragen zu müssen. Nur dass ich dieses Mal keine Hoffnung mehr habe und keinen Ausweg mehr sehe, um dem zu entkommen.

Ich beiße die Zähne fest zusammen. Und beschließe, dass mein Aufmunterungsversuch mir in Wirklichkeit eine Scheißangst gemacht hat.

Ich schaue zu, wie der große Koch sich die Schürze über den Kopf hinweg auszieht und seine Messer einpackt. In der Küche ist es mucksmäuschenstill. Niemand wagt es, sich zu rühren. Ich höre, wie sich die Schwingtür wippend schließt. Dann ist er fort. Und wir sind so mir nichts, dir nichts wieder einer weniger. Neun von uns sind verblieben. Aber für wie lange das so bleiben wird, ist offen.

Jean-Michel tritt an den nächsten Teller heran, der einem jungen dunkelhaarigen Koch mit Ziegenbärtchen gehört. Er beäugt das Gericht. »*C'est quoi?*«

»*Pommes purées.* Ich habe die Kartoffeln unter großer Hitze für zwanzig Minuten in den Vakuumgarer gegeben, bevor ich sie dann fünfzigmal durchs Sieb passiert habe, um eine perfekt gleichmäßige, fast seidenartige Konsistenz zu erreichen.«

Jean-Michels Miene bleibt reglos, als er eine kleine Gabel voll probiert. »Der Geschmack ist fast zufriedenstellend. Aber die Konsistenz! Die Farbe! Das sieht aus, als hätte das jemand schon einmal gegessen und wieder hochgewürgt.«

Er mustert das Gericht noch einen Augenblick, dann legt er seine Gabel weg.

»Nur weil die Geräte vorhanden sind, heißt das nicht, dass wir sie lediglich um ihretwillen benutzen. Ich habe Sie beobachtet, während Sie gekocht haben. Sie haben mehr Zeit mit den Geräten verbracht als mit den Lebensmitteln. Das ärgert mich. Ich suche nach Kreativität. Und das hier hätte gar nicht erst kreiert werden dürfen. Wo ist denn da die Seele geblieben? Für meinen Geschmack haben Sie dem Lebensmittel die Seele entzogen. Das ist unverzeihlich. *Impardonnable.* In diesem Wettbewerb haben Sie damit Ihr letztes Gericht zubereitet. Bitte, dort ist die Tür!«

Als zweiter Koch, der sich der Schürze entledigt hat, verlässt er die Küche durch die Schwingtür, ohne dabei einen Blick zurückzuwerfen.

Jean-Michel fertigt die nächsten vier Köche auf die gleiche Art und Weise ab, einen nach dem anderen, ein verzogenes Gesicht, ein Seufzen, ein Grunzen, ein Schulterzucken, ein Kopfschütteln und dann ein entschiedenes Nicken Richtung Tür.

Irgendwann sieht Pip mich an. »So, dann mal zu den etwas besseren Nachrichten. Wir waren beeindruckt von den Talenten, die verblieben sind. Katie, Sie haben uns heute sehr stolz gemacht. Ich werde Octavia wissen lassen, dass ihr Instinkt richtig war, was Sie betrifft. Heute haben Sie Ihre Komfortzone verlassen. Ihre Präsentation ist elegant, Ihre Geschmackskombination ist tadellos. Genau das würde ich in einem Spitzenrestaurant bestellen, und würde ich das genau so serviert bekommen, wäre ich glücklich. Deswegen also: Gut gemacht, ich freue mich auf mehr.«

Ich bin weiter! Ich habe es geschafft. Ich komme wieder! Ich blähe meine Wangen auf und seufze erleichtert. Dann strecke ich die Finger, die ich zur Faust verkrampft hatte. Und entspanne meine Pobacken. Und lockere die Knie. Im gesamten Körper löst sich die Anspannung, als die Angst vor dem Ausscheiden verschwindet. Du meine Güte, was bin ich nervös gewesen! Das war echt beängstigend.

Pip dreht sich zu Ben um.

Und dann ballen sich plötzlich meine Fäuste, meine Pobacken spannen sich an, und die Knie verkrampfen sich wieder. Ich bin bei Ben genauso nervös wie eben bei mir. *Bitte mach, dass er das übersteht! Bitte schickt ihn nicht nach Hause, weg, durch diese Schwingtür, sodass er nie wieder zurückkehrt.*

Ich halte die Luft an. Wenn Ben es nicht schafft, werde ich meine Vermutung ansprechen, was der bärtige Typ getan hat. Ben darf keinesfalls nach Hause gehen. Ich drücke ihm die Daumen und halte weiter die Luft an. Und hoffe. Und bete.

»Vichyssoise. Welch geniale Idee! Eine Anerkennung der Lieblingssuppe der Engländer, der Lauch-Kartoffel-Suppe, die zwar leichter, aber doch geschmackvoll genug ist, um als sommerliche Vorspeise zu dienen. Sie ist einwandfrei. Clever. Klassisch. Ich muss dabei an all die anderen Male denken, als ich dieses Gericht in anderen Spitzenrestaurants gegessen habe, und glauben Sie mir, diese hier ist besser. Sie gehört hierher. Und sie sagt mir, dass *Sie* hierhergehören.«

Ich entspanne mich. Gott, fühlt sich das gut an!

Jean-Michel geht einen Schritt auf Ben zu. »Mir gefällt, dass Sie die Suppe mit Raumtemperatur serviert haben. Nicht kalt. Nicht eisgekühlt. Genau so, dass sich die Aromen entfalten und brillieren können. Mit der falschen Temperatur lassen sich die unterschiedlichen Dimensionen dieser Suppe nicht mehr feststellen, sodass sie nur noch wie eine schlichte Kartoffelsuppe schmeckt. Aber das hier, das …« Er isst einen weiteren Löffel und schließt beim Schlucken die Augen. *»C'est vraiment très bon.«*

Ben deutet mit einer kurzen Verbeugung seine Dankbarkeit an, während ich beobachte, wie ein bescheidenes Lächeln seine Lippen entspannen lässt. Er schaut zu mir herüber und zwinkert mir dankbar zu.

Jean-Michel lobt einen weiteren, sehr schweigsamen Koch namens Joe und erspart ihm den Walk of shame. Er ist sicher. Morgen darf er wiederkommen.

Pip wirbelt auf dem Absatz herum und hebt sein Kinn in Richtung des hinteren Eckpostens. Er klatscht langsam, aber laut. »Aber wir wollen uns nicht mit Lob aufhalten, wenn es unter Ihnen einen ganz klaren Gewinner gibt.«

Es bleibt nur noch ein Koch, den er meinen könnte.

Und das ist der bärtige Typ. Der bärtige Soufflémörder steht da, die Arme vor der Brust verschränkt, ein arrogantes Lächeln inmitten seines runden roten Gesichts.

»Unser heutiger Spitzenkoch ist Harry Trott. Harry, bitte beschreiben Sie uns Ihr Gericht.«

Dirty Harry wäre wohl passender für diesen stark behaarten, hinterhältigen Schummler.

Harry erklärt mit leiser, harscher Stimme: »Es handelt sich um einen Salat aus Muscheln und marinierten Kartoffeln, der mit Szechuan-Chili-Öl angemacht ist. Ich habe die Kartoffeln mit dem Gemüsehobel in sehr feine Scheiben geschnitten und diese dann in einen Sud aus Ingwer und Sternanis eingelegt, während ich die Muscheln anschließend in einer Kasserolle mit Knoblauch, Schalotten und einem ordentlichen Schuss Sake gegart habe. Mit den fischigen Muscheln und dem intensiven, leuchtenden Rot des Szechuan-Chili-Öls – das ich übrigens aus vielen Chilis und Pfefferkörnern hergestellt habe – wollte ich ein Statement abliefern. Ich mag knallige, grelle, gewagte, aggressive Aromen. Dazu mag ich Zutaten, die einschüchtern: Zunge, Hirn, Quallen, Fischmilch. Ich mag nichts mehr, als Restaurantgäste davon zu überzeugen, Lebensmittel zu verzehren, die sie normalerweise nie reizen würden. Ich nehme mir das, was Angst einflößt, und verwandele es in etwas Interessantes«, sagt er, das Kinn hocherhoben, die Nasenlöcher weit aufgebläht, als wäre er bereits zum Chefkoch ausgewählt und wir seine niederen Lakaien. »Ich mag die Herausforderung. Ich mag die Nervosität und die gespannte Erwartung, aber am allermeisten das Drama, denn gerade das macht ein Gericht großartig.«

Fischmilch? Meint er tatsächlich Fischmilch, also Fischsamen?

Pip lächelt ernsthaft. Zum ersten Mal sehe ich seine Zähne. Er tritt vor und schüttelt Dirty Harry die Hand. »Jetzt bin ich gespannt. Der Konkurrenzkampf verschärft sich«, stellt er fest und nickt zu uns vier übrigen Kandidaten herüber.

»Gehen Sie heim. *Au revoir et* à *demain*«, schließt Jean-Michel mit breiter Brust, als er auf dem Absatz herumwirbelt und zur Tür hinausgeht, ohne auch nur einen einzigen Blick zurückzuwerfen.

Als ich an meinem Posten meine Habseligkeiten zusammenpacke, ist mir klar, dass ich mich eigentlich freuen sollte, heute überlebt und die Chance erhalten zu haben, morgen noch einmal wiederzukommen. Doch ich kann nicht anders, ich bin schrecklich wütend, dass Harry mit seiner Tat ungestraft davongekommen ist. Sein arrogantes Grinsen zeugt von seiner Selbstzufriedenheit; sein hinterlistiger Plan, den Wettbewerb zu gewinnen, hat ihn an die Spitze befördert. Und ich bin die Einzige, die weiß, was er Ben angetan hat. Ich bin die Einzige, die sein kleines, schmutziges Sabotagegeheimnis kennt. Allen anderen mag Harry Trott als Genie erscheinen, als kühner, brillanter Kopf, als unschlagbarer neuer Chefkoch.

Aber ich weiß es besser. Als ich mir die Schürze über den

Kopf ziehe und sie vorsichtig für den morgigen Tag falte, beschließe ich, dass es morgen nicht nur ums Überleben geht, nicht nur darum, ein Ausscheiden zu vermeiden. Morgen muss ich alles auf Sieg setzen. Harry Trott soll das selbstgefällige Grinsen aus dem fischmilchigen Gesicht fallen, was ihm nur recht geschehen würde.

Ben ruft mich und kommt auf mich zugelaufen. Aber ich habe heute schon mehr ertragen, als ich kann. Persönlich *und* beruflich. Deswegen nicke ich kurz zum Abschied und eile in das schwindende Tageslicht hinein. Mit überraschend großer Erleichterung und einer Riesenportion Stolz schwinge ich mich auf mein Rad und strampele auf direktem Wege zur Parklands-Seniorenresidenz.

13

Aufgrund der Nachtschicht ist es bei meiner Ankunft in der Seniorenresidenz geradezu gespenstisch still und leer. Nachdem ich die schwere Holztür geöffnet habe, betrete ich die verlassene, nur schwach beleuchtete Küche und merke, dass ich die einzige Anwesende aus der Verpflegungsmannschaft bin. Mel und Zoe, mit denen man Spaß haben könnte, sind beide nicht da; andererseits ist aber auch Bernie nicht da, um mich zu mobben und niederzumachen. Schnell ziehe ich meine schöne, gestärkte Kochjacke aus und schlüpfe in ein abgetragenes, klein kariertes Leibchen, ziehe mir ein blaues Haarnetz über den Schopf und halte einen Moment inne, um zu lauschen … und absolut nichts zu hören. Es werden keine Bestellungen gebrüllt, kein zynisches Gelächter ertönt, keine gefauchte Kritik, keine Hinweise auf die Zeit. Nichts außer dem Klang meines Herzschlags, der sich allmählich beruhigt, und dem anhaltenden rhythmischen Brummen, das von den Kühlschränken kommt. Reglos verharre ich einen Augenblick lang, um zu Atem zu kommen. Herrlich!

Dankbar für die Stille, lasse ich das Radio aus und genieße es nach dem ganzen Wahnsinn des Tages sehr, allein zu sein. Zum ersten Mal überhaupt freue ich mich darauf, mich in die stumpfsinnige Routine dieser fließbandähnlichen Küche und der monotonen, todlangweiligen Art der Arbeit zu stürzen, die mir im Gegensatz zu der nervenaufreibenden Intensität von Jean-Michels Küche fast meditativ vorkommt. Da ich gerade sowohl physisch als auch emotional von diesem Prozess vollkommen überwältigt bin, ist es mir ein großes Vergnügen und eine wahre Erleichterung, dass ich herkommen und allein arbeiten kann – ohne Zuschauer, ohne prüfende Blicke, Urteile oder Angst. Ich lächle in mich hinein, während ich den ersten von vier riesengroßen Eimern mit Kartoffeln zum Waschen und Schälen hochhieve und weiß, dass ich nach diesen Vorbereitungsarbeiten freihabe und nach Hause gehen kann.

Diese Arbeit kann ich mit geschlossenen Augen verrichten; während also meine Hände die Kartoffeln waschen, abseihen, schälen und würfeln, drehen sich meine Gedanken um etwas vollkommen anderes.

Wie gern würde ich behaupten, schon mein nächstes Menü zu planen, mich selbst eingerostete Techniken abzufragen oder mich mental so vorzubereiten, dass ich mein Bestes gebe und mich nicht von Harry Trotts mörderischen Aktionen einschüchtern lasse.

Aber leider muss ich gestehen, dass ich allein Ben im Kopf habe.

Ich kann an nichts anderes denken als an ihn.

Ich muss daran denken, wie er mir eben »Danke« zugeraunt hat.

So lange habe ich sein Foto angestarrt, dass ich ein geradezu statisches Bild von ihm im Gedächtnis habe. Als wir beide uns dann heute im echten Leben und in Echtzeit gegenübergestanden haben, kam es mir überhaupt nicht echt vor. Vielmehr hatte ich das Gefühl, als würde ich mir alles nur einbilden. Oder besser gesagt, ich musste mich selbst ermahnen, dass unsere Trennung keine Illusion war. Ist das wirklich passiert? Denn heute, in dieser Küche, in diesem Moment, als ich vor ihm stand, die Hände auf seinen Schultern, fühlte es sich an, als wären wir nie getrennt gewesen. Als würden wir zusammengehören, als sollte es so sein.

Obwohl also für mich aus beruflicher Sicht Bewegung in die Sache gekommen ist und ich wieder auf dem Weg zu einer beruflichen Besserung bin, so muss ich doch zugeben, dass Bens Anblick mir deutlich gezeigt hat, wie wenig ich in emotionaler Hinsicht weitergekommen bin. Und wie wenig ich das überhaupt will.

Es heißt, es sei besser, geliebt und verloren zu haben, als niemals geliebt zu haben.

Das ist der größte Bockmist überhaupt.

Mir ginge es deutlich besser, hätte ich niemals gewusst, wie es ist, Ben zu lieben. Denn dann wüsste ich jetzt nicht, wie besonders und selten und unerreichbar dies mit jemand anderem ist.

»Da schwimmen noch viele Fische im Meer«, habe ich zu ungefähr fünftausend Gelegenheiten zu hören bekommen. Was toll ist, wenn man Männer mit Fischmund mag, auf Fischgestank abfährt oder auf aalglatte Persönlichkeiten steht. Oder auf Haie wie Harry Trott.

Heute habe ich Ben angesehen und hätte am liebsten auf die Rückspultaste gedrückt, um uns kurz vor den Punkt zu bringen, an dem wir über die Klippe gesprungen sind, in getrennte Richtungen. Wahrscheinlich, weil ich immer noch die Vergeudung, die Farce, ja die Verkehrtheit dessen sehe, dass wir getrennt sind. Es wäre so viel einfacher, ihn zu sehen und zu denken: *»Du Mistkerl!«* Mich mit Erinnerungen an all unsere Unzulänglichkeiten zu wappnen, mich an all die Arten zu erinnern, wie er mich schlecht behandelt, mich im

Stich gelassen oder mir das Gefühl vermittelt hat, wertlos zu sein.

Aber ich kann nichts davon bieten.

Weil Ben niemals irgendeine dieser Sachen getan hat.

Tatsächlich hat er mir immerzu das Gefühl gegeben, etwas ganz Besonderes und das schönste, behütetste Mädchen der Welt zu sein.

Jetzt wieder in seiner Nähe zu sein, hat dafür gesorgt, dass der ganze Schmerz wieder aufwacht. Was habe ich es vermisst, mich so zu fühlen. Besonders, geliebt, sicher.

Ich vermisse die Art und Weise, wie wir waren. Verliebt, hoffnungsvoll, ohne Angst vor der Zukunft.

Wer wir waren, als wir zusammen waren. Glücklich, zuversichtlich, verankert.

Danach kamen nur noch Trauer, Bestürzung und Verlorenheit.

Nach der Trennung spürte ich eine vollkommene Leere in mir, aber angesichts der Tatsache, dass er das Land verließ, war es unmöglich, ihm »zufällig« über den Weg zu laufen und dabei verdammt heiß auszusehen oder in den frühen Morgenstunden im Pyjama spontan zu seinem Haus zu radeln und ihn um eine zweite Chance anzuflehen oder ihn nach zu viel Wein betrunken anzurufen und ihm über die Sprachbox mein Herz auszuschütten. Er war fort und damit unerreichbar. Daher stürzte ich mich in die Arbeit fürs Restaurant und kam kaum dazu, Luft zu holen.

Jetzt aber ist er zurück. Nur wenige Schritte von mir entfernt, wenn wir an unseren Posten stehen. Und selbst wenn ich mir nicht den Hals verdrehe, um ihn zu sehen, selbst wenn ich keinen Augenkontakt herstelle, selbst wenn ich ihm den Rücken zudrehe und so tue, als sei er einfach ein Koch unter vielen, nur irgendein Kerl, weiß ich, dass er da ist.

Wir waren ein tolles Team. Zusammen hätten wir alles erreichen können. Jeder dachte das.

All das ließ die Folgen ziemlich unwirklich erscheinen und den Gedanken, jemals wieder mit jemand anderem zusammen zu sein, total unnatürlich wirken. Deswegen hat es für mich niemand anderen gegeben, niemanden. Ben dagegen hat sich nie über mangelnde Verehrerinnen beklagen können, was Georgia bezeugen konnte. Vielleicht war unsere Trennung das Beste, was ihm passieren konnte.

Ich hieve den zweiten Eimer Kartoffeln hinauf und schrubbe sie unter kochend heißem Wasser ab. Voll und ganz vertiefe ich mich in diese Aufgabe und starte einen armseligen Versuch, nicht mehr an die ganze Sache zu denken. Wir haben gedacht, es nur so oder so machen zu können. Wir haben uns nicht zugetraut, einen Weg zu suchen, der unsere jeweiligen Träume und Ziele realisieren würde, und eine Balance zu finden, um Zeit füreinander zu haben. Am liebsten würde ich zu meinem sechsundzwanzigjährigen Ich hinlaufen, es an den Schultern packen und kräftig schütteln. Stattdessen zucke ich mit den Schultern, denn das ist alles zu wenig und obendrein zu spät, und es schmerzt einfach zu sehr, sich zu wünschen, dass die Dinge anders wären.

Als es dreiundzwanzig Uhr schlägt, habe ich fast das Ende meiner Schicht erreicht. Ich bin derart in mein Schweigen und meine Gedanken vertieft gewesen, während ich fleißig die Punkte auf Zoes Arbeitsliste abgehakt habe, dass ich kaum gemerkt habe, wie die Zeit vergangen ist – im Gegensatz zu sonst, wenn sich die Stunden wirklich endlos in die Länge ziehen.

Meine letzte Aufgabe besteht darin, das Frühstück für die Frühschicht vorzubereiten, und einen finalen Rundgang bei den Bewohnern zu machen, um zu fragen, ob noch jemand

Lust auf eine letzte Tasse Tee hat, bevor ich dann Feierabend mache und die Küche abschließe.

Ich schlendere über den Teppichboden der schwach beleuchteten, stillen Flure, klopfe leise an die Tür eines jeden Bewohners, doch mittlerweile ist niemand mehr wach. Außer einem lauten Schnarchen, dem hypnotisierenden Gemurmel der spätabendlichen Radiosendungen und mancher Senioren, die im Schlaf reden, ist kein Mucks mehr zu hören. Ich stecke den Kopf zu Marthas Tür hinein, doch sie schläft tief und fest, während ein Lächeln ihre Lippen umspielt. Auf ihrem Nachttisch liegt ein aufgeschlagenes Fotoalbum, auf das ich einen flüchtigen Blick werfe. Eine junge, unglaublich bezaubernde Martha sitzt an einem sehr noblen Esstisch und lacht, während ihr eindrucksvoll schnauzbärtiger Oskar einen Champagnerkorken knallen lässt. Auf dem nächsten Bild ist wieder eine sehr herausgeputzte Martha zu sehen, dieses Mal in einem süßen cremefarbenen Charlestonkleid, wie sie sich an Oskar kuschelt, ihr Bein anwinkelt und lächelt. Beim näheren Betrachten erkenne ich die Außenfassade des Gebäudes; Martha steht auf den Stufen des *Ritz*. Wow, sie hat tatsächlich keinen Scherz gemacht, als sie meinte, sie habe damals in den nobelsten Restaurants fürstlich gespeist.

Mein Blick wandert wieder zum Foto zurück und der verträumten Art, wie sie ihren schnauzbärtigen Seelenverwandten anschaut. Ihre Liebe zu ihm ist ihr deutlich anzusehen, lässt ihre Augen funkeln und das Lächeln strahlen. Mir fällt ein, dass Oskar im vergangenen Jahr gestorben ist. Und just in diesem Augenblick verstehe ich es. Ich verstehe die Sache mit dem Auf-Reisen-Gehen, dem Kuchenessen und dem Schuhkauf. Denn Freude ist ein kostbares Geschenk, das wir in jeder Sekunde feiern müssen, in der es uns zuteilwird. Ich bin so froh, dass Oskar Rosenblatt seine Lebensphilosophie wirklich gelebt und den Augenblick genossen hat, anstatt sich bei den Freuden und Annehmlichkeiten, die das Leben so zu bieten hat, zurückzuhalten. Denn hier neben Marthas Bett sehe ich den Spaß, den sie hatten; auf allen Bildern sowie in allen Geschichten wird deutlich, dass die Erinnerungen, die sie gemeinsam geschaffen haben, Martha immer noch tragen. Sie lassen die Hoffnung in ihrem Herzen erstrahlen, und auch noch nach so vielen Jahren sorgen sie dafür, dass Martha mit einem nostalgischen Lächeln schlafen geht, obwohl Oskar nun nicht mehr bei ihr ist. Wie sehr sie ihn vermissen muss! Ich hoffe inständig, dass sie einen schönen Tag hatte.

Ich schreibe ihr eine kurze Nachricht, um neben einem kurzen Hallo zu verkünden, dass ich es in die nächste Auswahlrunde geschafft habe, und lasse den Zettel auf ihrem Nachttisch liegen. Dann greife ich in meine Tasche und hole die Tupperdose mit den Bananenbrotscheiben mit Zimtbutter heraus, die ich mir eigentlich als Mittagessen mitgenommen hatte, sie dann aber vergessen habe. »Essen Sie bitte den Kuchen!«, schreibe ich unten auf den Zettel und lege die Butterbrotdose darauf. Ich weiß jetzt schon, wie sehr sie sich freuen wird. Genauso sehr, wie ich mich gerade freue.

Nachdem ich die Küche abgeschlossen habe, schwinge ich mich aufs Rad und fahre in die rabenschwarze Dunkelheit hinaus. Das ist echt gruselig. Keine Menschenseele ist zu sehen, sodass ich mir wie in einem Trailer zu einem Stephen-King-Film vorkomme. Als ich dann jemanden so spät in der Nacht in der Autowaschanlage sehe, denke ich, dass derjenige wahrscheinlich gerade einen Mord begangen hat. Und dass er bestimmt in Stimmung ist, noch jemanden umzulegen. So schnell, wie ich kann, trete ich in die Pedale und höre dabei nichts als mein eigenes Keuchen, das in der dunklen Gasse widerhallt, die ich durchqueren muss, um so schnell wie möglich nach Hause zu gelangen.

Es war kein Witz, dass ich Angst vor der Dunkelheit habe. Besonders in einer so verlassenen innerstädtischen Dunkelheit, in der aus der Ferne Geräuschfetzen von Streitereien zu hören sind, Straßenlaternen flackern und Mülltüten rascheln. Ich halte den Blick stur auf den Weg vor mir gerichtet und gebe mir alle Mühe, Gedanken an vermummte Männer, Serienmörder und Menschenfleisch fressende Clowns aus dem Kopf zu verbannen. Obwohl ich das Handy in meiner Tasche vibrieren fühle, traue ich mich nicht anzuhalten, um die Nachricht zu lesen. Ich muss so schnell wie möglich nach Hause.

Als ich endlich in Alice' Straße abbiege, klopft mir das Herz bis zum Hals.

Das will ich nie wieder tun. Ich habe es noch viel mehr gehasst, als ich es mir vorgestellt hatte.

Denn ich habe total unterschätzt, wie beängstigend das ist, und doch muss ich diesen Spießrutenlauf diese Woche jeden Abend hinter mich bringen. Mir fehlt das Geld für ein Taxi, und außerdem muss mein Fahrrad zu Hause sein, wenn ich morgens zum *Rembrandt* fahre. Die Panik beim Gedanken daran, was mich morgen wieder erwartet, schlucke ich herunter. Von allem, was ich mir aufbürde, um hoffentlich für Jean-Michel zu arbeiten, ist dies mit Abstand das Schwerste.

Schnell schließe ich mein Fahrrad ans Geländer an, drehe den Haustürschlüssel um, taste an der Wand entlang nach dem Lichtschalter – und spüre es. Ich spüre, dass da jemand ist, dass ich nicht allein bin, als ich vor Panik in diesem winzigen Hausflur wie angewurzelt stehen bleibe. Da kommt jemand durchs Haus auf mich zugelaufen! O MEIN GOTT! O. MEIN. GOTT!!!

Ich schreie so laut, dass ich keine Luft mehr bekomme. Ich bin auf die Knie gesunken und halte zwei Finger wie ein Kreuz in die Höhe. Keine Ahnung, was ich erwarte, was gleich passieren wird, ich kann keinen klaren Gedanken fassen, ich schreie nur.

Das Licht geht an, und als ich die Augen öffne, steht eine lachende Alice vor mir.

»Was zum Teufel …!«, würge ich, als ich wieder Luft bekomme. »Warum bist du überhaupt hier? Ich dachte, du bist bei der Arbeit! Ich dachte, du bist ein Einbrecher! Oder so ein verdammter Clown!«

Ich hocke hier auf den Knien, hatte mich darauf vorbereitet, um mein Leben zu flehen, und dann steht da nur Alice vor mir. Steht da in ihrem eigenen Flur, ohne BH, nur in Sweatshirt und kurzer Hose. Und lacht. Sie steht da und lacht sich kaputt.

Ich schlage mir die Hand auf die Brust, da sich mein Herz anfühlt, als wolle es gleich herausspringen. »Alice! Das ist nicht witzig! Mach das nie wieder! Warum hast du denn nichts gesagt?«

»Ich habe dir doch vor zehn Minuten eine Nachricht geschickt, dass ich wieder da bin, aber die hast du nicht gelesen. Dieser Fall wird viel größer werden als angenommen, deswegen dachte ich, ich komme heim und arbeite einfach von hier aus.«

Das muss Alice' Nachricht gewesen sein, als das Handy in meiner Tasche vibriert hat, während ich voller Panik durch die Stadt gefahren bin. Ich reibe mir übers Gesicht. »Tut mir leid. O Mann, ich muss rein. Du hast mir echt eine Heidenangst eingejagt!«

Ich breche auf dem Sofa zusammen, als Alice mir eine Tasse Tee und ein letztes Stück Bananenbrot mit Zimtbutter bringt. Als ich mich zu ihr umdrehe, sehe ich, wie sie ihr breites Grinsen hinter dem Ärmel ihres Oversize-Pullis verbergen will.

»Zieh ab!«, grinse ich und trinke einen Schluck süßen, heißen Milchtee, der sofort die Anspannung in meinem Hals und den Schultern löst.

Alice wirft den Kopf in den Nacken und lacht schallend. Dann ahmt sie mich mit hervortretenden Augen und einem weit aufgerissenen Mund nach.

»Du hättest dich mal sehen sollen! Ich schwöre, ich habe noch nie jemanden so laut schreien gehört! Als hättest du einen Geist gesehen!«

Jetzt, wo ich wieder zu Atem gekommen bin und weiß, dass die Tür sicher hinter mir verschlossen ist, sinke ich tiefer in meine Sofaecke. Und muss ebenfalls lachen. »Jetzt hör schon auf. Ich hasse dich«, erkläre ich und gebe ihr einen Klaps auf den Arm.

»Du bist doch sonst nicht so schreckhaft!« Alice schenkt sich eine Tasse Tee ein und kuschelt sich neben mich aufs Sofa. Sie zieht die Beine an und schiebt sie unter sich. »Komm schon, ich will Infos über alles, was ich verpasst habe. Ich merke jetzt schon, wie dich das wachgerüttelt hat. Aber es wundert mich nicht, dass Jean-Michel dafür gesorgt hat, dass du so ein Nervenbündel bist und dich zu Tode erschreckst. Mit diesem Mann kann niemand arbeiten.«

Ich schüttle den Kopf. »Schlimmer noch.«

Fragend zieht sie die Augenbrauen hoch.

»Ben«, fahre ich fort.

Alice klappt ganz langsam die Kinnlade herunter; ungläubig schüttelt sie den Kopf.

»Ben ist auch weitergekommen. Er bewirbt sich für dieselbe Stelle.«

Alice stellt ihre Teetasse ab, dreht sich ganz zu mir und schaut mich an, damit es keinerlei Raum für Missverständnisse geben kann. »Habe ich das richtig verstanden? Du und Ben, ihr seid in derselben Küche, arbeitet Seite an Seite, in Konkurrenz zueinander?«

Ich nicke.

»Whoa.« Sie bläht die Wangen auf. »Also ist es so, als hättest du wirklich einen Geist gesehen. Na, dann viel Glück!«

14

Bonjour, Mesdemoiselles et Messieurs!« Jean-Michel begrüßt die drei übrig gebliebenen Köche und mich, als wir an unseren jeweiligen Posten antreten, wie Offiziere vom Militär, die auf ihren Marschbefehl warten.

Octavia nickt uns allen zu. Ich freue mich sehr, sie heute hier zu sehen. Ohne sie wäre ich allein mit sechs Männern, inklusive der Jury und des Küchenchefs. Denn auch ohne sich zusätzlich noch in der Minderheit zu fühlen, ist man schon schnell von dem ganzen Druck hier überwältigt. Ihr Blick ruht ein wenig länger auf mir als auf den anderen, und der Hauch eines Lächelns umspielt ihre Mundwinkel. Stolz steigt in mir auf, und ich würde am liebsten zu ihr hinüberlaufen, sie in die Arme schließen und ihr zurufen: »Ich bin immer noch da! Vielen Dank, dass Sie an mich geglaubt haben!« Doch die majestätische, würdevolle Octavia macht nicht den Eindruck, als würde sie Umarmungen und wildes Geschrei schätzen. Dankbar blinzele ich ihr zu, wage es jedoch nicht auszuscheren. Denn mit jedem Tag, der vergeht, wird die Lage hier ernster. Nachdem wir miterlebt haben, wie unsere Gruppe nach und nach auf uns vier reduziert wurde, ist uns klar, dass es jedes Quäntchen Konzentration, Fantasie und Willenskraft braucht, um den Tag zu überstehen.

Und sollte ich den heutigen Tag meistern, dann bin ich einem neuen Leben als Jean-Michels Chefköchin denkbar nahe: Meine Karriere wäre gerettet, mein Ansehen und meine Selbstachtung wiederhergestellt. Ich straffe die Schultern und konzentriere mich. Heute ist der große Tag. In dieser Welt kann es kaum einen größeren Tag geben.

»Wie jeder, der kreativ tätig ist, wie jeder Visionär agieren wir nicht immer gut in einem Team«, stellt Jean-Michel fest. »Unsere Vision ergibt einen Sinn, wir wissen ganz genau, wie wir selbst sie umsetzen können, und es frustriert und hemmt uns, andere Menschen in diesen Prozess einzubeziehen. Chefköche sind genauso und können daher die schlechtesten Delegierer der Welt sein. Als Perfektionisten würden wir natürlich am liebsten alles selbst erledigen. Unmöglich. Wir haben diese Rezepte im Kopf und sind nicht geduldig genug, um sie aufzuschreiben, und daher geraten wir in Gefahr, unbeständig zu werden. Das darf nicht passieren. Ein Rezept zusammenzustellen und daran zu feilen, sorgt für einen gleichbleibend starken Eindruck hinsichtlich des Niveaus. Das hat absolute Priorität. Das macht ein gutes Restaurant zu einem Restaurant, das mit Michelin-Sternen ausgezeichnet wird. Zuverlässige Beständigkeit. Jedes. Einzelne. Mal. Nicht nur für den *Times*-Kritiker oder den sehr prominenten Kunden, nicht nur das charakteristische Gericht des Restaurants oder wenn der Chefkoch gerade zuschaut. Bei jeder Gabel, bei jeder Bestellung. Garantierte Perfektion.«

Octavia nickt Jean-Michel zu und legt beide Hände auf den Pass zwischen Küche und Service. »Bevor Sie in Perfektion kochen können, müssen Sie wissen, wie Perfektion überhaupt schmeckt. Denn sollten Sie das nicht wissen, dann sollten Sie auch nicht versuchen, diese zu erkochen. Aber wenn Sie einmal wissen, wie Ihr Gericht perfekt schmeckt, dann werden Sie es hundertmal besser kochen wollen. Heute fangen wir daher erst auf die althergebrachte Art an und konzentrieren uns auf den Geschmack. Der ultimative kulinarische Test sieht folgendermaßen aus: Sie alle werden heute ein technisch höchst anspruchsvolles Gericht von Jean-Michel nachkochen.«

Jean-Michel tritt hinter dem Pass hervor und steuert einen leeren Posten an. »Ich werde Ihnen nicht sagen, was Sie tun sollen. Ich werde es Ihnen zeigen. Sie werden sich also auf Ihre Augen und Ihren Gaumen verlassen müssen, um dieses Gericht nachzukochen – da ich Ihnen weder ein Rezept oder eine Zutatenliste geben noch irgendwelche Fragen beantworten werde. Ich werde es einfach kochen. Danach sind Sie an der Reihe.«

Jean-Michel streift sich eine Schürze über und kocht los. Es ist faszinierend, ihm dabei zuzusehen, mit welchem Tempo und Selbstvertrauen er vorgeht – so habe ich es noch nie gesehen. Er benutzt so viele Zutaten, bewegt sich so schnell, so reibungslos. Zuerst legt er ein weißes Fischfilet – *Ist das ein Heilbutt? Oder ein Seebarsch?* – in eine Pfanne. Auf einem weiteren Gaskochfeld bereitet er eine Soße zu, leicht, milchig und wohlriechend. *Zitrone und Dill? Knoblauch und Fenchel?* Meine Gedanken rasen, während ich versuche, alles zu analysieren, und gleichzeitig Jean-Michels Kommentaren zu folgen.

»Jetzt beginnt der spannende Teil«, stellt er gegen Ende fest. »Das Anrichten.« Er hält inne und mustert den runden weißen Teller. »Für mich gibt es nichts Spannenderes als einen leeren Teller. Er ist vergleichbar mit einer leeren Papierseite, einer weißen Leinwand, nackt, neu, bereit für Ihre Kreation, bereit zu werden. Wie im Leben liegt es an einem selbst, was man damit anstellt. Sie sind die Schöpfer, der Ausdruck liegt in Ihren Händen wie bei jedem anderen Künstler.« Mit zusammengekniffenen Augen arrangiert er ganz langsam die Blätter. »Den Teller als eine Leinwand zu nutzen, ist der Schlüssel zu einer gemeisterten Präsentation. Alles dreht sich um die richtigen Proportionen und den eigenen Instinkt, dem es zu folgen gilt. Manchmal muss ich ein paar Schritte zurückweichen und den Teller wie ein Kunstwerk betrachten; manchmal tut ein wenig Abstand gut.«

Er baut und schichtet weiter. »Schlichtheit ist immer schön. Aber sie muss perfekt erschaffen werden. Stellen Sie sich bloß mal van Gogh mit einem unfertigen Pinselstrich vor! Oder Jimi Hendrix, der einen falschen Akkord spielt, Pavarotti, dessen Stimme bei einem hohen Ton bricht! Sie wären empört. Auch nur der allerkleinste Fehler lässt alles mangelhaft erscheinen. Essen ist unser Medium. Das ist das Niveau, das ich erwarte.« Mit der Präzision und dem Feingefühl eines Chirurgen hebt er schließlich sanft die verschiedenen exotischen Gemüse aus der Pfanne auf den Teller.

Ich beobachte, wie er den Teller erschafft, seine Leinwand vollendet. Es ist ein Meisterwerk, sowohl hinsichtlich der Farbe und Form als auch der Ausgewogenheit. Und dabei habe ich das Ding bis jetzt nicht einmal probiert.

Mein Blick wandert vom Teller zum Sternekoch. Das ist die erste Gelegenheit, die sich mir bietet, Jean-Michel tatsächlich aus der Nähe zu studieren, beinahe in Reichweite. Normalerweise stehen wir im Brennpunkt des Interesses, unter seinem prüfenden Blick, und haben absolut keine Zeit aufzuschauen und zu einer Art Verständnis dessen zu gelangen, wer dieses verrückte Genie tatsächlich ist. Er hat einen großen Kopf, zerzaustes, ungekämmtes schwarzes Haar, das wild in alle Richtungen absteht, und tiefe Furchen im Gesicht, wie Narben aus der Kindheit. Solche Falten sieht man bei einem Mann, der gerade vierzig geworden ist, normalerweise nicht. Jean-Michel raucht nicht und ist ein Bergmarathonläufer. Die Furchen verraten etwas, was Sport und Bewegung nicht beheben können: Stress? Angst? Wut? Schuldgefühle?

Er wischt mit einem sauberen Geschirrtuch über den Rand des Tellers und hebt die Hände. »*C'est fini. Bon appetit!*«

Wir bestaunen das aufwendige Fischgericht vor uns.

»Essen sollte mit Leidenschaft, Köpfchen und Technik kreiert, aber mit flinker Hand angerichtet werden, angeleitet von der Natur. Die Farben sollten die Jahreszeiten spiegeln und mit kontrastierenden hellen und dunklen Farbtönen kombiniert werden, die Emotionen wecken. Letztlich sollte man alles schlicht halten und die Zutaten die Hauptrolle spielen lassen. Und jetzt: Kosten Sie.«

Jeder von uns nimmt sich eine Gabel und greift zu. Der erste Bissen schmeckt absolut göttlich. Leicht, zitronig, aromatisch und ein wenig fruchtig. Den absoluten Kick bilden die frischen Kräuter. Wie gern würde ich mich damit jetzt hinsetzen und dazu einen schönen, leckeren Weißwein trinken! Aber ich muss mich darauf besinnen, dass ich als Schülerin hier bin, als eine Auszubildende. Ich mache mich über einen weiteren Bissen her. Vorsichtig versuche ich, alle Aromen und Geschmacksrichtungen herauszufinden, die ich erkennen kann. Beim Fisch handelt es sich um Heilbutt, da bin ich sicher. Die Soße ist eine köstliche Kombination aus Wein, Fond und Olivenöl mit einer Spur Majoran und Zitrone, die für einen leichten Zitrushauch sorgt. Okay, ich glaube, ich hab's.

Wieder wendet sich Octavia an uns. »Wir müssen schauen, wie Sie in einem Team arbeiten. Wie Sie miteinander kommunizieren, wie Sie zu einer Entscheidung kommen, wie Sie delegieren und abliefern. Harry und Joe, Sie beide bilden Team A. Katie und Ben sind Team B. Sie haben eine Stunde, um die Zutaten aus dem Vorratsraum auszuwählen und Jean-Michels Gericht nachzukochen. Ihre Zeit läuft ab jetzt!«

Ich drehe mich zu Ben um. Er sieht genauso schockiert aus wie ich.

»Katie und Ben wiedervereint. Wer hätte das je gedacht?«, stellt er fest und reibt sich mit gesenktem Blick den Nacken.

Einen Moment lang treten wir unbehaglich von einem Bein aufs andere – unsicher, wie wir anfangen wollen. Wie wir neu starten wollen.

Im Hintergrund höre ich, wie Harry dem sanftmütigen Joe Befehle zubrüllt. Team A hat keine Zeit mit Teambildung vertan. Ich kann nicht zulassen, dass Harry gewinnt; darum klatsche ich in die Hände und hole tief Luft. Es geht los.

»Na gut, dann legen wir mal los. Du plünderst den Vorratsraum und die Gewürze, während ich mich um den Fisch kümmere und den Herd anstelle.«

»Ja, Chef«, erwidert Ben grinsend. Und schon läuft die Sache.

Ben und ich arbeiten wie Tänzer. Ich gehe einen Schritt vor, er weicht einen Schritt zurück. Man könnte fast meinen, dass eine Musik spielt, die nur wir hören können. Alles, was Ben aus dem Vorratsraum geholt hat, entspricht exakt meiner Vorstellung. Bis hin zu der Länge und der Bearbeitung der dünn gehobelten Zucchinischeiben. Ein kurzer Blick auf die Pfanne, eine leicht hochgezogene Augenbraue, ein Lecken der Lippe, und wir verstehen uns. Alles ergibt einen Sinn. Wir wissen einfach, was der andere denkt, wir sind perfekt aufeinander abgestimmt.

Anders als Team A.

Harry stampft mit einer Mischung aus Laufen und Gehen

durch die Küche und bringt alle durcheinander. Er übernimmt mindestens drei Posten, schnippelt Möhren, während er leise flucht, kostet die Soße, die Joe zubereitet hat (»So geht die nicht raus! Trink mal *Wasser!* Du musst total ausgetrocknet sein, dein Gaumen ist völlig am Arsch!«), und lässt einen Endiviensalat zusammenfallen (»Nein, *so* macht man das – man macht die Pfanne vorher richtig heiß, oder? Was zum Teufel ist los mit dir?«).

Ich habe Mitleid mit dem armen Joe, mit diesem gerade mal dreiundzwanzigjährigen, jugendlich mageren Burschen mit den schlaksigen Armen und Beinen, großen Ohren und den schnell zuckenden Bewegungen eines flüchtenden Tieres.

»Du kochst wie ein verdammter Roboter!«, schreit Harry ihm ins Ohr. »Unfassbar, dass du das okay findest! Benutz doch mal deinen Verstand!« Als er dann sieht, dass Joe nervös wird, klopft er ihm auf den Rücken und massiert ihm die Schultern. »Schon gut. Ruhig bleiben. Wir werden die Nummer hier gewinnen, Joe. Mit links. Team B werden wir so richtig fertigmachen.«

Ben stupst mich an, aber wir wenden keine Sekunde lang den Blick von unserem Herd ab. Das hier ist zu wichtig für uns. Wir müssen konzentriert bleiben. Wir müssen es hinbekommen.

Eigentlich hätten Harrys Worte Joe beruhigen sollen, doch dann schleudert Harry sein Geschirrtuch wütend auf den Boden und knallt die Hand auf die Arbeitsfläche aus Stahl. »Scheiße, Mann, du machst mich irre!«, brüllt er.

Joe erstarrt, was Harry noch wütender macht.

»Hast du mich gehört? Du machst mich verflucht irre!« Er starrt Joe an. »Verdammte Hacke, jetzt werd mal locker!«

Joes Ohren färben sich dunkelrot.

Nachdem Harry einmal seinem Ärger Luft gemacht hat, scheint er sich geradezu nach Dingen umzuschauen, über die er sich aufregen kann, als sei ein Schalter umgelegt worden, der ihm jegliche Kontrolle nimmt. Joes nächste Aufgabe ist der Fisch. Er brät ihn in einer Schwenkpfanne.

Harry läuft zu ihm und bleibt nur wenige Zentimeter von ihm entfernt stehen. »Mehr Öl in die Pfanne! Du brätst den nicht, du verbrennst ihn! Hast du nicht gehört? Du ruinierst das Gericht!«

»Ja, Chef.« Schnell fügt Joe Öl zu.

»Warum verbrennst du den Fisch?«

»Ich weiß nicht, Chef.«

»Du weißt es nicht! Reißt du dich jetzt bitte mal zusammen?«

»Ja, Chef.«

»Kannst du dich mal konzentrieren?«

»Ja, Chef.«

Harry starrt ihn weiter an. »Du bist so verdammt engstirnig. Man könnte meinen, du trägst eine Zwangsjacke. Scheiße noch mal, kannst du dich mal locker machen?«

Dermaßen angebrüllt ist Joe – verständlicherweise – nicht mehr in der Lage, sich locker zu machen.

Bis zur letzten Minute rackern wir uns ab und richten schließlich alles mit der chirurgengleichen Genauigkeit an, die wir bei Jean-Michel gesehen haben.

»Drei, zwei, eins. Stopp!«

Sowohl Ben als auch ich reißen die Hände in die Höhe und atmen gefühlt zum ersten Mal seit sechzig Minuten auf.

Octavia nähert sich dem Pass, wo wir neben unserem angerichteten Teller stehen und Harry und Joe neben ihrem. Ich versuche, mich Joe gegenüber bemerkbar zu machen und ihn zu beruhigen, ihn moralisch zu unterstützen. Doch er schaut einzig und allein auf seine Füße. Ich verstehe ihn gut. Sein Gesicht ist nach all den zurückgehaltenen Tränen ganz geschwollen. Er will weder Mitleid noch Bedauern. Nach Harrys langen und erbarmungslosen Tiraden ist er schon genug gedemütigt.

Nach Octavia nähert sich nun Jean-Michel dem Pass, beide haben je eine Gabel in der Hand. Unsere beiden Gerichte sehen vorzeigbar aus. Beide wirken elegant und ausgewogen: sehr gute Kopien von Jean-Michels Gericht.

Unseres probiert er zuerst.

Er schluckt den ersten Bissen herunter. Und deutet dann mit dem Zeigefinger gen Himmel. »Bravo!« Er starrt auf unseren Teller hinunter. »Fantastisch! Den Nagel auf den Kopf getroffen! Geschmack, Balance, Präsentation. Es wirkt wie eine Symphonie!«

Ich kann nicht anders und schaue zu Ben hinüber, der lächelt – was auch mich lächeln lässt.

Dann wendet sich Jean-Michel Harry und Joe zu und kostet.

»Auch das hier ist ein sehr vielversprechender Versuch. Ein paar Dinge sind falsch, daher ist er nicht perfekt. Sie haben den Couscous überwürzt, und die Beilage wirkt ein wenig dürftig, aber im Großen und Ganzen nicht schlecht …« Er schaut zu Octavia.

»Es stimmt, wir haben Sie ins kalte Wasser geworfen«, stellt sie fest. »Es stimmt, wir haben Sie gebeten, im Team ein Drei-Sterne-Gericht zu kochen. Jean-Michel ist sehr zufrieden mit Ihren Gerichten. Dennoch suchen wir ebenfalls nach verborgenen Qualitäten. *Führungsqualitäten.*« Sie dreht sich zuerst zu Joe um. »Sie besitzen das Potenzial, aber Sie müssen erst Ihre Stimme finden. Sie übernehmen nicht die Kontrolle. Sie lassen sich kontrollieren.«

Jean-Michel zuckt zusammen. »Sehen Sie sich doch bloß mal an!«, flüstert er. »Gibt es ein Problem, dann schrumpfen Sie zusammen und schmollen. Das ist nicht gut genug. Sie müssen erst sich selbst finden. Bitte gehen Sie. Gehen Sie! Für meine Küche sind Sie noch nicht bereit.«

Ich bin schockiert. Kaum zu fassen, dass Joe derjenige ist, der gehen muss, und nicht etwa Harry. Harry war ein absolut brutaler Kerl! Wir alle wissen doch, dass diese Branche kein Zuckerschlecken ist. Uns allen sind die Opfer, die wir bringen müssen, mehr als bewusst: die vielen Arbeitsstunden, die genauen Überprüfungen, die Tränen, die Nächte, die man auf einer Bank verbringt, weil keine Zeit mehr bleibt, um vor den allmorgendlichen Vorbereitungen noch nach Hause zu gehen. Und dann dämmert es mir. Vielleicht ist *Harry* genau das, was Jean-Michel sucht. Vielleicht ist es genau sein Verhalten, das er gut findet. Wahrscheinlich haben wir es bisher so hingenommen, weil er einfach Jean-Michel ist: der Gott, das Genie, die Legende. Aber dieses Verhalten bei jemandem zu erleben, der in der Hierarchie tiefer steht, verdeutlicht erst die ganze Ungeheuerlichkeit. Das hat absolut nichts damit zu tun, sich in einer verantwortungsvollen Position zu befinden. Es ist offensichtlich, dass Harry ein Tyrann ist, und jetzt erst wird mir klar, dass auch Jean-Michel ein solcher ist. Er ist kein Deut besser als Bernie oder der Mann, der vor vielen Jahren meine Mutter im Park angeschrien hat. All das Gerede davon, uns über unsere Grenzen treiben zu wollen, ist absoluter Mist. Es geht einzig und allein darum, uns maximal anzutreiben, auch wenn dabei ein paar von uns gnadenlos fertiggemacht werden.

Schweigend beobachtet er, wie Joe seine Schürze über den Kopf hinweg abstreift und verzweifelt versucht, seine zitternde Unterlippe in den Griff zu bekommen. Ein letztes

Mal schaut er auf, und für den Bruchteil einer Sekunde denke ich, dass er etwas sagen will, dass er seine Stimme wiederfinden und für sich selbst eintreten wird, dass er Jean-Michel und Harry in Grund und Boden schreien und sie wissen lassen wird, dass *er* sehr wohl bereit ist, dass sein Schweigen seine Art ist, Mut zu zeigen. Dass es seine Art war, Stärke zu demonstrieren, indem er alles ertragen und dennoch angerichtet und so dafür gesorgt hat, dass die Aufgabe erledigt wurde – nicht wegen Harry, sondern trotz Harry.

Doch Joe schließt den Mund wieder und geht mit gesenktem Kopf zur Tür hinaus.

Die Stimmung wird schwer und angespannt. Ein Teil von mir würde am liebsten hinausstürzen und nachsehen, ob es Joe gut geht. Ein anderer Teil von mir würde am liebsten das Wort ergreifen und Jean-Michel fragen, warum um alles in der Welt er es für nötig hält, jemanden so zu behandeln. Ich blicke zu ihm. Auch er hält inne, scheint nachzudenken und die Folgen seiner Bestrafung auszukosten. Dann plötzlich lächelt er.

»Haben Sie das gesehen? Haben Sie alle die Miene des jungen Kochs gesehen?« Seine Stimme ist ganz hoch, fast schrill. »Wie verkrampft er war! War das nicht fantastisch? Er hatte körperliche Schmerzen! Ist es nicht faszinierend, welch reine Gefühlsregungen Speisen auslösen können? Er war verzweifelt. Er will so unbedingt hier sein, dass es schon wehtut.«

Ich räuspere mich. Ich muss eine Meinung dazu sagen. Er ist so böse, so grausam. Doch obwohl ich den Mund aufmache, kommt mir kein Ton über die Lippen. Wieder hüstele ich, doch dieses Mal ertönt nur etwas, das einem Quietschen gleicht.

Jean-Michel hebt die Arme über den Kopf und schaut uns allen in die Augen.

Der Moment ist vorbei. Ich habe ihn verpasst, bin an einer Mischung aus Angst und Entsetzen erstickt.

»Meine drei Finalisten. Ben, Katie und Harry. Bereiten Sie Ihr Präsentationsmenü vor: drei Gänge. Morgen Abend werden wir Sie hier im *Marchand* zum letzten Mal auf die Probe stellen.«

Ich bin unter den letzten drei! Mein Blick wandert zu Octavia.

Sie lächelt mich an. »Sie leiten Ihre eigene Küche und servieren zehn der einflussreichsten Restaurantbesucher Londons Ihre eigenen Menüs. Der oder die Erfolgreichste unter Ihnen wird zum neuen Grand Chef ernannt.«

Morgen Abend werde ich also meine eigene Spitzenküche leiten. Ich werde mein eigenes Menü zubereiten und servieren. Morgen Abend werde ich für immer Karriere machen oder verkacken.

»Bonne chance«, erwidern beide im Chor, womit wir entlassen werden.

Als ich draußen mein Fahrrad aufschließe, gesellt sich Ben zu mir.

»Hey! Warum läufst du immer so schnell weg? Ich wollte dich eigentlich jedes Mal hinterher abfangen.«

»Ach, warum?«

Er reißt die Augen auf und guckt verlegen gen Himmel. »Um Hallo zu sagen. Anständig. Um mal zu quatschen. Zu erfahren, was du machst, wie es dir ergangen ist.«

Ich schwinge mein Bein über die Querstange. »Da gibt es nichts zu erzählen.« Ich habe keine Lust, ihn wissen zu lassen, dass alles, was ich angefangen habe, eine Bauchlandung hingelegt hat.

»Wir wäre es, wenn wir kurz was trinken gehen?«, fragt er.

»Du bist eingeladen. Gleich um die Ecke habe ich einen ziemlich coolen Italiener entdeckt. Da herrscht immer Betrieb, irgendwas müssen die also richtig machen. Es wäre nett, sich den mal anzuschauen und zu … feiern. Außerdem habe ich das Gefühl, dass ich dir noch was schuldig bin.«

»Du bist mir was schuldig? Wofür denn?«

»Für die Vichyssoise. Wenn du sie nicht vorgeschlagen hättest, wäre ich jetzt nicht mehr im Rennen, dann würden nur noch Harry und du gegeneinander antreten. Also bitte, geh etwas mit mir trinken, damit ich mich bedanken kann.«

Ich halte inne und denke nach. Mir ist klar, dass ich besser ablehnen sollte, aber ein Drink wird schon nicht schaden. Denn nach dem morgigen Tag werden sich unsere Wege wieder trennen. Vielleicht sehe ich Ben danach nie wieder. Und außerdem muss ich in ein paar Stunden meine Schicht im Seniorenheim antreten, daher besteht erst gar nicht die Gefahr, dass ich zu viel trinke, womöglich noch rührselig werde oder viel zu viel ausplaudere, weil ich zu lange bleibe. Es geht also wirklich nur um einen einzigen Drink. Ein Gläschen zwischen zwei Köchen, die gut zusammenarbeiten. Zwei Menschen, die etwas zu feiern haben. Mehr nicht.

»Okay«, willige ich ein. »Aber wirklich nur ein Glas, da ich um neunzehn Uhr einen Termin habe.«

Bens Mundwinkel heben sich zu einem strahlenden Lächeln, seine Augen blinzeln. »Toll! Das ist toll. Komm, lass mich dir den abnehmen.« Er beugt sich vor und nimmt mir den Fahrradhelm ab. Dann schaut er mich wieder an. »Das ist das Beste, was ich heute gehört habe!«

15

Wir rutschen in eine Sitzecke mit gedämpftem Licht vor dem vorderen Ladenfenster. Die traditionelle Trattoria wirkt ein wenig wie Aladins Höhle, so kuschelig und gemütlich mit all den dekorativen Ölkrügen und Gläsern mit trockenen Nudelnestern und eingemachten langen roten Paprika. Die Wände sind mit einer bunten Mischung aus Landschaftsgemälden und Spiegeln in einem charakteristischen sizilianischen Flair geschmückt, wild und rustikal in gedeckten Farben vor dem Mauerwerk. Es ist hinreißend. Ich wünsche dem Besitzer vollen Erfolg, das Lokal ist ein echtes Juwel. Es duftet nach Zwiebeln und Knoblauch, nach frisch gebackenem Brot und überbackenem Käse. Mir gefällt die Ungezwungenheit: Kellner und Kellnerinnen eilen vorbei, in ihren Taschen stecken Blöcke und Stifte; um uns herum sitzen Gäste, die direkt von der Arbeit kommen, sie rutschen auf ihren Stühlen umher, murmeln, unterhalten sich, lachen und schlürfen ihre Spaghetti.

»Ein Peroni-Bier für dich?«, fragt Ben und reißt mich aus meinen Gedanken.

Ich nicke. »Du hast ein gutes Gedächtnis.«

Er versucht, mir in die Augen zu schauen, doch ich habe Angst, was ich in seinem Blick finden könnte. Es ist seltsam. Es sind nur Ben und ich, allein, und wir trinken was und mustern das Essen auf den Tellern der anderen Gäste. Das ist genau das, was wir früher immer gemacht haben, wie wir früher unsere Zeit verbracht haben. Doch ich habe keine Ahnung, wer wir jetzt sind, daher lächele ich kurz und betrachte dann weiter die mit Papierdecken versehenen Tische und die Tabletts mit dampfenden Tellern, mit denen sich die Kellner an uns vorbeischlängeln. Das sieht alles nicht nur fantastisch aus, sondern duftet auch noch köstlich. Warum bin ich hier noch nie gewesen?

Ben bestellt die Getränke, und nachdem der Kellner gegangen ist, greifen wir beide gleichzeitig wie zwei Kinder, die Schnippschnapp spielen, nach der großen Speisekarte, die mitten auf dem Tisch liegt.

Als Zeichen meiner Niederlage balle ich die Fäuste und hebe sie in die Höhe. »Nimm du sie, bitte. Die Macht der Gewohnheit.«

Ein Hauch von einem Lächeln umspielt seine Mundwinkel. Dann steht Ben von seinem Platz auf der gegenüberliegenden Seite des Tisches auf, lässt sich auf dem Platz neben mir nieder und klappt die Speisekarte so auf, dass wir beide hineinschauen können.

»Wie in guten alten Zeiten, nicht wahr?«, stellt er fest und wirft mir von der Seite einen Blick zu. Ich weigere mich allerdings, ihn zu erwidern.

Ich kann mir selbst nicht über den Weg trauen. Wenn ich ihm in die Augen schaue, stehen die Chancen gut, dass ich ihm alles preisgebe: wie sehr ich ihn vermisst habe, wie sehr ich NICHT über ihn hinweg bin, wie schlecht es mir seit unserer Trennung ergangen ist.

Ich hole tief Luft und fahre mit dem Finger die Karte hinunter.

»Hast du großen Hunger?«, fragt er mich.

Oh, er kennt meine verdammten Schwachpunkte nur allzu gut. Ich kann nicht anders: Ich werfe ihm einen Blick zu, als wolle ich fragen, ob der Papst katholisch sei.

»Vielleicht sollten wir einfach mehrere Sachen bestellen. Rein aus Recherchegründen. Nur ein paar Happen, um unsere Geschmacksknospen aufzuwecken«, erwidere ich.

Er nickt begeistert. »Es wäre unhöflich, das nicht zu tun! Das Lokal hier ist bekannt für seine Antipasti. Und so, wie mir das kalte Bier hier nach diesem anstrengenden Tag die Kehle runtergeht, könnte ich mir die komplette Karte reinpfeifen, ohne einmal Luft zu holen.«

Das liebe ich an Ben so. Er kann immer essen! Ich mache ein paar Vorschläge. »Wir bestellen die Vorspeisenplatte, ja? Artischockenherzen, Black-Mission-Feigen, Kirschpaprika. Ein wenig Fleisch, Käse.« Ich weiß eigentlich, dass das reichen sollte, aber unsere Finger fahren immer noch über die Speisekarte. Ich halte inne. »Oh, das hier müssen wir probieren. Garnelen in Romesco-Sauce. Da wüsste ich gern, wie sie die hier zubereiten.«

Ben hebt den Daumen, geht dann zur nächsten Seite weiter und tippt auf die oberste Speise. »Panierte Zucchiniblüten mit Ziegenkäse. *Frittiert.*«

»Auf jeden Fall!«, nicke ich und reibe die Hände. Das wird lecker. »Jetzt jeder nur noch ein Gericht. Ich zähle bis drei, danach sagen wir beide unseren Wunsch und hören dann auf. Wir klappen die Speisekarte einfach zu. Okay?«

Ben nickt, woraufhin ich mit den Fingern herunterzähle. Drei, zwei, eins …

»Tintenfisch mit schwarzem Pfeffer und Zitrone«, rufen wir gleichzeitig. Ich habe Mühe, nicht zu erschrocken auszusehen. Als bestünde die Schnittmenge von Ben und mir nicht aus zwei Kreisen, die exakt aufeinanderliegen.

»Klingt perfekt, so machen wir's«, grinst er. »Aber wir sollten zwei Portionen bestellen, denn ich kann nicht zulassen, dass du hier wieder deine Spielchen abziehst. Denn eins sage ich dir, ich werde meinen Tintenfisch nicht teilen …«

»Welche Spielchen?« Ich keuche und tue beleidigt.

»Ach komm, du weißt doch genau, was ich meine, Katie. Du tust dann wieder so, als wolltest du nur einen Bissen, und am Ende reißt du dir den ganzen Teller unter den Nagel. Du magst zwar wie ein Spitzen-Gourmet aussehen, aber denk immer daran, dass ich all deine Geheimnisse kenne.«

Ich zupfe am Etikett meiner Bierflasche, als mich eine Erkenntnis trifft.

Ben liegt falsch. Er denkt bloß, all meine Geheimnisse zu kennen. *Früher* hat er sie auch alle gekannt. Es ist jedoch wahnsinnig viel passiert, seit wir unser Leben und das Bett miteinander geteilt haben; seit wir dachten, die Zukunft für immer miteinander verbringen zu wollen. Inzwischen sind wir zwei grundverschiedene Leute. Zweifellos Leute mit einer ganzen Wagenladung voller neuer Geheimnisse.

*

Das Essen kommt, und es schmeckt köstlich. Mit jedem Bissen stöhnen und kreischen wir und lecken uns die Finger und schütteln unsere vollgestopften Hamsterbacken vor Begeisterung. Dieses Lokal ist unglaublich: mein neues Lieblingsrestaurant. Allein schon die Tatsache, hier zu sein, hat dafür gesorgt, dass mir viele neue Ideen gekommen sind. Und Ben hat absolut recht gehabt. Ich bin heilfroh, meinen eigenen Tintenfisch bestellt zu haben; nicht ein Krümelchen ist übrig geblieben.

Mit der Gabel spießt Ben ein Stück des geschmolzenen

Ziegenkäses von der Platte auf und hält mir die Gabel vor die Lippen. »Wow. Probier das mal. Die Balance zwischen süß und salzig ist perfekt …« Er spitzt die Lippen und haucht einen Kuss in die Luft.

Ohne weiter nachzudenken, beuge ich mich vor und esse den Ziegenkäse von seiner Gabel.

Er schaut mich an, und einen Moment lang blicken wir uns in die Augen, und es ist, als wären wir niemals getrennt gewesen. Ich nicke und halte seinen Blick.

»Was sagst du?«, fragt er.

»Ich liebe es«, erwidere ich.

Dann nehme ich meinen Löffel und tauche ihn in die Romesco-Sauce. Ich halte Ben den Löffel vor den Mund, und er öffnet die Lippen. In dieser Sekunde fühlt sich alles vollkommen richtig an, und ich stelle mir vor, wie ich mich vorbeuge und meine Lippen an seinen Mund drücke. Und ich muss unaufhörlich daran denken, wie meine Hand der hinreißenden Rundung seines Gesichts folgt und meine Finger über seine Haut streichen, über seine Wange bis in sein weiches dunkles Haar hinein.

O Ben … Als er schluckt, schließt er die Augen, und ich beobachte, wie sich der Adamsapfel hebt und wieder senkt, als die Soße den Rachen hinuntergleitet.

»Sensationell«, stellt er schließlich fest. Seine Augen leuchten, sind weit aufgerissen und haben die gleiche braune Farbe wie geschmolzene Schokolade.

»Sensationell«, wiederhole ich. *Wenn du nur wüsstest.*

Dann schaut er zur Decke hoch und schüttelt den Kopf, als habe er sich selbst eine Frage gestellt, die er nicht beantworten kann. »Es ist schon lange her, seit ich das letzte Mal so etwas gemacht habe. Francesca mag es gar nicht, wenn … Wie soll ich es ausdrücken? Sie ist eine wählerische Esserin.

Eine extrem wählerische Esserin. Ihr würde es hier nicht gefallen, weißt du? Ihr wäre es zu laut, zu zwanglos.«

Ich ziehe die Augenbrauen hoch. »Francesca?«

Er nickt und kaut auf der Unterlippe herum. »Francesca ist meine Freundin. Sie arbeitet auch auf dem Schiff, im Casino. Sie ist toll, sie ist mir eine große Stütze und sehr ehrgeizig. Wir sind schon seit einer ganzen Weile zusammen. Ein halbes Jahr etwa, würde ich sagen.«

»Na gut.« Ich bemühe mich zu lächeln und mich mit einem Schluck aus meiner Flasche abzulenken, um nicht mit einem Schlag vor seinen Augen zusammenzubrechen.

»Als sich also diese Gelegenheit hier ergab, erschien es mir absolut sinnvoll.«

Ich trinke mein Bier, nicke und kneife die Augen zusammen, als könnte ich mit jedem einzelnen Wort mitfühlen, und murmle mindestens dreimal: »Absolut.«

»Und wie steht's mit dir? Bist du mit jemandem zusammen?«, fragt mich Ben.

Ich schüttle den Kopf. »Nein. Im Moment nicht. Nicht, seit – seit einer langen Zeit nicht. Du kennst mich. Arbeit, Arbeit, Arbeit.«

Stille breitet sich zwischen uns aus. Ich hasse dieses Gefühl, so schwer und spannungsgeladen. Ich hole tief Luft und merke, dass ich den Bierdeckel vor mir zerrissen habe. Ich muss irgendwie die Spannung brechen. Wir sind einfach nur zwei Freunde von früher, die was trinken gehen, daher ist es gar nicht nötig, dass hier alles so ernst und pathetisch zugeht.

»Ich freue mich, Ben. Ehrlich. Ich freue mich, wie toll sich das alles für dich entwickelt hat. Das Schiff, die Reisen, eine ernsthafte Beziehung, das klingt alles nach einem tollen Leben, das du wirklich verdient hast.« Ich hebe meine Flasche, um ihm zuzuprosten. »Auf die Zukunft, ja?«

Wir stoßen an. »Auf die Zukunft.«

Unsere Unterhaltung kehrt wieder zum Essen zurück, danach dreht sie sich um unsere Familien, dann um Octavia, Pip und Jean-Michel, wie er wirklich ist und was er wohl genau sucht.

»Noch einen Drink?«, fragt mich Ben, nachdem er seine Flasche geleert hat.

Ich schüttle den Kopf und werfe aus lauter Gewohnheit einen Blick auf mein Handgelenk. Auf mein *nacktes* Handgelenk. Ein trauriger Blick trübt Bens Miene, als er merkt, dass ich seine Uhr nicht mehr trage. Schnell drehe und biege ich mein Handgelenk und halte nach der Bedienung Ausschau, da ich gehen muss.

»Ich kann leider nicht, ich muss mich jetzt auf den Weg machen«, erkläre ich Ben. »Gleich beginnt meine Schicht.«

Er nickt. »Und was genau machst du jetzt?«

Hmmm. Die Parklands-Seniorenresidenz ist nicht gerade etwas, womit man angeben kann. Es ist wohl kaum ein Casino Royale, in dem seine Francesca arbeitet. Jede Wette, dass sie total glamourös ist. Wahrscheinlich treibt sie regelmäßig Sport und isst niemals Brot. Ganz zu schweigen von Fett. Oder Zucker. Jede Wette, dass er sie liebt. Und auch, dass sie ihn liebt.

Nö. Ich kann Ben einfach keinen reinen Wein einschenken. Ich will auf gar keinen Fall, dass er vom vollen Ausmaß meines Absturzes erfährt.

»Oh, in einer hiesigen Küche. In der Nähe von dort, wo Alice und ich wohnen … Nichts, was du kennst.«

»Ist das ein Restaurant?«

»Eher wie eine Art Hotel, viele Bewohner. Wir sind tatsächlich ausgebucht.«

Er nickt. »Und es gefällt dir dort gut?«

Am liebsten würde ich ihm gestehen, dass ich es hasse, aber der Abend war so nett. Da will ich hier keinen Wermutstropfen vergießen.

»Es gibt einige superliebe Leute dort. Andere wiederum sind nicht so nett, aber so ist eben das Leben, nicht wahr?«

Er nickt wissend. »Wo wir gerade von nicht so netten Menschen sprechen … Kannst du dich noch an Ozzy erinnern, der mit uns auf dem College war?«

Der gefürchtete Name … *Ozzy.* Den Namen habe ich seit unserem Collegeabschluss nicht mehr gehört.

Ich merke, wie meine Haut zu kribbeln anfängt, und ich hebe die Hand, um mich im Nacken zu kratzen.

»Du kannst doch wohl Ozzy nicht vergessen haben?«, fragt Ben und scheint zu verwirrt zu sein angesichts meiner recht zurückhaltenden Antwort.

Ich schüttle den Kopf. »Nein, leider habe ich ihn nicht vergessen. Obwohl ich mir wirklich Mühe gegeben habe.«

Ben streckt die Arme weit aus. »Er hat mit mir auf dem Schiff angefangen. Was für ein Volltrottel! Innerhalb der ersten Wochen ist er direkt rausgeflogen. Ich habe in meinem ganzen Leben noch niemanden kennengelernt, der so ein Arsch war wie er. Ach nee, das nehme ich zurück. So, wie sich Harry heute benommen hat – die üblen Beschimpfungen, das Geschrei, Gebrüll, das ganze Palaver –, da kamen sämtliche Erinnerungen wieder hoch.«

»Das glaube ich«, nicke ich. Ben ist nicht der Einzige, der Parallelen zwischen Ozzy und Harry gezogen hat. Auch bei mir sind da einige Erinnerungen wieder hochgekommen, und um ehrlich zu sein, waren das keine Erinnerungen, die leicht zu verdauen sind. Damals hat er mich vollkommen aus der Bahn geworfen, als er mir immer wieder erklärt hat, ich sei dem Job nicht gewachsen, nicht gut genug und würde dort nicht hingehören.

Ich nehme den letzten Schluck Bier und schiebe die Flasche von mir weg und bis zur Mitte des Tisches.

»Denkst du je darüber nach, was hätte sein können?«, fragt mich Ben.

Verwirrt sehe ich ihn an. Er wird rot.

»Ich meine, wenn du mit mir aufs Schiff gekommen wärst? Der Himmel im Mittelmeer ist zu dieser Jahreszeit wirklich spektakulär.«

»Das klingt, als würde dein Herz immer noch daran hängen.«

Ben nickt. »Was kann man da nicht lieben? Das weite Meer, jeden Tag ein neues Abenteuer.«

»Aber warum bist du dann hier? Warum hast du dich dann überhaupt beworben?«

»Das habe ich gar nicht. Jean-Michels Ehefrau hat mich vorgeschlagen. Sie hat darauf bestanden, dass ich zum Vorstellungsgespräch komme. Und dann hat Francesca dem Kapitän davon erzählt, woraufhin der mir befohlen hat, einen solch prominenten Gast bloß nicht zu verärgern, sondern all ihren Wünschen nachzukommen. So bin ich zum Auswahlverfahren gekommen, darum sitze ich jetzt hier mit dir und bin in die letzte Runde gelangt.«

»Also bist du froh, dass du hergekommen bist?«

»Sehr froh sogar. Mir wird immer klarer, wie sehr ich den ganzen Wahnsinn vermisst habe, weißt du?«

Ich nicke. Das kann ich mir nur allzu gut vorstellen.

»Nachdem ich wieder nach London zurückgekehrt war, konnte ich es kaum glauben, wie sehr ich es vermisst habe. Ich habe vieles vermisst. Oder vielleicht habe ich es tief in meinem Inneren die ganze Zeit über doch gewusst, wie sehr ich es vermisst habe, und habe nur alles ausgeblendet. Ganz schön tiefsinnig, was? Ganz gleich, ob ich es nun schaffe oder nicht: Ich werde mir Gedanken über den nächsten Schritt machen müssen. Es ist recht einfach, die reale Welt zu vergessen, wenn man sich auf einem Schiff befindet und in einer herrlichen, glamourös-luxuriösen Blase lebt. Das Leben ist hier ganz einfach: Man arbeitet, man schläft, die Sonne geht auf, die Sonne geht unter, und dann wacht man im nächsten wunderschönen Hafen auf. Versteh mich nicht falsch, das ist für eine Weile ganz wunderbar, aber dennoch ist es vergänglich, nicht real. Und ich fühle mich bereit für die Realität.«

»Was passiert also, wenn du morgen gewinnen solltest?«

Ben plustert die Wangen auf und fährt sich mit der Hand durchs Haar. »Darüber kann ich fast nicht nachdenken. Das wäre unvorstellbar. Absolut unvorstellbar. Wieder hier zu sein, als Chefkoch für eine der am meisten ersehnten Restauranteröffnungen der Welt. Für die Großen und die Mächtigen zu kochen, unter Jean-Michel zu lernen, nahe der Familie und allen, die mir lieb und wichtig sind.« Er blinzelt, als müsse er sich von einem Tagtraum losreißen. »Ich will es so sehr.« Er presst sich die Hand auf die Brust, wobei er den Mund wieder zu seinem typischen schiefen Lächeln verzieht. »Es tut fast weh, so sehr will ich es.«

Mich schmerzt es, ihn so zu sehen. Aber ich weiß genau, was er meint, da ich es genauso sehr will – aber so, wie es klingt, brauche ich es auch mehr als er. Denn wenigstens hat Ben diese luxuriöse, aufregende Blase voller Liebe, zu der er zurückkehren kann. Und er hat Francesca. Ich habe Bernie und Alice' Bettsofa. Ich kann es mir nicht leisten, noch einen Reinfall zu erleben, eine weitere Enttäuschung, einen weiteren Traum, der sich in nichts auflöst.

»Wie steht's mit dir?«, fragt er mich.

»Mir geht es genauso. Ich brauche diese Stelle. Ich habe keine Ahnung, ob du weißt, was mit dem Restaurant passiert ist? Ich musste es schließen.«

Er legt mir einen Arm um die Schultern und drückt mich an sich. »Das tut mir sehr leid, Katie. Es ist mir zu Ohren gekommen. Und ich weiß, wie hart du dafür gearbeitet hast.«

Ich versuche, meine Tränen herunterzuschlucken und die Luft anzuhalten. Bens Körperwärme und sein Duft versetzen mich in eine Zeit zurück, in der alles noch in Ordnung war …

»Ich nehme an, dass ich mich jetzt noch einmal ganz von vorn beweisen muss. Mein Dad hält mich für vollkommen verrückt.«

»Was ja nichts Neues ist.«

Er bringt mich zum Grinsen. »Auch Alice hält mich für verrückt.«

»Na ja, vielleicht haben sie mehr Durchblick als du.«

Ich stupse ihn spielerisch mit dem Ellbogen in den Bauch, woraufhin er mich noch fester drückt.

Es ertönt ein klimperndes Geräusch, und als wir aufschauen, fällt unser Blick auf eine alte Frau, die einen Eimer voller roter Rosen in der Hand hält. Sie steht direkt vor unserem Tisch und hält uns die Rosen hin.

Ich kann mir vorstellen, wie wir nach außen wirken. Wie ein vertrautes Pärchen, das vollkommen sorglos zusammen isst und trinkt.

»Rose für Dame? Für Freundin?«

Ich rutsche unruhig auf meinem Sitz hin und her und schüttle den Kopf, während ich höflich mit der Hand abwinke. »Nein! Nein, danke.«

Die Frau schiebt ihre Unterlippe vor, und mir wird bewusst, dass ich sie herablassend behandelt habe.

»Entschuldigung, aber wir sind nur befreundet. Alte Freunde von früher.«

Sie lächelt, nickt und geht zum nächsten Tisch weiter.

»Es ist schon spät, ich muss jetzt wirklich los«, erkläre ich Ben und werfe einen Blick durch das Fenster, hinter dem das Tageslicht schon schwindet. »Ich muss zur Arbeit, bevor es dunkel wird.«

Er nickt. »Du und die Dunkelheit, nicht wahr?«

Ich zucke mit den Schultern. »Manches ändert sich eben nie.« Ich hebe die Hand, signalisiere der Kellnerin, dass ich dieses Mal wirklich gehen muss, und bitte um die Rechnung. Die Bedienung nickt und berührt ihre Schläfen, um anzudeuten, dass sie es vergessen hat, und tippt sofort etwas in die Kasse ein.

Ich schließe gerade den Reißverschluss meiner Jacke, als Bens Handy auf dem Tisch vibriert. »Eingehender Anruf: Francesca« steht auf dem Display. Verlegen schaut mich Ben an.

»Jetzt geh schon ran«, fordere ich ihn auf.

Unsicher neigt er den Kopf.

»Bitte, geh ran, sie platzt bestimmt schon vor Spannung, ob du weitergekommen bist.«

Ben und ich sind nicht mehr dieselben, die wir einmal waren, und wir werden es auch nie wieder werden. Vergangene Zeiten sind eben das, was sie sind: vergangen. Aus, vorbei, andere Zeiten. Es ist unmöglich, diese wiederauferstehen zu lassen oder sie aufzufrischen. Nicht nach allem, was passiert ist. Wenn Ben jetzt eine andere liebt, was geht mich das dann an? Was habe ich damit noch zu schaffen? Ich hatte meine Chance.

Bens Handy klingelt weiter, er hat den Anruf immer noch nicht angenommen; ich kann ihm den unangenehmen innerlichen Konflikt geradezu ansehen, der seine Gesichtszüge überschattet. Francescas Anruf erschallt immer noch auf dem Tisch zwischen uns.

Wo bleibt denn bloß die Kellnerin mit der Rechnung? Ich muss gehen. Draußen geht schon die Straßenbeleuchtung an, dazu befinde ich mich auch noch in der entgegengesetzten Ecke der Stadt, um zur Arbeit zu kommen.

Unfähig, das alles hier noch eine weitere Sekunde auszuhalten, stecke ich die Hand in die Tasche und ziehe einen Zwanziger heraus. Meinen beschissenen letzten Zwanziger, meinen allerletzten Geldschein, aber ich kann jetzt einfach nicht nach Münzen suchen. Ich möchte verschwinden, bevor er den Anruf entgegennimmt.

»So, ich bin dann mal weg. Im Ernst, geh ruhig ran, bevor du den Anruf noch verpasst. Morgen ist ein wichtiger Tag, wir müssen beide weiterkommen. Nur als kleine Warnung: Du solltest Harry besser im Auge behalten. Ich weiß ziemlich sicher, dass er genauso unaufrichtig und hinterhältig ist wie Ozzy damals. Und es ist nun mal kein Geheimnis, dass er gewinnen will – dazu sind ihm alle Mittel recht.«

Ich werfe meinen Zwanziger in die Tischmitte, schnappe meinen Helm und stürme aus dem Restaurant, um so schnell, wie ich nur kann, im schwindenden Tageslicht zur Seniorenresidenz zu radeln.

16

Das viele Radfahren macht sich hinsichtlich der Geschwindigkeit und der Fitness schon deutlich bemerkbar – ich komme zwanzig Minuten zu früh in der Parklands-Seniorenresidenz an. Das passiert mir zum ersten Mal, daher rufe ich gleich nach meiner Ankunft bei Martha an, ob ich noch vorbeikommen kann.

Als ich ihr Zimmer betrete, faltet sie die Hände und setzt sich in ihrem Bett auf.

»Pfefferminztee?«, biete ich ihr an.

»Ja, gern«, erwidert sie, während sie für mich ihr Haar aufplustert und theatralisch mit den Wimpern zuckt.

»Sie sehen toll aus!«, lobe ich sie. »Neue Frisur?«

Mit ihrer dünnen, durchscheinenden Hand streicht sie über das frisch geschnittene, leuchtend rot gefärbte Haar. »Zoe hat mir heute Morgen die Haare gemacht. Sieht das nicht wunderschön aus? Ich komme mir wie Rita Hayworth vor. Sie war immer Oskars heimlicher Schwarm.« Martha kichert und blickt liebevoll zum Foto auf ihrem Nachttisch.

»Gibt es einen bestimmten Grund? Ist Ihnen ein neuer Arzt ins Auge gefallen?«, ziehe ich sie auf.

»Viel, viel besser!«, lacht sie und reißt vor Begeisterung die Augen auf. »Mein Sohn und meine Enkelin kommen mich besuchen! Ihr letzter Besuch ist schon sehr lange her, zumindest kommt es mir so vor. Aber mein Sohn hat versprochen, dass er an diesem Wochenende zu meinem Geburtstag kommt. Meinen Geburtstag hat er noch nie vergessen. Das hat mir richtig gute Laune beschert. Ich kann es kaum abwarten!« Sie hebt die Hände und wackelt mit den Fingern. »Ich kann es kaum abwarten, ihre wunderschönen Gesichter in die Hände zu nehmen und sie abzuküssen. Danach ist mir alles egal! Dann kann er mich meinetwegen zu einem Hotdog einladen, das ist mir egal.«

Beim Gedanken an Marthas Luxusgaumen und der Vorstellung, wie sie in all ihrer Pracht mit einem vor Soße triefenden Hotdog kämpft, muss ich lachen. Ich öffne meine Tasche, hole meinen Notizblock heraus und fange an, drei Gänge für mein Menü aufzuschreiben, über das ich mir während der Fahrt Gedanken gemacht habe.

»Könnte ich kurz etwas mit Ihnen besprechen, Martha?«

Sie nippt an ihrem Tee und erwidert meinen Blick. »Natürlich, meine Liebe, gern.«

»Was halten Sie von meinem Menü? Morgen ist der große Tag. Ich brauche etwas, das sie vom Hocker reißen wird. Ich will ihnen zeigen, was ich kann, und einen bleibenden Eindruck hinterlassen. Was sagen Sie?« Ich erkläre ihr schnell, was erwartet wird, und berichte ihr, gegen wen ich antrete. Harry hat einen gewagten, frechen, offensiven Kochstil. Bei ihm erwarte ich das Unerwartete, nichts, was wir zuvor schon einmal gesehen haben, wie etwa Trockeneis oder neue Aromen … das könnte alles sein. Irgendein seltenes exotisches Reptil, das bis zur Perfektion pochiert ist. Oder Heuschrecke in Tempurateig. Ich habe einfach keine Ahnung, was er zubereiten wird. Wenn Fischmilch sein Ausgangspunkt ist, dann trete ich gegen einen vollkommen unberechenbaren Gegner an.

»Klingt wie ein Wildhund«, erwidert Martha und nippt erneut an ihrem Tee. »Ein Mini-Jean-Michel scheint sich da anzubahnen. Was nicht zwangsläufig eine gute Kombination ist – zwei große kreative Egos mit hitzigem Temperament. Da wird es nicht lange dauern, bis die beiden aneinandergeraten, lassen Sie sich das gesagt sein. Vielleicht weiß Jean-Michel es selbst gar nicht, aber er braucht dringend jemanden, der ruhig Blut bewahrt, der konzentriert und obendrein ein toller Chefkoch ist. Ich denke, Sie haben im Vergleich zu Harry die Nase vorn; lassen Sie sich von seiner aufgeplusterten Brust und dem lauten Geschrei bloß nicht einschüchtern.«

Sie schiebt sich die Brille auf der Nase höher und liest laut vor.

»So, drei Gänge, Kostprobengröße. Die Gäste werden von den Menüs aller drei Köche kosten und dann nach jedem Gang benoten, korrekt?«

Ich nicke. »Genau. Auf dem Papier klingt das furchtbar leicht, so unkompliziert. Aber ich koche nicht einfach nur für die Gäste; ich koche für Chefköche, Restaurantkritiker und Firmenmogule, die genau wissen, wie sie jeden Bissen exakt prüfen. Ich muss ihre Erwartungen weit übertreffen und zudem noch sicherstellen, dass ich die Leistungen von Ben und Harry übersteige. Das ist wirklich eine harte Nuss, das dürfte das Schwierigste sein, was ich je zubereitet habe.«

Beim Lesen folgt Martha langsam mit dem Finger den Worten; dann hält sie inne und kehrt noch einmal zurück, bevor sie wieder nach vorn springt. Ich will sie nicht drängen, aber ich will unbedingt wissen, was sie davon hält. Ich trinke meinen Tee und warte ab. Martha ist ein unglaublicher Quell der Hilfe: Sie ist eine erfahrene, weit gereiste Restaurantbesucherin. Um es mit den Worten meines Vaters auszudrücken:

Ich täte gut daran, mich aufrecht hinzusetzen und die Lauscher aufzusperren, was sie zu sagen hat.

Martha setzt die Brille ab und legt sie auf den Nachttisch zurück. Dann holt sie tief Luft, bevor sie die Hände flach aufs Bett legt und die Lippen spitzt.

»Sie haben also bis jetzt alles gegeben, um so weit zu kommen. Sie haben es geschafft, an Jean-Michel vorbeizukommen, und sind nun in der Schlussrunde – und wie Sie schon sagen, treten Sie gegen harte Konkurrenz an.« Martha schüttelt den Kopf. »Diese Menschen kommen nicht, um zu essen. Sie kommen her, um *Ihre* Gerichte zu erleben, Ihre Geschichte. Und darum finde ich, dass Sie ihnen genau das geben sollten.«

»Was genau meinen Sie?«

»Im Augenblick erscheinen mir diese Gerichte technisch gesehen recht bezaubernd, aber ich habe keine Ahnung, wie viel ich hier über Katie Kelly erfahre. Sie bieten hier eine Gemüsekokotte mit geräucherten Orangenschalen an, Foie-gras-Suppe mit schwarzem Sarawak-Pfeffer sowie eine Tarte aus weißem Wurzelgemüse mit Rote-Bete-Sirup an Portulak. Und zum Dessert ein Eis mit weißem Nugat nach Art Montélimar, Sharonfrucht mit Clementine und Orange an einem Spiegel aus Rosmarin-Sirup. Warum ausgerechnet dieses Menü? Sie hätten jedes andere wählen können. Verraten Sie mir bitte, warum ausgerechnet dieses.«

Ich bin überfragt. Mit dieser Reaktion von Martha hätte ich im Leben nicht gerechnet. Ich hatte angenommen, sie sei beeindruckt! Ich ertappe mich dabei, wie ich an meinem Daumen knabbere. Martha wartet auf eine Antwort. Und an ihrem Blick kann ich erkennen, dass sie durchaus gewillt ist, die ganze Nacht auf eine Antwort zu warten.

»Ich habe die Gänge ausgewählt, weil ich dachte, sie klingen beeindruckend. Weil ich nicht will, dass sie mich für eine Köchin halten, die nur die Basics beherrscht. Mir wurden diese Gerichte im College beigebracht, und ich weiß, dass ich da abliefern kann. Mit ihnen kann man einige Häkchen setzen, was Talent, Geschmack und Präsentation anbelangt.«

Martha lauscht meinen Ausführungen und schnappt sich dann einen Stift aus ihrer Nachttischschublade. »Das sind durchaus respektable Gründe. Aber jetzt möchte ich, dass Sie mir ein Menü notieren, das mir Ihre Geschichte erzählt. Wäre das dieses Menü?«

Dieses Mal schüttle ich den Kopf.

»Denken Sie nach, Katie. Was bedeutet es Ihnen? Warum haben Sie diese Gerichte für den wichtigsten Kochwettbewerb Ihres Lebens ausgewählt?«

Ich starre auf meine handgeschriebene Speisekarte, die flach auf Marthas Bettdecke liegt. Sie hat ja recht. Warum habe ich diese Gerichte ausgewählt? Ich hasse Gänseleber. Ich bin noch nie in Montélimar gewesen. Und wenn wir schon dabei sind, ich bin auch absolut kein Fan von Nugat. Für mich schmeckt der immer wie fade Marshmallows. Ein Zittern geht durch meine rechte Hand. Martha hat absolut recht. Mir wird klar, dass ich sie lediglich ausgesucht habe, um aus purer Eitelkeit heraus damit Eindruck zu schinden. Das kann ich besser. Ich kann viel mehr bieten! Denn diese Gerichte bedeuten mir nichts. Da könnte ich genauso gut auch Harrys Gerichte servieren, wenn ich lediglich die Arbeit anderer Leute reproduzieren will.

Was zum Teufel soll ich machen? Das Finale ist schon morgen, und ich habe im Augenblick nicht mal den Hauch einer Ahnung, was ich kochen werde, geschweige denn, wie ich es kochen, anrichten und präsentieren soll. Außerdem zittert meine linke Hand. Mir ist übel.

Martha reicht mir ihren silbernen Füllfederhalter und dreht den Zettel auf die andere Seite um. »Jetzt mal keine Panik. Nehmen Sie sich einen Augenblick Zeit und horchen Sie in sich hinein, dann werden Sie Ihre Antworten finden. Das ist Ihre Chance, sich zu profilieren und sich einen Namen zu machen. Machen Sie ihn so bemerkenswert und außergewöhnlich, wie Sie es sind.«

Wo soll ich anfangen? Vielleicht mit Rachel und mir, wie wir uns eine Tüte mit rosafarbenen Sahnebonbons teilten, die wie geschmolzene Legosteine aussahen, Obstsalate und Kaustreifen, die gleichzeitig scharf und sauer und süß und widerlich schmeckten? Oder entscheide ich mich für Eier Benedict, das erste Frühstück, das ich Ben morgens zubereitet habe, nachdem wir »offiziell« zusammengezogen waren? Das waren noch glücklichere Zeiten: überglückliche, fröhliche Zeiten. Es ist schon ganz schön überwältigend, das eigene Leben in Form von Nahrungsmitteln, Gerichten und Abendessen, von Geschmack, Düften und Konsistenz Revue passieren zu lassen. Das buttrige Knuspern von Popcorn bei einer Übernachtung, der barmherzige Trost eines Sandwiches mit gegrilltem Speck bei einem Kater und die samtige Wärme eines Tellers Suppe, nachdem man nach der Schule bei Wind und Regen nach Hause gelaufen ist. Die Art, wie der Tee immer süß und seidig geschmeckt hat, wenn meine Mutter ihn zubereitet hat. Diese unfassbare Begeisterung, als ich zum ersten Mal frischen Koriander oder Waldhonig oder eine Lychee probiert habe. Oder als Alice und ich uns mit Wodka Lychee haben volllaufen lassen. Ich muss grinsen, als ich daran zurückdenke, wie Alice nach der Arbeit in einer Karaokebar gesungen hat, völlig ohne Textkenntnisse, wahrscheinlich auch ohne Musik. Auf jeden Fall aber ohne jede Hemmung.

Martha wartet geduldig, bis ich meine Ideen notiert habe, nur um sie wieder durchzustreichen und etwas vollkommen anderes aufzuschreiben, um noch Ergänzungen hinzuzufügen, die ich gleich wieder streiche. Und dann, ganz plötzlich, weiß ich, was ich zubereiten werde. Ich werde meine Geschichte zu Teller bringen, ungeniert, furchtlos, stolz. Meine Hand bewegt sich über das Papier – in einem gleichmäßigen Fluss und in perfekter Schreibschrift, als hätte dieses Menü schon immer irgendwo existiert und wäre nur an einem versteckten Ort in Vergessenheit geraten. Ein Menü, das in einer alten Schublade in meinem Kopf gelegen hat; ein Menü, das im Ballsaal ganz hinten in einer Ecke gestanden hat, den rechten Augenblick abgepasst und auf ein ganz bestimmtes Lied gewartet hat, um dann zum Tanz aufgefordert zu werden.

Ich kritzele über alles hinweg, was ich bisher notiert habe, und halte mein Menü fest – drei Gänge, verwurzelt in Erinnerung und Liebe, eine perfekte Darstellung meines Ichs, meiner Erziehung, meines Geschmacks und meiner Erfahrung. Mein Leben, ja, mein Herz auf einem Teller.

Ich räuspere mich. »Ich glaube, jetzt hab ich's. Sind Sie bereit, Martha?«

Sie nickt, streicht sich das Haar glatt und lächelt mich an. »Absolut, Chefköchin.«

Ich lege los und teile es mit ihr – teile mit ihr, wer ich bin, woher ich komme und was mir wichtig ist.

Wildkaninchen und Lauch-Blätterteigtasche mit eingelegtem Senfgemüse (bei unseren Ausflügen zum Strand gab es früher immer Sandwiches mit Senfgemüse, und sie erinnern mich an den Sand zwischen meinen Zehen, an Meeresrauschen und Gelächter).

Lammkarree mit Pinienkernen und einer Bärlauchkruste

an Estragon-Gnocchi (das erste Gericht, das ich für meinen Dad zubereitet habe, bei dem er tatsächlich dachte: »Wow, das schmeckt wie im Restaurant«).

Sherry Trifle. (Das erinnert mich an alle Weihnachtsfeste, Geburtstage und Familienfeiern, die wir in unserer Jugend gefeiert haben. Für das Trifle gab es eine eigene, schön geschliffene Glaskristall-Schüssel, in der nichts anderes serviert werden durfte. Ich habe es geliebt, die Sahne abzuschlecken, den Vanillepudding in Schichten aufzutragen, die Kirschen dazuzugeben und zuzuschauen, wie dieser wunderbare triefende rosafarbene Biskuit die Flüssigkeit und Süße aufsaugt. Wenn ich an Sherry Trifle denke, muss ich an Familienzusammenkünfte denken, an Zeiten, als noch alles gut war und ich gelächelt habe. Wahrhaftig gelächelt habe.)

»Na, da nähern wir uns doch der Sache«, lobt Martha. Ich merke, dass ich mein neues Menü mit einer Hand halte, die nicht mehr zittert. »Aber ich habe da noch eine Idee, Katie.«

Sie beugt sich vor und schnipst mit den Fingern. Ihre Augen leuchten, als ich sie beobachte, wie sie nickt und dann meinen Blick sucht. »Die goldene Regel lautet: Man sollte immer den Genuss der Gäste an die erste Stelle setzen. Sie kochen nicht nur, um Jean-Michel zu belustigen oder um die Kritiker zu beeindrucken. Behalten Sie immer das Wohl der Gäste im Auge, konzentrieren Sie sich auf den Service, setzen Sie sich Ihr Ziel klar und wahrhaftig vor Augen, dann wird alles gut. Das Witzige und Gegensätzliche bei den Restaurantbesuchern ist ja: Sie alle sind wohlhabend und erfolgreich, jeder von ihnen hat gefeierte Talente in seinem eigenen Bereich. Sie können sich alles leisten, was sie wollen, nichts bleibt ihnen versagt. Bieten Sie ihnen also etwas, womit sie nicht rechnen, etwas, von dem sie nicht mal wussten, dass sie es wollen. Überraschen Sie sie, begeistern Sie sie, *bewegen*

Sie sie … Diese Gäste waren schon tausendmal essen, deswegen muss dieses Essen hier eine emotionale Verbindung zu ihnen herstellen. Machen Sie den Restaurantbesuch für sie zu etwas ganz Besonderem. Zu etwas, das einen Platz in ihren Erinnerungen einnimmt. Mehr als die meisten anderen werden sie ein solches Geschenk zu schätzen wissen. Was schenkt man Menschen, die schon alles haben? Etwas, von dem sie gar nicht wussten, dass sie es nicht haben. Oskar und ich haben einmal in einem wunderschönen Weingut in Spanien übernachtet. Es war wirklich atemberaubend, und die Familie, die dieses Gut betrieb, bestand aus den gütigsten, liebenswürdigsten Menschen auf der ganzen Welt. *Barbidillo* hieß es.« Sie denkt einen Moment lang nach, bevor dann Gewissheit ihr Gesicht aufleuchten lässt. »Ja, *Barbidillo*. Ich erinnere mich wieder. Jedenfalls könnte ich Ihnen jetzt alle Einzelheiten rund um unsere Mahlzeit dort berichten, bis ins letzte Detail. Und wissen Sie auch, warum? Weil wir nicht nur bedient wurden, sondern willkommen geheißen und gefeiert wurden … Aber das i-Tüpfelchen des Essens war eine kleine Überraschung. Eine kleine Überraschung, mit der wir nicht gerechnet hätten … So etwas macht das Erlebnis aus. Den Reiz. Das, was sie essen, wird nicht so unvergesslich sein wie die Art und Weise, wie sie sich *fühlen*. Der Besitzer hat uns eine kleine, sehr besondere Flasche seines besten Sherrys geschenkt. Von 1891. Eine grandiose, seltene Mischung nach einem alten Familienrezept. Mit einem sehr intensiven Geschmack und von unglaublicher Qualität. Serviert in einem wunderschönen Tintenfässchen. Wir beide hatten das Gefühl, die wichtigsten Gäste zu sein, die sie je gehabt haben. Schauen Sie, selbst vierzig Jahre später erzähle ich Ihnen noch davon! Dann lassen Sie uns mal Ihr Sherry Trifle auf ein neues Niveau bringen. So habe ich immer meine Geschäfte getätigt, neue Kunden angezogen und meine Klienten gehalten. Ich habe sie immer mit einem Angebot überrascht, das ein wenig mehr war und etwas besonderer. Ich bin fest davon überzeugt, dass das auch hier den Unterschied ausmachen wird, Katie.«

Jetzt hat sie mich wirklich zum Nachdenken gebracht. Sie hat recht. Ihr Rat hat genau ins Schwarze getroffen. Marthas rot lackierter Finger deutet in eine Zimmerecke.

»Gehen Sie mal bitte zu meinem Schrank rüber. Zu dem mit dem Zahlenschloss.« Sie notiert vier Zahlen.

Ich öffne das Vorhängeschloss und warte auf die nächsten Anweisungen.

»Wenn Sie jetzt dort hineinschauen, befindet sich darin ein kleines Kästchen aus Sandelholz, in dem wiederum ein Schlüsselbund mit einem Anhänger liegt, auf dem eine Adresse verzeichnet ist.«

Ich nicke, während ich das Kästchen öffne und die Schlüssel hochhalte, die sie mir beschrieben hat.

»Liebes, bringen Sie sie mir bitte?«

Wieder tue ich, worum sie mich bittet.

»Ich möchte, dass Sie mir einen Gefallen tun. Versprechen Sie mir das?«

»Natürlich, Martha, das ist absolut kein Problem. Es wäre mir eine Freude, Ihnen nach all den Ratschlägen, die Sie mir gegeben haben, einen Gefallen zu tun«, erwidere ich aufrichtig.

»Prima! Dann gehen Sie in mein Haus, Katie; unten im Keller steht eine Flasche von diesem Sherry. In einem Tintenfässchen. Ich habe es als Geschenk bekommen, und jetzt möchte ich es Ihnen schenken.«

Ich schüttle den Kopf. »Martha, das kann ich nicht annehmen …«

Sie legt ihre Hand auf meine. »Ich möchte, dass Sie sie bekommen. Außerdem haben Sie es mir versprochen, erinnern Sie sich? Also bitte, holen Sie den Sherry aus einem dunklen, leeren Haus und bringen Sie ihn zu Tisch. Servieren Sie ihn. Feiern Sie ihn. Überraschen Sie damit. Reißen Sie sie vom Hocker, Katie. Manchmal braucht es nur eine winzige Kleinigkeit, um einen großen Unterschied zu bewirken.«

Und ich gebe nach. Denn diese Kleinigkeit – ihr fester Glaube an mich – bewirkt einen großen Unterschied darin, was ich glaube, erreichen zu können.

17

Nachdem ich Martha gedankt habe, wünsche ich ihr gerade rechtzeitig noch eine gute Nacht, bevor ich unten meine Schicht antreten muss. Als ich ihr Zimmer verlasse, kann ich nicht anders, als all das, was mir durch den Kopf geht, zu verarbeiten. Marthas Liebenswürdigkeit, ihr Glaube an mich und ihre Lebensweisheit machen mich wirklich sprachlos. Dieses Menü hier fühlt sich absolut richtig an; es kommt mir fast wie ein Freund vor, wie eine Erinnerung oder gar eine Art Selbstporträt. Wenn ich mein Bestes geben will, dann das hier. Am liebsten würde ich das Menü gleich jetzt kochen!

Aber ich muss mich fangen und darf mich nicht in meiner Begeisterung gehen lassen, denn die Realität besagt, dass ich Küchenassistentin in der Parklands-Seniorenresidenz bin und die Spätschicht noch vor mir habe. Auf meinem Weg in die Industrieküche schaue ich mich um. Außerhalb des Scheins der bläulichen, brummenden Neonleuchtröhren ist es stockdunkel. Wie immer ist es quälend still, in der Luft hängt eine schwere, beklemmende Totenstille, die sich noch beengender anfühlt, wenn ich ganz allein bin. Ich atme tief aus, stampfe laut mit den Füßen auf und schalte jedes nur mögliche Licht an. Dann spreche ich mein Menü laut aus, um zu hören, wie es klingt, spiele mit der Syntax und übe meine Betonung. Ich brauche heute Nacht ein wenig Gerede oder Musik, ich verspüre das dringende Bedürfnis nach Gesellschaft, nach jemandem oder etwas, das die Atmosphäre füllt und mir hilft, die Zeit schneller herumzubekommen, bis ich nach Hause gehen, auf Alice' Sofa zusammenbrechen und als Chefkochfinalistin wieder aufwachen kann.

Ich greife in meine Tasche und suche nach meinem Handy, um eine meiner Playlists anzustellen oder einen Comedy-Podcast zu starten. Vielleicht könnte ich aber auch Rachel anrufen. Ich werfe einen Blick auf die Uhr. Durch die Zeitverschiebung steht sie wahrscheinlich gerade auf und muss erst in einer Stunde bei der Arbeit sein. Ich grinse in mich hinein – eine Superidee. Ich kann es kaum erwarten, ihre Stimme zu hören und ihr von all den tollen Sachen zu erzählen, die bei mir gerade anstehen. Ich könnte ihr vielleicht sogar berichten, dass ich den mondänsten, kultiviertesten Gaumen Londons Piccalilli-Senfgemüse servieren werde; das wird ihr gefallen, das weiß ich genau. Raschelnd taste ich auf dem Boden meiner Tasche nach meinem Handy, kann es jedoch nirgendwo finden. Hastig suche ich meine Hosentaschen ab, dann alle Arbeitsflächen, Schubladen, Regale und meinen Spind, bevor ich dann zu meiner Tasche zurückkehre und den gesamten Inhalt auf dem Boden auskippe.

Es ist unauffindbar. Mein Handy ist weg. Ich kann es weder hier noch sonst irgendwo entdecken.

Ich zermartere mir das Hirn. In Marthas Zimmer habe ich es definitiv nicht in die Hand genommen, und das letzte Mal, als ich einen Blick darauf geworfen habe, war beim Italiener – also habe ich es entweder dort liegen gelassen, sodass es inzwischen wahrscheinlich gestohlen wurde, oder ich habe es auf der Fahrt hierher verloren, sodass es irgendwo auf der Straße in tausend Teile zerschmettert liegt.

Mit beiden Händen raufe ich mir die Haare. Bitte. Bitte nicht! Nicht jetzt! All meine Kontakte, Hunderte Screenshots von Desserts und Cocktails und Feinkosttheken und allem, was mich beeinflusst und prägt und mein Herz kurz stehen bleiben lässt. In erster Linie jedoch all meine Fotos; die können niemals ersetzt werden. Ultraschallbilder von Rachels Baby, Bilder meiner Brüder auf ihren Expeditionen, von den Malen, wo ich mit Alice feiern war, ein paar Bilder von Ben und mir, bei denen ich es einfach nicht übers Herz gebracht habe, sie zu löschen, und beinahe jedes einzelne Bild, das ich von meinem kleinen Restaurant hatte. Ohne diese Fotos wird es fast so sein, als habe es nie existiert. Was habe ich bloß gemacht? Was, wenn jemand meine ganzen Accounts hackt und mir riesige Schulden beschert? Das kann ich jetzt nicht verkraften; ich habe nichts mehr. Ich bin jetzt schon finanziell am Ende und kann mich gerade so über Wasser halten. Und jetzt habe ich nicht einmal mehr ein Handy.

Ich rutsche an den Wandfliesen entlang nach unten auf den Linoleumboden und lasse den Kopf auf die Knie sinken. Morgen bietet sich mir die letzte Chance, die sich immer weiterziehenden Kreise meines bisherigen Versagens zu beenden, damit nicht noch ein weiterer Teil meiner Zukunft ruiniert wird. Ich gehe so gern zu Martha, aber der Job in dieser Seniorenresidenz ist der falsche. Ich kann auch nicht mehr länger bei Alice bleiben, ganz gleich, wie gern ich sie habe und wie gern wir zusammen sind; ich werde mich von unserem Traum von zwei erfolgreichen Londoner Stadtgeschichten verabschieden müssen. Wir arbeiten rund um die Uhr, und am Ende der Woche habe ich kein Geld und Alice keine Kraft mehr, um noch irgendwas zu unternehmen, um auszugehen oder Spaß zu haben. In Wahrheit leben wir alles andere als einen Traum. Unser Traum ist zerplatzt, wir sind geschlagen. Wir sind das Hamsterrad. Das, was die Hamster jagen. Sollte ich den Job morgen nicht bekommen, werde ich mir nicht länger etwas vormachen. Ich werde einen anderen Kurs einschlagen. Das Kochen aufgeben. London aufgeben. Überhaupt aufgeben.

Ich werde dann die wenigen Dinge, die ich noch besitze und die es wert sind, gerettet zu werden, packen und mir ein One-Way-Ticket für den Billigflieger nach Hause buchen. Wenn mich irgendjemand fragen wird, wo ich gewesen bin, werde ich einfach »Ach, nicht der Rede wert« antworten. Denn die Wahrheit ist, dass ich in Parklands länger als sonst irgendwo gewesen bin – technisch gesehen ist das hier mein Ort, meine Geschichte, und die ist nichts Besonderes. Sollte mich jemand fragen: »Was hast du gemacht?«, werde ich wahrheitsgemäß antworten: »*Nichts Besonderes,* nicht mal was Durchschnittliches.« Und dann werde ich das Thema wechseln. Ich werde einfach über das Wetter, Fernsehen oder Urlaubsorte oder so reden. Sollte das morgen in die Hose gehen, werde ich, wie von Dad vorgeschlagen, nach Hause gehen. Aber wenn er das Haus verkauft, bin ich nicht mal sicher, was dieses Zuhause sein wird. Ich muss etwas Neues finden. Ganz von vorn anfangen. Wieder einmal.

Ich sammle den Inhalt meiner Tasche ein und falte das neue Menü auseinander. Das ist meine Eintrittskarte. Mein letzter Versuch. Ich klopfe auf meine Hosentasche, um sicher zu sein, dass ich Marthas Schlüssel habe. Schnell hole ich ihn heraus und fädele eine Kordel durch den kleinen Schlüsselring, bevor ich mir die Kette dann um den Hals hänge. So kann ich die Schlüssel nicht verlieren. Keinesfalls. Ich binde einen Doppelknoten, nur für den Fall.

Ich muss die Hoffnung bewahren. Denn mit diesem Menü könnte es wirklich klappen, wenn ich morgen abliefere. Ich habe keine Angst, sondern freue mich, diese Gerichte zu teilen; sie bedeuten mir einfach alles. Martha scheint zu glauben, dass ich eine Außenseiterchance habe. Und je mehr ich über ihr Wissen und ihre Erfahrung als Restaurantbesucherin erfahre, desto mehr wird mir klar, dass es wirklich ein großes Lob für mich ist, wenn sie es gut findet. Und Martha Rosenblatt hat bislang nie falschgelegen. Selbst wenn ich an mir zweifele, so zweifele ich keineswegs an ihr.

Ich bin eine Finalistin.

Ich bin immer noch im Rennen.

Ich bin gut in dem, was ich tue, und verdiene es genauso sehr wie jeder andere, dort zu sein.

Ich werde morgen alles geben.

*

Die Uhr schlägt Mitternacht, als ich zum letzten Mal in dieser Nacht meine Arbeitsfläche abwische. Die letzte Schicht in dieser Woche ist nun erledigt, sodass ich mich nun mit Freude von der Arbeit verabschieden kann. Ich löse die Schürze von meinem Hals, nehme das Haarnetz ab und schüttle das Haar, während ich meine Sachen aus dem Spind hole. Als ich durch die Doppeltür gehe, hole ich tief Luft, um mich für die Heimfahrt durch die Dunkelheit zu stärken. Ich schließe den Reißverschluss meines Mantels und schlage den Kragen hoch. Es ist eisig kalt, der Wind peitscht mir um die Ohren. Es sieht aus, als würde es gleich wie aus Eimern schütten, daher sollte ich am besten so schnell wie möglich in die Pedale treten, um dem Platzregen zu entgehen.

Als ich die Einfahrt verlasse, steht am Tor eine Gestalt, die mir unglaublich vertraut vorkommt, aber ich bin mir nicht sicher. Es ist schon so spät und die Dunkelheit bis auf den blassgelben Lichtstrahl der Sicherheitsleuchten so unerbittlich, dass mir das Herz bis zum Hals klopft.

»Hey! Ich bin's! Katie, hierher, ich bin's, Ben!«, ruft die Gestalt. Sie sieht tatsächlich wie Ben aus.

Aber im Ernst? Ben? Was um alles in der Welt …? Was in Gottes Namen macht er hier? In der Parklands-Seniorenresidenz mitten in der Nacht?

Verwirrt schüttle ich den Kopf und tippe mit dem Zeigefinger an die Lippen.

»Du weckst noch die Bewohner!«, flüstere ich laut.

»Tut mir leid«, ruft er zurück und gibt sich absolut keine Mühe, die Stimme zu senken. Wahrscheinlich ist ihm noch nicht klar geworden, dass all unsere Bewohner über achtzig sind.

Er winkt mir zu. »Ich habe dir etwas mitgebracht!«

Als ich mein Fahrrad zu ihm schiebe, lächelt er mich breit an, da in seiner Hand mein Handy liegt, perfekt, in einem Stück, nicht zerschmettert oder gar gehackt.

»Woher wusstest du, wo du mich finden kannst?«

»Ich habe Alice in deinen Kontakten gefunden und angerufen. Sie hat mir die Adresse gegeben.«

Schamesröte steigt mir in die Wangen, da Ben jetzt weiß, wo ich arbeite, dass ich trotz meiner Hingabe und meines Ehrgeizes hier in der Nachtschicht in einem Pflegeheim arbeite. Er sagt jedoch nichts und erspart mir die Peinlichkeit. Dankbar nehme ich ihm das Handy aus der Hand und lege es in meine Tasche. »Du rettest mir das Leben.« Ich presse die Tasche an meine Brust. Ich habe es zurück. Jetzt sieht alles schon wieder anders aus. Vielleicht ist noch nicht alles verloren. »Vielen Dank, ich hätte den Gedanken, es verloren zu haben, nicht ertragen.«

»Ich wusste, dass du Panik bekommen würdest, deswegen

dachte ich, es wäre das Beste, dich zu finden und herzukommen«, erwidert er und salutiert zum Spaß. »Verloren und wiedergefunden!«

Das kann man wohl sagen. Und nicht nur das Handy.

18

Wir scharren mit den Füßen im Kies. Es ist kalt, der Wind pustet uns um die Ohren und es fängt an zu regnen.

»Wenn du magst, kann ich dich gern nach Hause begleiten«, bietet Ben an. »Wenn ich schon mal da bin.«

Und dann kommt mir ein Geistesblitz. »Ich habe in der Nähe noch etwas zu erledigen. Ich habe einer Freundin versprochen, etwas für sie abzuholen. Es wäre toll, wenn du dahin mitkommst.«

Ben faltet die Hände und nickt. »Jetzt bin ich neugierig. Gibt es noch weitere Hinweise oder muss ich raten, worüber wir gerade reden?«

»Na ja, wenn ich es dir verrate, würde ich meine Geheimwaffe für morgen enthüllen. Und du bist mein Gegner.«

Ich würde ihm das besondere Geheimnis meines Menüs anvertrauen. Aber das hier ist Ben. Nicht irgendein Mitbewerber. Und ich habe nicht sonderlich große Lust, Marthas Haus ganz allein im Dunkeln aufzusuchen. Er hat mich noch nie enttäuscht. Aber andererseits hat auch noch nie so viel auf dem Spiel gestanden. Noch nie bin ich so direkt gegen ihn angetreten, noch nie ist es um etwas so Lebensveränderndes gegangen.

»Na gut. Damit es fair bleibt: Wie wäre es, wenn ich dir mein Menü verrate?«, schlägt Ben vor.

»Bist du sicher? Das musst du nicht.«

»Eigentlich würde mich deine Meinung dazu interessieren. Ich weiß, dass wir im Grunde gegeneinander im Wettstreit liegen, aber die Menüauswahl ist ja nur der eine Teil. Zugegebenermaßen ein großer Teil, aber wir müssen das Ganze ja auch noch kochen, anrichten und servieren …« Er hält mir seine Hand hin. »Wir helfen uns gegenseitig, so gut wie möglich zu sein, und den Rest überlassen wir den Juroren, ja?«

Wenn ich morgen gewinne, werde ich Ben verlieren. Dann wird er einen anderen Spitzenjob antreten oder aufs Schiff zurückkehren, womit unsere gemeinsame Zeit genauso schnell wieder vorbei wäre, wie sie begonnen hat.

Wenn ich morgen verliere, werde ich Ben ebenfalls verlieren, weil ich dann mein One-Way-Ticket nach Hause kaufen muss.

Da ich nun ebenso alles zu gewinnen wie zu verlieren habe, schüttele ich seine Hand und schließe meine Finger um seine warme, weiche Haut. »Abgemacht!«

*

Zu Fuß sind es ungefähr zwanzig Minuten bis zu Marthas Haus. Wir unterhalten uns den ganzen Weg über, sodass uns die Strecke gar nicht so weit vorkommt. Im Nu biegen wir um die Ecke auf Marthas Straße ab – gerade rechtzeitig, um dem Regenguss zu entkommen. Dieser Stadtteil ist wirklich hübsch. Großzügig angelegte, von Bäumen gesäumte Straßen mit großen, herrschaftlichen Stadthäusern aus rotem Backstein mit wunderschönen Gärten. Als wir an Marthas

Tür ankommen, schiebe ich den Schlüssel ins Schloss und drehe ihn vorsichtig.

Ich fühle mich wie ein Eindringling, obwohl ich die Anweisung bekommen habe herzukommen und auch den Schlüssel überreicht bekommen habe. Dennoch flüstern wir und tappen auf Zehenspitzen über die dunkle Veranda, um nichts und niemanden zu beunruhigen. Als wir drinnen sind, schließen wir die schwere Tür hinter uns und schalten das Licht im Flur an.

Du meine Güte, Marthas Haus gleicht einem Basar! Was für eine fanatische Sammlerin sie ist! Fasziniert starren wir die Bücherregale an, die mit einer solch wilden Fülle an bunten und wunderlichen Dingen vollgestopft sind. Handgemalte Kalligrafien in fremden Sprachen neben Fahnen, Hüten, Wolldecken, Töpferware, kleinen Tabakpfeifen und Teelichthaltern aus leuchtend buntem Mosaik. Und das ist nur der Eingangsflur!

Als wir ins Wohnzimmer weitergehen, wird klar, dass Martha von jedem Ort, an dem sie je gewesen ist, eine Kleinigkeit mitgenommen hat. Und allem Anschein nach hat sie mehr als einmal den Globus umrundet. Es ist überwältigend; man kann den Blick gar nicht abwenden, er wandert von einer Kuriosität zur nächsten. Glasvitrinen mit Stammesschmuck und komplizierten Perlenarbeiten, die neben wunderschön lackierten Kästchen und gedrungenen, phallusartigen Holzschnitzarbeiten ausgestellt sind. Bei deren Anblick stupst mich Ben an. Ich kann nicht anders, ich muss kichern. *Martha – so, wie ich Sie kennengelernt habe, wundert es mich nicht, dass Ihnen diese Schätze ins Auge gefallen sind. In meinen Augen jedoch sind Sie der wahre Schatz.*

Auf dem Sims eines riesengroßen Kamins wird mein Blick von Dutzenden gerahmten Fotos angezogen. Ein paar Sepiabilder von Martha als junge Debütantin, wie sie auf einer Treppe hockt, die Beine überkreuzt, und mit ihrem unverkennbaren Lächeln in die Kamera schaut. Als ich ihre Galerie des Lebens durchgehe, sehe ich, wie sie sich stolz vor dem Taj Mahal bei Oskar untergehakt hat, dann mit einem süßen, pausbäckigen Baby auf dem Arm, danach wurde aus dem pausbäckigen Baby ein lächelndes Schulkind mit gepflegtem Erscheinungsbild, dann ein Kapitän einer Fußballmannschaft, dann ein Schulabsolvent. Der gleiche lächelnde Junge schließlich als junger Vater, der selbst ein kleines Babymädchen in den Armen hält.

Ich deute auf ein Bild, auf dem Martha und ihr Sohn zusammen zu sehen sind, wie sie lachen und sich mit Champagnergläsern zuprosten. Ich erkläre Ben, wie meine Bekanntschaft mit dieser besonderen alten Dame begann und wie sie sich weiterentwickelt hat, bis zu dem Punkt, an dem Martha es geschafft hat, mein gesamtes Leben auf den Kopf zu stellen, als ich es am meisten gebraucht habe.

»Ihr Sohn sieht ihr unglaublich ähnlich!«, erkläre ich ihm.

Ben beugt sich vor, um genauer hinzuschauen. »Das ist Leo Rosenblatt«, stellt er trocken fest. »Sir Leo Rosenblatt.«

»Sir Leo?«

Ben zieht die Augenbrauen hoch. »Du kennst ihn nicht?«

Ich schüttle den Kopf.

»Er ist ein bekannter Geschäftsmann. Ein Selfmade-Industriemagnat. Er investiert in alle nur möglichen Sparten, die du dir vorstellen kannst. Er war einige Male auf dem Kreuzfahrtschiff, am Kapitänstisch natürlich. Ein sehr netter Kerl, der immer Grüße und Komplimente in die Küche übermitteln lässt, was bei so reichen und mächtigen Personen nur äußerst selten vorkommt. Mir ist zu Ohren gekommen, dass er vor Kurzem eine ziemlich unschöne Scheidung hinter sich gebracht hat, die Trennung von diesem Supermodel war überall in den Nachrichten ... Du weißt schon, das Model, das die Werbung für dieses Parfum gemacht hat, das du auch benutzt hast – das mit dem silbernen Flakon ...«

»O mein Gott! Du meinst Julianna Marquez!«, rufe ich. »Wow. Sie hat ihn mit einem Schauspieler betrogen, von dem ich noch nie etwas gehört habe. Ich habe alles in einer Zeitschrift gelesen!« Ich schaue zum Kaminsims hinauf, doch natürlich befinden sich dort keine Bilder der goldblonden, langbeinigen Julianna. Martha muss ihre Bildergalerie den veränderten Umständen angepasst haben.

»Na ja, das könnte erklären, warum ihr Sohn jetzt in Amerika lebt. Martha vermisst ihn und ihre Enkelin schrecklich.« Die arme Martha ... Da lebt sie vollkommen unabhängig in ihrem Haus, umgeben von all ihren Erinnerungen und Habseligkeiten, während ihre Familie um die Ecke wohnt, und im nächsten Augenblick zieht ihr Sohn weit weg, Martha verliert ihren Seelenverwandten und muss in ein Altenheim umsiedeln.

Ben schaltet sämtliche Lampen an und öffnet alle Türen, um sich umzusehen und ein wenig Wärme in die verschlossenen, menschenleeren Räume zu bringen. Man kommt sich hier wie in einem Museum bei Nacht vor – ein Ort, an dem man ganz gewiss nicht sein sollte, und ich habe eine Heidenangst, irgendeinen Alarm auszulösen, etwas kaputt zu machen oder durcheinanderzubringen.

»Na gut, dann wollen wir mal das holen, weswegen wir hier sind«, verkünde ich. »Wir müssen in den Keller.« Ich öffne die Kellertür und mustere den engen, dunklen Weg, der nach unten führt.

Um mich herum ist es mit einem Schlag kalt und feucht.

Ben hält inne und schaut mich an. Er schaltet das Licht an, doch es scheint kaputt zu sein.

Der Keller ist stockdunkel, ich kann nicht mal die zweite Treppenstufe erkennen, so dunkel ist es. Und kalt. Und abgrundtief. Ich schüttle den Kopf. Niemals. Da kann ich nicht runtergehen. Der Sherry war eine nette Idee, aber ich weiß genau, dass ich meine Füße nicht überreden kann, auch nur einen Schritt in diesen eiskalten unterirdischen Raum zu setzen.

Ich stelle mir all die Schrecken vor, die sich in der Finsternis dort unten verbergen könnten. Spinnen, Ratten, entkommene Schlangen. Meine Gedanken wandern zu Szenen aus Horrorfilmen; meine unbeaufsichtigten Brüder haben mich nach Mums Tod dazu gezwungen, sie anzuschauen. Da sind Leute bei lebendigem Leibe begraben worden, haben innen an ihren Särgen gekratzt, es hat dunkle Verliese und Folterkammern gegeben, in denen sich die Untoten versteckten, bis …

»Katie, ist alles in Ordnung? Du bist leichenblass.«

»Tut mir leid, Ben. Ich kann da nicht runter.«

»Wie wäre es, wenn ich vorgehe und du mir folgst?«

Wieder schüttle ich den Kopf.

»Ich würde ja gern für dich da runtergehen, aber nur du weißt, wonach du suchst.«

Ich kneife die Augen fest zu und hole tief Luft. Gott sei Dank ist Ben bei mir, denn wäre er das nicht, würde ich nie im Leben allein dort runtergehen. Längst hätte ich die Beine in die Hand genommen, so viel ist sicher.

Aber er ist hier und ich bin bis hierher gekommen. Selbst wenn ich zusammenschrecken sollte, wird er bei mir sein. Um mich entweder zu beruhigen oder um mit mir zusammen gefangen genommen und gefoltert zu werden.

»Okay, aber ich entschuldige mich jetzt schon im Voraus, sollte ich wie am Spieß schreien. Oder mich fest an dich klammern.«

Dann schlinge ich meine Arme so fest um seine Brust, wie ich kann, und drücke mein Gesicht tief in seine Schulterblätter, während wir die Treppe in den Keller hinuntergehen.

Ben tastet sich an der Wand entlang und entdeckt einen zweiten Lichtschalter. Dieser funktioniert, wenn auch nicht richtig, aber mehr als das schwache, flackernde Licht benötigen wir nicht, um das unglaubliche Geschenk im Keller vor uns zu finden.

Zu unserer Linken befinden sich deckenhohe Regale mit mindestens hundert Flaschen darin. Wir versuchen kurz, Marthas System zu durchblicken, geben dann jedoch auf und beschließen, jede Flasche zu begutachten, bis wir die gesuchte gefunden haben. Martha hat alles da: Whiskey, Bourbon, Rum, Portwein, Cognac und, endlich, die Tintenfässchen-ähnliche Flasche. Nachdem ich sie entdeckt habe, zeige ich sie Ben: *Versos 1891*.

Vorsichtig lässt er die Flasche von ihrem Platz in seine Hand gleiten und hält sie zum Licht, um den Aufdruck zu lesen. »Das ist ein beeindruckendes Geschenk. Das wird der Jury gefallen, Katie. Das ist tatsächlich etwas sehr, sehr Besonderes. Diese alte Dame, Martha, muss dich wirklich sehr mögen«, stellt er fest und reckt die Flasche unter die einzelne schwache Glühbirne.

Ich lächele in mich hinein. »Ja, ich glaube, das tut sie.« Und einen kurzen Moment lang habe ich nicht das Gefühl, mich im Erdinneren zu befinden, sondern himmelhoch zu jauchzen. »Dann komm, lass uns raufgehen, um ein Schlückchen davon zu probieren.«

Als wir wieder oben angekommen sind, hören wir schon,

wie draußen ein ausgewachsener Sturm tobt, der gegen die Fensterscheiben peitscht und das ganze Haus erzittern lässt.

Ben schlägt vor, so lange im Haus zu bleiben, bis der schlimmste Teil des Sturms vorüber ist. »Warum sollen wir uns bis auf die Haut nass regnen lassen, wenn wir doch hier einen Unterschlupf haben?«

Da ich mehr als froh bin, noch ein wenig hierzubleiben und der Kälte und Nässe – und der Dunkelheit – zu entkommen, zünde ich den Gasofen an und kuschele mich aufs Sofa, wo ich mich nach unserer Kellerexpedition ein wenig aufwärme. Ben öffnet währenddessen den Sherry, wählt zwei Kristall-Sherrygläser aus Marthas Barschrank aus und schenkt uns großzügig ein. Ich weiß genau, dass es Martha recht wäre, dass wir im Haus Schutz suchen und eine Stunde lang im Warmen sind, anstatt uns nach draußen zu wagen und im Unwetter umzukommen.

Ben hebt das Glas auf Augenhöhe und schwenkt den dunkelroten Sherry, um die Farbe zu studieren und den Geschmack zu kosten. »Weißt du überhaupt irgendetwas über Sherry?«, frage ich, um ihn zu necken.

»Tatsächlich weiß ich etwas darüber. Den schenkt man nämlich nicht nur der Oma zu Weihnachten – Sherry wird mächtig unterschätzt. Ich stimme deiner Freundin Martha zu. Der hier ist hervorragend. Wahnsinnig geeignet, um ihn mit Gerichten zu kombinieren. Superb zu spanischem Käse, besonders zu Queso Manchego. Die Aromaauswahl ist breit, von sehr, sehr lieblich bis staubtrocken. Generell gilt: je dunkler, desto lieblicher. Deswegen gehe ich davon aus, dass dieser Sherry hier sehr süß schmeckt.«

Wir trinken einen Schluck. Wow! Einen Schluck schaffe ich gerade so, weil die Süße so reinhaut. Aber ich mag es. Sehr sogar. Der Sherry schmeckt samtweich, vollmundig süß und leicht nussig. Eine leichte Karamellnote kommt durch. Er ist perfekt, um ihn während eines Unwetters zu trinken, um sich innerlich bis ins Herz aufzuwärmen.

Ich trinke einen weiteren Schluck. Und gleich noch einen. Mit jedem Mal geht der Sherry leichter die Kehle runter als zuvor. Sollte Sherry einen gewöhnungsbedürftigen Geschmack besitzen, so scheine ich mich schnell daran gewöhnt zu haben. Kurz darauf schenken wir uns schon ein großzügiges zweites Glas ein, »um die Knochen aufzuwärmen«, da der Wind weiterhin ums Haus pfeift.

»Dann beschreibe mir mal dein Menü«, sage ich, als wir beide auf dem Sofa sitzen und zusammengekauert die Wärme des Gasofens genießen. Ben schiebt seine Hand in die Hosentasche und reicht mir dann ein zusammengefaltetes Stück Papier, auf dem ich sofort seine kritzelige Handschrift in schwarzer Tinte erkenne.

Gebratener Dorsch mit Champagner und Honig
Krosse Austern mit eingemachtem
Gemüsesalat und Zitrusmayonnaise
Orangen-Schokoladenmousse
Gewürztes Obstplunder mit Joghurtsorbet

»Wie findest du das?«, fragt er mich.

»Sehr fischig!«

»Na ja, das ist jetzt natürlich nach der ganzen Zeit auf hoher See meine Stärke.«

Bewundernd nicke ich. »Das ist fantastisch, Ben. Meiner Meinung nach klingt das nach einem absoluten Erfolg.«

Wir nippen an unserem Sherry, während wir uns unterhalten. Schließlich hebt Ben sein Glas und prostet mir zu.

»Ganz gleich, was morgen passiert: Ich bin froh, dass wir

hier sind. Ich bin richtig froh, dass wir die Gelegenheit hatten, uns noch einmal zu treffen und Zeit miteinander zu verbringen, auch wenn die Zeit nur kurz ist.«

Ich schlucke schwer. Die Zeit ist verdammt kurz. Und bald ist sie auch schon wieder vorbei.

»Schön, dich wiederzusehen, Katie.« Ben sucht meine Hand und drückt sie. »Auf die Endrunde!«

»Auf die Endrunde!«, wiederhole ich.

Aber ich merke, dass Ben meine Hand nicht loslässt. Er hält sie immer noch fest.

Ganz leicht runzelt er die Stirn und streicht mit dem Daumen über meinen Handrücken, wo ich ein Souvenir nach einer Verbrennung zurückbehalten habe. Wieder streicht er sanft über die Narbe. Doch er fragt nicht. Und er lässt nicht los. Ich aber auch nicht. Unsere Hände fallen zwischen uns. Immer noch umschlungen.

Vielleicht liegt es am Adrenalin, am Sherry, der Erschöpfung oder der Verlockung, dass er immer noch direkt neben mir sitzt, keine Ahnung, aber ich kann es nicht ignorieren. Ich kann nicht anders, ich schaue auf meine Hand hinunter, die in der seinen liegt, und frage mich, was hier vor sich geht? Vor wenigen Stunden hat er mir doch noch von seiner glamourösen Freundin erzählt? Natürlich will ich ihn – das hat nie aufgehört –, aber was ist mit seiner Francesca? Wir können nicht einfach so tun, als gäbe es sie nicht. Und ich kann auch nicht so tun, als würde ich sie einfach vergessen. Ganz langsam hebe ich den Blick zu Ben, und sofort, als hätten wir beide den gleichen Gedanken gehabt, reißt er seine Hand zurück und reibt sich den Nacken.

»Tut mir leid. Ich sollte jetzt besser gehen. Morgen ist ein wichtiger Tag, wir sollten also beide jetzt besser nach Hause gehen. Wenigstens ein paar Stunden sollten wir schlafen, damit wir morgen putzmunter sind und das Ding rocken können.« Während er das sagt, starrt er die ganze Zeit zu Boden.

»Natürlich. Du hast recht«, stimme ich ihm lauter als eigentlich beabsichtigt zu. »Der wichtigste Tag überhaupt.« Verlegen rutsche ich auf meinem Platz hin und her und versuche, meine hochroten, brennenden Wangen zu verbergen.

Schnell spülen wir unsere Sherrygläser, schalten alles aus, was wir angeschaltet haben, schließen Marthas Haus wieder ab und lassen alles so dunkel und leer zurück, wie wir es vorgefunden haben.

Schweigend gehen wir jetzt nebeneinanderher, die Kapuzen eng um den Kopf geschlungen, um uns vor dem Wind und dem Regen zu schützen – was uns einen perfekten Vorwand liefert, um nicht darüber reden zu müssen, was eben beinahe passiert wäre oder auch nicht. Glücklicherweise erreichen wir endlich die große Kreuzung, wo dank der Straßenlaternen sowie rund um die Uhr geöffneter Tankstellen und Supermärkte alles hell erleuchtet ist.

»Kommst du von hier aus klar?«, fragt mich Ben.

Ich nicke und deute in die Richtung, die ich einschlagen muss – welche die von ihm entgegengesetzte Richtung ist.

»Viel Glück für morgen!«, rufe ich, als er schwankt und gegen den Wind ankämpft.

Ben lächelt und winkt mir zum Abschied zu. »Dir auch, Katie.« Und damit dreht er sich um und verschwindet in der Ferne.

Ich springe auf mein Rad und fahre mit Rückenwind zu Alice' Wohnung. Mein lieber Schwan! Das war heftig. Das war knapp. Gefährlich geradezu. Aber jetzt muss ich mich konzentrieren, denn Ben hat recht. Morgen ist der bis dato wichtigste Tag unseres Lebens. Und er schläft gleich, weil er weiß, wie viel für ihn auf dem Spiel steht. Und ich weiß das auch.

Wenige Minuten später komme ich nach Hause, bringe mein Rad weg und schließe Alice' Wohnung leise auf.

So sieht's aus, sage ich zu mir selbst, als ich im Bad vor dem Spiegel stehe, mein verknotetes Haar entwirre und mir kaltes Wasser ins Gesicht spritze. »Alles«, versichere ich meinem Spiegelbild. »Morgen gibst du alles.«

Alles, was heute mit Ben passiert ist, muss ich in die hinterste Ecke meines Kopfes verbannen, da der morgige Tag wichtiger als alles andere ist.

Und ich will das Rennen machen.

19

Willkommen!«, begrüßt uns Pip. »Zuerst möchte ich Ihnen allen dazu gratulieren, so weit gekommen zu sein. Leider kann nur einer das Rennen machen, daher werden zwei von Ihnen sehr enttäuscht nach Hause gehen.« Wir richten uns alle hinter unseren Posten auf, angriffsbereit und ungeduldig bis in die Haarspitzen.

Jean-Michel fährt da fort, wo Pip aufgehört hat. »Aber seien Sie versichert: Selbst wenn Sie es nicht schaffen, heute erfolgreich zu sein, sind Sie trotz des hohen Drucks, der hier herrscht, und in diesem anspruchsvollen Umfeld so weit gekommen, dass Sie zweifellos von einem kleineren Betrieb weggeschnappt werden.« Er grinst frech. »Ein Scherz. Sie haben viel riskiert herzukommen, und dies ist der einzige Ort, an dem Sie sein wollen. Denn andernfalls wären Sie vor langer Zeit schon gegangen. Heute heißt es gewinnen oder verlieren; dies ist unser letzter gemeinsamer Tag, und eine oder einen von Ihnen erwartet eine glänzende Karriere, nachdem wir unseren neuen Grand Chef gekürt haben.«

Octavia lässt ihren Blick über uns schweifen. »Über tausend Bewerber, von denen es fünfzig in die engere Auswahl geschafft haben. Jetzt sind nur noch die drei stärksten Kandidaten übrig. Wir haben Ihnen beim Wachsen zugeschaut. Wir wissen, wozu Sie fähig sind, was für so junge Köche wie

Sie wirklich phänomenal ist. Ich könnte jetzt gerade keinen Gewinner benennen. Die nun folgenden drei Stunden werden die wichtigsten Ihrer Karriere sein. Denn der neue Chefkoch wird nicht nur in diesem neuen Restaurant arbeiten und unter dem grandiosen Jean-Michel lernen, sondern auch auf Dauer ein Bewohner dieses Hotels und hier in einer luxuriösen Suite untergebracht werden, sodass dies hier in jeder Hinsicht Ihr neues Zuhause wird. Wir werden Ihre neue Familie. Die Bühne ist bereitet, drei Gänge trennen Sie noch von dieser lebensverändernden Gelegenheit.«

Mir dreht sich der Magen um. Mir ist schlecht, richtig schlecht. Allein die Tatsache, dass ich mich schlichtweg nicht übergeben kann, da ich seit einer Ewigkeit nichts mehr gegessen habe, tröstet mich ein wenig. Ich war zu beschäftigt und zu nervös, obwohl ich ausschließlich Essen im Kopf hatte. Es ist schrecklich, einschüchternd und sehr aufregend, dass diese drei Gänge wirklich *alles* Weitere für mich entscheiden werden.

Pip tritt vor uns und deutet an, ihm zu folgen. Ben und ich haben nur kurz ein schiefes Lächeln ausgetauscht. Ich werde versuchen, ihm heute komplett aus dem Weg zu gehen; ich muss konzentriert bei der Sache bleiben. Ben ist mein Konkurrent. Er ist der Freund einer anderen. Er ist einer derjenigen Menschen, die mir und dem Rest meines Lebens im Wege stehen. Das weiß ich. Jetzt muss ich nur noch daran denken. Ich wurde heute Morgen mit besten Wünschen von Dad, Alice, Mel und Zoe überschüttet. Gestern Abend habe ich leider die Gelegenheit verpasst, Rachel anzurufen; als ich mein Handy wiederbekommen habe, war sie schon zur Arbeit gegangen. Aber wenn das hier vorbei ist, werde ich sie als Erstes anrufen. Das kann ich so nicht weiter zulassen.

Harry räuspert sich. Er sieht aus, als hätte er in den letzten vierundzwanzig Stunden nicht ein einziges Mal geblinzelt, so rot sind seine Augäpfel, ganz aderig und hervorstehend. Ich werde ihn heute im Auge behalten. Denn wer weiß, welche Tricks er anwenden wird, um als Sieger aus dem Wettbewerb hervorzugehen?

Bis jetzt ist der Speisesaal des neuen *Marchand*-Restaurants abgetrennt gewesen, während dort das Interieur fertiggestellt wurde. Octavia führt uns nun bis zum vorderen Teil des geheimen Bereichs, schiebt das »Kein Durchgang«-Schild weg und zieht die zugezogenen Vorhänge beiseite.

»Dieser Teil wurde erst in den frühen Morgenstunden fertig, nachdem die Innenarchitekten und Raumausstatter rund um die Uhr gearbeitet haben, um sicherzustellen, dass alles rechtzeitig fertig wird und den höchsten Ansprüchen genügt, um Ihren Gerichten an diesem besonderen Tag die Ehre zu erweisen«, erklärt sie.

Zwei Kellner, die mit ihren maßgeschneiderten rot-schwarz-goldenen Uniformen wie schicke königliche Leibgardisten gekleidet sind, ziehen die schweren dunklen Samtvorhänge beiseite.

»Ich präsentiere Ihnen, vertraulich, unseren großen Speiseraum des Restaurants *Marchand*!«

Man kann gar nicht anders, als zuerst zur Decke hochzuschauen. Dort hängt in der Mitte der Gewölbedecke ein gigantisch großer, mehrstufiger Kristallkronleuchter, der im gedämpften Licht funkelt. Die Wände sind mit wellenförmigen Bordüren verziert und in strahlendem Weiß und Gold gehalten. Der Kronleuchter lenkt alle Blicke nach oben, und angesichts dieses überwältigenden Anblicks halte ich beeindruckt den Atem an. Ich wirbele auf dem Absatz herum. Man fühlt sich hier wie in dem altmodischen Ballsaal eines herrschaftlichen Schlosses. Die runden Esstische mit gestärkten weißen Tischdecken sind mit funkelnden Weingläsern, perfekt poliertem Tafelsilber und zarten Blumendekorationen eingedeckt, alles orientiert sich an dem luxuriösen Farbkonzept aus Rot, Weiß und Gold, das den Saal dominiert. Es sieht märchenhaft aus. Wirklich wie im Märchen. Als hätte man es unmittelbar aus *Die Schöne und das Biest* importiert. Doch ich beschließe, das Octavia gegenüber lieber für mich zu behalten.

Wir folgen Pip, als er uns durch die Ausstattung und das Dekor führt, durch die bestuhlte Fläche und den Servicebereich. Schließlich dreht er sich zu uns um und deutet auf eine kleine Armee aus Küchenpersonal und Bedienungen, die alle makellos und akkurat im gleichen Rot, Schwarz und Gold gekleidet sind wie die Oberkellner. »Für den Service im Restaurantbereich habe ich mein bestes Personal aus meinen anderen Restaurants herbeordert. Es ist erfahren, bestens ausgebildet und wird Sie in Ihren Bemühungen heute Abend unterstützen. Jeder Koch bekommt eine Personaltruppe zugewiesen; drei Kellner und einen Sommelier für den Service. In der Küche stehen Ihnen je ein Souschef und zwei Postenchefs zur Seite, mit denen Sie kommunizieren und die Sie anführen, wenn nötig. Denken Sie bitte daran, dass Sie nicht nur kochen werden. Sie sind heute Abend der Grand Chef, der Küchenchef. Sollte etwas schiefgehen, ganz gleich, wer schuld daran ist, liegt die Verantwortung bei Ihnen. Heute Abend werden wir herausfinden, wer Sie wirklich sind. Und was Sie wirklich können. Oder auch nicht, je nachdem.« Er reißt die Hände hoch und spreizt alle Finger. »Jeder von Ihnen hat zehn Gäste, die versorgt und beköstigt werden müssen.«

Zehn Gäste, das klingt vernünftig. Aber dann denke ich noch einmal scharf nach. Wir reden hier von drei Gängen, drei perfekten Gängen, was dreißig perfekte Gerichte bedeutet. All das mit einem neuen Küchenteam und einer strengen Jury im Nacken.

Oha. Ich falte die Hände und drücke sie fest, bevor mich ein Zittern überkommen kann. *Das ist machbar. Ich schaffe das.*

»Es handelt sich keineswegs um normale Restaurantgänger«, fährt Pip fort. »Heute Abend kochen und servieren Sie für eine Gesellschaft, die aus den erlesensten, erfolgreichsten Köchen, Hoteliers und unabhängigen Restaurantkritikern der Stadt besteht. Zusammen mit unseren Freunden und Familien.«

Also im Grunde Jean-Michel mal zehn genommen.

Du meine Güte, das klingt nicht mehr so machbar. Dies ist die härteste, schwerste Herausforderung, der ich mich je als Köchin gestellt habe. Und dieses Mal steht am allermeisten auf dem Spiel, denn sollte ich es nicht schaffen, werde ich meine Kochschürze für immer an den Nagel hängen.

»Am Ende des Tages wird der Koch, der die Speisen pünktlich und auf Spitzenniveau liefert und zudem die meisten Stimmen von unseren Gästen einheimst, ein Teil unserer Familie werden und als König« – Pip gluckst und wirft mir einen Blick zu – »oder *Königin* über dieses Königreich herrschen.«

Octavia tritt einen Schritt vor. »Zwischen Ihnen liegt derzeit kein großer Vorsprung, daher geben Sie Ihr Bestes! Während wir uns hier unterhalten, werden gerade die Weine an Ihre Menüs angepasst; Ihre Zutaten befinden sich in der Küche. Gibt es noch Fragen, bevor wir mit den Vorbereitungen beginnen?«

Ich schüttle den Kopf und halte mich an mein Versprechen, heute nicht zu Ben hinüberzuschauen. Wir müssen beide einen klaren Kopf bewahren, und keiner von uns kann es sich leisten, vom Hauptgrund für unsere Anwesenheit abgelenkt zu werden. Wir wollen gewinnen. Von Jean-Michel auserwählt werden. Um unseren Wert zu beweisen und unser Leben zu verändern. Stattdessen werfe ich einen kurzen Blick zu Harry hinüber. Selbst bei ihm bilden sich gerade auf der Oberlippe Schweißperlen, und er fletscht die Zähne. Mein Blick wandert über seinen Körper, die Schultern gestrafft, die Ellbogen angezogen, die Hände zu Fäusten geballt. Er wirkt eher, als würde er einen Boxring betreten als eine Küche.

Er wirft mir einen Blick zu, den ich nur als tollwütig bezeichnen kann. Ich schlucke schwer, straffe die Schultern und falte die Hände vor dem Körper, damit er und alle anderen sehen können, dass ich kein bisschen zittere. Denn heute wird mir nichts entgleiten.

20

Im weißen Marmor-Foyer trommele ich mein Team zusammen. Wir setzen uns im Kreis auf die Ledersessel mit hohen Rückenlehnen, rund um einen niedrigen Couchtisch aus Glas. Wir schütteln einander die Hände und lächeln uns an. Es folgen ein paar beiläufige Fragen à la woher man kommt, wo man wohnt, warum man hier arbeiten will, um das Eis zu brechen; danach wirken alle ein wenig entspannter. Ich muss an den ersten Eindruck zurückdenken, den Bernie durch ihre ruppige, verachtungsvolle Art bei mir hinterlassen hat, als sie sich mir am ersten Tag in der Parklands-Seniorenresidenz vorgestellt hat. Ich beschließe, das genaue Gegenteil zu tun, was ich für eine ziemlich vernünftige Strategie halte. Nachdem einmal alle sitzen, alle sich untereinander bekannt gemacht haben und wissen, wo wir stehen werden, hole ich meine Mappe heraus und erkläre ihnen das Menü, den Service und das Timing. Jeder hier soll wissen, wie er sein Bestes geben kann und wir das alles als Team schaffen werden.

»Kommunikation ist der Schlüssel zum Erfolg, Leute. Sollte etwas unklar sein, meldet euch! Solltet ihr nicht mehr weiterwissen, meldet euch! Habt ihr Probleme, meldet euch! Dann kümmern wir uns gemeinsam um das Problem und lösen es schnell und effizient.«

Ich teile ihnen eine Kopie der Küchenregeln aus, die ich in meinem eigenen kleinen Restaurant aufgehängt hatte. Mir entgeht nicht, wie sie zustimmend die Augenbrauen heben und sich gegenseitig anstupsen, wie sie alles durchlesen, nicken und lächeln. Hier überstürze ich nichts. Denn wenn wir uns alle an diese Regeln halten, können wir uns eine Menge Tränen und Wutanfälle ersparen. Ein paar von ihnen grinsen wissend. Yep, ich sehe ihnen an, dass ihnen klar ist, dass ich weiß, wovon ich rede, und dass wir diesbezüglich alle auf derselben Wellenlänge sind. Das sind gute Leute. Das spüre ich. Dennoch ist es immer am besten, offen miteinander umzugehen, damit alle die gleiche Vorstellung davon haben, wie der Umgangston ist, wie alles ablaufen wird, wie wir alle *zusammenarbeiten* werden.

In Anbetracht der Tatsache, wie viel Zeit und Arbeit wir noch vor uns haben und wie schnell wir daher loslegen müssen, stehe ich auf, um die Ansprache zu beenden. »Mein persönlicher Albtraum wäre es, wenn jemand die Nerven verlöre, weil er einen Fehler gemacht hat, oder wir aufgrund des Drucks aneinandergeraten. Wir wissen alle, dass es irrsinnig wird, oder? Wir wissen alle, dass uns harte Arbeit bevorsteht. Aber hier ist einer für den anderen da. Ich möchte, dass Sie mir versprechen, sich zu melden, wenn Sie etwas brauchen, ganz gleich, wie groß oder klein das sein wird. Jedes noch so kleine Detail ist wichtig. Denken Sie bitte daran, dass es heute Abend weder um mich noch um Sie geht.«

Ich muss an Martha denken und daran, wie viel ihr ihre Erinnerungen geben, dort in ihrem kleinen Zimmerchen in der Parklands-Seniorenresidenz. »Es dreht sich einzig und allein um unsere Gäste. Lassen Sie uns den Leuten etwas schenken, womit sie nicht rechnen – einen Abend, an den sie sich noch lange erinnern werden. Unsere Gäste sollen noch im

Schlaf lächeln, weil wir etwas so Besonderes geschaffen haben. Das stehen wir gemeinsam durch. Das kriegen wir hin. Lassen Sie uns heute Abend bleibende Erinnerungen schaffen!«

Mein Team tauscht erst untereinander, dann mit mir Blicke aus; alle haben ein warmherziges Lächeln auf den Lippen.

Sara, die Oberkellnerin, nickt und hebt die Hand; alle anderen folgen ihrem Beispiel. »Jungs, geben wir heute Abend unser Bestes! Auf geht's!«

Und das ist der Beginn. Jetzt geht es los.

Und irgendwie weiß ich, dass es etwas Besonderes wird. Aber besonders genug? Wir sind hier, um das herauszufinden.

*

Gegen acht Uhr füllt sich der Restaurantbereich allmählich, sodass sich mir nach einem heimlichen Blick dorthin der Magen umdreht. Draußen fahren Limousinen vor, ein roter Teppich führt die Gäste durch den Haupteingang herein. Damen, die in Pelzstolas gehüllt sind, die lange Abendkleider und funkelnde Juwelen tragen, hauchen sich gegenseitig Luftküsschen zu, während sie sich unter die Leute mischen und an Champagnerflöten nippen. Kerzenlicht flackert auf den Tischen; im tanzenden Glanz erhasche ich einen Blick auf die Heldin meiner Kindheit, Celia Sanderson, die gerade eintrifft.

Pip hat keineswegs gescherzt, als er meinte, heute kämen die Großen und Wichtigen der Branche zu uns, um uns zu testen. Jeder, der in der Branche Rang und Namen hat, ist hier.

Wahrscheinlich ist es das Beste, wenn ich jetzt aufhöre, die Gäste anzugaffen, und mich stattdessen an die Arbeit mache.

Ben sehe ich gar nicht, was ich aber als Segen empfinde. Sein Posten liegt außerhalb meiner Sichtweite, auf der anderen Küchenseite, und hat einen anderen Zugang zum Restaurantbereich. Harry jedoch sehe ich. Unsere Öfen befinden sich nebeneinander, zudem teilen wir uns den gleichen Pass zum Service. Er ist wie ein Hurrikan. Er fegt zur Seite und vollführt irre Pirouetten in atemberaubender Geschwindigkeit. Er ist wie ein harter Baseball voller Energie, so charismatisch wie beängstigend.

In den letzten Stunden hat er nichts anderes getan, als die Mitarbeiter in seinem Bereich mit dem launischen Wahnsinn eines heimtückischen Diktators zu quälen. Zuerst beging der Sommelier den Fehler, sich ihm zu nähern, während er vor dem Ofen stand – er hatte eine Frage zu den Orangen und kam ihm einen Moment lang in die Quere. Danach wurde er so gedemütigt, dass er nach einer langen und unerbittlichen Tirade die Lippen angeekelt geschürzt hat. Nur wenige Minuten später beging Harrys Souschef eine Abwandlung der gleichen Straftat, indem er ihm einfach eine Frage zum sich immer wieder verändernden Menü stellte, woraufhin er verbal gefoltert wurde, bis auch er zum Schluss aufgefordert wurde zu gehen.

»Verpiss dich, geh mir aus den Augen! Ihr seid solche Schwachköpfe! Wie soll ich gewinnen, wenn ich hier nur von Idioten umgeben bin?«, hat Harry gejammert. Doch ich habe ihn beobachtet, nachdem er sich wieder beruhigt hatte. Seine Wutausbrüche scheinen nichts anderes als ein Ventil für seinen eigenen steigenden Druck zu sein.

Doch diese Ruhe ist nicht von langer Dauer. Jede noch so unbedeutende Kleinigkeit sorgt dafür, dass er wieder in die Luft geht.

»Was zum Teufel …?«

Ich beobachte, wie er seiner Chef de Partie, seiner Postenchefin, die gerade die Vorspeise aus geschmorter Schweineschnauze mit grünem Rettich an einem Salat aus Mikro-Cherrytomaten zubereitet und die Roggencroûtons im Voraus dressiert, einen Finger tief in den Rücken bohrt.

»Arbeitest du für Subway oder was? Stell dir mal vor, du wärst der Kunde. Warum würdest du matschige Croûtons wollen?« Harry knallt die Faust auf die Arbeitstheke. »Und habe ich dir nicht befohlen, die Tomaten zu halbieren, nicht zu vierteln? Ab in den Müll damit!« Er packt das Tablett mit den Miniaturtellerchen und lässt alles in den Mülleimer gleiten. »Wie oft soll ich das noch sagen? Soll ich denn alles allein machen? Schneller! Schneller, verdammt noch mal! Entweder ihr tut, was ich sage, oder ihr fliegt raus, ihr Versager!«

Harry fängt wie irre an, die Tomaten durchzuschneiden. Seine steigende Wut und Frustration zeigen sich in seiner grimmigen Miene und den feuerroten Ohrenspitzen.

Zu meiner großen Überraschung fällt sein Blick auf mich, woraufhin er sein Messer direkt auf mich richtet. »Wenn ihr herumtrödeln, auf dem gleichen mittelmäßigen Niveau weiterkochen und aufgepimpte Fertiggerichte servieren wollt, dann geht ihr besser zu ihr rüber und arbeitet dort weiter«, verkündet er seinen Postenchefs.

Ich hole lief Luft und gebe mir Mühe, ihn zu ignorieren. Er will nichts anderes, als mich aufzustacheln, mich abzulenken. Ich spitze die Lippen zu einem verkrampften Lächeln, wie meine Mutter es mir geraten hätte, versuche, den Kopf einzuziehen und mich auf meinen Posten zu konzentrieren, anstatt mich in seine Wut hineinziehen zu lassen.

»Es hat schon einen Grund, warum Frauen besser in der Süßspeisenabteilung bleiben sollten!«

Ich lege mein Messer beiseite, da meine Hand zittert und

ich keinen Fehler machen will. Ich muss kurz pausieren, um mich zu beruhigen und zu sammeln. Er vergeudet meine Zeit. Den ganzen Tag lang habe ich ihn schon im Ohr, aber jetzt hat er es tatsächlich geschafft, mich aufzuhalten. Das kann ich nicht zulassen. Das kann ich ihm nicht durchgehen lassen. Mir ist klar, dass er Streit sucht, dass ich darüberstehen und klüger sein sollte, aber ich habe wirklich genug von ihm. Aus den Augenwinkeln heraus sehe ich, dass Sara, die Oberkellnerin, aus dem Restaurantbereich hereingekommen und mit einem besorgten Blick wie vom Blitz getroffen stehen geblieben ist.

Harry verschränkt die Hände und lässt danach seinen Nacken knacken.

»Ich fand es ja spannend, von Ihrem Restaurant zu lesen, Katie. Weiß Ihr Team eigentlich, dass Sie das Ganze hier schon mal versucht haben und gnadenlos gescheitert sind? Geschlossen. Sie haben absolut keine Führungsfähigkeiten. Sie haben absolut kein unternehmerisches Geschick. Weder das Personal noch die Bücher haben Sie im Griff. Ihr Problem ist, dass Sie zu viel Angst haben, nicht gemocht zu werden. Und das i-Tüpfelchen: Sie haben keine Fantasie. Ich habe Ihr Menü gesehen: Langweilig! Sie haben bislang noch keine Fehler gemacht, weil alles, was Sie machen, ein alter Hut ist. Keine Desaster, aber auch kein Feuerwerk. Ihre Vorstellung von Originalität ist ein zehnsekündiges Video von Pinterest, das Sie kopiert haben.«

O du elender Mistkerl! Ich bin nicht hier, um gegen Harry zu verlieren. Oder wegen ihm.

Ich wische mir die feuchten Hände an der Schürze ab. Trotz aller Bemühungen, die Nerven zu bewahren und ruhig zu bleiben, schäume ich innerlich so sehr, dass sogar meine Hände vor Wut bald platzen. Ich spüre, wie alle Blicke auf mir ruhen. Wenn ich schweige, aber stinkwütend wirke, wird es so aussehen, als hätte Harry gewonnen – oder schlimmer noch, es würde aussehen, als hätte er mich erfolgreich eingeschüchtert. Ich muss für mich eintreten, für die Postenchefs und all das andere Personal, das er so unglaublich gern terrorisiert. Meine Truppe wird ihren Glauben an mich verlieren, wenn ich klein beigebe, und ohne ihre volle Unterstützung kann ich einpacken. Ich bin gerade die einzige Chefköchin hier, die in der Lage ist, sich auf einen Kampf mit ihm einzulassen. Das hier muss beendet werden.

»Seht ihr, da kommt nichts mehr als ein vernichtender Blick … genau das habe ich gemeint«, verkündet er mit einem selbstgefälligen Lächeln, als er sich wieder seinem Posten widmet. Er ist fest davon überzeugt, das letzte Wort zu haben.

Das kann ich nicht zulassen. Die ganze Zeit lang habe ich meine Zunge im Zaum behalten. Aber das hier ist etwas anderes. Jetzt ist der Moment gekommen, um ihm die Stirn zu bieten und den Mund aufzumachen.

»Harry.« Ich hole tief Luft, um das Zittern in meiner Stimme in den Griff zu bekommen, und mache einen Schritt auf ihn zu.

»Ich habe zu tun, deswegen mache ich es kurz. Ich verstehe, dass diese Vorstellung Sie vielleicht umhaut, aber ich bin hier, weil ich mindestens genauso gut, wenn nicht gar besser bin als Sie.«

Er schnaubt. »Besser als ich? Dass ich nicht lache! Keiner von euch ist besser als ich, weder Sie noch dieses Matrosenjungchen!«

»Ach, tatsächlich? Warum haben Sie dann Bens Ofen während der Vorrunde hochgestellt? Warum haben Sie dann sein Gericht sabotiert?«

Harry starrt mich an, sein Mund schließt sich, er schluckt schwer.

»So was machen Sie, obwohl Sie sich Ihrer eigenen Fähigkeiten so sicher sind?« Ich trete einen weiteren Schritt vor. »Verstehen Sie? Das begreife ich nicht, Harry. Die ganze Zeit schreien und brüllen Sie, hetzen alles und jeden, behandeln uns alle, als wären wir wehleidige, abscheuliche Insekten, die es verdient haben, entwürdigt und gedemütigt zu werden. Aber ich habe Sie beobachtet.« Ich gehe direkt in seinen Postenbereich hinüber, sodass wir uns nun von Angesicht zu Angesicht gegenüberstehen. »Sie sind völlig drüber, weil Sie sich nicht entscheiden können, was Sie wollen oder wer Sie sind. Das ganze Herumbrüllen dient einfach nur dazu, das zu verbergen.«

Ich nehme mir seinen Menüplan zur Hand und deute auf den Grill. »Sehen Sie, hier haben Sie bereits unzählige Male Ihre Meinung geändert. Nach all dem Drama und der Unentschlossenheit haben Sie sich *wieder einmal* umentschieden – indem Sie Gerichte hinzugefügt haben, andere noch mal geändert haben und sie mit Kaviar, Trüffeln und Gänseleberpastete garnieren. Die Hälfte des Tages haben Sie Wild an gerösteten Roten Rüben verkündet. Eine Stunde später haben Sie Kohl hinzugefügt, dann ein Püree aus gerösteten Pastinaken entlang des Tellerrandes. Dann haben Sie das Gericht mit den Jakobsmuscheln geändert. ›Wie wäre es mit Wachteleiern obenauf, angebraten in Gänseschmalz?‹ Dann: ›Und weißen Trüffeln?‹«

Harry fährt sich mit den Fingern durchs Haar und packt es an der Kopfhaut, während sein Mund offen steht wie ein gefangener Fisch, der nach Luft schnappt.

Mein Blick ist fest auf ihn gerichtet. »Harry, Sie bereiten uns allen verdammte Kopfschmerzen.«

Ich drehe mich zu den Postenchefs um. »Nur um das mal festzuhalten: Leute, er hat zuerst befohlen, die Tomaten zu vierteln, ich habe ihn gehört – Sie haben also nichts falsch gemacht. Wenn Sie sich meinem Team anschließen möchten, sind Sie herzlich willkommen.«

Harrys Blick schweift über meine Schulter ab; sein Gesicht ist jetzt purpurrot gefärbt. Einmal von den grauen Flecken abgesehen. Seine Hand sinkt in Richtung des Kinns, doch dann reibt er sich den Nacken.

Ich drehe mich um und folge seinem Blick. Jean-Michel und Octavia stehen beisammen und schauen düster drein. Mir wird klar, dass sie jedes Wort mitgehört haben.

Oh-oh. Keine Ahnung, was jetzt passiert. Ein weiterer Wutausbruch? Ein weiterer Ausraster? Ein weiterer Streit? Oder werden wir jetzt alle rausgeworfen und dürfen einpacken?

Die beiden Postenchefs verlassen Harrys Team und gehen zu meinem Posten hinüber. Danach folgt ihnen ein Teammitglied nach dem anderen, bis Harry allein dasteht.

Jean-Michel schüttelt den Kopf. »*Quelle catastrophe!* Ohne Küchenbrigade können Sie nicht fortfahren. Wie es scheint, haben alle Sie verlassen.«

Harry dreht sich ungläubig um. Doch niemand ist mehr da, um mit ihm zusammenzuarbeiten, niemand ist mehr da, der angeschrien werden könnte. Er beißt eine Sekunde lang in seine Faust. Niemand schreitet ein, wir alle warten auf seinen nächsten Schritt.

Octavia behandelt ihn wie einen unartigen Schuljungen. »O Harry, Sie sind hergekommen, um zu gewinnen, aber Sie haben sich lediglich selbst vernichtet. Das soll Ihnen eine Lehre sein. Im Ernst: Lernen Sie daraus!«

Harry holt scharf Luft durch die Nase, reißt sich die Schürze vom Leib, pfeffert sie auf den Boden und stürmt durch die Schwingtür davon.

Und damit ist er fort.

Alle Blicke ruhen auf mir. Octavias Hand klammert sich an ihre Halskette, während Jean-Michel sich die Stirn massiert, die Augen fest zusammengekniffen. Werden sie mich nun rauswerfen? Habe ich womöglich selbst wie eine Tyrannin gewirkt, als ich ihm Paroli geboten habe? Unfähig, meine Gefühle im Griff zu haben und dem Druck standzuhalten? Bin ich so falsch verstanden worden? Habe ich mich ihrer Meinung nach ein wenig mehr wie Harry verhalten, als ich gedacht habe? Was, wenn Octavia und Jean-Michel *mich* für eine tickende Zeitbombe halten, für eine Hyäne?

Was, wenn sie denken, ich sei unter dem Druck zusammengebrochen? Dass in Wirklichkeit *ich* diejenige bin, die ihre Wut nicht im Griff hat? Ich beschließe, ihnen besser nicht ins Gesicht zu schauen, sondern lieber den Blick gesenkt zu halten und mit meiner Aufgabe fortzufahren. Denn ich kann weder die Zeit noch die mentale Energie für mehr als diese eine Aufgabe aufbringen, die ich habe: diese Küche zu führen. Daher richte und glätte ich meine Kochmütze, werfe einen Blick auf die Uhr und bitte um Aufmerksamkeit.

»Die Show muss weitergehen, Leute. Harrys Truppe: Bitte teilen Sie sich zwischen Ben und mir auf. Je mehr, desto besser; Sie sind herzlich willkommen, jede Hand wird benötigt. Wir haben noch eine Stunde bis zum Service. Was auch immer hier hinter den Kulissen in der Küche passiert: Unterm Strich haben wir immer noch Gäste zu bedienen. Packen wir's an!«

Ich senke den Kopf, schneide Gemüse klein und weiche Octavias und Jean-Michels Blick aus.

Nur wenige Sekunden später kommt Pip zur Tür hereingestürzt, ein Telefon für Jean-Michel in der Hand. Ich höre, wie sich Octavia räuspert, und entgegen meiner Bemühungen werfe ich einen Blick nach oben, um ihre Miene und Körpersprache zu erkunden, um eine Vorstellung davon zu haben, wo ich nun im Lichte dessen, was passiert ist, stehe.

Sie zwinkert mir zu. Und das ist alles, was ich wissen muss.

21

Mit meinem Menüplan in der Hand nähert sich Pip meinem Posten. »Kaninchen? Eingelegtes Senfgemüse? Ernsthaft?«

»Mir ist klar, dass Sie sich das niemals in einem Restaurant wie diesem vorstellen könnten, aber genau das ist der Grund, warum es einen Versuch wert ist. Vertrauen Sie mir, Pip. Der Geschmack wird Sie umhauen. Warten Sie nur ab.«

»Mir gefällt dieses neue Selbstbewusstsein, Katie. Viel Glück. Ihre Gäste sind bereit, also servieren Sie bitte, sobald Sie so weit sind.«

Ich nicke und beginne, die Teller anzurichten. Sara holt die Vorspeise am Pass ab und bringt die Teller durch die Schwingtür in den Restaurantbereich. Und wir haben einen Lauf: Jeder Bissen ist perfekt gekocht, jeder Teller wunderschön hergerichtet, alle Gäste pünktlich versorgt. Jeder. Einzelne. Teller.

So weit, so gut.

Nach einer halben Stunde kehrt Pip wieder in die Küche zurück und schüttelt den Kopf.

»Die Stimmen für die Vorspeise sind ausgezählt, und Katie: Sie haben diese Runde gewonnen, Sie gehen in Führung. Im Vergleich zu Bens Dorsch haben Sie die Mehrheit der Stimmen eingeheimst, alle haben Ihr Gericht geliebt. Die

Teller sind leer geputzt, es gab ausschließlich glückliche Gesichter. Gut gemacht.«

Ich freue mich wahnsinnig, kann aber nicht aufhören. Ich kann nicht zulassen, dass mir das zu Kopf steigt oder mich aufhält. Ich bin gerade dabei, mein Hauptgericht anzurichten, daher halte ich den Blick ausschließlich auf das Essen vor mir gerichtet, obwohl Pip halb beeindruckt, halb amüsiert an meiner Seite bleibt.

»So etwas habe ich noch nie gesehen. Das ist genial, wunderbar, vollkommen einzigartig, Sie haben mit den Klassikern gespielt und, meiner Meinung nach, einen riesengroßen Erfolg erzielt. Das mag ich. Nein, ich *liebe* es. Sie sind verrückt, das wissen Sie, oder?«

»Vielen Dank«, antworte ich. »Vielleicht bin ich das.«

Ein Gang ist durch, zwei habe ich noch vor mir. Ich richte mein Lamm weiter an und betätige dann die Tischglocke, damit Sara den Hauptgang am Pass abholt. Mit ihr verschwindet Pip durch die Tür, doch stattdessen kommt nun Jean-Michel herein und nimmt seinen Platz ein. Vermutlich ist das alles Teil des Prozesses, Teil der Auswahl, des Tests. Sie tauchen genau zu dem Zeitpunkt auf, wenn man am allermeisten zu tun hat – wenn das Allerletzte, was einem noch fehlt, jemand ist, der einen beobachtet und einem Fragen stellt.

»Erklären Sie bitte Ihre Auswahl, Katie. Was hat Sie zu diesem Gericht inspiriert?«

Während ich antworte, fahre ich fort, die verschiedenen Elemente auf den noch übrigen Tellern aufzubauen und zu schichten. Ich bin mir völlig dessen bewusst, dass Jean-Michel nicht nur gekommen ist, um zuzuhören, sondern auch um zu beobachten.

»Ich war sehr still in der Schule, habe nie die richtigen

Worte gefunden. Sie sind mir einfach im Hals stecken geblieben. Meine Wangen haben gebrannt, und meine Hände haben mich stets verraten. Sie haben wie Espenlaub gezittert. Ich wurde schrecklich nervös, wenn ich etwas sagen oder laut vorlesen sollte, ich habe mich weder im Rampenlicht wohlgefühlt noch unter dem immensen Druck bei Prüfungen. Und dann gab es da noch ein paar, die auf mir herumgehackt haben, weil ich so still und damit ein perfektes Opfer war. Aber mit der Zeit wird man stärker, entschlossener, man will es ihnen zeigen und sich verbessern, sich anstrengen. Doch beim Essen war es anders. Für andere war es das Singen, Tanzen oder Sport, für mich jedoch das Kochen. Als ich dieses Lammgericht zum ersten Mal für meinen Vater gekocht habe, der immer Angst hatte, ich könnte mit dem Kochen mein volles Potenzial nicht ausschöpfen, hat er es begriffen. Er hat verstanden, dass es mir ernst war, dass ich das wirklich beruflich machen könnte und es mein Leben in eine neue, erfüllende Richtung lenken könnte. Und nachdem ich mir sicher war, dass er stolz auf mich sein würde und begriffen hatte, dass das Kochen für mich nicht nur ein Hobby oder eine Phase war, habe ich mit großer Begeisterung losgelegt. Dieses Gericht hier hat das alles ermöglicht.«

Ich vollende meinen letzten Teller und reiche ihn Jean-Michel selbst. »Ich hoffe, es schmeckt Ihnen.« Und zum allerersten Mal überhaupt sagt Jean-Michel keinen Ton; er nickt lediglich und nimmt den Teller mit.

Pip kehrt in die Küche zurück. »Das Urteil ist gefallen. Ich möchte Celia Sanderson zitieren, die dem Koch herzliche Grüße sendet. ›Sie haben jeweils ein traditionelles Gericht gewählt und dieses vollkommen auf den Kopf gestellt. Das sind Gerichte, die Trost spenden, die Gefühle hervorlocken und dabei ein absolutes Geschmackserlebnis sind. Darum sind diese Gerichte meine Favoriten, sie funktionieren einfach. Ich habe jeden Bissen genossen.‹ Gut gemacht, Katie!«

Ein Lob von Celia Sanderson! *O Mum!* Wie sehr hätte dir das gefallen! Die gute Celia war immer dein Liebling. Als wäre es erst gestern gewesen, sehe ich jetzt noch ihr Kochbuch vor mir, wie es neben dem Herd aufgeschlagen war, wenn sie sonntags gekocht hat. Mir kommen gleich die Tränen. O Gott, ich könnte mich hinhocken und heulen. Ein endloser Strom von Tränen des Glücks und des Stolzes. Doch ich beiße mir auf die Lippe und blinzle einige Male, bevor ich dann diese Vorstellung noch für eine Weile in die hinterste Ecke meines Herzens verbanne. Für Tränen ist später noch Zeit genug. Jetzt muss ich stark bleiben und meinen Blick auf den Sieg gerichtet lassen.

»Wer hat also diesen Gang gewonnen?«, frage ich.

Ben befindet sich auf der anderen Seite der Küche, zwischen unseren beiden Posten ist eine Trennwand, sodass unsere Küchenbrigaden parallel verlaufen. Die Tatsache, dass wir getrennt sind und weder ich ihn noch er mich sehen kann, ist der einzige gnädige Teil dieses Ablaufs hier. Ehrlich gesagt bin ich heilfroh, dass wir nicht direkt vor den Augen des jeweils anderen gegeneinander antreten müssen. Oder das Fazit anhören müssen, wenn die Abstimmungsergebnisse nach jedem Gang eintreffen. Ich stelle mir vor, dass Octavia oder Jean-Michel gerade Ben die Nachricht unterbreiten. Jede Wette, dass er genauso nervös ist wie ich. Ich weiß, dass nur einer von uns beiden gewinnen kann, aber ich will nicht, dass einer von uns beiden verliert.

Pip lächelt in seine geballte Faust. »Gleichstand! Genau gleich viele Stimmen für jeden. Ihr Lamm hat genauso viele Stimmen eingeheimst wie Bens Austern. Jetzt wird es erst richtig spannend. Sie haben bereits einen Gang in der Tasche, deswegen hängt alles vom nächsten Gang ab, Katie. Das soll Sie aber nicht unter Druck setzen.«

Ein Unentschieden! O mein Gott! Im Augenblick habe ich nicht mal eine Millisekunde Zeit, um darüber überhaupt nachzudenken. Ich habe einen letzten Gang vor mir, der muss überzeugen.

Octavia gesellt sich zu mir, um mir Fragen zu stellen, während ich mein Dessert zubereite, obwohl man mir jede einzelne dieser Fragen hätte stellen können, als ich mein Menü eingereicht habe. Mir ist jedoch klar, dass sie in der Nähe sein und testen wollen, wie ich unter Druck reagiere. Und nach dem Vorfall mit Harry ist es jetzt wahrscheinlich einfach wichtig. Neben den Speisen wird dies der wichtigste Aspekt sein.

»Ein Sherry Trifle? Welch eine außergewöhnliche Wahl, Katie. Bitte beschreiben Sie sie mir.«

Dafür gibt es einen wichtigen Grund. Ich bin erleichtert, dass ich ihn Octavia erklären kann. Weil ich weiß, dass sie ihren Ehemann verloren hat, versteht sie vielleicht eher als die anderen, was ich meine.

Ich räuspere mich. »Auf unserem Esstisch stand in der Mitte immer ein Sherry Trifle, es war das Zentrum meiner Familie, der Kern einer jeden fröhlichen Feier, an die ich mich erinnern kann. Aber die Zeiten und die Familie verändern sich, und manchmal stellt einem die Trauer ein Bein und haut einen um. Heute ist ein Tag, den ich gern mit meiner Mutter geteilt hätte. Sie wäre sehr stolz auf mich gewesen. Aber heute weine ich nicht. Heute bin ich stolz auf mich. Ich war mit der besten Mutter der Welt gesegnet. Sie hat mir beigebracht, meinen Überzeugungen zu folgen – immer dankbar. Wie ich zu einem Menschen werde, der wahrhaftig und vertrauenswürdig ist. Wie ich hart arbeite und Spaß daran habe. Sie hat mir gezeigt, dass ich wundervoll bin und niemals zulassen darf, dass mich jemand anders behandelt. Mehr noch: Sie hat mir beigebracht, andere als ebenso wunderbar zu behandeln. Meine Mutter entstammt nicht etwa einer privilegierten Familie; sie kannte nichts als harte Arbeit. Dennoch hat sie ihr Geld und ihre Zeit für wohltätige Zwecke eingesetzt. Hat sich immer hintangestellt. Sie hat meinen Vater, mich und meine Geschwister geliebt. Wenn ich anderen ein Geschenk machen könnte, so wäre es die grundlegende, bedingungslose Liebe, die ich erfahren habe. Sie war etwas ganz Besonderes, aber, Gott sei Dank, nicht einzigartig.« Beim Gedanken an Martha muss ich lächeln. »Es gibt viele wunderbare Menschen, die mir mit großer Güte begegnet sind, und dieses Dessert ist eine Feier all dessen.«

Und damit überreiche ich Octavia eine Schüssel mit Trifle für sie selbst. Das letzte Gericht des letzten Ganges. In ihren Augen bemerke ich ein Glitzern, das ich noch nie zuvor gesehen habe. Sie blinzelt ein paarmal und dankt mir, und dann ist sie fort. Jetzt kann ich nur noch abwarten.

*

Sara kommt durch die Schwingtür herein und erinnert mich daran, dass es nun so weit ist. Es ist höchste Zeit, die Küche zu verlassen und ins Licht zu treten, ins Rampenlicht und unter die prüfenden Blicke im Restaurantbereich.

Ich nehme meine Kochmütze ab, schüttle mir ein wenig Volumen ins Haar und folge ihr.

Zur gleichen Zeit verlässt Ben seinen Posten durch die gegenüberliegende Tür, und er sieht aus, als sei er durch den Prozess genauso in Anspruch genommen worden wie ich; der

Dampf in der Küche sorgt dafür, dass seine Stirn und die Wangenknochen glänzen. Seinen Gesichtsausdruck erkenne ich wieder. Er ist heiß auf den Sieg, erbittert, hat Herzklopfen; die Brust hebt und senkt sich mit seinem schnellen Atem.

Ich rufe mir in Erinnerung, dass ich nicht hier bin, um ihn anzuschauen. Dass eine wichtige Angelegenheit vor uns liegt. Ich straffe die Schultern und mustere die Restaurantbesucher, die an den runden Tischen sitzen. Hier gibt es Gesichter, die mich anlächeln und mir ermunternd zunicken, von denen ich angenommen hatte, sie – wenn überhaupt – nur im Fernsehen oder in Zeitschriften zu sehen. Meine Hand zuckt nach oben, und ich erlaube mir, kurz zu winken, als ich Celia Sanderson neben dem Fenster sitzen sehe. Sie strahlt mich an und reckt beide Daumen in die Höhe.

Celia Sanderson! Sie hat so viele Gerichte in unser Haus gebracht. Ich fühle mich geehrt und privilegiert und bin überwältigt, jetzt hier zu sein und für sie gekocht zu haben. Ich habe Mühe, meine Tränen zurückzuhalten. Ich muss Haltung bewahren, professionell bleiben. Die große Verkündung steht kurz bevor. Und ganz gleich, wie es ausgeht: Ich werde dafür alle Kraft brauchen.

Jean-Michel tritt vor und bleibt zwischen Ben und mir stehen. Er braucht einen Augenblick, um nachzudenken und Worte zu finden. Zuerst wendet er sich an Ben.

»Ben Cole. Ich erinnere mich an Ihren Namen. Einfach fantastisch. Sie könnten Ihr Menü in einem mit Michelin-Sternen versehenen Restaurant servieren, und niemand würde auch nur mit der Wimper zucken. Der Stern für Sie wird kommen. Manche Dinge im Leben muss man lernen, und manche sind eben angeboren. Sie, Ben, wurden mit einem Talent geboren. Fantastisch … Sehr gut gemacht!«

Alle im Raum applaudieren, und einen Augenblick lang befürchte ich, dass ich es vergeigt habe. Dass Ben zum Chefkoch gekrönt wurde und ich es irgendwie nicht mitbekommen habe, weil ich nicht gehört habe, dass er die entsprechenden Worte gesagt hat. Aber wir sprechen hier von Jean-Michel. Schließlich ist es nun mal nicht so, als würde er sich an ein Skript halten. Ich schließe mich dem Beifall aller Anwesenden an, völlig unsicher, ob ich hier nun als Verliererin dastehe.

Und dann dreht sich Pip zu mir um.

»Katies Menü haben wir geliebt. Es war sehr, sehr pfiffig. Das würde ich bestellen, um zu sehen, ob Sie es schaffen, mich damit zu überzeugen. Und wow, wie Sie das geschafft haben! Es war wunderbar, herzerquickend, erfrischend und außergewöhnlich. Sie sind eine Köchin, die voll und ganz in ihrem Handwerk aufgeht. Sie haben die Verbindung zwischen dem Leben und dem Essen begriffen, und das hat man deutlich gespürt. Ihnen ist klar geworden, dass das, was zusammen aufwächst, auch zusammenpasst, und dieses Konzept funktioniert sowohl beim Geschmack als auch beim Farbschema. Ihre Kombinationen sind einfach göttlich. Der Gedankenprozess, die Ausführung, die Präsentation. All das ist exzellent.«

Pip nickt Octavia zu, die von ihrem Platz aufsteht und zu mir herüberkommt.

»Für mich war das Dessert das absolute Highlight des Abends. Sensationell, ein altehrwürdiges Dessert in seiner herrlichsten vielschichtigen Art: mit Fruchtkompott bestrichener und mit Sherry getränkter Biskuit, die fruchtige Schicht aus Sirup-strotzenden Beeren, dazwischen eine Unmenge Vanillepudding mit weicher, kühler Schlagsahne. Und zu allem anderen noch meine Lieblingsfarbkombination:

das viktorianische Rosa der kandierten Rosenblätter mit dem zarten Grün der gehackten Pistazien. Perfekt!«

»Vielen Dank«, sage ich, aber ich bin immer noch verwirrt! Wann werden sie endlich verkünden, wer gewonnen hat?

All diese schmeichelhaften Kommentare sind toll und hauen mich wirklich um. Aber reicht das, um zu gewinnen? Wie wird es sich wohl anfühlen, wenn man all das hört und es dann heißt: »Sie sind es nicht«? Was wird passieren, wenn sie mir nach all dem sagen: *»Sorry, Katie, aber es hat nicht gereicht«?* Wenn ich hier weggehen muss, ohne ausgewählt worden zu sein, wäre ich am Boden zerstört. Es ist undenkbar. Unerträglich. Aber durchaus möglich.

Jean-Michel klatscht in die Hände. Stille breitet sich aus. Es ist so weit. Jetzt muss es so weit sein.

»Nehmen Sie beste Zutaten, wichtige Techniken, die über die Generationen hinweg weitergegeben worden sind, fügen Sie dann noch einen Tisch voller Familienmitglieder und Freunde hinzu, dann sollte ein hervorragendes Gericht folgen. Während die Menschen immer beschäftigter sind, wird der Anreiz einer Küche, die die Tischkultur feiert – also nicht nur das Essen, sondern auch die Zutaten, die Zubereitung und die Gesellschaft –, immer wichtiger. ›Gleichgewicht ist der Schlüssel des Lebens‹, heißt es. ›Man braucht die Familie, Essen und Zeit.‹ Und darum gibt es einen klaren Gewinner. Heute Abend gibt es einen Chefkoch, der all das vereint.«

Jean-Michel schaut erst Ben an, dann mich. Danach kommt er einen Schritt auf mich zu, streckt die Hand aus und sagt: »Katie, *félicitations!* Sie sind meine neue Chefköchin!«

22

Grand Chef! Mein herzlichster Glückwunsch!«, gratuliert mir Ben und bietet mir Champagner an. »Ich freue mich sehr für dich, Katie. Du hast es geschafft und es wirklich voll und ganz verdient. All das hier – das Leben und Arbeiten in einem Fünfsternehotel – ist eine unglaublich tolle Belohnung für die harte Arbeit, die du geleistet hast.«

»Danke. Ich muss das erst mal sacken lassen … Und auch dir herzlichen Glückwunsch«, erwidere ich, als er mir einschenkt. »Wie ich gehört habe, hat Pip dir ein Angebot gemacht?«

Ben zuckt mit den Schultern und lächelt. »Ich kann mich nicht beschweren. Für Pip Taylor ein Restaurant in New York zu führen, ist kein schlechter zweiter Platz.«

Wir stoßen an und trinken den kalten, perlenden Schampus, umringt von den glamourösesten Fachleuten der Branche mit den besten Beziehungen und Netzwerken. Das hier ist der reinste Haute-Cuisine-Himmel. Genau genommen ist das hier nicht nur das Chefkoch-Paradies, sondern ab jetzt *mein* Paradies. Ich schaue zu Ben hinüber. Er wirkt genauso ehrfürchtig wie ich.

Jetzt bin ich die Küchenchefin. Ich wohne ab sofort in einer luxuriösen Hotelsuite.

Kein Wunder, dass mir ganz schwindelig ist.

Alles ist perfekt. Alles hat meine kühnsten Hoffnungen übertroffen. Alles wird sich ändern! Ich kann es gar nicht abwarten, meinem Dad davon zu erzählen, Alice zu Drinks hierher einzuladen und allen zu danken, die mich unterstützt haben. Und ich kann es kaum abwarten, Bernie über meine Kündigung zu informieren. In allererster Linie kann ich es jedoch kaum abwarten, Martha die guten Nachrichten zu überbringen, denn ohne sie hätte ich nie und nimmer gedacht, dass das hier möglich gewesen wäre. Ich habe ein wenig vom Trifle für ihren Geburtstag zur Seite gestellt. Einfach um mich für ihre Unterstützung zu bedanken, dass sie so fest an mich geglaubt hat, als ich nicht einmal den Glauben an mich selbst habe aufbringen können.

»O mein Gott! New York!!«, ertönt eine schrille, kreischende Stimme, die immer lauter wird. »New York! New York!!« Ich drehe mich um und erblicke eine hochgewachsene, wunderschöne Frau in einem schwarzen Seidenkleid mit wallendem goldenem Haar, das ihr bis über die sonnengebräunten, straffen Arme fällt. Immer wieder kreischt sie: »New York!«

»Ich habe überall nach dir gesucht!« Sie nimmt Bens Gesicht in beide Hände. »Ich bin ja so, so stolz auf dich!« Dann schließt sie die Augen, als sie ihn ganz innig, langsam und leidenschaftlich küsst.

Ben reißt die Augen weit auf. Er schaut mich an, starrt mich an, völlig erschrocken. Er sieht so erstaunt aus, wie ich es bin.

Sie löst sich von ihm und lässt die Hände über seine Schultern gleiten. »Ich weiß! Überraschung! Wir haben heute Morgen in Portsmouth angelegt. Ich wollte hier sein, egal, ob du gewinnst oder verlierst.« Sie drückt ihn fest an sich. »Oh, ich bin so stolz auf dich! Ich habe dich so vermisst. Jetzt komm schon, stell mich vor. Wer ist wer?« Sie wirbelt auf dem Absatz ihrer goldenen Riemchenstilettos herum und schaut an mir vorbei zu der in teure Designerklamotten gekleideten Menschengruppe.

Ich beobachte, wie Ben seine Lippe knetet und dann die Finger zum Kinn gleiten lässt, die Augen immer noch weit aufgerissen, die Stirn gerunzelt, als müsse er sich neu konzentrieren – wahrscheinlich, weil er Jean-Michel sucht. Er schiebt sein Kinn vor und stellt sich auf die Zehenspitzen, um die Menschenmenge besser absuchen zu können, während sich die Frau bei ihm einhakt und sich an seine Brust schmiegt. Aber sie ist ungeduldig; ihr Blick huscht durch den ganzen Saal, und sie organisiert sich selbst ein Champagnerglas und ein Cocktailhäppchen, als ein Ober an ihr vorbeiläuft.

Ich nehme das als Zeichen, mich davonzuschleichen, mich aus Bens unmittelbarer Nähe zu entfernen, doch ihr Blick begegnet dem meinen, woraufhin ihr meine neue schwarze Chefkochmütze und die Schürze erst auffallen.

»O mein Gott! Sie müssen die Gewinnerin sein!«

Ich lächle verlegen, nicke und versuche, rückwärts zu flüchten.

Die Augen der Frau … Wow. Sie sind leuchtend grün! Noch nie zuvor habe ich solche Augen gesehen. Es sieht aus, als hätte man sie mit Photoshop bearbeitet.

Schnell wirft sie sich das ganze Lachscreme-Häppchen in den Mund, um die Hände frei zu haben, und hält mir dann ihre Hand hin. »Francesca«, schafft sie so gerade mit vollem Mund. »Bens Freundin. Ich kann nicht fassen, dass wir nach New York gehen! Ist nicht böse gemeint, aber ich finde ja den zweiten Preis noch viel, viel besser, oder?«

Ich gebe ihr die Hand, schüttle sie, lächle so breit wie ich kann, und weiß gar nicht, was ich ihr antworten soll, weil ich freundlich, beherrscht und kühl bleiben möchte.

»Glückwunsch«, ist das Einzige, was ich schaffe, bevor ich mich entschuldige und in die Küche zurückkehre.

Dort hole ich tief Luft und genieße es, zum ersten Mal in diesen letzten verrückten, hektischen vierzehn Stunden, in denen unter Hochdruck gearbeitet worden ist, allein zu sein. Ich versuche, kurz innezuhalten und dankbar zu sein. Den Moment zu genießen. Diesen Moment, den ich so sehnsüchtig herbeigewünscht habe. Seit der Verkündung des Gewinners scheint schon wieder viel Zeit vergangen zu sein. Was aber natürlich an der Aufregung, der Erschöpfung und dem Alkohol liegen könnte.

Als Jean-Michel verkündet hat, dass ich das Rennen gemacht hätte, dass sie mich gewählt hätten, hatte ich das Gefühl, mich selbst im Fernsehen zu sehen. Er fuhr damit fort, dass sie alle drei meine Reife lieben würden. Ihnen gefalle, wie ich das Personal mit Respekt und Geduld behandelt hätte. Wie vollkommen und elegant das Essen gewesen sei. Jean-Michel befand, dass ich der perfekte neue Schützling sei, dass offensichtlich sei, dass ich lernen wolle und Anweisungen problemlos umsetzen könne.

Sie haben mich sogleich mit meiner neuen Kochuniform inklusive einer schwarzen Kochmütze und einer Schürze ausgestattet – alles habe ich natürlich voller Stolz sofort aufgesetzt und angezogen. Octavia hat mir meinen Schlüssel für die Hotelsuite überreicht und mir das Versprechen abgenommen, dass ich es mir dort gemütlich machen werde. Ich habe eine Visitenkarte bekommen, auf der bereits mein Name steht. Eine neue Kochjacke, eine neue Kochmütze, ein neuer Titel, ein Neubeginn, eine luxuriöse Hotelsuite. Es kommt mir fast wie ein Hirngespinst vor, als würde ich einen weiteren Tagtraum in Hochauflösung erleben.

Was mich aber nachhaltig beschäftigt, ist die Tatsache, dass sie mein Menü geliebt haben. Insbesondere, weil es das autobiografischste, selbstgetreueste Menü gewesen ist, das ich mir hätte erträumen können. Und ich habe es von Grund auf selbst erschaffen. Da bin ich nun, gewählt aufgrund meines eigenen Stils, meiner eigenen Fähigkeiten. Nicht als Betrügerin, nicht als »beste Heuchlerin«, nicht als eine überzeugende Imitation einer Köchin der klassischen französischen Küche, meilenweit entfernt von dem, was ich wirklich bin – sondern ich allein, weil ich mein ganzes Ich in jeden einzelnen Bissen habe einfließen lassen. Deswegen bin ich so unglaublich stolz und erleichtert und unbeschwert. Wahrscheinlich ist es das, was man als »sich frei fühlen« bezeichnet.

Ich muss den Moment genießen, denn mir ist klar, dass von jetzt an alles anders sein wird. Bald schon werde ich den härtesten Job antreten, den ich je gehabt habe. Bald schon werde ich auf einem ganz anderen Niveau geprüft werden und der Öffentlichkeit ausgesetzt sein. Und bald schon wird Ben mein Leben ein weiteres Mal verlassen.

Jetzt aber fühle ich mich wie der glücklichste Mensch der Welt.

Ich höre, wie Francesca irgendwo an der Bar vor Freude quietscht.

Okay. Vielleicht bin ich der zweitglücklichste Mensch der Welt.

23

Obwohl die Party in vollem Gange ist, ist mir nicht danach zu bleiben. Ich will nicht zusehen, wie Ben und seine Freundin miteinander lachen, trinken und tanzen. Kein Wunder, dass Francesca gar nicht aufhören kann zu strahlen; ich kann es ihr nicht verdenken. Warum sollte ich also bleiben und mich nur selbst quälen? Ich bin hergekommen, um zu gewinnen, und das habe ich geschafft.

Daher schleiche ich mich durch den Hinterausgang raus, um keine Aufmerksamkeit zu erregen. Es ist schon spät und ich bin erschöpft, gleichzeitig aber aufgrund der ganzen Gefühle und des Alkohols auch total aufgewühlt. Dennoch möchte ich kurz in der Parklands-Seniorenresidenz vorbeischauen, weil Martha morgen Geburtstag hat. Mir ist klar, dass es stockfinstere Nacht ist, aber ich finde, wenn ich es geschafft habe, für Jean-Michel durch die Dunkelheit zu radeln, dann kann ich das ja wohl auch für Martha tun. Schließlich habe ich es unbeschadet überstanden. Das angedichtete Eigenleben der Finsternis und die Horrorerlebnisse, die in den Schatten warten sollen, existierten nicht wirklich. Ich habe keinen Serienmörder gesehen. Offenbar bin ich auch den Zombie-Kannibalen-Clowns entkommen. Weder bin ich angegriffen noch erwürgt worden. Das alles habe ich hinter mir gelassen, ich habe meine Angst überwunden und es geschafft zu überleben, um meine Geschichte zu erzählen. Straßen in der Stadt bei Nacht? Kein Problem mehr.

Selbst wenn Martha schlafen sollte, möchte ich ihr etwas dalassen, das sie dann morgen beim Wachwerden vorfindet. Das ist das Mindeste, was ich tun kann. Ich weiß nicht, ob ich ihr ihren Glauben an mich, ihre Ratschläge oder den teuren Sherry, der mein Menü zu etwas ganz Besonderem gemacht hat, jemals vergelten kann, aber ich kann ihr eine Kleinigkeit schenken, um ihr zu zeigen, wie viel mir das alles bedeutet hat.

In meinem Rucksack befindet sich ihr Trifle, eine kleine Käseplatte sowie eine kleine Portweinflasche, worüber sie sich sehr freuen wird. Ich radle durch die von Straßenlaternen beleuchtete Stadt; der Nebel ist so dicht, dass ich mich mehrfach beinahe verirre und mehrmals fast einen Unfall mit wütenden Fahrern habe, die mich trotz meiner neonfarbenen Warnweste nicht gesehen haben, sodass sie hart in die Eisen steigen müssen. Als ich endlich ankomme und meinen Helm abnehme, dampft mein Kopf geradezu, eine Mischung aus Adrenalin und physischer Kraftanstrengung. Ich streiche mir über die Wangen, die kalt und rot sind, und versuche, mir mit den Fingern durchs Haar zu kämmen, das zu einer feuchten, verschwitzten Masse geworden ist. Inzwischen bin ich meilenweit von den Pelzstolas, den Smokings und dem in Strömen fließenden Champagner des *Rembrandt* entfernt.

Endlich betrete ich die zweite Etage, wo sich Marthas Zimmer befindet, doch seltsamerweise steht ihre Zimmertür weit offen. Als ich den Kopf zur Tür hereinstecke, ist ihr Bett leer. Vielleicht hat ihr Sohn sie abgeholt und sie zu einem vorgeholten Geburtstagsessen entführt? Eine andere Erklärung fällt mir nicht ein, und um diese späte Stunde ist niemand hier, den ich fragen könnte. Daher lasse ich den Portwein und die Käseplatte an ihrem Bett stehen und lege einen kleinen Zettel dazu, auf dem ich sie wissen lasse, dass ich sie morgen mit dem Trifle besuchen komme.

Es ist so still und menschenleer, dass ich beschließe, doch auch noch den Mädels in der Küche Hallo zu sagen und meine Neuigkeiten zu verkünden.

Dass ich nicht mehr zurückkommen werde, um hier zu arbeiten.

Dass ich die neue Chefköchin bin.

Als ich mich umschaue, kann ich kaum glauben, dass das wahr ist.

Mein Magen flattert. Ich kann es kaum abwarten, den Mädels davon zu erzählen. Und meinem Dad. Und Alice und Martha natürlich. Ich kann es gar nicht abwarten, die tollen Nachrichten mit all denjenigen zu teilen, die mir so sehr dabei geholfen haben, dieses Ziel zu erreichen.

Ich hole tief Luft und kämpfe mit den Tränen.

Es ist tatsächlich geschehen.

Ich habe gewonnen. Ich bin die Siegerin.

*

Ich entdecke Zoe durch die Glasscheibe der Küchentür, und sobald ich die Küche betreten habe, breite ich die Arme aus und umarme sie fest. »Hey! Schön, dich zu sehen!«, rufe ich. »Ich habe gewonnen! Ich bin hier, um Bernie wissen zu lassen, dass sie sich ihren Job sonst wohin stecken kann!« Doch Zoes ernster Blick unterbricht mich. Ihre Stimme klingt ganz ernst.

»O Katie, das sind tolle Neuigkeiten, und es tut mir total leid, dass ich diejenige bin, die deine Freude dämpfen muss, aber Martha wurde ins Krankenhaus gebracht.«

»Bitte? Was ist denn passiert?«

Zoe schüttelt den Kopf. »Sie ist vorhin zusammengebrochen. Einfach zusammengeklappt. Ihr Sohn sollte eigentlich zu ihrem Geburtstag kommen, doch er musste die Reise absagen, und dann hat sich ihr Zustand rapide verschlechtert. Sie haben den Krankenwagen gerufen und sie ins St. Mary's gebracht. Außerdem ist Bernie suspendiert worden. Der Gebäudereiniger hat sich über sie beschwert, deswegen ist die Gewerkschaft wegen Mobbings und ihres Aggressionsverhaltens aktiv geworden – darum wirst du es ihr wahrscheinlich nicht mehr sagen können.«

Ich schnappe meine Tasche, laufe durch die Tür auf die Straße, den Weg hinauf zum Taxistand, wo ich in den ersten bereitstehenden Wagen springe und den Fahrer anweise, mich so schnell wie möglich zum St. Mary's zu bringen. Bernie ist mir vollkommen egal. Im Augenblick ist mir alles egal. Ich will nur ins Krankenhaus und herausfinden, wo Martha ist und wie es ihr geht. *Bitte, lieber Gott, mach, dass es ihr gut geht. Bitte, lieber Gott, mach, dass ich nicht zu spät komme.*

Im Krankenhaus angekommen, laufe ich die Korridore entlang, um die Ecke und die Treppe hinauf, bis ich endlich jemanden finde, der mir sagen kann, wo Martha ist.

An der Tür der Station sitzt eine ziemlich kräftige Krankenschwester mit breiten, gestrafften Schultern, die eine gestärkte blaue Schwesternschürze trägt und ein Klemmbrett in den Händen hält.

»Ich möchte gern Martha Rosenblatt sehen«, keuche ich atemlos. »Wo ist sie?«

Die Krankenschwester blickt auf ihre Taschenuhr und runzelt so die Stirn, dass sich ihre buschigen Augenbrauen fast berühren. »Die Besuchszeit ist lange vorbei. Tut mir leid, Sie sind zu spät. Jetzt dürfen nur noch Familienmitglieder zu ihr, und wir hatten bereits Ms Rosenblatts Sohn am Telefon. Er ist auf dem Weg.«

»Ich gehöre zur Familie«, lüge ich. Mir sprudeln die Wörter einfach über die Lippen, bevor ich darüber nachdenken kann.

Die Schwester starrt mich mit zusammengekniffenen Augen an. »Sind Sie Ihre Enkelin?«

»Ja!«, nicke ich.

Sie mustert mich einen Moment lang. »Zehn Minuten. Und keine Sekunde länger!«, warnt sie. »Meine Patienten brauchen ihre Ruhe. Es geht nicht, dass hier auch nachts alles voller Besucher ist.« Mit ihrem Stift deutet sie auf den Flur. »Drittes Bett auf der linken Seite. Kein Lärm, keine Störungen. Schalten Sie Ihr Handy aus, damit Sie die anderen Patienten nicht wecken.« Sie dreht sich um und murmelt etwas wie: »Immer dasselbe, alle immer zu spät.«

Ich schlüpfe zwischen den Vorhängen hindurch, die zugezogen worden sind, damit eine Art Kabine entsteht. Darin befindet sich Martha. Sie hat eine Sauerstoffmaske auf, das gefärbte Haar klebt platt am Kopf, die Haut ist gräulich blass. Das ist tatsächlich das erste Mal, dass ich sie ohne Lippenstift erlebe. Sie wirkt so zerbrechlich, und dieser Eindruck wird durch das große Krankenhausbett, das sie zu umschließen scheint, sogar noch verstärkt.

Ganz langsam öffnet sie ein Auge. »Katie?«, flüstert sie hinter ihrer Maske.

Ich kann den Hauch eines Lächelns erkennen. Sofort lehne ich mich übers Bett und lege meine Arme um Martha. »Was machen Sie denn für Sachen?«, sage ich. »Da drehe ich Ihnen fünf Minuten lang den Rücken zu, und Sie landen im Krankenhaus! Das ist das letzte Mal, dass ich Sie allein gelassen habe.«

Sie blinzelt mir freundlich zu und legt ihre feuchte Hand an meine Wange. »Wie ist es gelaufen?«, fragt sie und hebt dabei die Maske mit der anderen Hand ein wenig vom Gesicht weg.

»Super, richtig gut!«, erwidere ich. »Aber das ist nicht wichtig. Wichtiger ist, wie es *Ihnen* geht!«

Martha muss husten, sodass ich ihr andeute, schnell die Sauerstoffmaske wieder aufzusetzen, weil ich mich an die Anweisungen der Krankenschwester erinnere.

»Antworten Sie lieber nicht. Es ist besser, wenn Sie Ihre Kräfte schonen«, ermahne ich sie. »Außerdem nehme ich an, dass Ihre Krankenschwester sonst ein paar passende Worte für mich parat hat, wenn ich Sie zu sehr anstrenge.«

Martha inhaliert den Sauerstoff so tief wie möglich, bevor sie die Maske wieder anhebt. »Mir geht's gut«, krächzt sie. »Viel Lärm um nichts.«

»Es klingt aber nicht nach nichts. Zoe hat gesagt, dass Sie zusammengebrochen sind.«

Martha winkt ab. »Mir war einen Moment lang schwindelig, das war alles. Aber es ist nichts, eine ganz leichte Lungenentzündung, sagt der Arzt. Morgen bin ich schon wieder auf dem Damm. Ich kann ja wohl schlecht meinen eigenen Geburtstag verpassen.«

Ich drücke ihre zerbrechliche Hand und erinnere mich daran, wie sehr sie sich darauf gefreut hat, mit ihrer Familie essen zu gehen. Stattdessen liegt sie nun hier einsam und allein in einem Krankenhausbett. Mit einem Mal habe ich einen riesengroßen Kloß im Hals.

»Es ist tatsächlich schon nach Mitternacht, also alles Liebe zum Geburtstag!«, flüstere ich in einer Art Singsang, woraufhin Martha die Hand ausstreckt und mir übers Haar streicht.

»So, die Zeit ist um.« Plötzlich taucht die Krankenschwester hinter mir auf und hält den Vorhang für mich auf. »Es tut mir leid, aber ich muss Sie bitten, jetzt zu gehen. Meine Schicht ist jetzt gleich zu Ende, und während der Übergabe sind hier keine Besucher erlaubt.«

Doch Martha packt mich fester. »Muss sie wirklich schon gehen? Kann sie nicht noch eine Weile bleiben? Wir werden auch mucksmäuschenstill sein.«

Doch die Krankenschwester schüttelt den Kopf. »Es tut mir leid, aber so lautet die Hausordnung. Außerdem müssen Sie Ihre Energievorräte wieder auffüllen.«

Ich beuge mich zu Martha hinunter, um ihr einen Kuss auf die Wange zu geben, doch Martha packt mich, zieht mich zu sich heran und flüstert mir ins Ohr: »Danke.«

»Ms Rosenblatt!«, schimpft die Krankenschwester. »Ziehen Sie bitte sofort die Maske wieder an! Sie sind ganz schön unartig!«

»Das ist nichts Neues für mich«, nickt Martha mit einem Zwinkern. »Sie wären auch gut bei der Armee aufgehoben gewesen. Hat Ihnen das schon mal jemand gesagt?«

»Es ist meine Aufgabe, dafür zu sorgen, dass es Ihnen besser geht.« Die Schwester schiebt die Vorhänge wieder zurück, und mir wird klar, dass es Zeit wird zu gehen. »Sie können morgen um achtzehn Uhr wiederkommen. Zur Besuchszeit.«

»Kann ich nicht früher kommen? Am Morgen?«

»Nein. Sie muss sich ausruhen, darum ist sie hier.«

Verständnisvoll nicke ich. »Ich bin morgen wieder da, Martha. Zu Ihrem Geburtstag gibt es etwas ganz Besonderes«, erkläre ich ihr, verlasse die kleine Kabine und durchquere die Station zur Tür, wo ich stehen bleibe und ihr zuwinke.

Martha hebt die Hand und winkt, die Sauerstoffmaske wieder fest im Gesicht. Bevor sich ihre Augen schließen, sehe ich ein Lächeln in ihrem Blick.

*

Als ich am folgenden Tag zu Besuch komme, trägt Martha keine Maske mehr und sitzt, auf ein paar Kissen aufgestützt, in ihrem Bett, die Zeitung auf dem Schoß. Sie wirkt viel aufgeweckter, nimmt sofort die Brille von der Nase und legt sie weg, bevor sie dann neben sich aufs Bett klopft.

»Schnell!«, sagt sie. »Ziehen Sie den Vorhang zu, bevor die Generalin zurückkehrt!«

Wie befohlen, ziehe ich die Vorhänge zu und setze mich neben Martha. Sofort nimmt sie mich in den Arm und nutzt dazu alle Kraft, die sie aufbringen kann.

»Ich habe Ihnen etwas mitgebracht!«, verkünde ich. Schnell hole ich aus meiner Tasche eine kleine Schale heraus, in der sich mein nun berühmtes Sherry Trifle befindet, das mit Goldglitzer bedeckt und mit einem großen M aus Zuckerguss verziert ist. »Sie haben das Trifle geliebt. Und das habe ich nur Ihnen zu verdanken!«

Sie beäugt mich sorgsam. »Heißt das …?«

Ich nicke. »Ja.«

Sie legt ihre Hände um meine Wangen und quietscht. »Ich wusste, dass Sie das schaffen! Sie großartiges Mädchen, Katie! Das ist wunderbar!« Dann faltet sie die Hände und ruft über die geschlossenen Vorhänge hinweg zu einer alten Dame neben ihr: »Katie hier ist Küchenchefin geworden, wissen Sie?«

»Gut gemacht!«, kräht die Patientin nebenan. Die Dame lächelt und hebt die Daumen. Martha strahlt so sehr, dass sich ihre Wangen ein wenig röten.

»Da liege ich jetzt an meinem Geburtstag im Krankenhausbett. Genau wie bei meiner Geburt vor neunundachtzig Jahren. Und wissen Sie, was? Ich möchte nichts anderes als damals – Nahrung und Liebe. Man gebe einem Menschen Nahrung und Liebe, dann wird alles andere eine schöne Ablenkung. Sobald ich hier raus bin, werde ich darauf bestehen, dass mein Sohn mich zu Ihrem wunderbaren neuen Restaurant fährt. Das heißt, wenn er sich denn je von seinen Geschäften loseisen kann. Aber jetzt lassen Sie uns eine Tasse Tee trinken und dieses wunderschöne Dessert genießen. Dabei können Sie mir dann alles erzählen.«

Die nächste Stunde lang unterhalten wir uns. Ich berichte ihr sowohl von den Geschehnissen rund um Harry und die Jury als auch von der Reaktion auf mein Menü. Schließlich erzähle ich ihr noch, wie ich Ben gratuliert und ihn dann mit seiner wunderschönen Freundin bei der Party zurückgelassen habe.

»Sie sind einfach gegangen«, lächelt Martha sanft.

Ich nicke.

»Das Leben kann manchmal schrecklich ungerecht sein. Wundervoll natürlich, aber auch gleichzeitig unerträglich unfair.«

Gemeinsam sitzen wir schweigend da. Ich bin dankbar, dass sie mir nicht sagt, dass es einen anderen Mann geben wird, der mein Herz im Sturm erobert, wenn ich am wenigsten damit rechne. Oder dass ich ihn schon vergessen würde, da die Zeit alle Wunden heile. Wir beide sitzen einfach da und akzeptieren es als das, was es ist. Ein Verlust, der nicht wiedergutgemacht werden kann, der nicht verändert oder korrigiert werden kann, sondern es verdient, als solcher akzeptiert zu werden. Dann tätschelt Martha meine Hand. »Versuchen Sie, nicht etwa Tränen zu vergießen, weil es vorbei ist, sondern dankbar zu lächeln, dass Sie es erleben durften. Was aber leichter gesagt als getan ist, das können Sie mir glauben.«

Wir nippen beide an unserem Tee, danach wischt sich Martha einen Klecks Sahne von den Lippen.

»Oh, das war lecker. Ich kann Ihnen gar nicht genug dafür danken, dass Sie hergekommen sind, Katie. Da geht es mir gleich schon viel besser. Die vergangene Nacht war schrecklich. Ich weiß gar nicht, wie man hier im Krankenhaus gesund werden soll. Erst liegt man durch das ganze Husten und Schnarchen rundum stundenlang wach, und wenn man dann gerade eingeschlafen ist, kommen die Schwestern rein und wecken einen: Werte messen, Tabletten einnehmen, Spritzen geben. Es ist unerträglich. Ich habe beschlossen, dass ich das nicht will. Ich bin bereit, hier auszuchecken.«

Ihre Empörung bringt mich zum Lachen. »Martha, Ihnen geht es doch schon viel besser. Also scheint es nicht verkehrt zu sein, was man hier mit Ihnen macht.«

Sie will gerade dagegen protestieren, als sie einen Hustenanfall bekommt. Ihre schmale Brust hebt sich, als sie Luft zu holen versucht. Schnell lege ich ihr meine Hände auf die Schulter und helfe ihr dabei, sich nach vorn zu beugen, um ihr das Husten zu erleichtern. Das habe ich regelmäßig gemacht, als meine Mutter krank war. Martha hat die Stirn in tiefe Falten gelegt, so sehr ist sie in Gedanken vertieft. »Wir beide haben viel Glück gehabt.« Sie nimmt meine Hand und umschließt sie mit ihren Fingern.

»Was meinen Sie damit?«, frage ich. Ihre Hände sind ganz heiß und feucht.

»Dass wir hier sind. Wir sind Überlebende. Wenn man etwas aus tiefstem Herzen liebt und es dann fort ist, fällt es sehr schwer, die Liebe wieder zuzulassen. Sich für diesen Schmerz noch einmal zu öffnen. Aber schauen Sie uns an, wir sind beide hier. In dem vollen Wissen, dass wir eines Tages das Gleiche wieder erleben werden, und dennoch haben wir keine Angst davor.« Sie blickt mich an. »Man muss sich vor nichts fürchten, außer vor der Angst selbst. Versprechen Sie mir, dass Sie immer daran denken werden.« Sie lächelt mich schief an, als koste ein strahlendes Lächeln zu viel Kraft, zu viel Anstrengung.

Mit einem Kopfnicken verspreche ich es ihr.

»Gut.« Sie lächelt und streckt den Hals nach vorn und nach hinten, als wolle sie es sich bequem machen. »Ich war nie der Typ dafür, Angst zu haben.«

24

Es ist sechs Uhr in der Früh. Ich stehe auf dem Balkon meines Penthouse-Apartments. In einem riesengroßen, superweichen Bademantel stehe ich da und beobachte, wie unter mir die Welt langsam zum Leben erwacht. Übers Wochenende habe ich meine Habseligkeiten bei Alice abgeholt und bin endlich in meine eigenen vier Wände gezogen. In meine eigene Suite. Der heutige Sonnenaufgang war ein atemberaubendes Farbenspiel. Streifen von leuchtendem Rot, Rosa und Orange haben den dunkelblauen und lilafarbenen Dämmerhimmel überzogen, bis schließlich alle Farben perfekt ineinander verlaufen sind. Kräftige Rot- und flammende Orangetöne tauchten die Wolken in einen endlosen rosafarbenen Schimmer. Noch nie habe ich etwas so Schönes gesehen. Ich bin aber auch noch nie so hoch oben gewesen und habe noch nie einen so weiten, unverstellten Blick auf die Skyline Londons gehabt. Kaum zu glauben, dass mir das widerfahren ist. Und kaum zu glauben, dass ich jetzt jeden Tag so aufwachen werde. Und mich dann in meine weiße Kochuniform vom *London Marchand* schmeißen und mich unten zu Jean-Michel gesellen werde, um einen Tag voller Magie zu zelebrieren. Was auch immer ich geliebt, verloren und zurückgelassen habe, wie schmerzhaft dies auch gewesen ist: Es hat mich hierher, an diesen Punkt gebracht. Von nun an blicke ich nach vorn. Das ist ein neuer Sonnenaufgang, und ich bin bereit, das Allerbeste daraus zu machen.

Von hier oben fühlt sich alles so neu und aufregend und fast schmerzlich schön an. Der Morgen ist noch ganz jung, die Stadt erwacht gerade erst, ganz zart, ganz langsam, und über allem liegt eine besondere, verhaltene Stille, die nur wir Frühaufsteher kennen. Eine Handvoll Straßenkehrer, Jogger und Büroangestellte mit Kaffeebechern in der Hand huschen über die sonst menschenleeren Straßen. Sie alle sind sich meiner gar nicht bewusst, wie ich sie von hier oben wie eine Königin in ihrem Schloss beobachte. Die Sonne blitzt am Horizont auf, ihre blendenden Strahlen scheinen hell und erwärmen die Luft. Ein mitreißendes Gefühl der Ehrfurcht packt mich. Die Bäume leuchten, als trügen sie goldene Kronen. Ich lasse den sanften bernsteinfarbenen Glanz der Sonne durch meine Finger und auf mein hochgerecktes Gesicht scheinen. Genau das ist es. Ich kann es kaum abwarten loszulegen.

*

Jean-Michel trägt ein neonfarbenes Laufoberteil und Shorts, als ich den Restaurantbereich betrete. Er sitzt am Fensterplatz, ich nehme meinen Platz direkt neben ihm ein und wünsche einen guten Morgen. Nach seiner Joggingrunde ist er immer noch ganz verschwitzt; ein Handtuch hängt ihm über der Schulter, vor ihm stehen und liegen zwei Handys, ein Laptop, eine Zeitung, ein dreifacher Espresso, ein Röhrchen mit Tabletten, eine Schachtel Vitaminpillen und ein einzelnes hart gekochtes Ei.

Er kippt den Espresso hinunter, wirft zwei Tabletten und

eine Handvoll Vitaminpillen hinterher und schluckt dann sehr konzentriert, die Augen fest zusammengekniffen. Durch seine geschlossenen Lippen dringt ein ganz gedämpftes, fast urschreimäßiges Geräusch. Dazu trommelt er zu einem unbekannten Beat auf dem Tisch und atmet tief ein, bevor er die Augen öffnet, lächelt und dann auch mir einen guten Morgen wünscht.

Na gut. Heute wird es interessant.

»Heute ist also Ihr erster Tag, Katie. Aufgeregt?«

»Sehr!«, erwidere ich. »Für mich wird heute ein Traum wahr. Ich freue mich sehr, hier zu sein, Jean-Michel.« Ich hole meine Sammelmappe heraus. »Ich habe viele Ideen; ich dachte, ich bringe sie einfach mal mit und wir schauen, was Sie davon halten?« Ich breite all die verschiedenen handgeschriebenen Menüvorschläge aus, die ich entworfen habe. »Außerdem habe ich an ein paar Themenabende gedacht. Ein wenig wie ein Pop-up; vielleicht könnten wir neue Techniken zeigen oder ein paar Zutaten präsentieren – so etwas in der Art. Um uns von der gehobenen Standard-Küche abzuheben.«

Jean-Michel verschluckt sich fast an seinem Ei. »Gehobene Standard-Küche? Sie wissen, dass das ein Paradox ist?«

»Tut mir leid, ich meinte natürlich nicht ›Standard‹, ich meinte damit gewöhnlich oder erwartet … Tut mir leid, mir gehen einfach die Nerven ein wenig durch. Ich bin durcheinander … Wir können die Idee auch fallen lassen, es war nur ein reines Brainstorming – Sie wissen schon, unkonventionell gedacht …«, entgegne ich nervös.

Jean-Michel kaut auf seinem Ei herum. Er nimmt langsame, bewusste Bissen. Mir bleibt nichts anderes übrig, als abzuwarten, bis er mit Kauen fertig ist und mir grünes Licht gibt, mit ihm weiterzureden. Als er endlich fertig ist, tupft er sich die Mundwinkel mit einer Serviette ab und fordert mich auf, meine Ideen einzusammeln. Was wohl heißt, dass ich mit meinen neuen Ideen einpacken kann. Was ich auch mache. Jean-Michel fährt sich mit der Zunge über die Zähne und atmet tief durch die Nase ein.

»Katie, Ihr Enthusiasmus ist wirklich süß. Das gefällt mir. Es ist immer gut, Träume zu haben, sich Dinge vorzustellen und herumzufantasieren. Hier und jetzt mögen Sie Grand Chef sein. Aber wessen Name steht über der Tür?«

»Ihrer«, antworte ich.

»Wessen Name steht oben auf jeder Speisekarte?«

»Ihrer.«

»Wessen Name hat Sie dazu bewegt herzukommen und hier zu arbeiten?«

»Ihrer.«

»*Exactement.* Und solange mein Name an jeder Sekunde der Uhr in diesem Restaurant hängt, folgen Sie meinen Anweisungen, *tu comprends?*«

Ich nicke und klappe meine Sammelmappe zu. Ich habe alles verstanden. Ich mag zwar Jean-Michels Grand Chef sein, seine Küchenchefin, aber es ist immer noch seine Küche und ich bin hier die Auszubildende.

Er schiebt mir eines der Handys hin. »Das hier ist für Sie. Sorgen Sie dafür, dass es immer aufgeladen ist. Das ist Ihr Arbeitshandy. Wenn ich Sie brauche, ist das hier die Nummer, über die ich erwarte, Sie zu erreichen. Nehmen Sie es überallhin mit. Legen Sie es sich neben das Bett und gehen Sie ran, wo und wann auch immer. Vorzugsweise beim zweiten Klingeln.«

Ich nehme das Handy an mich und entdecke, dass alle Kontakte, die ich benötige, bereits eingespeichert sind: Jean-Michel, Pip, Octavia, Lieferanten, Klempner, Zeitarbeitsagenturen, Auslieferungsfahrer, was auch immer, alle Nummern sind schon eingespeichert. Dieses Handy ist meine Verbindung zu allem, woraus diese neue Welt besteht.

»Okay. Das hier ist das neue Probiermenü, das ich kreiert habe. Wie lautet Ihre Meinung dazu?«

Ich nehme ihm das schwere cremefarbene Papier ab und überfliege die zehn Gänge, die er ausgewählt hat. Alles sind klassische, Jean-Michel-typische Gerichte, mit Ausnahme des letzten Gerichts. Ich schaue zu ihm hoch und blinzle ungläubig.

»Sie haben mein Trifle auf Ihrer Liste?«

Er lächelt. »Geht das für Sie in Ordnung?«

»Ich fühle mich geehrt, vielen Dank! Das bedeutet mir sehr viel«, sage ich und meine es auch so.

»Gut. Dann weiter zum nächsten Geschäftspunkt. Das Personal. Wir hatten ein paar Arbeitsniederlegungen, Sie kennen die Gründe. Überempfindliche, überspannte Egomanen, die gleich zu Mama laufen, wenn wir zum ersten Mal vergessen zu sagen, wie toll sie sind. Sie müssen also für mich einen neuen Souschef finden. Bis Mittwoch, bis Arbeitsbeginn.«

»Aber dafür brauche ich länger!«, protestiere ich. »Bis wir eine Stellenanzeige veröffentlicht haben, bis die Bewerberliste steht und die Vorstellungsgespräche durch sind … Es tut mir leid, aber so schnell geht das nicht.«

Jean-Michel legt den Zeigefinger auf seine Lippen, um mich zum Schweigen zu bringen. »Sie sind Grand Chef. Sie werden eine Möglichkeit finden. Jetzt zu heute: Ich brauche eine komplette Inventur der gesamten Küche; alles, was wir im Vorratsraum haben, frisch und tiefgekühlt, muss einzeln aufgeschlüsselt in die Zentrale Datenbank eingepflegt werden, bevor wir auch nur einen einzigen Gast durch diese Türen kommen lassen.« Er steht auf und nickt in Richtung des Handys. »Rufen Sie mich an, wenn Sie fertig sind.«

Was also wahrscheinlich bedeutet, dass ich diese Aufgabe ohne ihn erledige.

»Und ich will keinen miesen, zweitklassigen Souschef. Sie wissen, was ich erwarte.«

Und damit klemmt er sich die Zeitung unter den Arm und ist verschwunden.

*

Ich brauche neun Stunden, um allein die Kühlkammer zu inventarisieren. Und danach habe ich immer noch die unverderblichen Lebensmittel vor mir. Mal abgesehen von der Tatsache, dass ich keinen blassen Schimmer habe, wo ich praktisch auf der Stelle einen ordentlichen Souschef herzaubern soll. Und welcher ordentliche Souschef lässt schon an einem Montagabend alles stehen und liegen, um ab Mittwochmorgen für Jean-Michel zu arbeiten?

Es ist unmöglich. *Er* ist unmöglich. Sein schlechter Ruf kommt eben nicht von ungefähr. Ich habe immer noch all die verstörten Kandidaten vom ersten Tag des Auswahlverfahrens vor Augen, die sowohl geweint haben, weil sie lächerlich gemacht worden waren, als auch vor lauter Frust. Sein Verhalten war damals unmöglich und ist es auch jetzt.

Und dann habe ich eine Idee. Ich weiß genau, wer für diese Chance alles stehen und liegen lassen würde. Ich kenne jemanden, der sich nach diesem Anruf wirklich sehnt. Nicht nur, weil wir hier von Jean-Michel reden, sondern weil es eine Stelle als Souschef ist. Das wird dafür sorgen, dass sie die Pâtisserie hinter sich lassen und endlich zeigen kann, was sie noch so alles kann – nicht nur ihm, sondern auch sich selbst.

Ich hoffe nur, dass sie in meinem Dienst nicht das »Vertrocknete Scheißhaufen«-Gericht ausprobiert. Ich muss lachen und rufe Georgia Jacobs an. Warum nicht? Es könnte funktionieren. Die Chancen sind gering, aber ich muss es einfach versuchen, denn jetzt als Grand Chef wird mir niemand dieses Problem abnehmen.

*

Just als die Besuchszeit beginnt, erreiche ich am nächsten Tag das St. Marys. An der Stationstür treffe ich auf die kräftige Schwester in Blau. Mit leiser Stimme erklärt sie mir, dass Ms Rosenblatt in der Nacht verstorben sei. Das kann ich kaum glauben. Bei meinem letzten Besuch am Wochenende schien es Martha viel besser zu gehen; sie hat ganz wie die alte Martha gelacht und gelächelt.

»Martha ist tot?«, höre ich mich ungläubig fragen. »Letzte Nacht? Sind Sie sicher? Sind Sie sicher, dass das stimmt?«

»Sie ist einfach eingeschlafen«, erklärt sie mir mehr als einmal. Diese Krankenschwester, die Generalin, wie Martha sie genannt hat, war bei ihr, als sie ihren letzten Atemzug getan hat. Marthas Sohn hat es nicht mehr rechtzeitig zu ihr geschafft. Ich lasse meinen Blick durch die Station schweifen. Über die Plastikbezüge, den auf lautlos gestellten Fernseher, einen abgenutzten Besucherstuhl. Ein Herzmonitor piept, irgendwo ertönt das metallische Gleiten einer Schiene, als ein Vorhang beiseitegezogen wird. Ich höre die gedämpften Stimmen von Familienmitgliedern, die versuchen, fröhlichen, zuversichtlichen Small Talk mit ihren ans Bett gefesselten Liebsten zu betreiben. Das alles ist mir nur allzu vertraut. All das ist herzzerreißend. Ich erinnere mich nur zu gut daran, wie es war, in einem Krankenhaus wie diesem zu sein:

die schlimmen Nachrichten, dieser Anblick, die Geräusche. Der Gestank von Desinfektionsmitteln. Vor meinen Augen verschwimmt alles, wird alles undeutlich, als mir die Tränen kommen.

Ich ertappe mich dabei, wie ich die Worte der Krankenschwester wiederhole und erwarte, dass sie mich korrigiert und mir erklärt, dass ich etwas missverstanden habe. Doch das tut sie nicht, stattdessen versucht sie, mich am Ellbogen nach draußen zu schieben, aber ich bleibe wie angewurzelt stehen. Unfähig, meine bleischweren Beine zu heben. Die Krankenschwester nickt erneut, dieses Mal hält sie Blickkontakt und fügt hinzu, wie friedlich Martha eingeschlafen sei, als sei sie inmitten eines Traums von uns gegangen.

»Vielen Dank«, sage ich schließlich mit einem angespannten, traurigen Lächeln, weil ich keine Ahnung habe, was ich sonst sagen soll. Denn es ist wohl das Beste, die Haltung zu wahren, sich zusammenzureißen … zumindest in der Öffentlichkeit, bis ich von hier fort bin. Deswegen laufe ich einfach weiter, ohne mich noch einmal umzuschauen. Ich werfe keinen prüfenden Blick mehr auf das Bett, in dem Martha gelegen hat, wo wir beide Tee getrunken und Trifle gegessen haben. Wo Martha ganz still, selbstlos und tapfer ihren letzten Geburtstagswunsch geäußert hat.

Still, selbstlos, tapfer. Wie meine eigene Mutter. Auch sie hat gewartet, bis ich weg war, und ist dann von uns gegangen.

25

Die Tage und Wochen, die folgen, sind schwer zu beschreiben. Sie verschwimmen zu einer fieberhaften Abfolge von dunklen Morgen auf den Großmärkten, den Vorbereitungen bis zum Mittagessen und dann dem Kochen und der Leitung der Küchenchoreografie, bis es Zeit wird, das Licht auszumachen und den Aufzug fünf Etagen nach oben zu nehmen und ins Bett zu fallen. All das vor dem Hintergrund von Marthas Tod. In Gedanken bin ich täglich bei ihr.

Ich weiß nicht, welcher Wochentag heute ist, geschweige denn, welches Wetter wir haben. Seit meinem Arbeitsbeginn hier habe ich kein Sonnenlicht mehr gesehen. Ein Fußweg von zwanzig Metern bis zum Aufzug hat meine tägliche Fahrt mit dem Rad zur Arbeit abgelöst. Ich drücke einfach auf einen Knopf, und wenige Sekunden später macht es »Ding!«, und ich bin da. Nicht falsch verstehen, das ist Luxus. Aber es hat etwas von einem luxuriösen goldenen Käfig. Es bedeutet, dass ich erreichbar bin und daher für Jean-Michel rund um die Uhr, sieben Tage die Woche abrufbar bin. Ich kann mich nirgendwo verstecken. Ich stehe immer auf Abruf parat.

Heute ist eine seltene Ausnahme. Ich will mit Alice etwas trinken. Seit Wochen habe ich sie schon nicht mehr gesehen, weshalb sie ins Hotel gekommen ist. Wenn ich gleich mit dem Aufräumen der Küche fertig bin, werden wir von der Dachterrassenbar aus die funkelnde Skyline betrachten und unsere Drinks schlürfen. So, wie wir uns das Leben in London immer vorgestellt haben. Nachdem ich die letzten Teigwarenvorräte abgehakt und alle Päckchen Mehl gezählt habe, trinken wir Wein und bedienen uns nach Herzenslust am Dessert-Kühlschrank: Der mit Baiser verzierte Käsekuchen mit einer Kugel weißem Schokoladeneis und heißer, salziger Karamellsauce findet unsere Zustimmung.

Alice ist von Ehrfurcht ergriffen. »Das hier ist der unglaublichste Job der Welt. Kostenloses Essen, kostenloses Hotelzimmer, Ruhm, Reichtum. Ich weiß, dass es oft schwer war, aber wenn man das hier sieht, muss man doch denken: Wow, das war's wert. Oder?«

Ich muss lachen. »Wir haben doch gerade erst angefangen! Jean-Michel wird keine Ruhe geben, bis wir einen Michelin-Stern haben. Darum geht es hier. Bis dahin sind wir in höchster Alarmbereitschaft.«

»Na ja, Stern hin oder her – Hut ab vor dir, Katie. Du hast nicht lockergelassen. Niemand hätte dir Vorwürfe gemacht, wenn du nach dem Ende deines Restaurants Schluss gemacht hättest, aber das hast du nicht. Und jetzt guck, wohin dich das gebracht hat! Das hier ist Welten entfernt davon, in der Parklands-Seniorenresidenz festzuhängen und sich dann durch die Seitenstraßen zu schlängeln, um jeden Abend mit mir billigen Wein zu trinken.«

Ein Anfall von Wehmut trifft mich schmerzlich. Ich will Alice nicht zeigen, dass bereits nach so kurzer Zeit für mich schon feststeht, dass Grand Chef zu sein nicht so ist, wie ich es mir vorgestellt habe. Und es ist auch schon mehrfach vorgekommen, dass ich mich im WC eingeschlossen, die Hände vors Gesicht geschlagen und gegen die Tränen angekämpft habe, während ich die Möglichkeit in Betracht gezogen habe, dass das hier ein riesengroßer Fehler gewesen ist und ich an den Rand der Erschöpfung getrieben werde.

War mein Leben vor dem Grand Chef wirklich so schlecht? In der Seniorenresidenz hatte ich Freunde. Wenn Bernie nicht in der Nähe war, hatten wir immer viel Spaß zusammen. In dieser Küche jedoch wird nicht gelacht; niemand würde es wagen, jemand anderen auch nur anzuschauen und zu grinsen, selbst wenn Jean-Michel nicht in der Nähe ist. Der Druck ist immer hoch, es steht immer viel auf dem Spiel; das Risiko, Zutaten zu zerstören, die Präsentation, den Geschmack oder den Service zu vermasseln, ist zu groß. Außerdem ist Jean-Michel *immer* hier. Ich könnte schwören, dass er in der Vorratskammer schläft. Ich bin volle sechzehn Stunden pro Tag hier – von sechs Uhr in der Früh bis zweiundzwanzig Uhr ist die Norm, und selbst dann komme ich nicht so leicht hier weg. Und dennoch bin ich nie vor ihm da gewesen oder nach ihm gegangen. Außer heute Abend, aber auch nur, weil Jean-Michel oben mit Pip und Octavia in einer Besprechung sitzt, die Bücher durchgeht, seine Zukunftspläne bespricht, Menüpläne überlegt und die Weinliste erweitert. Also all die Sachen macht, die ich mir als Aufgabe des Grand Chefs vorgestellt habe. Aber nein, nicht doch – Jean-Michel hegt keinerlei Absicht, Verantwortung abzugeben. Nicht das kleinste bisschen Kontrolle.

Das mir zugeteilte Arbeitshandy klingelt. Ich haste los, um schnell ranzugehen, denn am anderen Ende kann nur einer sein. Ich lege den Zeigefinger auf den Mund, um Alice anzudeuten, leise zu sein. Es ist spät; das kann also nur Jean-Michel sein.

»Sie müssen einen neuen Pâtisserie-Chef für die Süßspeisen besorgen.«

»Aber was ist denn mit Pierre?«

»Pierre ist gegangen.«

»Sie haben den einzigen noch verbliebenen Pâtisserie-Chef gefeuert?«

»*Oui.* Er hat viel zu viel geredet und überall Unordnung gemacht. Ich habe ihm gesagt: ›Du bist zu langsam, dein Posten ist dreckig, und du hast einen Haarschnitt, der deinen Kopf wie einen Hoden aussehen lässt.‹ Er musste gehen. Ersetzen Sie ihn rechtzeitig für den Service morgen.«

Und damit legt er auf.

Es ist beinahe dreiundzwanzig Uhr, aber er erwartet von mir, dass ich bis morgen einen Pâtisserie-Chef herzaubere. Das ist so typisch Jean-Michel: Entscheidungen werden aus einer Laune heraus getroffen, er ist ein absoluter Hitzkopf, fordert strapaziöse Arbeitszeiten selbst für Chefkochverhältnisse ein, und dann, wie jetzt zum Beispiel, heuert er Personal an und feuert es gleich wieder, um dann von mir zu verlangen, alles bis zum nächsten Tag wieder in Ordnung zu bringen.

Lediglich von der Bezeichnung her bin ich Grand Chef. In Wahrheit bin ich Jean-Michels Lakaiin, seine Untergebene, die Aufgaben für ihn erledigt. In seinen sanfteren Momenten erwartet Jean-Michel von mir, ihm als Life-Coach und Berater zur Seite zu stehen. Er ist ein absolut schwieriger Mensch. Mir ist klar geworden, dass er ein Mensch ist, der keine Grenzen kennt, insbesondere zwischen seinem Privatleben und dem Berufsleben. Hat er Streit mit seiner Frau, wird er uns den ganzen Tag lang in der Küche die Hölle heißmachen. Ist in der Küche die Hölle los, sollte man jederzeit damit rechnen, dass er explodiert. Das ist der Punkt, an dem ich dann mit ihm rede und versuche, ihn zu beruhigen, ihm zu versichern, dass alles gut wird, dass wir alles gut meistern. Dass wir ihm den Rücken freihalten, dass wir ihn verstehen, dass wir ihn nicht enttäuschen werden.

Wenn der Service läuft, scheint natürlich alles lohnenswert zu sein, und ich bin froh, einen solchen Mentor zu haben. Ich lerne wirklich viel. Diese Seite des Jobs mag ich sehr, aber ich kann nicht behaupten, dass er sich als der absolute Traumjob entpuppt hat, wie ich ihn mir vorgestellt habe.

Aber das kann ich natürlich weder Alice noch meinem Dad oder sonst irgendwem gegenüber zugeben, deswegen setze ich ein Lächeln auf und mache weiter. Dafür habe ich mich beworben, deswegen muss ich das durchstehen, ohne mich zu beschweren, bis ich meinen Rhythmus gefunden habe.

Wie Jean-Michel selbst sagt, sind wir immer noch ganz am Anfang. Alles einzurichten, neue Mitarbeiter zu finden und anzulernen, auf Bestellungen zu warten, einen neuen Kundenstamm aufzubauen und Kontakte zu knüpfen, bedeutet verdammt viel Arbeit und braucht daher Zeit. Es ist von äußerster Wichtigkeit, dass alles perfekt ist, bevor wir offiziell für die Allgemeinheit öffnen. Seit einem Monat erst haben wir geöffnet; zuerst haben wir mit den Wochenenden angefangen, dann mit dem Abendessen. Inzwischen bieten wir sechs Tage die Woche Mittag- und Abendessen an. Vergangene Woche bin ich auf Jean-Michel zugegangen und habe ihm erklärt, dass ich einen freien Abend brauche. Rachel hatte mir eine E-Mail geschrieben, dass sie in ein paar Tagen auf ihrer Geschäftsreise in London vorbeikommen würde, und mir war sofort klar, dass das meine Chance war, alles wiedergutzumachen.

»Unmöglich«, hat er geantwortet.

»Jean-Michel, ich würde nicht fragen, wenn es nicht so wichtig wäre. Sie ist schwanger, daher kann sie nicht mehr lange fliegen, und ich habe sie seit einer Ewigkeit nicht mehr gesehen. Ich gebe Ihnen hiermit rechtzeitig Bescheid und werde mit den Dienstplänen alles klären, sodass jemand meine Schicht übernehmen wird. Es ist nur ein Abend, Jean-Michel, bitte. Ich habe seit zweiundzwanzig Tagen keinen einzigen freien Tag gehabt.« Und ich brauche Zeit für mich. Nicht nur, um mal etwas anderes zu machen, um Leute zu treffen, sondern auch, um meinem Körper eine kleine Pause zu gönnen. Ich bin körperlich am Ende. Durch die Hitze, die in der Küche herrscht, bin ich ständig dehydriert, was bedeutet, dass ich rund um die Uhr Kopfschmerzen habe, außerdem muss ich mich erst noch daran gewöhnen, so viel zu stehen. Meine Waden bringen mich um. Und bei den vielen riesengroßen Töpfen, die für ein Restaurant dieser Größe benötigt werden, machen mir auch noch meine Unterarme zu schaffen.

Beim ersten Mal, als ich um eine Auszeit gebeten habe, wollte ich zu Marthas Beerdigung gehen. Jean-Michel hat nicht mal zu mir aufgeschaut. Er hat einfach den Kopf geschüttelt und mich angeschnauzt: »Sie haben mich angefleht, Sie zu nehmen, und jetzt flehen Sie mich an, gehen zu dürfen. Wenn Sie gehen, brauchen Sie nicht wiederzukommen.« Ich habe Blumen geschickt und an Marthas Sohn Leo eine Karte, in der ich ihm erklärt habe, warum ich nicht kommen konnte. Ich habe gebetet, dass er es versteht.

Ich habe eingelenkt. Weil ich Angst vor den Konsequenzen hatte. Ich war fest davon überzeugt, dass er mir die Tür weisen würde. Das Schreckgespenst des Rauswurfs ragte immerzu über mir auf. Ich hatte Angst, gefeuert zu werden, weil ich nicht gut genug war, weil ich nicht stark genug war, weil ich ihn enttäuscht habe, weil ich seinen überhohen Ansprüchen nicht genügte. Inzwischen ist mir jedoch klar geworden, dass es unmöglich ist, seinen Ansprüchen zu genügen. Aber das hier war anders. Und ich bin anders. Rachel macht in London extra einen Zwischenstopp, weil sie mich treffen will. Es ist das letzte Mal, dass ich sie vor der Geburt des Babys sehen kann; und wer weiß schon, wann ich nach Australien komme – insbesondere mit Jean-Michel als Chef. Ich war fest entschlossen, sie zu treffen. Unser letztes Wiedersehen ist schon eine Ewigkeit her, und ich hatte viel zu lange die Dinge schleifen lassen.

Jean-Michel schaute auf und war überrascht, dass ich immer noch vor ihm stand. Aber ich war nicht bereit nachzugeben.

»Wann wollen Sie sie treffen?«

»Um einundzwanzig Uhr in Heathrow, am Flughafen. Nur eine Stunde lang, dann nimmt sie den Anschlussflug.«

Er presst sich die Handballen vor die Augen. »Bestellen Sie ein Taxi. Sie gehen hier um halb neun und sind um halb elf wieder da. Zwei Stunden, keine Sekunde länger.«

Und ich habe ihm dafür gedankt, da ich wusste, dass diese mickrigen zwei Stunden das beste Angebot waren, das ich bekommen konnte. Wir näherten uns also an, wenn auch nicht gerade reibungslos.

»Okay. Das war's«, erkläre ich, lege auf und versuche, nicht darüber nachzudenken, wie und wo ich zu dieser späten Stunde noch einen Pâtisserie-Chef finden soll. »Diese Küche ist jetzt geschlossen.«

Alice springt von ihrem Hocker herunter und dreht sich auf der Stelle. »Hervorragend! Jetzt gibt's Cocktails!«

Ich schicke sie in die Hotellounge im obersten Stock, während ich schnell in mein Zimmer laufe, um kurz zu duschen und mich umzuziehen. Als ich mich wieder zu ihr geselle, sitzt sie an der Bar, kichert flirtend mit dem Barkeeper und wirft das Haar über die Schulter zurück. Sie sieht großartig, glücklich und selbstbewusst aus, und eine Sekunde lang denke ich: Ja! Wir sind hier! Das ist genau das, wovon wir so lange geträumt haben; das ist der Grund, warum wir nach London gekommen sind – für diesen Reiz, für den Glamour und den Spaß! Alice winkt mir zu und deutet auf die Martinis, die sie für uns bestellt hat.

»Du wirkst irgendwie verändert. Sag mir, was los ist«, fordere ich sie auf. »Ich will alles wissen!«

»Na ja, du weißt ja, wie sehr ich die Arbeit schon immer gehasst habe.«

Ich nicke.

»Und du weißt auch, wie sehr ich dich dafür bewundere, dass du an deinem Traum festgehalten hast, komme, was wolle.«

Ich schlürfe einen großen Schluck meines Cocktails und nicke. Ich habe keine Lust, mich darüber zu beschweren, dass das Leben im *Marchand* überhaupt nicht so ist wie erwartet, weshalb ich einfach nur lächle und gute Miene zum bösen Spiel mache. Ist sie befördert worden? Zieht sie in ein anderes Büro um? In ein anderes Land? Was auch immer es ist, es hat Alice wieder zu dem Mädchen gemacht, das ich kenne, mit einem Funkeln in den Augen und einem Lächeln auf den Lippen. »Und?«

»Ich habe meinem Chef gesagt, er soll sich den Job sonst wohin stecken. Ich bin fertig damit. Ich bin gegangen«, erklärt sie hüftwackelnd.

Ich denke, ich habe mich verhört. »Alice, *was* hast du?«

»Ich bin geradewegs ins Büro gelaufen und habe ihm die Meinung gegeigt. So richtig Jerry-Maguire-mäßig. Ich habe meinem Chef erklärt, dass ich den Job hasse, dass ich diese Art von Kultur hasse, ebenso wie die Bedeutungslosigkeit dessen, wofür die Kanzlei steht. Nachdem ich einmal angefangen hatte, konnte ich nicht mehr aufhören. Es war ein ziemliches Spektakel, selbst für meine Verhältnisse.« Sie berichtet so fröhlich davon, als hätte jemand eine Stimme aus dem Off drübergelegt.

»Und das alles hast du ihm direkt ins Gesicht gesagt?«

»Mehrmals sogar. Und vor allen anderen Partnern. Und in einer E-Mail. Bei der ich alle anderen Mitarbeiter der Kanzlei in CC gesetzt habe.«

Ich lege meine Hände flach auf den Tisch; mein Mund steht weit offen. »Nein, bitte sag mir, dass du das nicht getan hast …«

»Katie, doch! Das habe ich getan! Ich dachte, du wärst stolz auf mich!«

Ich hole ganz tief Luft und lehne mich haltsuchend an die Bartheke. »Das bin ich auch. Natürlich bin ich stolz auf dich, dass du etwas verändert hast, aber … Nachdem du das so überzogen hast, könnte es sein, dass sie dir kein Arbeitszeugnis ausstellen.«

Sie trinkt ihren Martini in einem großen Schluck aus. »Ist mir egal.«

»Aber wovon willst du leben? Wie willst du über die Runden kommen?«

Sie lächelt ein weiteres Mal fröhlich und wackelt mit den Schultern. »Ich habe meine Wohnung verkauft!«

O mein Gott. »Alice, was ist mit dir los?«

Sie holt tief Luft und faltet die Hände zusammen. »Ich habe gar nicht mehr gelebt. Wenn ich ehrlich bin, habe ich immer nur weitergemacht, weil ich dachte, dass es das Richtige wäre. Anwältin in London klingt doch super, oder? Ich habe also eine ganze Weile gebraucht, um zu erkennen, dass es nicht bedeutet, dass ich etwas tun *sollte*, nur weil ich es tun *kann.* Als du ausgezogen bist, ist mir erst richtig klar geworden, wie einsam, traurig und tragisch mein Leben geworden ist. Ich dachte, ich muss mein Leben wie du besser machen und grundlegend etwas verändern.«

Alice öffnet ihre Tasche und holt eine Karte heraus.

»Erinnerst du dich noch an Ryan, den Personalleiter?«

Ich nicke.

»Wir beide werden diesen Kurs machen, bei dem es grob um Wohlbefinden am Arbeitsplatz geht. Bald werde ich also mein erstes Modul absolvieren: Coaching und Stress-Management.«

Fast hätte ich meinen Drink quer über den Tisch geprustet. »Du?! Stress-Management?! Mal im Ernst, machst du da nicht den Bock zum Gärtner?«

Alice muss vom Lachen so laut grunzen, dass sie sich die Hand vor die Nase hält und sich umschaut, ob jemand in der Bar sie gehört hat. »Ich weiß! Wer hätte das gedacht, was? Aber ich kann dir gar nicht sagen, wie viel besser ich mich seitdem fühle. Wie viel besser es mir tatsächlich geht. Und ich kann es kaum abwarten, den Kurs zu geben.«

Ich hebe die Hand und bestelle beim Barkeeper noch zwei weitere Drinks, als mir bewusst wird, wie sehr ich Alice vernachlässigt habe, seitdem ich mich auf diese wahnsinnige Reise gemacht habe und für Jean-Michel arbeite. Wie konnte es ihr so ergehen und wie konnte sie all das tun, ohne dass ich auch nur die geringste Ahnung davon gehabt habe? Obwohl ich unglaublich erschöpft bin und in sechs Stunden schon wieder aufstehen muss, um auf dem Großmarkt Billingsgate frische Muscheln zu kaufen, ist es mir egal.

Es ist mir wirklich egal. Jean-Michel wird davon natürlich nicht besonders angetan sein. Aber auch hier fange ich damit an, dass es mir nicht mehr ganz so wichtig ist.

Denn ich muss mit meiner brillanten, wunderschönen, strahlenden besten Freundin anstoßen.

Wir müssen solch seltene Momente mit den Menschen, die uns ganz besonders wichtig sind, nutzen; denn wer weiß schon, wann ich noch einmal die Gelegenheit bekomme, sie so zu sehen.

Ich erhebe mein Glas und stoße schweigend auf Martha an. Irgendwie habe ich das Gefühl, dass sie mir von hoch oben zustimmend zuzwinkert.

26

So, Georgia, du übernimmst den Süßspeisenposten. Lewis, du wechselst zu den Beilagen.«

Lewis nickt und packt seine Messer zusammen. Georgia steht mit zusammengekniffenen Augen da, die Hände in die Seiten gestemmt, und starrt mich an. Genau das hat mir jetzt noch gefehlt. Aus den zwei Drinks mit Alice sind sechs Drinks geworden, und es kam mir vor, als hätte mein Kopf kaum das Kissen berührt, als es schon wieder Zeit zum Aufstehen war. Aber ich habe es getan: Ich habe kalt geduscht und mich daran festgehalten, dass ich heute meine kleine Schwester treffen werde, ihr gegenüberstehen werde, von Angesicht zu Angesicht.

»Wo ist das Problem?«, frage ich Georgia, die erst kürzlich zum Souschef ernannt wurde.

»Süßspeisen? Der einzige Grund, warum ich alles stehen und liegen gelassen habe, um hier zu arbeiten, war, dass ich die Pâtisserie nicht mehr machen muss! Warum um alles in der Welt soll ich hier das Gleiche machen wie im *Buckingham?*«

»Zuerst einmal hast du freiwillig alles stehen und liegen gelassen, weil du im *Buckingham* nicht glücklich und zufrieden warst. Sonst hättest du den Posten nicht sausen lassen, als sich dir eine bessere Stelle geboten hat. Und das hier *ist* die bessere Stelle, Georgia. Du wolltest immer schon unter Jean-

Michel arbeiten, jetzt bist du hier. Jedenfalls brauchen wir heute Abend einen neuen Postenchef für die Pâtisserie, was so viel bedeutet wie sofort, und deine Stärke sind nun mal die Süßspeisen. Darum habe ich entschieden, das Team neu zuzuordnen.«

Georgia beißt sich auf die Unterlippe.

»Wo ist das Problem?«, frage ich sie.

»Es ist nur so, dass alle denken, die unfähigsten Köche machen eben die Süßspeisen. Weißt du, wie man die Chefpâtissiers im *Buckingham* nennt? Die rosa Kekskleber. Die denken echt, wir können nur ausrollen und verzieren. Ich wollte immer zeigen, dass ich mehr als das kann.«

Ich hole tief Luft und verstehe plötzlich alles. »Magst du Süßspeisen?«

Georgia reißt leicht die Augen auf. »Natürlich! Ich liebe Süßspeisen, aber darum geht es gar nicht.«

»Doch, genau darum geht es. Denn genau da liegt deine Stärke. Ich habe keine Ahnung, was zuerst da war, ob deine Liebe für Süßspeisen zu deinem Talent geführt hat oder umgekehrt. Aber das spielt auch gar keine Rolle, denn du hast beides. Es steht zweifelsfrei fest, Georgia, dass du eine der Besten auf deinem Gebiet bist. Und weder das, was jemand sagt, noch was jemand denkt, sollte dich davon abbringen, wenn du hervorragende Arbeit leistest und glücklich bist. Du sollst nicht das Gefühl haben, irgendetwas beweisen zu müssen – egal wem. Auf dem Gebiet der Pâtisserie glänzt du, darauf kannst du wirklich stolz sein!«

Georgias Miene wird sanfter; sie nimmt einen Zipfel ihrer Schürze und wischt sich die Hände daran ab. »Chefpâtissier bei Jean-Michel, das ist gar nicht so schlecht, was?«

Ich gebe ihr die Menüübersicht, woraufhin sich ein Lächeln auf ihren Lippen ausbreitet.

»Dunkle Schokoladenzylinder mit geräucherter Haselnusspraline und salzigem Milcheis mit unserem unverkennbaren Trifle mit Barbadillo-Sherry. Wow!«

Ich sehe, wie ihre Finger bereits zucken, als sie sich an ihrem neuen Posten nach Zutaten und der Ausrüstung umschaut und plant, wie sie die Zubereitung des Trios aus all diesen wunderbaren süßen Kreationen für unser brandneues Probiermenü plant.

»Ganz genau«, erwidere ich und weiß, dass dies ein deutlich höheres Fähigkeitsniveau darstellt, als sie im *Buckingham* zeigen konnte. »Du schaffst das, Georgia. Steck all deine Liebe rein und reiß Jean-Michel damit vom Hocker!«

Sie strahlt mich an. »Jawohl, Chef!«

Jean-Michel ist ziemlich schlecht gelaunt, als er in die Küche gestürmt kommt. Mein Treffen mit Rachel könnte der Grund dafür sein, doch andererseits könnte es auch einen völlig anderen Grund geben, der in keinerlei Zusammenhang mit mir steht. Familie? Geschäftliches? Dillknappheit? Es könnte alles und nichts sein. Er tut mir leid. Mitleid mit Jean-Michel? Das ist ja fast, als hätte man Mitleid mit dem Teufel. Ich weiß, das ist nichts, was man tagtäglich hört.

Aber nach all der Zeit, die ich mit ihm verbringe und in der ich seine Launen beobachte sowie seine schlechten Tage und die unerschütterliche, schonungslose Hingabe, mit der er sich jedem noch so kleinen Detail über Stunden hinweg mit einer unglaublichen Intensität widmet, muss ich zugeben, dass er mir ans Herz gewachsen ist. Sicherlich ist er kein Monster, wohl aber ist er ein Sklave seines Perfektionismus. Fast wie ein schwerer Fall von Zwangsneurose. Er kann gar nicht anders; einen anderen Weg kann er sich weder vorstellen noch tolerieren.

Seine gesamte Karriere steht und fällt mit der Kulisse. Meiner Meinung nach ist es jetzt wahrscheinlich noch schlimmer als vorher, da er vor seinem Vorstoß in London zuletzt vor mehr als einem Jahrzehnt das letzte Restaurant neu eröffnet hat. Ein neues Unternehmen ist wie ein Neugeborenes, es fordert Opfer. Es braucht alles von dir, zu jeder Sekunde des Tages. Inzwischen habe ich begriffen, dass zum Leben eines Chefkochs mehr dazugehört als die kulinarischen Künste; man muss zudem Personalmanager sein, ein Spezialist, was Werbung und Öffentlichkeitsarbeit angeht, sowie ein Koordinator für besondere Ereignisse. Ein neues Restaurant zu eröffnen ist ganz anders, als man es aus Kinofilmen gewohnt ist. Hinter den Kulissen gehen unzählige unsexy Sachen ab, und alles davon hat seine eigene Zeitachse: Personalbeschaffung, Werbung, Vertragsabschlüsse, Aufbau, Personal einstellen, Menüs schreiben, Rezepte ausprobieren. Man hat mit dem gesamten Programm von Rohrbrüchen bis zur Essensbestellung zu tun. Und die meiste Zeit ist irgendetwas nicht richtig oder irgendwer ist zu langsam oder heult los oder wirft die Brocken hin. Unaufhörlich muss man sich mit Dingen auseinandersetzen, während man hyperkreativ sein muss. Jean-Michel hat seine Generation von Köchen schon längst überdauert. Die meisten anderen Chefköche seines Alters leiden entweder unter Burn-out, befinden sich in Reha-Maßnahmen oder moderieren Reality-Kochsendungen im Fernsehen. Jean-Michel bildet eine Ausnahme, er ist immer noch am Ruder, hält dem Druck immer noch stand.

Manchmal jedoch kann ich seinem Körper die Erschöpfung ansehen. Da sind die dunklen Augenringe, die dreifachen Espressos, die er wie Shots runterkippt, der dritte Whiskey während des Service, den er inzwischen immer früher bestellt. Gelegentlich denke ich, dass sogar er alles bereut, dieses ganze Unterfangen hier. Ich vermute, dass er sich von seiner Sehnsucht hat leiten lassen und dabei das Durchhaltevermögen sowie die physische und mentale Energie unterschätzt hat, die nötig sind, um ein neues Restaurant aus dem Boden zu stampfen. Insbesondere eines, an das so hohe Erwartungen geknüpft sind, während er sich wegen seines berühmt-berüchtigten Rufes so angegriffen fühlt. Ich gebe mir alle Mühe, für ihn alles so weit wie möglich zu entspannen und die Dinge selbst zu regeln, damit ich ihn nicht belästigen oder gar beunruhigen muss. Ob mir das gut gelingt, sei mal dahingestellt.

Jean-Michel kehrt aus dem begehbaren Kühlraum zurück, die Miene leichenblass und gräulich, von Stress gezeichnet. Er hebt die Hände, plustert die Wangen auf und dreht sich auf der Stelle um. Ich lächele ihm aufmunternd zu.

Der Service beginnt. Jean-Michel hat recht, wenn er sagt, wir würden uns gut schlagen. Unser Restaurant spricht sich schnell herum. Für die nächsten drei Monate sind wir komplett ausgebucht, und die *Time Out* schrieb über uns: »Dort müssen Sie hingehen, wenn Sie Ihrem Gaumen sagen wollen: ›Cinderella, du gehst auf den Ball!‹ Aber dann sollten Sie besser sofort einen Tisch reservieren, da es nicht mehr lange dauern wird, bis diese Typen die Weltherrschaft übernehmen.« Jean-Michel hat jedoch nur mit den Schultern gezuckt, als ich ihm den Artikel zeigen wollte.

»Süß, aber bedeutungslos. Mich interessieren nur Michelin-Sterne.« Er hielt inne und drehte sich zu mir um. Ernsthaftigkeit lag in seinem Blick. »Ich bin zwar verheiratet, aber Michelin ist meine Geliebte. Die Affäre mit den Sternen beruht auf einer echten Hassliebe. Diese Anerkennung zu bekommen, diese Bestätigung, kann einen in den Wahnsinn treiben und eine richtige Besessenheit auslösen. Könnte es die Dame dort in der Ecke sein, die den Kabeljau in Kräuterkruste bestellt hat? Oder vielleicht der Gentleman an Tisch fünf mit dem Tatarbeefsteak? Welcher meiner Gäste besitzt die Macht, mein Leben zu verändern? Wer ist der Michelin-Inspektor? Wann werden sie meine Angebote annehmen, sie zum Mund führen und als würdig für die Welt einstufen?«

»Läuft das denn tatsächlich so verschwiegen und geheim ab?«, fragte ich. »Nach so vielen Jahren haben Sie doch sicherlich eine Ahnung, wer derjenige ist oder wann der Inspektor kommt, oder?«

Jean-Michel atmete scharf ein und legte die Hände flach auf die Arbeitsfläche. »*Mais non*, wenn es doch nur so einfach wäre! Wenn ich wüsste, wann sie kommen, würde ich nur halb so alt aussehen, weil ich doppelt so viel Schlaf gehabt hätte. Ich weiß nur so viel, dass wir immer mit ihnen rechnen sollten. Sie werden kommen, eher früher als später, weil wir das neueste Restaurant in der Stadt sind. Sie werden versessen darauf sein zu prüfen, ob ich immer noch der Chefkoch bin, der ich mal war. Ich muss einiges beweisen. Dieses Niveau zu erreichen, ist die eine Seite der Medaille, es auch zu halten, eine andere.«

Er machte eine Pause. »Jedenfalls habe ich über die Jahre hinweg ein paar Hinweise herausgefunden, die allein auf meiner Erfahrung beruhen. Sind also nicht bestätigt. Was ich so mitbekommen habe, reservieren sie immer einen Tisch für zwei, um keinen Verdacht zu erregen. Aber dann, wenn sie kommen, kommt nur einer. Sie essen allein. Und dieser eine Gast ist immer sehr gut gekleidet, höflich, mittleren Alters. Meistens ein Mann. Es wird immer vom Probiermenü bestellt, dazu immer der Hauswein und ein stilles Wasser. Auf die Qualität des Service wird genauso viel Wert gelegt wie auf die Qualität des Essens. Sie versuchen, so lange wie möglich unter dem Radar zu fliegen, unbemerkt zu kommen und zu gehen, um eine reale Vorstellung vom Restaurant zu bekommen, damit sie sich auf das Essen und die Atmosphäre konzentrieren und so den Gesamteindruck einfangen können.«

»Ich werde die Augen offen halten«, erkläre ich halb als Witz. Aber mir fällt auf, dass Jean-Michel nicht gescherzt hat.

»Das sollten Sie auch. Sie haben die Macht, einen unbekannten Koch zu einem Superstar werden zu lassen oder einen Superstar zu einer unbekannten Schande.«

Es ist fast acht Uhr abends. Die letzten Tischreservierungen treffen ein, und ich bereite gerade die letzten Arbeiten vor, damit ich in einer halben Stunde in mein Taxi steigen kann, das mich direkt zum Flughafen Heathrow fährt, wo ich Rachel treffen werde. Es rückt in greifbare Nähe, dass ich wirklich meine Arme um sie schlingen und ihr hübsches sommersprossiges Gesicht zum ersten Mal seit Gott weiß wie langer Zeit betrachten werde. Seit mehr als schändlichen anderthalb Jahren habe ich sie nicht gesehen; das ist die längste Zeit, die wir je voneinander getrennt waren. Ich werde sie einfach in die Arme nehmen und sie drücken, bis ihr die Luft wegbleibt. Vorsichtig natürlich! Ich muss ja an den Babybauch denken! Es ist so aufregend, dass ich es gar nicht abwarten kann. Sie könnte gerade in diesem Moment landen, deswegen sind wir einander jetzt schon näher, zumindest befinden wir uns schon in der gleichen Zeitzone. Ich fange noch diesen letzten Service an, dann bin ich zur Tür raus. Nervös bin ich nicht, mich so früh am Abend davonzustehlen. Wir haben ein tolles Team und es fühlt sich so an, als würde allmählich alles zusammenwachsen. Heute gab es weder in der Küche noch draußen eine einzige Panne, und das ist wirklich das erste Mal. Alles hat wie am Schnürchen geklappt. Georgias Desserts sind wirklich richtig gut angekommen; sie hatte sogar so viel

Selbstvertrauen, dass sie Jean-Michels Rezept eine eigene Note verliehen hat, und er hat ihr bis jetzt und völlig untypisch für ihn tatsächlich grünes Licht gegeben, sodass sie beim Gehen leicht hüpft. Ich denke ja, dass das Team vom *Buckingham* es sicherlich noch bedauern wird, ihr genügend Gründe geliefert zu haben zu gehen.

Alles läuft so erstaunlich gut, dass ich tatsächlich Jean-Michel Glauben schenken möchte, dass der Aufbau immer der schwierigste Teil ist. Doch das tue ich erst, wenn alles seinen Platz gefunden hat, wir unseren Rhythmus finden und wirklich die Weltherrschaft übernehmen. Wenn sich die ganze Aufregung gelegt hat, werde ich mir eine kleine Auszeit nehmen. Dann werde ich nach Hause fahren, meinen Dad besuchen und ihm helfen, das Haus auszuräumen. Denn dass ich weit weg wohne und viel zu tun habe, ist keine Entschuldigung dafür, den Kontakt zu verlieren. Vielleicht spreche ich Jean-Michel heute Abend an, schaue mal, wie es läuft, versuche mein Glück und frage ihn nach ein paar Tagen Urlaub.

Ich stelle meine Teller auf dem Pass ab, damit Jean-Michel sie abnehmen kann. Schnell prüft er jeden einzelnen und gibt dann mit einem Nicken das Zeichen, dass sie seinen hohen Ansprüchen genügen und für den Service bereit sind. Ich rufe den Service, nenne Tisch Nummer acht und betätige die Klingel, damit Sara die Teller abholen kommt und sie serviert. Als sie in die Küche zurückkehrt, leuchten ihre Augen und die Stimme ist gedämpft.

»Tisch für zwei reserviert, aber jetzt kommt nur ein Gast. Ein gut gekleideter Gentleman isst allein. Er hat gerade das Probiermenü bestellt sowie eine halbe Karaffe vom Hauswein und ein stilles Wasser. Was meint ihr?«

Jean-Michel beugt sich nach hinten und lässt seine Knöchel knacken. Dann zieht er die Augenbrauen hoch und plustert die Wangen auf. »Mitte, Ende vierzig?«, fragt er.

Sara nickt.

»Und der Tisch wurde ursprünglich für zwei gebucht?«

Wieder nickt sie.

»Michelin?«, fragt er mit einem Kieksen in der Stimme. Er richtet den Blick gen Himmel, bekreuzigt sich und haut sich dann mit der flachen Hand auf die Brust. »Michelin! Wir sind im Rennen!«

Jean-Michel verwandelt sich mit einem Schlag in einen Wirbelsturm.

In einen schwitzenden, brüllenden, fluchenden Wirbelsturm.

Er reißt Sara den Zettel mit der Bestellung aus der Hand. »Das ist es? Das hat er bestellt?«

»Ja.«

»Okay, Katie, ich möchte, dass Sie die Rinderrippchen für die Vorspeise zubereiten und die Soße für den Loup de Mer im Hauptgang. Niemand sonst, nur Sie!«

Ich will gerade den Mund aufmachen und protestieren: »Nein, ich kann nicht! Mein Taxi kommt in zehn Minuten. Ich muss Rachel treffen! Ich habe es ihr versprochen. Sie hat extra für mich einen Zwischenstopp in London eingelegt, schwanger, *nur* für mich! Wie soll ich ihr das beibringen? Was soll ich ihr denn sagen? Dass ich arbeiten muss?«

Aber Jean-Michel beachtet mich gar nicht. »Lassen Sie mich ausreden! Und wenn ich fertig bin, will ich nichts anderes von Ihnen hören als ›Ja, Chef!‹.«

In seinem Blick liegt ein irrer, fast mörderischer Ausdruck.

Er starrt mich finster an. Unfähig zu begreifen, warum ich zögere. Warum ich ihm nicht antworte.

Ein ungläubiges Lachen erreicht seine Augen. »Haha! Sie

glauben, dass Sie noch gehen dürfen? Sie glauben immer noch, dass Sie Ihre Schwester oder Tante oder irgendeinen verdammten, lange verschollenen Verwandten treffen? Mir ist es schnurzpiepegal, ob Sie ein Treffen mit dem Dalai-Lama haben. Sie sind der Grand Chef, Sie BLEIBEN!«

Meine Füße sind wie angewurzelt. Was zum Teufel …? Es gibt keine Möglichkeit, das Richtige zu tun. Ich verabscheue es, Rachel im Stich zu lassen. Mein Dad wird ziemlich aufgebracht sein. Die schwangere Rachel, gestresst und verärgert ganz allein auf einem Flughafen, weil ich sie sitzen gelassen habe.

Jean-Michel wirbelt auf dem Absatz herum und baut sich unmittelbar vor mir auf. Er leckt sich die Lippen und spricht dann mit einer Stimme zu mir, wie ich sie noch nie zuvor von ihm gehört habe. Ganz langsam, ruhig, bedächtig.

»Sie haben Ihren Titel akzeptiert, Ihre Uniform, Ihr Hotelzimmer. Sie haben den Vertrag unterzeichnet. Und dieser Vertrag besagt, dass Sie dem Richtbild eines Grand Chef entsprechen sollen, wie ich es für richtig und angemessen halte. Wenn Sie gehen, wenn Sie mich diesen Stern kosten, dann werde ich Sie feuern. Aber glauben Sie mir, Katie, das wird nur der Anfang sein.«

Er wischt sich mit der Hand übers Gesicht. Als er die Augen wieder öffnet, hat er Tränen in den Augen. Der Wahnsinn und die Wut haben sich verflüchtigt und sind von etwas Sanfterem abgelöst worden.

»Katie, bitte. Ich dachte, Sie wollten das hier. Sie haben mich angefleht, Ihnen eine Chance zu geben. Diese Chance habe ich Ihnen gegeben. Jetzt bin ich derjenige, der Sie um etwas bittet. Bitte! Bleiben Sie! Ich brauche Sie. Ich brauche Sie genau hier, genau jetzt.«

Und mir ist sofort klar, dass ich ihm das nicht antun kann.

So sehr, wie ich Rachel verärgern werde, kann ich Jean-Michel einfach nicht im Stich lassen. Das hier ist sein großer Moment. Ich weiß genau, wie wichtig dies für ihn ist. Wie viel es ihm bedeutet. Ich habe ihm in der ersten Auswahlrunde versprochen, alles für ihn zu tun, was in meiner Macht steht, und jetzt ist nicht der Zeitpunkt, um dieses Versprechen zu brechen.

Ich halte kurz inne und nicke dann. »Ja, Chef.«

»Ich bereite die Soße für den Loup de Mer zu«, hat er es sich anders überlegt. »Katie, Sie fangen mit der Vorspeise an, ich mit dem Hauptgang.«

»Ja, Chef.«

»Und ich werde den Fisch und das Rindfleisch auf den Tellern anrichten.«

»Ja, Chef.«

Er dreht sich zu Lewis um. »Wo sind meine Messer? Holen Sie sie für mich. Jetzt!«

Lewis rast zu Jean-Michels letztem Arbeitsplatz zurück und ruft dabei: »Ja, Chef!«

Jean-Michel dreht sich zum gesamten Team um, reckt den Zeigefinger in die Luft und beißt die Zähne fest zusammen. »Ich will jedes kleinste bisschen Beilage und Garnierung sehen. *Nichts* geht ohne meine Zustimmung raus, hört ihr mich? Für mich hängt alles hiervon ab. ALLES!«

»Ja, Chef«, erwidern wir im Chor.

Er dreht sich wieder zu Sara um. »Und denken Sie daran, er hat nicht nur seinen eigenen Tisch im Blick! Er wird *alles* unter die Lupe nehmen, alles! Leute, das muss perfekt sein bis ins letzte Detail!«

Wir nicken alle heftig.

Jean-Michel schlägt mit der Faust aufs Schneidebrett. »Haben Sie mich verdammt noch mal gehört?«

»Ja, Chef!«

Die folgenden zehn Minuten sind die intensivsten meines Lebens, da Jean-Michel nicht nur über mich wacht, sondern auch über alle anderen, schwer atmend. Sein Blick verfolgt jede einzelne Bewegung und kommentiert jede Millisekunde wie ein Maschinengewehr in unseren Ohren.

»Katie, umdrehen. Auf der Seite noch mal zwei Minuten. Yeah. Schmeckt das gut? Probieren Sie es. Zu fade? Würzen Sie es ganz leicht … Aber Achtung! Ja, so ist's richtig. Das sollte reichen. So ist's gut, so ist's gut. Mehr Salz. Feuer aus! Hervorragende Kruste … Wie ist die Soße? Probieren Sie sie … Wie Seide, *oui?* Ist sie seidig?«

»Ja, Chef. Ja, Chef.«

Ich tue, was er mir aufträgt, auf einem Niveau, das er erwartet, in einem Tempo, das selbst mich umhaut.

»Ja, Chef«, wiederhole ich zum hunderttausendsten Mal. Aber ich wage es nicht, irgendetwas aufs Spiel zu setzen. Das hier ist bitterer Ernst. Das hier bedeutet *alles.* Es ist absolut unmöglich, dass ich meinen Platz hier auch nur für zwei Sekunden lang verlasse, um Rachel eine Nachricht zu schreiben und sie wissen zu lassen, was los ist. Ich spüre Jean-Michels Atem in meinem Nacken.

Kommen Sie, die Soße muss angedickt werden!

Kommen Sie, so sieht das Gericht aus!

»Katie, Sie haben die Töpfe und Pfannen die ganze Zeit im Blick, oder?«, brüllt er, als ich das Gemüse in der Pfanne anbrate und mit der Geschwindigkeit einer Maschine Butter darüber löffele. »Nicht weggucken, nicht blinzeln. Sie halten das die ganze Zeit im Blick, bis das Gericht über den Pass geht«, befiehlt er mir, als er sich mit einem Tuch über die Augenbrauen wischt. Die Hitze kommt von überall her, vom Herdfeuer und vom Druck.

»Ja, Chef.«

»Ja? Schauen Sie mich an.«

Ich tue wie mir befohlen, trotz meiner vorherigen Anweisungen. Denn so sieht das Leben mit Jean-Michel aus. Erst heißt es rauf, dann runter. Erst links, dann rechts. Ich schaue ihm in die Augen.

»Kommen Sie hiermit klar? Sind Sie dazu in der Lage?«

»Ja, Chef. Es ist alles unter Kontrolle, Chef. Keine Sorge. Ich stehe hinter Ihnen.«

Denn es ist wahr. Ich weiß, dass ich klarkomme. Ich weiß, dass ich mit ihm klarkomme. Ich komme mit allem klar.

Und ich will ihn nicht enttäuschen.

Kurz vor dem Service inspiziert Jean-Michel alles ein letztes Mal.

Ich drehe mich zu ihm um. »Was sagen Sie?«, frage ich ihn.

»Ich finde, es ist perfekt, Chef. Ich habe Sie gut ausgebildet.«

Ich klingele nach dem Service und lasse meinen Teller unser Schicksal besiegeln.

*

Sara kehrt in die Küche zurück. »Sein Teller ist blitzsauber gegessen!«, ruft sie. Ihre Augen funkeln, und sie hebt den Daumen in die Luft. Ich drehe mich zur Küche um und hebe beide Daumen.

»Die Vorspeise ist durch. Alles super gelaufen, Leute. Wir sehen Licht am Ende des Tunnels. Höchste Zeit für das Hauptgericht«, verkündet Jean-Michel.

Jean-Michel hat sich ganz allein um den Gang gekümmert, weswegen wir alle dastehen und den Mann, den Fanatiker, bei der Arbeit beobachten. Er scheucht Lewis aus dem Weg.

»Weg mit dir, ich brauche Platz!«, ruft er und fängt an, den Teller aufzubauen. Schicht für Schicht, träufelnd, mit der Gewandtheit eines Künstlers. Aber auf diesem Niveau ist das Visuelle nur der Anfang des Genusses. Im nächsten Moment wird jede Form, jede Konsistenz und jede Farbe auf diesem Teller eine Rolle spielen, was den Geschmack angeht. Und dann wird es verschwinden. Und nicht unsterblich sein wie ein Ölgemälde oder ein Aquarell. Dieser Teller lebt nur für den Moment. Und nur für zwei Menschen: für den Chefkoch und den Genießer. Nur diese beiden wissen, dass er existiert hat. Wie er existiert hat. Nur diese beiden werden je wissen, was das bedeutet.

»Ist es okay?«, fragt er mich wie ein kleiner Junge mit großen Augen.

»Es ist perfekt«, erwidere ich. »Ganz genau, wie es Ihnen gefällt.«

»Sind Sie absolut sicher, meine Freundin?«

»Absolut. Es ist wundervoll.«

Unsicher kaut er auf der Unterlippe. Voller Angst. Er nimmt ein Geschirrtuch zur Hand und wischt erneut den Tellerrand sauber, nur um sicherzugehen.

Ich lege meine Hand auf sein Handgelenk. »Jean-Michel, es wird Zeit. Lassen Sie ihn gehen.«

Er senkt den Kopf auf die Brust und blinzelt sein Einverständnis, bevor er die Klingel betätigt und den Service ruft. »*C'est tout.*«

Sara holt den Teller und verlässt die Küche.

Jetzt haben wir es nicht mehr in der Hand. In jeglicher Hinsicht.

27

Sara kommt in die Küche zurück, ein Lächeln auf den Lippen. »Leerer Teller. Er schickt dem Koch seine herzlichsten Grüße!«

Ich sehe, wie ein Ausdruck über Jean-Michels Gesicht huscht, den ich bei ihm noch nie gesehen habe. Er ist wirklich glücklich. Wirklich stolz. Er klopft mir auf den Rücken.

»Gute Arbeit! Gute Arbeit! Ich weiß, dass es hart war. Ich war hart, und Sie glauben vielleicht, dass ich nicht aufmerksam bin, Katie, aber glauben Sie mir, ich bin immer aufmerksam. Sie sind eine sehr besondere Köchin, und Sie haben mich wirklich sehr beeindruckt. Wenn ich etwas von Ihnen gelernt habe, dann ist es Ihre Selbstbeherrschung. Sie sind geblieben. Ich weiß, dass Sie eigentlich gehen mussten, aber Sie sind geblieben. Vielen Dank.«

Diese Aussage würde mir alles bedeuten, hätte es mich nicht mein Treffen mit Rachel gekostet.

Obwohl Jean-Michel beim Dessert schon entspannter ist, so prüft er es dennoch eingehend, bevor Sara es am Pass abholen darf. Ich muss zugeben, dass Georgia ein unglaubliches Talent besitzt; und sie hat wirklich alle Register gezogen. Als sie gesagt hat, dass sie ein Teil des Teams werden wollte, hat sie nicht gescherzt. Sie hat alles gegeben, und so wie es aussieht, ist sie das letzte Teil des Puzzles.

Das Dessert verlässt den Pass, und Sara verschwindet mit einem Trio von Köstlichkeiten durch die Schwingtür.

Jean-Michel lehnt sich mit dem Rücken an die Wand, presst sich die Hände vors Gesicht und atmet all seine Anspannung aus. »So, das war's. Wir haben alles getan, was möglich war. Katie, Sie brauchen mal eine Auszeit. Warum nehmen Sie sich nicht mal drei Tage frei? Besuchen Sie Ihre Familie.«

Ich danke ihm. Es ist fast, als hätte er meine Gedanken gelesen. Ich brauche ein paar freie Tage, um das mit meiner Schwester wieder hinzubiegen – wie genau ich das anstellen soll, werde ich sehen. Aber ich werde mir etwas einfallen lassen, etwas ganz Besonderes. Es geht langsam aufwärts; dieser eine letzte Gang steht nur noch zwischen mir und dem Leben, das ich mir schon immer habe aufbauen wollen.

Als ich gerade meinem Tagtraum nachgegangen bin, wieder zu Hause zu sein, meinen Dad zu umarmen, mit Alice abzuhängen und einmal mehr als fünf Stunden Schlaf zu bekommen, kommt Sara mit besorgter Miene durch die Schwingtür gestürmt. Sie schiebt einen vollen Teller mit Trifle über den Pass zu uns zurück.

»Er hat das Dessert nur angeschaut, als hätte er so was noch nie zuvor gesehen, als würden ihm gleich die Tränen kommen, hat seine Gabel auf den Teller fallen lassen, mich zu sich gerufen und um die Rechnung und seinen Mantel gebeten.«

O mein Gott.

O. MEIN. GOTT!

»Was sagst du da? Was ist los?« Jean-Michel fängt an zu brüllen. »Was habt ihr getan?« Er nimmt den Teller, und ich habe Angst, dass er ihn durch die Gegend schleudern wird. Georgia zittert. Ich stehe vor ihm, die Hände beschwichtigend in die Höhe gereckt, um vernünftig mit ihm zu reden.

»Jean-Michel, Georgia ist die beste Pâtissière, die ich je kennengelernt habe. Ich vertraue ihr blind.«

Er massiert sich die Schläfen. Ich reiche ihm eine Gabel. Wir beide probieren einen Bissen. Und noch einen zweiten. Und einen dritten.

Jean-Michel nickt. »*C'est parfait!*« Er steckt seinen Finger mitten in das Sherry Trifle und schnuppert dann daran, bevor er den Finger ableckt. *»Je ne comprends pas.«* Und dann schüttelt er den Kopf und schaut mich verwirrt an. »Sie sagen, er hat den Nachtisch nicht einmal *probiert?*«, wendet er sich dann an Sara.

Sie schüttelt den Kopf. »Ich habe es beobachtet. Nicht einen Bissen hat er davon gegessen.«

Ich kann zusehen, wie die Wut in Jean-Michel hochkocht, bis zum Hals und ins Gesicht. Er lässt die Gabel fallen und wischt sich die Hände an seiner Schürze ab.

»Dieser Saboteur! Er will mich ruinieren! Er denkt wohl, er kann mich einfach so zerstören! *Non!* Das kann ich nicht zulassen! Das *will* ich nicht zulassen!« Er schnappt sich den Desertteller und stürmt in den Restaurantbereich hinaus. Ich jage ihm hinterher, kann aber kaum Schritt halten.

Jean-Michel stürmt zu dem Gentleman hinüber, der am ersten Tisch sitzt und den Mantel bereits über dem Arm hängen hat, und knallt ihm den Dessertteller auf den Tisch.

»Sie fällen also ein Urteil über mich, ohne überhaupt probiert zu haben? Sie denken ernsthaft, dass Sie so viel über mich wissen, dass Sie nicht mal das Essen kosten müssen? Sie wissen gar nichts! Warum interessiere ich mich überhaupt für Ihr Urteil? Warum interessiere ich mich überhaupt für Sie und Ihre Sterne, wenn hier …« Er schlägt sich auf der Höhe des Herzens auf die Brust. »Ich weiß, dass ich viel mehr Wissen, mehr Sachverstand und mehr *Leidenschaft* besitze als jeder Einzelne von Ihnen. Warum sollte mich die Meinung von jemandem interessieren, der so viel weniger ist als ich?«

Der Gentleman ist sichtlich verdutzt, aber er bewahrt Haltung. Ganz langsam trinkt er einen Schluck Wasser und richtet seine Krawatte. Seine Gefasstheit provoziert Jean-Michel nur noch mehr.

»Wie können Sie es wagen, das Dessert unangetastet wieder in die Küche zurückzuschicken? Das ist ein Schlag mitten ins Gesicht! Sie schulden mir eine Erklärung! Also raus damit! Wo liegt das Problem bei diesem Dessert?«

Alle anderen Speisenden haben aufgehört zu essen, ja sogar zu atmen, und haben sich zu Jean-Michel umgedreht, um seinen Ausbruch zu beobachten. Ich trete vor und bemühe mich, mich zwischen den Gentleman und Jean-Michel zu schieben, damit ich mich bei dem Herrn entschuldigen kann. Gerade als ich das machen will, dreht er sich um und nimmt Sara die Rechnung aus der Hand.

»Es tut mir sehr leid, wenn ich Sie verärgert habe«, erwidert er mit ruhiger, gefasster Stimme.

Ich lächele ihn unsicher, aber strahlend an und bin unendlich dankbar für sein Verständnis. Irgendwie werde ich von seinem Gesicht unglaublich angezogen. Ich kenne ihn nicht, da bin ich mir sicher, aber er hat etwas Vertrautes an sich. Die mandelförmigen dunklen Augen, das markante Kinn … Mir kommt es vor, als hätte ich ihn schon einmal gesehen, sodass ich ihn jetzt ganz vage wiedererkennen würde, aber ich kann nicht sagen, wie oder woher ich ihn kenne. Mir bleibt aber auch nicht viel Zeit, um darüber nachzudenken, da die Situation immer noch recht angespannt ist, als könne alles noch schlimmer werden, bevor sich alles klärt.

Jean-Michel tritt wütend einen weiteren Schritt vor und blockiert dem Herrn so den Weg nach draußen. Inzwischen hat er den Punkt überschritten, an dem er mir oder sonst irgendwem noch zuhören würde. In ihm tobt blinde Wut, er brüllt und wütet und geifert. Der Grund ist nicht nur der Zwischenfall. Alles entlädt sich: der Druck, den er sich selbst macht, der Druck, den er seiner Ehe macht, der Druck, den er uns allen macht. Niemand kann so leben und dabei geistig gesund bleiben. Aber jetzt und hier, vor den Augen aller Gäste, muss ich ihn aufhalten, ihn irgendwie beruhigen. Schon immer bin ich Konfrontationen aus dem Weg gegangen und einfach abgehauen, aber dann waren da Bernie und Harry und weitere Male, wo sich jemand starkmachen und den Verlauf stoppen musste, bevor alles noch weiter eskalierte. Aber wie zum Teufel kann ich Jean-Michel dazu bringen, sich zu beruhigen?

Ich schaue mich um, aber da ist niemand, der einschreiten könnte. Weder Jean-Michels Frau noch Pip oder Octavia. Ich bin Grand Chef. Die allermeisten Gäste schauen besorgt herüber und scheinen sich unbehaglich zu fühlen, rutschen unruhig auf ihren Sitzen hin und her und winken nach ihren Mänteln. Manche holen ihre Handys raus und wollen die Szene filmen. Von Sekunde zu Sekunde wird es schlimmer: Filmmaterial von Jean-Michel im Ausrastermodus, das viral geht, vor einem Michelin-Inspektor, nur wenige Wochen nach der Eröffnung – das wird der Sargnagel dieses Restaurants werden. Und der unserer beider Karrieren. Was will Jean-Michel dann tun? Und ich erst? Bei dieser Vorstellung läuft es mir eiskalt den Rücken hinunter. Das muss ein Ende haben.

Ich senke die Stimme, schlage einen beruhigenden, beschwichtigenden Tonfall an und lege Jean-Michel sanft die

Hand auf den Rücken. Mir kommt es vor, als würde ich die Hand in ein Haifischbecken halten. Einen Augenblick lang bringt ihn das jedoch zum Schweigen; er holt Luft und fährt sich mit der Hand über die Stirn. Ich sehe zum Inspektor hinunter und schaue ihm in die Augen, versuche zu deeskalieren, ihn irgendwie mit meinem Blick wissen zu lassen, dass es hier nicht um ihn geht, dass Jean-Michel mit seinen eigenen paranoiden Dämonen kämpft. Doch stattdessen passiert etwas anderes.

Ich kenne ihn! Ich kenne diesen Mann! Ich erinnere mich daran, wer er ist und woher ich ihn kenne. Dieser Mann, dieser Gast hier, der vor mir steht, ist jemand, den ich schon einmal gesehen habe.

In einem Bilderrahmen, auf Marthas Kaminsims.

»Leo Rosenblatt?«, frage ich.

Er starrt mich verwundert an. »Ja?«

Die Verwirrung ist ihm deutlich ins Gesicht geschrieben, und er versucht zu eruieren, wo um alles in der Welt er mich schon einmal gesehen haben könnte.

»Ich kannte Ihre …« Stopp. Das muss ich anders formulieren. »Ihre Mutter Martha war mir eine wunderbare Freundin.«

Jean-Michel schreckt auf, fassungslos, das Gesicht verzieht sich durch die widersprüchlichen Gefühle. Dann sieht er zu mir herüber, woraufhin ich bekräftigend nicke.

»Sir Leo Rosenblatt. Er ist kein Michelin-Inspektor.«

Jean-Michel wird blass. Ein entsetzter Ausdruck huscht ihm übers Gesicht.

»Aber … Sie haben Wein getrunken und Mineralwasser. Wie Sie gekleidet sind … und Sie haben allein gegessen …«

Langsam wird Leo klar, was passiert ist und dass es ein schlimmes Missverständnis gegeben hat. Dann fasst er Jean-

Michel am Ellbogen an. »Ich esse allein, weil meine Mutter vor Wochen schon diesen Tisch für uns beide reserviert hat. Aber in der Zwischenzeit ist sie verstorben. Ich bedauere vieles. Sehr, sehr vieles. Als dann das Dessert kam, das immer schon ihr Lieblingsdessert gewesen ist, hat mich dies an die vielen schönen Momente mit ihr erinnert und daran, wie sehr ich sie vermisse. Und daran, wie ich diese Momente als selbstverständlich hingenommen habe, und jetzt nichts tun kann, um sie wiederzubekommen.«

Leo schluckt und presst sich einen Moment lang den Handrücken an den Mund.

»Ich habe Ihr Essen absolut genossen, aber von dem Dessert konnte ich nicht einmal einen einzigen Bissen zu mir nehmen, weil es viel zu schmerzlich für mich gewesen wäre. Ich schäme mich dafür, meine Mutter alleingelassen zu haben, als sie mich am meisten gebraucht hätte.« Leo schließt die Augen und zwickt sich in den Nasenrücken, als müsse er gegen schmerzliche Erinnerungen ankämpfen. »Ich entschuldige mich vielmals für die Aufregung, die ich ausgelöst habe.«

Das ist der Moment, in dem Jean-Michel seine Schürze auszieht und sie mir reicht.

»Ich bin derjenige, der sich schämen muss. Bitte nehmen Sie meine aufrichtige Entschuldigung an.« Er verbeugt sich und geht dann zur Tür seines eigenen Restaurants hinaus, raus auf die Straße, ohne auch nur einen Blick zurückzuwerfen. Uns lässt er verdutzt schweigend einfach stehen.

Als ich endlich um zwei Uhr nachts in mein Zimmer komme, nachdem ich mich erneut bei Leo und den anderen Restaurantgästen entschuldigt und ihnen ein kostenloses Essen angeboten habe, um den »Zwischenfall« wiedergutzumachen, um dann noch den Rest des Service ohne Jean-Michel hinter mich zu bringen, schreibe ich meiner Schwester die gleichen Worte:

> Bitte nimm meine aufrichtige
> Entschuldigung an.

Aber ich bekomme keine Antwort.

28

Am Morgen danach ruft mich Pip an und beauftragt mich, das Restaurant für den Rest der Woche zu schließen sowie allen Presseanfragen aus dem Weg zu gehen. »Sollten Sie unter Druck gesetzt werden, sagen Sie einfach, dass bei uns eine Leitung geplatzt ist«, weist er mich mit heiserer, müder Stimme an.

Metaphorisch gesehen ist das gar nicht so weit von der Wahrheit entfernt.

»Was hat Jean-Michel gesagt?«, frage ich ihn.

Er holt tief Luft. »Nichts! Das ist alles. Er geht nicht ans Telefon. Will mit niemandem sprechen. Beantwortet keine Mails. Uns bleibt also keine andere Wahl, als abzuwarten. Alles ist so schnell gegangen, wahrscheinlich zu schnell. Das Beste wäre jetzt innezuhalten und abzuwarten. Vielleicht beruhigt sich Jean-Michel niemals, vielleicht kehrt er nie zurück. Kann alles sein. Er ist schlimmer als ein wandelndes Pulverfass, er ist ein völlig durchgeknallter Koch.«

»Niemals, Pip!«, protestiere ich, vollkommen fassungslos angesichts Pips Hinweis, dass Jean-Michel uns im Stich lassen könnte. Nach allem, was passiert ist, nach allem, was wir geopfert haben, nach allem, wofür wir so hart gearbeitet haben? Da will Jean-Michel das sinkende Schiff verlassen? Das würde er nie tun. Das kann er nicht machen! »Natürlich kommt er zurück, lassen wir ihm nur etwas Zeit. Vertrauen Sie mir«, erwidere ich im Brustton der Überzeugung. »Immerhin ist das *sein* Restaurant. Dort hat er so viel reingesteckt.« Ein Koch, der sein Restaurant verlässt, ist wie ein Pilot, der über den Notausgang mit dem Fallschirm abspringt.

Es ist einfach undenkbar. Absurd! Das wird schlichtweg nicht passieren.

Pip schnaubt. »Auch *ich* habe in das Restaurant investiert. Und es befindet sich in Octavias Hotel. Nur weil sein Name über der Tür steht, heißt das nicht, dass er darüber zu entscheiden hat, wann wir öffnen und wann wir schließen.« Ich höre, wie er am anderen Ende frustriert grunzt. »Aber es ist ebendieser verdammte Name, der den Unterschied ausmacht. Er hat uns an den Eiern, also tauchen Sie einfach ein paar Tage unter, Katie. Verschwinden Sie und beteiligen Sie sich nicht an Spekulationen. Ich rede mit Octavia. Sie hat Köpfchen, und das ist genau das, was wir jetzt brauchen. Wir treffen uns am Freitag, bis dahin werden wir alles wissen, um die nächsten Schritte einzuleiten.«

»Pip, er wird nicht zulassen, dass das Restaurant geschlossen wird. Vertrauen Sie mir, Jean-Michel würde es niemals so weit kommen lassen.«

»Ja, klar«, grunzt Pip, als er auflegt.

Aufgrund unvorhergesehener Umstände muss das *Marchand at The Rembrandt* vorübergehend geschlossen bleiben. Alle Tischreservierungen werden verlegt. Details zur Wiedereröffnung werden in Kürze bekannt gegeben. Wir entschuldigen uns aufrichtig für die entstandenen Unannehmlichkeiten und bedanken uns für Ihr Verständnis.
Katie Kelly, Grand Chef

Ich tippe diese Bekanntgabe, hefte sie an die Tür unseres Restaurants und veröffentliche sie in großen, fetten schwarzen Buchstaben auf unserer Website. Für die Wortwahl habe ich nicht lange gebraucht. Natürlich hat mich jedes einzelne Wort geschmerzt, als ich diese Bekanntgabe an mein eigenes Restaurant gehängt habe. Das lasse ich einen Moment wirken.

Wie groß ist die Wahrscheinlichkeit, dass so etwas noch einmal passiert? Wie kann es sein, dass dies das zweite Restaurant ist, das ich innerhalb weniger Jahre schließe? Ich komme mir wie die schwarze Witwe des Erfolgs vor. Nicht gerade die zuversichtlichste Auszeichnung für den eigenen Lebenslauf. Beim ersten Mal habe ich noch gedacht, die Welt gehe unter. Dass es unwiderruflich sei. Dass die Schließung mein Ende bedeuten würde und ich für immer und alle Zeiten zum Scheitern verdammt sei. Irgendwann bin ich dann zu der Überzeugung gelangt, dass wir alle nur einen Versuch bekommen. Und wenn wir den vergeigen, sind wir einen zweiten Versuch nicht wert. Aber das Leben ist weitergegangen. Ich habe es überlebt. Und aus meinem kleinen Restaurant, der Schaubühne meiner Träume, der Umsetzung meiner größten Bestrebungen, wurde wieder ein leerer Raum mit ein paar Tischen und Stühlen darin.

Ich googele die Postleitzahl, und schon taucht das Lokal auf der Website des Immobilienmaklers auf. *Pachtvertrag! Eröffnet bald unter neuer Leitung!* Ich blättere durch die Bilder; alles sieht aus, wie ich es zurückgelassen habe. Jetzt ist es jedoch der Traum eines anderen. Die ganze Zeit lang habe ich auf der Lauer gelegen und auf die geeignete Person gewartet, die das Ladenlokal neu pachtet. Auf eine Person, die mir ein wenig ähnelt. Wie es aussieht, haben sowohl das Ladenlokal als auch ich eine zweite Chance bekommen.

Jean-Michel hat mir diese zweite Chance gegeben. Er ist derjenige, der die Begeisterung in mir wieder entfacht hat. Er ist derjenige, der mich bis an meine Grenzen gebracht hat. Er ist der Grund, dass ich nicht mehr in der Parklands-Seniorenresidenz arbeite. Auf keinen Fall werde ich kampflos aufgeben.

Ich schnappe mir mein Arbeitshandy und rufe ihn an. Jede Wette, dass sich Jean-Michel heute Morgen schon ganz anders fühlt. Ich würde wetten, dass er lange ausgeschlafen hat und inzwischen viel klarer im Kopf ist. Ich bin seine rechte Hand. Ich bin sein Grand Chef. Ich war da, als dieses ganze Missverständnis entstand. Wenn es jemanden gibt, mit dem er darüber sprechen kann, dann würde ich meinen, dass ich das bin. Ich würde ihm gern sagen, dass es in Ordnung ist. Mir ist klar, dass er das Gefühl des Scheiterns gar nicht kennt – doch ich weiß genau, wie sich das anfühlt, und natürlich kommt es einem erst einmal wie ein Weltuntergang vor – dem ist jedoch nicht so. Das Leben geht weiter. Es führt einen geradewegs zum nächsten Halt. Mich hat es dort hingeführt, wo ich gerade bin – was weitaus mehr ist, als ich mir jemals für meine Karriere erhofft habe.

Rückblickend kann ich sagen, dass das, was mit meinem Restaurant passiert ist und zunächst wie ein gigantisches, persönliches Desaster ausgesehen hat, nur von kurzer Dauer war; im Grunde war es nicht mehr als ein Tropfen im weiten Meer. Eine anderthalbminütige Nachricht für die Einheimischen, das Schließen des Vorhangs, die Deaktivierung meiner Website. Danach habe ich meine Wunden geleckt und weitergemacht.

Das Handy klingelt und klingelt und klingelt. Ignoriert er auch mich?

Dann hört das Klingeln auf, die Leitung ist tot.

Offensichtlich ja.

Ich lege mich auf mein luxuriöses, extrabreites Doppelbett zurück und überlege, was zum Teufel ich jetzt machen soll. Denn ohne Arbeit habe ich absolut nichts. Rachel kann ich nicht anrufen, da sie wütend auf mich ist, weil ich sie sitzen gelassen habe. Und mit Alice kann ich auch nicht ausgehen, da sie bereits die Stadt verlassen hat, um die Prüfungen für ihre letzten Coaching- und Wellness-Module abzulegen. Ben sucht wahrscheinlich gerade Möbel für sein Apartment in New York aus, das er mit Francesca bezieht, Mel und Zoe laufen sich die Sohlen in der Parklands-Seniorenresidenz ab, und meine geliebte Martha ist tot. Da sitze ich nun in einem der schönsten, zentralsten und belebtesten Hotels der Welt, und ich will nichts anderes als heim.

29

Ich bin zurück. In der Hand halte ich meine Gusseisenpfanne und koche ein schnelles Pfannengericht für meinen Vater und mich.

»Ich verstehe nicht, wie um alles in der Welt Breitband oder eine Internetverbindung – oder wie nennt man das? WLAN? – zu einem Abbruch der Vertragsverhandlungen führen kann«, schimpft mein Vater, der mit der Teetasse in der Hand am Fenster steht und auf die wogenden Kornfelder hinausschaut. »Wen interessiert denn, dass es hier kein beschissenes Internet gibt? Man zieht doch nicht wegen der frischen Luft, der Weite, den Wanderwegen sowie der Ruhe und dem Frieden hier aufs Land raus, um dann hier einen multinationalen Konzern zu gründen, oder?«

Ich schaufele sein Ei und den Speck auf seinen Teller und schiebe dazu noch einen angerösteten Buttertoast daneben.

Mein Vater zwinkert mir zu. »Ah, ganz mein Mädchen! Du weißt, wie du mich glücklich machst, Katie, so viel steht fest!« Dann beißt er kraftvoll zu, und sämtliche Gedanken an Internet und Immobilienmakler treten in den Hintergrund, während er seinen Teller in Brown Sauce ertränkt.

Ich schaue mich in unserer alten Küche um und finde es wenig verwunderlich, dass kaum ernsthaftes Interesse an unserem Haus besteht, seit mein Vater es zum Verkauf anbietet.

Tief in meinem Herzen ist mir klar, dass es nicht nur am fehlenden Breitbandanschluss liegt. Natürlich liebe ich es über alles, wie das gesprenkelte Sonnenlicht auf die abgewetzten Arbeitsflächen und die Reihen der liebevoll gepflegten Kräuter scheint, die in von Hand bemalten Töpfen auf der Fensterbank aufgereiht stehen. Nicht von irgendeinem bekannten Kunsthandwerker, sondern von uns von Hand bemalt. Wir waren damals noch Kinder, hatten klebrige Hände und eine absolute Gleichgültigkeit gegenüber Form oder Gestalt, dafür aber sehr viel Spaß daran, die leuchtend bunten Farbkleckse auf die Töpfe aufzutragen, wenn man sich nicht gerade selbst damit beschoss. Ich bin nicht sicher, ob andere Leute diese sentimentalen Besonderheiten oder die anderen unverwechselbaren Schrullen des Hauses so zu schätzen wissen.

Denn man kann es nicht wirklich als Meisterwerk der zeitgemäßen Innenarchitektur bezeichnen. Dads selbst gebautes Holzregal über der tiefen Keramikspüle ist völlig windschief und biegt sich. Vor den Fenstern, durch die der Wind pfeift, hängen Mums handgenähte, vergilbte Vorhänge aus karierter Baumwolle. In der Ecke neben der Tür steht ein kleiner rechteckiger Tisch mit Bänken – das wirkt wie eine Sitzecke in einem kleinen Schnellrestaurant. Dort haben wir unsere Snacks gegessen, hastig die Hausaufgaben gemacht, gebügelt und alles abgelegt, was verloren gegangen war oder gefunden wurde, wie Fußballschuhe, Haarbürsten und so weiter. Es war auch der Ort, an dem Neuigkeiten miteinander geteilt und Mitteilungen oder Telefonnotizen hingelegt wurden. Als Teenager haben wir uns dort versammelt, bevor wir ausgegangen sind, um die Erwachsenen nicht zu stören, die im Wohnzimmer vor dem Fernseher saßen. Unter dem kleinen Tisch steht das mit einer Wolldecke ausgelegte Hundekörbchen, das mit einem ganzen Jahrzehnt von Hundehaaren gepolstert ist und an die Wand geschoben wurde, da unsere Conversesohlen jedes Mal gefährlich nah davor baumelten, wenn in der Küche das Leben tobte. Aber ich denke, dass es lange her ist, seit hier das letzte Mal richtig Leben in der Bude war. Ich bin schon lange in London, meine Brüder reisen aufgrund ihrer Jobs um die Welt, und Rachel ist mit einem Australier verheiratet. Da jetzt ein Baby unterwegs ist, sieht es aus, als habe sie sich dort ein eigenes Familienleben aufgebaut und hege keine Absicht, noch einmal zurückzukommen. Insbesondere, nachdem sie ja nun nach meinem Nichtauftauchen am Flughafen denkt, dass es mir egal ist, ob ich sie wiedersehe oder nicht.

Ich mustere die hellen, abgestoßenen Bodenfliesen, die abgenutzten Küchenschränke aus braunem Holz und die uralten Messinggriffe und stelle mir dabei vor, was die Immobilienmakler wohl gedacht haben müssen: *altmodisch und überholt, komplette Renovierung nötig. Es gibt Retro und es gibt* das *hier*.

Für mich ist dieser Raum, wo immerzu der Duft von salzigem Speck, geschmolzener Butter und starkem, gesüßtem Tee in der Luft hängt, wo die Hundenäpfe aufgebaut sind, schlammverkrustete Gummistiefel stehen, Magnete am Kühlschrank hängen, Einkaufslisten rumliegen und sich im Toaster die Krümel sammeln, perfekt; all meine Erinnerungen sind hier unter einem Dach versammelt. Wenn ich hier sitze, habe ich das Gefühl, wirklich ich zu sein, ohne etwas vorspielen zu müssen, ohne völlig überhöhte Erwartungen an mich zu stellen. Ehrlich gesagt könnte der Unterschied zwischen dieser Küche und dem *Marchand* nicht größer sein. Im *Marchand* hat alles seinen festen Platz: Jedes Küchenutensil, jeder Teller, jede Platte, jedes Küchengerät, jeder kleinste

Happen Essen, jede Person muss sich eine Legitimation erkämpfen. Hier jedoch kann man einfach sein, und das genügt. Alles ist da, wo man es zuvor liegen gelassen hat. Im *Marchand* wird jeder Teller innerhalb kürzester Zeit bearbeitet, jeder Bissen wird studiert und analysiert. In dieser Familienküche hier ist jeder einzelne Teller nach dem jahrelangen Gebrauch angeschlagen und gesprungen, und jeder Bissen gleicht einem Glücksfall, dass jemand anderes nicht zuerst drangekommen ist. Das Essen ist für die Hungrigen, es spendet Trost, es wird für Feiern aufgetischt. Mahlzeiten werden aus saisonalen und lokalen Lebensmitteln hergestellt, aus dem, was aufgebraucht werden muss und was verdammt gut schmeckt. Und dann, obendrein, ist immer mehr als genug da, sodass man sich beim Verlassen des Esstisches viel besser fühlt als noch zuvor beim Hinsetzen.

Kann es denn sein, dass ich beide liebe? Ergibt es überhaupt einen Sinn, dass ich die natürliche Leichtigkeit mag, die hier herrscht, aber mich genauso nach den Herausforderungen und dem Adrenalinkick der gehobenen Küche sehne? Diese habe ich erst vor wenigen Tagen hinter mir gelassen, doch ich vermisse sie bereits jetzt; in meinen Fingern spüre ich eine gewisse Rastlosigkeit.

Dad wirkt, als sei er in Gedanken verloren, als er mit seinem Brot zähflüssiges goldgelbes Eigelb aufwischt. »Ist das zu fassen, Katie? Drei Besichtigungen, und keiner von denen hat auch nur das kleinste bisschen Interesse gezeigt. Alle sind reingekommen, haben höflich genickt und sind wieder gegangen! Was wollen die denn? Das hier ist ein tolles Haus. Fünf Zimmer, zwei Bäder, eine Garage, Land. Was will man mehr? Ich verstehe das nicht.«

Ich jedoch verstehe es. Er hat recht, es ist ein tolles Haus, aber für die Käufer, die frisch aus der Stadt kommen, vom

Landleben träumen und moderne, städtische Erwartungen haben, verkauft sich das hier nicht als rustikaler Charme, sondern als überladener, alter Ramsch. Und sobald sie mitbekommen, dass es keine Breitbandverbindung gibt, ist das Haus komplett abgeschrieben. Ohne auch nur einen Fuß in die obere Etage oder den Garten gesetzt oder sich die Aussicht ringsum angesehen oder das Land begutachtet zu haben, drehen sie sich auf dem Absatz um und eilen mit einem »Nein, danke« zur Haustür raus.

Natürlich kommt es mir entgegen, dass kein Interesse am Haus besteht. Denn ich kann nicht verhehlen, wie viel es mir bedeutet. Ich streiche mit den Fingern über die Nieten auf unserem großen Holztisch und denke an all die Erinnerungen, die ich hier gesammelt habe, manche davon glücklich, manche aber auch traurig. Hier wurde unser Haar geschnitten. *Der Salon zum schiefen Pony.* Normalerweise am letzten Abend der Ferien, bevor die Schule wieder losging. Am folgenden Tag mussten wir also nicht nur früh aufstehen, sondern sahen dazu auch noch wie geschorene Strafgefangene oder Novizinnen aus. Mum war einfach keine Friseurin, daher schnitt sie einfach weiter, bis sich alles von selbst ausgeglichen hatte und wir aussahen, als seien wir skalpiert worden. Das ist auch der Ort, an dem meine Mutter sich eines Abends kurz nach meinem dreizehnten Geburtstag mit mir hingesetzt hat, als alle anderen schon im Bett waren und mein Dad im Wohnzimmer fernsah. Sie bat mich auf eine Tasse Tee in die Küche und reichte mir die Schere.

»Katie, jetzt bist du eine Teenagerin, und ich weiß, dass du erwachsen genug bist, deswegen musst du mir einen ganz besonderen Gefallen tun.« Danach hat sie das Tuch, das sie um den Kopf trug, abgenommen, und ich sah, dass sich dort, wo früher einmal welliges blondes Haar gewesen war, nun nur noch einzelne dünne Strähnen befanden. »Ich hasse es, dabei zugucken zu müssen, wie es ausfällt. Kannst du mir die Haare abschneiden?« Das habe ich getan. Ich habe jede Träne, die mir die Wangen hinunterlief, aufgeleckt und die Nase einfach laufen gelassen – aus Angst, mich mit meinem aufgewühlten Schniefen zu verraten.

Mit Tränen in den Augen hat sie mich angelächelt und gemeint, ich hätte meine Sache gut gemacht. Und dann hat sie mich auf die Stirn geküsst und gesagt, dass es noch so viel gäbe, worauf ich mich freuen könne, was meine Begeisterung wecken würde.

»Nutze deine Chancen und versuch dein Glück, Schatz. Hab keine Angst, weil ich dich immer anfeuern werde, okay?«

Und dann sind mir die Tränen nur so übers Gesicht gelaufen, Schluchzer brodelten mir aus dem Hals, und jeder einzelne meiner Körperteile hat gezittert, als ich an diesem Tisch saß und meine Mutter gehalten habe wie noch nie zuvor.

Mir wird gerade etwas klar. Selbst in den schlimmsten, furchtbarsten, schmerzlichsten Momenten hat meine Mutter auf ihre stille, selbstlose, tapfere Art das Kommando übernommen. Sie traf die nächste Entscheidung darüber, was für sie am besten war. Und ich denke, dass auch Martha das getan hat. Und vielleicht ist das auch genau das, was ich tun sollte. Jetzt ist nicht der Zeitpunkt, um lautstark, egoistisch und voller Angst vor dem Ungewissen zu sein. Es ist der Zeitpunkt gekommen, tapfer und mutig zu sein.

Mein Dad legt mir die Hand auf die Schulter. »Weißt du, manchmal, wenn ich allein bin, rufe ich ihren Namen.«

Tränen brennen mir in den Augen aufgrund der Gefühle, die ungebeten hochkommen. Ich schaue zu ihm auf.

»Ich weiß, es ist total verrückt, aber ich stehe dann unten an der Treppe und rufe: ›Catherine! Catherine!‹ In jenem

Bruchteil einer Sekunde schaffe ich es, mir einzureden, dass ich eine Antwort bekomme. Dass immer noch eine Antwort kommen könnte. In jenem Bruchteil einer Sekunde, bevor die Stille hereinflutet und meine irre Hoffnung wieder einmal fortspült, ist es, als sei sie noch da. Und als seien wir so, wie wir einmal waren. Nur ein normaler, schöner, ganz gewöhnlicher Moment, in dem ich von der untersten Treppenstufe aus nach oben rufe und sie mir antwortet.«

Ich mustere Dads Gesicht, seine geschlossenen Augen, während er mir seinen Weg beschreibt, wie er gleichzeitig versucht zurückzublicken und nach vorn zu schauen. Und dann trifft mich eine Erkenntnis. Mir wird schlagartig klar, wie unfair ich gewesen bin. Als ich nicht zugelassen habe, dass er alles in die Hand nimmt. Dass ich ihn gebeten habe, hier auszuharren, inmitten all dieser Erinnerungen, so wunderschön wie schmerzlich sie auch sind, während wir alle gegangen sind und unser Leben weitergelebt haben. Der arme Dad ist hiergeblieben, die ganze Zeit, bis wir so weit waren. Oder eher: bis ich so weit war.

Mein Blick wandert zur Pinnwand, die am Kühlschrank hängt, an der herausgerissene Reiseartikel aus Magazinen und Zeitungen über Australien hängen und an jede nur mögliche Stelle geheftet sind: Werbung für günstige Flüge, Pauschalreisen, Zwischenstationen, Orte, die man gesehen haben muss, Orte, an denen man bleiben sollte.

Ich deute auf die Pinnwand. »Du hast dich schon mit dem Thema und deinen Abenteuern beschäftigt?«

Er sieht mich an und nickt. »Soll ich es dir mal zeigen?«

»Das fände ich schön.« Es wird Zeit. Es wird für meinen Vater höchste Zeit, nach vorn zu blicken und alles andere loszulassen.

Wir verbringen den Rest des Tages damit, die untere Etage

zu entrümpeln und alle unwichtigen Dinge drei Kartons zuzuordnen: Müll, Wohltätigkeitsverein oder Aufbewahren. Es ist schwer, alles durchzugehen. Für mich ist jede Ecke mit Mums Leben erfüllt – ihre Fotoalben und Bücher, ihre Handschrift und ihr Geschirr: Alles hat hier seinen Platz.

Ein Teil von uns allen, denke ich, will das Haus so belassen, wie es ist, als eine perfekte Zeitkapsel. Wie können wir nur Veränderungen an dem Haus vornehmen, in dem meine Mutter uns großgezogen hat? Wie können wir nur ein einziges Teil weggeben? Wie können wir dieses Haus zum Verkauf anbieten, das nie jemand anderem gehört hat? Dieses Haus ist der einzige Ort, an dem wir meine Mutter gekannt und erlebt haben. Die Antwort auf diese Fragen lautet, wir *können* es nicht, aber wir *müssen* es. Es ist immer das Gleiche nach dem Tod eines geliebten Menschen: Man kann sich nicht vorstellen, dass sich die Welt weiterdreht, doch sie tut es irgendwie doch. Man kann sich nicht vorstellen, je wieder einen Fuß vor den anderen zu setzen, und doch schafft man es irgendwie. Man will alles für immer festhalten, aber es gelingt nicht. So sieht's aus. Festhalten und Loslassen zerreißt einen. Das kotzt mich an.

Nachdem einmal alles Gerümpel fort ist, wirkt das Haus viel größer. In meiner Vorstellung hatte ich befürchtet, es könnte nackt und seelenlos aussehen, aber das ist nicht der Fall. Es wirkt hell, geräumig und luftig, und ich merke auch, wie erleichtert mein Dad ist.

»Katie!«, höre ich meinen Dad plötzlich vom Dachboden herunterrufen. »Komm mal! Schnell!«

Ich lasse die Tasche fallen, die ich gerade durchsuche, laufe in den Flur und klettere die Leiter zum Dachboden hinauf, während ich nach oben ins Zwielicht starre und herauszufinden versuche, ob das heisere Krächzen in seiner Stimme durch Aufregung oder Verzweiflung ausgelöst wurde. Ich komme oben an und entdecke Dad, wie er vor einer cremefarbenen Schachtel hockt, die mit einem gekräuselten Stoff ausgekleidet ist. Seine Hände sind unter einer Schleppe aus weißer, wellenförmiger Spitze und perlenbesetztem Satin verschwunden.

»Das ist das Hochzeitskleid deiner Mutter. Wir haben es damals, als Rachel geheiratet hat, nicht gefunden. Ich hatte keine Ahnung, wo es hingekommen war, und habe erfolglos das ganze Haus auf den Kopf gestellt. Und jetzt siehe da, heute komme ich hierher und wäre beinahe darübergefallen.« Mein Dad schüttelt ungläubig den Kopf. Dann hält er sich den Stoff vors Gesicht und schnuppert daran. »Sie war ein echter Hingucker darin. Ein absoluter Traum.« Er schaut zu mir auf, während ihm die Tränen kommen. »Je älter du wirst, Katie, desto ähnlicher wirst du ihr. Manchmal muss ich wirklich zweimal hingucken.«

Ich lächle und gehe neben ihm in die Hocke, streiche über den weichen, hauchzarten Stoff eines Kleides, das nur einmal getragen wurde, von einer einzigen Frau, vor so langer Zeit, und dennoch verspüre ich sofort eine besondere Verbindung zu dem Kleid, fast eine Art Nachricht.

Dad schaut mich an. »Klänge es nicht so irre, würde ich sagen, dass es ihre Art ist, uns etwas mitzuteilen.« Währenddessen reibt er sich die Augen, peinlich berührt, so albern und sentimental zu klingen. Aber ich stimme ihm zu.

Ich hole das ganze Kleid aus dem Karton. Es ist wunderschön: ein schlichtes, elegantes Kleid aus klassischer Spitze, genau das Kleid, das Rachel an ihrem Hochzeitstag gern getragen hätte, um sich Mum nah zu fühlen und das Gefühl zu haben, sie sei dabei gewesen.

»Ich packe es ein, Dad. Warum gehst du nicht runter und

setzt Teewasser auf? Ich finde, wir haben uns eine Pause verdient.«

Er nickt und klettert rückwärts die knarrende Dachbodenleiter hinunter.

Rachel hat es bereits verpasst, das Kleid an ihrem besonderen Tag zu tragen, und eine Hochzeit habe ich auch in näherer Zukunft nicht auf dem Plan.

Ich binde die mit Stockflecken versehene Satinschleife zu und puste den Staub vom Deckel der Schachtel, während ich genau weiß, dass ich das Kleid behalten werde, auch ohne eine Ahnung zu haben, wozu. Aber es ist schon so lange im Familienbesitz, dass es zu uns gehört. Außerdem könnte ich die Vorstellung nicht ertragen, diejenige zu sein, die es wegschmeißt.

*

Wir schrubben die Fliesen, Wände und sämtliche Oberflächen ab, bis sie glänzen und den zitronigen Geruch eines starken Bleichmittels verströmen. Die Vorhänge weichen wir in einer Wanne ein, und bevor ich sie wieder aufhänge, werde ich morgen von Hand alle Risse oder verschlissenen Stellen ausbessern.

»Ich glaube, dass das Haus jetzt innerhalb kürzester Zeit einen Käufer finden wird, Dad«, stelle ich fest, als wir bei einer Tasse Tee zusammensitzen. Unsere Hände sind ganz rau und runzelig von der großen Scheueraktion.

Er lächelt still in sich hinein und legt seine Hand auf meine. »Du meinst also, ich werde doch noch meinen ersten Enkel vor meinem sechzigsten Geburtstag besuchen können?«

»Auf jeden Fall! Du wirst doch erst im nächsten Jahr sechzig!«, erwidere ich. Aber mir entgeht sein unsicherer Blick nicht.

»Wir haben aber immer noch kein WLAN, egal, wie sauber und ordentlich es hier ist.«

»Es geht aber nicht immer nur um WLAN und Internetverbindungen, Dad. Manche Leute wollen gar nicht ans Internet angeschlossen sein! So, es wird Zeit, dass wir die Sache in die Hand nehmen. Morgen nehmen wir die obere Etage in Angriff. Im besten Licht am Morgen werde ich einige Bilder von den Zimmern machen, eine ganz neue Anzeige schreiben, das alles dann auf verschiedenen unabhängigen Immobilienseiten und in Foren hochladen, wenn ich in die Stadt fahre. Du wirst schon sehen. Vielleicht verkaufen wir das Haus nicht sofort, aber für den Anfang könnten wir es auch vermieten, sodass du um diese Zeit nächsten Monat schon außerhalb des Landes sein könntest. Na, wie klingt das?«

Ich werfe einen Blick auf ein winziges, gerahmtes, unscharfes Foto, das auf einer Schachtel steht. Darauf sind Mum und Dad zu sehen, die mich als Baby im Arm halten und draußen vor dem Gartentor dieses Hauses stehen. Mir fällt wieder ein, dass mein Dad mir einmal erzählt hat, dass sie als Teenager ein Paar gewesen seien, sich dann aber aufgrund einer ganzen Reihe alberner Gründe wieder getrennt hätten.

»Ich habe diese Zeit der Trennung gebraucht, um zu merken, was ich da verloren habe«, hat er gesagt, *»also habe ich Himmel und Hölle in Bewegung gesetzt, um Catherine zurückzugewinnen. Gott sei Dank hatte ich den Mumm, das noch einmal anzugehen, und Gott sei Dank hatte deine Mutter den Mumm, uns noch eine zweite Chance zu geben. Denn sonst hätten wir das große Abenteuer Leben verpasst, das uns erwartet hat. Manchmal ist es einfach so, dass der Zeitpunkt nicht der richtige*

ist. Aber wenn er richtig ist, dann fügt sich alles, und es läuft alles wie von selbst.«

Mein Vater zieht die Augenbrauen hoch. »Meinst du ernsthaft? Glaubst du wirklich, jemand will das Haus haben?«

»Mit Sicherheit sogar. Jetzt trink aus und geh zu Bett, Dad, wir haben morgen einen langen Tag vor uns. Und Gott allein weiß, wie viele lange Tage danach noch folgen.«

*

Das ist die Vergangenheit. Doch ich muss meine Gedanken auf die Gegenwart konzentrieren. Es wird höchste Zeit, die Verantwortung zu übernehmen und in die Zukunft zu blicken. Denn so oder so wird die Zukunft kommen, und ich muss – nein, das muss ich korrigieren, ich *will* – ein Teil davon sein. Ich will das Beste aus jedem Moment und jeder Chance machen, die sich mir bietet. Und ich wünsche mir, dass mein Dad das Gleiche macht.

Ich fotografiere jedes Zimmer des Hauses und tippe eine Beschreibung – so, wie ich ein Menü formulieren würde, weil ich begriffen habe, dass wir nicht nur eine Anhäufung von Steinen auf den Markt werfen, sondern das Erlebnis anbieten, hier zu leben. Als ich einmal angefangen habe, fließen die Worte nur so aus mir heraus, als wüsste die Seele dieses Hauses genau, was sie mitteilen will.

Hier bietet sich die seltene Gelegenheit, ein entzückendes irisches Bauernhaus zu erwerben. Es befindet sich inmitten von beschaulichen, lauschigen Gärten und ist von Feldwegen, Seen und Flüssen gesäumt, die gemütliche Spaziergänge und absolute Entspannung ermöglichen.

Dieser fantastische ländliche Rückzugsort ist frei von jeder Hektik, dem Rummel des modernen Lebens sowie der Flut der technologischen Ablenkungen. Umgeben von Rotwild, Füchsen, Schleiereulen und Wildlachsen kehren Sie hier zur Natur zurück. Die tolle Aussicht von der Küche auf wogende Felder, gesäumt von vielen weitläufigen Wegen für Wanderer, Hundebesitzer und Reiter, ist atemberaubend.

Dank des traditionellen offenen Kamins, der mit Holz befeuert wird, hat man es selbst beim stürmischsten Atlantikwetter drinnen schön warm und gemütlich. Das Haus verfügt über fünf große Zweibettzimmer, zwei große Badezimmer mit großzügigen, frei stehenden Badewannen sowie eine große Holzterrasse mit Sitzgelegenheiten, wo an der frischen Luft gegessen oder ein Glas Wein genossen werden kann, während man den Sonnenuntergang betrachtet und die Sterne in einer vollkommen unberührten Ecke der Welt am Himmel aufgehen sieht.

Paare, Abenteurer, Familien, größere Gruppen und Haustiere werden sich hier äußerst wohlfühlen. Grenzenloser Platz, Kletterbäume und Reifenschaukeln können erobert werden, man kann Brombeeren sowie Waldpilze nach Herzenslust schmausen. Kinder und Familien erleben hier unbegrenzten Spaß, Künstler und Schriftsteller genießen die kreative Inspiration, die sie in der ungestörten Ruhe und Beschaulichkeit dieser idyllischen, ländlichen Kulisse finden.

Antik möbliert. Verkehrsgünstige Anbindung an den Flughafen mit regelmäßigen Verbindungen nach Großbritannien und Europa. Befindet sich in unmittelbarer Nähe zu Süßwasserflüssen und Seen sowie auf dem Weg zu malerischen Küsten und Stränden der spektakulären Küstenstraße Wild Atlantic Way. Dieses Haus bietet eine charmante Flucht aufs Land und wird zweifellos schnell einen neuen anspruchsvollen Käufer oder Mieter finden.

Nachdem ich meinen Text auf Rechtschreibfehler überprüft, ihn formatiert und Fotos, die ich aufgenommen habe, hinzugefügt habe, lasse ich meinen Vater darüberschauen, um sicher zu sein, dass er damit einverstanden ist.

Er blinzelt auf das kleine Display meines Handys und klickt sich während des Lesens durch die entsprechenden Fotos. Als er dann wieder zu mir aufschaut, reibt er sich mit beiden Händen über die Wangen, als wolle er tatsächlich versuchen, sich das Lächeln von den Lippen zu wischen.

»Bei einer solchen Anzeige fange ich mal lieber gleich an zu packen. Australien, ich komme!«

30

Mein Vater setzt mich im Dorf ab, damit ich eine Internetverbindung bekomme, um die Immobilienanzeige hochzuladen und sofort online zu stellen. Vor dem *Nallen's*, unserem alten Dorfpub, hält er an, wo ich ein paar alte Männer mit Schiebermützen, die vor der Pubtür stehen und rauchen, lächelnd begrüße. Nachdem ich das gemütliche, vom Kaminfeuer gewärmte Innere betreten habe, bestelle ich einen Irish Coffee (denn hier bekommt man den leckersten Irish Coffee, den ich je getrunken habe) und setze mich in ein ruhiges Eckchen des Pubs. Danach logge ich mich über das Passwort »Wennnichtjetztwanndann?« ins WLAN ein.

Sobald mein Mobilteil verbunden ist, wird es ruckelnd wieder zum Leben erweckt: Aufgrund der Flut von Benachrichtigungen, verpassten Anrufen, Sprachnachrichten und Social-Media-Mitteilungen, die die ganze Zeit nicht durchgekommen sind, als ich bei meinem Vater ohne Empfang war, vibriert mein Handy nun ständig.

Ich scrolle mich durch meinen Mailrückstand und lösche schonungslos alle Werbemails und anderen Müll. Unzählige unbekannte Nummern, wahrscheinlich Pressevertreter, die auf der Suche nach einem Exklusivbericht über Jean-Michels Ausraster sind, wollen den wahren Grund für unsere plötzliche Schließung erfahren. Eine gewisse Beharrlichkeit kann man ihnen nicht absprechen; eine der Nummern hat mich sage und schreibe siebenmal angerufen!

Mir fallen ein paar Anrufe von Ben auf. Ich kann mir schon denken, was er von mir will. Er will sehen, wie es mit dem Restaurant läuft. Ein Versuch, in Kontakt zu bleiben, nachdem wir uns als »Freunde« wieder angenähert haben. In meiner Magengrube zieht sich alles zusammen. Wieder habe ich vor Augen, wie Francesca ihren vollen, glänzenden Schmollmund auf seine Lippen gepresst hat. Nee. Sorry. Das kann ich nicht. Ohne auch nur eine einzige seiner Nachrichten gelesen zu haben, lösche ich sie. Ich habe keine Lust, von all den tollen Dingen zu erfahren, die Ben und Francesca zusammen in New York genießen. Ich hatte es gerade geschafft, über ihn hinwegzukommen, und das war schon hart genug. Ich habe keine Lust, das alles noch einmal durchzumachen. Ich hole tief Luft und beschließe, dass ich die Sache durchziehen muss, wenn es mir ernst ist. Daher blockiere ich auch noch Bens Nummer. Da. Vorbei. Jetzt ist es wirklich endgültig aus.

Von Alice sind ebenfalls Nachrichten eingegangen, aber nichts von Rachel. Ich weiß, dass sie immer noch beruflich unterwegs ist, weshalb sie sich derzeit irgendwo in den USA aufhält. Ob der Zeitpunkt wohl geeignet ist, sie zu kontaktieren? Ich habe keine Ahnung. Aber was soll's, noch wütender auf mich kann sie nicht werden. Wenn ich die Sache zwischen uns wieder geradebiegen will, dann jetzt oder nie, beschließe ich. Ich habe nicht viel zu verlieren, und immerhin bin ich diejenige, die Mist gebaut hat; ich war auch diejenige, die sich isoliert hat, und ich war diejenige, die sie sitzen gelassen hat. Also muss ich auch diejenige sein, die ihren Stolz herunterschluckt und sich alle Mühe gibt, alles wieder ins

Lot zu bringen, bevor ich den Kontakt vollkommen zu ihr verliere.

Ich rufe die Anzeige auf, die ich für das Haus geschrieben habe; ich werde sie Rachel zum Drüberschauen senden, bevor ich sie im Internet hochlade. Hoffentlich gefällt sie ihr. Hoffentlich begreift sie, dass ich meine Meinung geändert und verstanden habe, dass es hier nicht um mich geht; sondern dass es um Dad geht und darum, dass er nach vorn schauen muss. Hoffentlich begreift sie auch, dass es mir leidtut. Dass ich es ernst meine und an mir arbeite, um ein besserer Mensch zu sein.

Operation »Dad fliegt nach Australien« ist gut gestartet.
Was sagst du dazu?
Küsschen, Katie

Gerade als ich auf »Absenden« drücke, kommt mein Irish Coffee. Vielleicht antwortet mir Rachel, vielleicht auch nicht. Möglicherweise sieht sie die Nachricht auch erst morgen; eventuell tut sie auch so, als hätte sie sie nie erhalten. Sie könnte sie sofort löschen. Und wenn sie das tut, bedeutet das lediglich, dass ich mich weiter anstrengen und bemühen muss. Weil ich eine so blöde, egoistische, dumme Kuh gewesen bin und sie meine Schwester ist, die ich verdammt lieb habe.

Ich lehne mich zurück und trinke den ersten warmen, cremigen Schluck. Es schmeckt himmlisch. Als ich mir die buttrige, leicht bittere Mischung aus Kaffee und Sahne von den Lippen lecke, während der feurige Whiskey mir im Rachen brennt, beschließe ich, dass es noch andere Leute gibt, zu denen ich Kontakt aufnehmen muss; auch *Nallen's* Passwort ermahnt mich deutlich. »Wenn nicht jetzt, wann dann?« In der Tat. Ich habe schlichtweg zu viel Zeit damit verbracht, die wichtigsten Beziehungen in meinem Leben zu vernachlässigen. Meine Lektion habe ich gelernt, und mit dem zweiten Schluck Irish Coffee schwöre ich mir, das zu ändern. Ein Schluck nach dem anderen.

Ich setze das Glas an die Lippen, mache ein Selfie, wie ich mit ausgestreckter Zunge das warme Innere des glockenförmigen Glases auslecke, und schicke Folgendes an Alice.

Jede Wette, dass du schon vergessen hast, wie lecker das ist! Sitze im *Nallen's* und denke an dich, während ich in mich gehe. Mit anderen Worten: Ich trinke allein. Wie läuft es mit deinen Prüfungen?

Sitze gerade vor dem Prüfungssaal, sodass ich noch schreiben kann … Heute das letzte Coaching-Modul. Erinnerst du dich noch an Ryan, den Personalleiter?

Den du bei einem Kurs kennengelernt hast?

Genau der! Er hat mir einen Vertrag für sein Unternehmen angeboten. Er sagt, dass es dafür eine große Marktlücke gibt. Offenbar bin ich nicht die einzige gestresste, überarbeitete Angestellte in der Stadt mit Burn-out, die die Nase voll hatte; es gibt Tausende. Wir planen jetzt unser eigenes Wochenendseminar:

Coaching, Ernährung, Meditation, Zeit-Management ... Wir wissen zwar noch nicht, wo und wann, aber wir sind so was von AUFGEREGT!

Alice! Das ist ja wunderbar! Du Heldin!

Alles nur dank dir und deinen verrückten Träumereien. Aber ich verstehe dich jetzt soooo gut! Wenn man einmal etwas macht, das man liebt, dann kann man sich gar nicht mehr vorstellen, etwas anderes zu machen, oder?
Jetzt muss ich nur noch den perfekten Veranstaltungsort in der perfekten Location finden, dann kann das ganzheitliche Programm mit »Flucht zu dir« losgehen!

Gerade als ich ihr antworten will, wird eine weitere Nachricht angezeigt.

Sorry, muss jetzt los, während der Prüfung muss ich das Handy ausschalten. Wünsch mir Glück!
Küsschen, Alice

Ich wünsche ihr natürlich viel Glück, und da ich das Handy immer noch in der Hand halte, schaue ich schnell nach der Nachricht, die ich Rachel geschickt habe.

Immer noch keine Antwort.

Sie ist aus beruflichen Gründen unterwegs, daher könnte sie gerade überall sein: in einem Meeting, im Tiefschlaf im Bett, im Flugzeug. Ich hoffe inständig, dass das wirklich die Gründe dafür sind, warum sie mir noch nicht geantwortet hat. Obwohl da natürlich der Wunsch der Vater des Gedankens ist.

Bevor ich an die Bar gehe und mir einen zweiten Kaffee bestelle, wandert mein Blick noch einmal aufs Handydisplay. Dort entdecke ich ein blaues Häkchen, das unterhalb meiner Nachricht auftaucht. Sie ist online! Jetzt gerade! Sie hat meine Nachricht gelesen. *O bitte, Rachel, ignorier sie nicht! Ich ertrage das nicht, wenn du nicht mehr mit mir sprichst. Ich ertrage auch die Vorstellung nicht, dass du so weit weg bist und jedes Mal die Augen verdrehst oder wütend wirst, wenn du an mich denkst!*

Drei graue Punkte tanzen unter meiner Nachricht. Rachel schreibt etwas! Mir schnürt es die Kehle zu – *bitte sag jetzt nicht, dass ich mich verziehen soll. Bitte mach es nicht schwerer, als es ohnehin schon ist!*

Und dann taucht ihre Antwort auf meinem Display auf.

Hast du das geschrieben?

Ich kann den Tonfall nicht deuten. Freut sie sich oder ist sie stocksauer?

Ja. Dad wünscht sich nichts sehnlicher, als dich zu sehen und für dich und das Baby da zu sein, deswegen dachte ich, ich versuche mal, ein wenig Interesse für das Haus zu wecken. Ist das so in Ordnung für dich?

Oje. Ich bin nervös. Ich hoffe, ich habe sie nicht schon wieder verärgert.

Klar, das ist brillant!
Dann richte ich jetzt wohl mal besser das Gästezimmer her! Du bist ja ein echtes Werbegenie. Die »anspruchsvollen Käufer oder Mieter« werden sich um die »ungestörte Ruhe und Beschaulichkeit dieser idyllischen, ländlichen Kulisse« schlagen, verdammt noch mal! Du bist echt die Queen des Schönredens!
Hast du kurz Zeit? Ich bin in fünf Minuten in meinem Büro, dann können wir skypen, wenn das bei dir passt?

Na klar, ich freue mich!

Und just als ich es mir an meinem ruhigen Plätzchen in der Ecke dieses behaglichen Pubs bequem machen will – total aufgeregt, dass ich gleich meine kleine Schwester zum ersten Mal seit einer halben Ewigkeit sehen werde (und den Babybauch zum allerersten Mal) –, habe ich einen Geistesblitz.

Ich schicke die Immobilienanzeige von Dads Haus an Alice. Denn ich denke, wir haben alles, wonach sie sucht.

31

Lange nachdem ich mich von einer strahlenden, kichernden Rachel verabschiedet habe, muss ich immer noch in mich hineingrinsen, weil sie mich als dumme Kuh bezeichnet hat, bevor ich das selbst tun konnte. Nach der Flut der tränenreichen Emotionen, die mich überwältigt haben, als sie mir erklärt hat, dass alles gut sei, dass sie Verständnis habe und für mich nur das Beste wolle, dass ich nicht so hart zu mir sein und mir nicht so viel abverlangen solle, trockne ich mir immer noch die Tränen und putze mir die Nase. Sie hat gesagt, dass sie mich lieb habe, komme, was wolle. Und dass ihr kleiner, wachsender Bauchzwerg ganz stolz auf seine »wunderbare« Tante Katie sei.

Es war eine unglaubliche Erleichterung, mit ihr ins Reine zu kommen, mich mit ihr auszusprechen und dabei nicht so tun zu müssen, als sei alles perfekt, obwohl es das nicht ist. Ich habe nie gemerkt, wie viel Kraft es kostet, dauerhaft diese Abwehrhaltung aufrechtzuerhalten, andauernd auf der Hut zu sein und grundlos zu kämpfen – und alles nur aufgrund von Verurteilungen, die allein in meinem Kopf existiert haben. Ich habe konstant Kritik vorgegriffen und Antworten parat gehabt, um mich zu schützen, während doch in Wahrheit all diejenigen, denen ich wichtig bin, einfach nur wollten, dass ich glücklich bin. Nicht perfekt, ultraerfolgreich oder die Beste ihres Fachs: einfach nur glücklich. Ich habe Rachel alles gebeichtet, wahrheitsgemäß. Angefangen bei Marthas Tod, der so viele Erinnerungen an Mums Tod geweckt hat, über die Erkenntnis, dass ich immer mehr wie Jean-Michel geworden bin, indem ich das Restaurant an erste Stelle gesetzt habe, bis hin zu der Erkenntnis, für die ich tatsächlich bis jetzt gebraucht habe, um sie zu verstehen: dass ich Ben vermisse und mir sehnlichst wünschte, vieles anders gemacht zu haben.

Aber ich habe auch Tränen des Glücks in den Augen. Ich habe Dads Haus in verschiedenen Verkaufs- und Vermietungs-Webseiten eingestellt, habe gerade einen vierten Irish Coffee bestellt und das Gefühl, dass ich noch einiges mehr erledigen kann.

Ich könnte noch einen weiteren Anruf tätigen, obwohl Pip gemeint hat, er würde nicht rangehen. Schließlich hat er mich ja beim letzten Mal weggedrückt. Aber wenn ich eines über Jean-Michel weiß, dann, dass sich die Dinge sehr schnell ändern können. Gestern wollte er vielleicht noch allein sein, aber heute könnte er schon wieder im Zentrum des Interesses stehen wollen. Natürlich hat Pip mir geraten abzuwarten. Aber meine Zukunft steht auf dem Spiel, genauso sehr wie die des Restaurants und Jean-Michels.

Ich hebe den Finger und halte kurz über dem Display inne. Vielleicht geht er gar nicht ran. Schlimmer wäre es, wenn er mir die Mutter aller Wutanfälle, einen waschechten Shitstorm, durchs Telefon um die Ohren haut. Ich kaue auf der Unterlippe herum. Was soll ich tun und sagen, wenn er zum Angriff übergeht? Na ja, angesichts der winzigen Wahrscheinlichkeit, dass er ans Telefon geht, ist das durchaus ein Risiko, das ich eingehen will. Ich werde ihn definitiv ausreden lassen, und wenn es mir dann zu viel wird, kann ich immer noch auflegen. Mein Finger verharrt über der Anruftaste. Er kann ein durchaus beängstigender, unberechenbarer Mistkerl sein. Aber so oder so muss ich wissen, woran ich bin. Ich nehme das Heft in die Hand und werde fragen, was los ist und wie es um meine Zukunft bestellt ist, da diese in seinen Händen liegt. Jean-Michel ist der Einzige, der meine Fragen beantworten kann. Außerdem möchte ich wissen, ob es ihm gut geht, und ihn wissen lassen, dass ich für ihn da bin. Wenn er mich an sich heranlässt und mich ihm helfen lässt, werde ich ihn unterstützen, wo ich nur kann. Für Jean-Michel habe ich immer schon mein Bestes gegeben, und wenn er jetzt so tief in der Klemme steckt, werde ich ihn nicht im Stich lassen. Durch meine eigene Restaurantschließung weiß ich, dass man sein Scheitern nur noch weiter verschlimmert, indem man den Kopf in den Sand steckt, das Problem ignoriert und nicht um Hilfe bittet.

Ich rufe seine Nummer auf.

Ich muss es versuchen. Vielleicht, nur vielleicht, kann ich helfen.

Am anderen Ende der Leitung klingelt es, und ich merke ein Ziehen im Magen. Es klingelt ein zweites Mal. Und ein drittes. Ich hole tief Luft.

Fast ein wenig erleichtert erfinde ich eine neue Telefonetikette – »Mehr als viermal klingeln lassen ist unhöflich« – und will gerade auflegen, um stattdessen eine Textnachricht zu schicken.

»Hallo?«

Du meine Güte! Er ist es. Es ist Jean-Michel!

»Katie, sind Sie das?« Er klingt erschöpft, als hätte ich ihn gerade aufgeweckt.

»Ja, ich bin's. Tut mir leid, dass die Verbindung so schlecht ist, aber ich bin zu Hause in Irland. Ich wollte nur – ich wollte wissen, wie es Ihnen geht.«

Stille, gefolgt von einem tiefen Seufzen.

»Jean-Michel, geht es Ihnen gut?«

»*Non*«, erwidert er und senkt die Stimme zu einem Flüstern. »Können Sie herkommen?«

Damit hatte ich nicht gerechnet. Nie im Leben hätte ich bei Jean-Michel mit einer solchen Verletzlichkeit gerechnet. Niemals.

»Natürlich kann ich kommen«, erwidere ich. Die Sache mit meinem Dad und dem Haus habe ich auf den Weg gebracht, und Rachel und ich haben uns vertragen, sodass ich bereit bin zurückzukehren. Und dieses Mal werde ich besser vorgehen.

Er räuspert sich. »*Merci,* Katie. Ich muss … Ich muss mit Ihnen reden, von Angesicht zu Angesicht. Wir treffen uns morgen im Restaurant.«

»Ich nehme gleich den nächsten Flieger. Bis dahin möchte ich, dass Sie sich keine Sorgen machen, okay? Alles wird gut.«

»Das wird es. Bald«, erwidert er und legt auf.

32

Als ich um die Ecke biege und die Straße zum *Rembrandt Hotel* überqueren will, wartet Jean-Michels Ehefrau bereits vor der Eingangstür auf mich. Sie trägt eine überdimensional große Sonnenbrille, einen schwarzen Mantel sowie eine schwarze Hose. Sie sieht aus, als würde sie gleich zu einer Beerdigung gehen.

Schnell hüpfe ich die Stufen hoch und halte ihr die Hand zur Begrüßung hin. Sie jedoch schlingt ihre Arme um mich und drückt mich fest an sich.

»Vielen Dank, dass Sie gekommen sind, Katie. Ich glaube nicht, dass Jean-Michel je einen Chefkoch gehabt hat, den er nicht vergrämt hat, ganz zu schweigen von einem Chef, der sich wirklich um ihn gesorgt hat.«

Suchend blicke ich über ihre Schulter hinweg. »Wo ist er?«, frage ich. »Er wollte persönlich mit mir sprechen.«

Sie erstarrt und schüttelt den Kopf, dann zieht sie einen Umschlag aus der Tasche.

»Ihm geht es nicht gut, Katie. Er wollte kommen, aber er hat es nicht fertiggebracht. Es tut ihm sehr leid. Tatsächlich ist das alles, was er die ganze Zeit sagt. Wie leid ihm alles tut. Er muss sich ausruhen. Bitte nehmen Sie seine Entschuldigung an.« Ich versichere ihr, dass ich das verstehen würde, Jean-Michel sich meiner Freundschaft und Unterstützung sicher sein könne und ich hoffen würde, dass es ihm bald besser gehe. Nachdem sie mir gedankt hat, hält sie mir den Umschlag hin. »Für Sie.«

Ich nehme den Umschlag entgegen, drehe ihn um und suche nach Hinweisen, was los ist, was dieser Umschlag hier soll. Verwirrt öffne ich den Mund, um Atem zu holen, als ich plötzlich die geeigneten Worte finde. »Was meinen Sie damit, ›ihm geht es nicht gut‹? Was bedeutet ›nicht gut‹ genau?«

Doch sie spitzt nur die Lippen, schlägt den Mantelkragen hoch, läuft auf ihren Kitten-Heels-Absätzen die Stufen mit lautem Klacken hinunter, überquert die Straße und verschwindet dann um die Ecke. Und mich, das Restaurant und alles andere, wofür wir so hart gearbeitet haben, lässt sie dem Anschein nach weit, weit hinter sich zurück.

Mit den Fingern taste ich den schweren cremefarbenen Umschlag ab.

Was zum Teufel ist hier los?

Auf der Vorderseite hat unverkennbar Jean-Michel von Hand mit blauer Füllertinte meinen Namen geschrieben.

»Pour Katie«, steht da.

Inmitten des strahlenden Tageslichts, auf den Stufen eines der belebtesten Hotels kann ich den Brief nicht öffnen. Ich sollte mich ganz ruhig irgendwo hinsetzen, wo ich allein bin und fernab von neugierigen Blicken die Zeilen lesen kann, die Jean-Michel an mich geschrieben hat. Ich hole tief Luft, schaue hoch und entdecke den kleinen Italiener, den Ben und ich zusammen besucht haben. Das passt. Das passt sogar richtig gut. Nachdem ich den Brief in meine Tasche geschoben habe, mache ich mich ganz langsam auf den Weg zu dem, was mich da gleich erwarten wird. Zweifellos wird es mein Leben verändern, auf welche Art und Weise auch immer.

Im Restaurant setze ich mich in dieselbe Nische, in der ich auch mit Ben gesessen habe. Plötzlich schmerzt diese Erinnerung, und ich brauche einen Moment, um zu begreifen, dass eben leider nicht alles so einfach wieder in Ordnung gebracht werden kann. Aber ich bin jetzt hier, um nach vorn zu schauen – selbst wenn das bedeutet, dass ich einen Verlust schultere, an dem ich nichts ändern kann. Nachdem ich einen Kaffee bestellt habe, reiße ich den Brief auf und hole ein von Hand geschriebenes Blatt hervor.

Chère Katie,
meinen aufrichtigen Dank dafür, dass Sie gekommen sind. Verzeihen Sie mir bitte meine Unfähigkeit, ebenfalls herzukommen.
In meinem Leben bin ich an einem Scheideweg angelangt. Ich war nicht glücklich und wusste, dass ich drei Möglichkeiten habe.
Die erste Möglichkeit ist, wie bisher weiterzumachen, irrsinnig viele Überstunden zu machen, wie Sie nur allzu gut wissen, und weiterhin morgens vor meiner Frau und den Kindern das Haus zu verlassen und ihnen dann einen Gutenachtkuss zu geben, wenn sie längst schlafen. Das hat mich innerlich zerrissen. Was ist denn das bitte für ein Leben, wenn man weder seine Frau noch seine Familie sieht und verpasst, wie die Kinder groß werden?
Die zweite Möglichkeit ist, nicht so streng mit mir zu sein, sondern das zu tun, was heutzutage viele Chefköche machen – was aber bedeutet, eine Lüge zu leben. Sie verlangen weiterhin hohe Preise, wenngleich sie selbst gar nicht mehr hinter dem Herd stehen. Das widerspricht jedoch allem, woran ich glaube, denn wenn ich bei der Arbeit war, habe ich stets alle Aufgaben übernommen.

Ich entstamme noch der alten Gastrowelt, in der der Platz des Chefkochs die Küche ist. Eine solche Abwesenheit, selbst nur eine partielle, würde meine Integrität infrage stellen. Daher ist dies keine Lösung für mich, obwohl ich in Ihnen einen so fantastischen Grand Chef gefunden habe. Sie sind kompetent, unglaublich talentiert und stark, aber ich kann die Zügel einfach nicht aus der Hand geben, solange mein Name über der Tür steht. Bitte seien Sie versichert, dass dies meine Schwäche ist, nicht Ihre.

Die dritte Möglichkeit besteht darin, mir ein Herz zu fassen, meine Sterne zurückzugeben und mich in die Arbeitslosigkeit zu begeben. Somit habe ich am Freitag mein letztes Gericht in der Küche zubereitet. Ich bin es leid, immerzu beurteilt zu werden. Mitten im Speisesaal hatte ich eine Erleuchtung. In den Augen all derer, die zu mir aufschauen, habe ich Schande über mich gebracht; ich muss mich ändern. Ich wurde dafür verurteilt, zu streitlustig zu sein, aber ich stehe für die Dinge ein, an die ich glaube. Am Ende des Tages konnte ich es mir nicht mehr erlauben, als Sklave meiner eigenen Unsicherheiten fortzufahren.

Niemandem außer mir ganz allein kann ich einen Vorwurf machen.

Es gibt einen sehr großen Unterschied zwischen Besessenheit und Leidenschaft. Von meinem sechzehnten Lebensjahr an bis zu meinem heutigen Alter von achtundvierzig Jahren bestand meine Welt aus weißen Küchenfliesen und einem Herd in der Mitte. Meine gesamte Energie wurde obsessiv ins Kochen gelenkt, sodass ich meine Bestimmung aus dem Blick verloren habe und mir schließlich die Leidenschaft verloren ging.

Ich habe meine Grenzen zu weit überschritten. Den ganzen Druck habe ich mir selbst zuzuschreiben.
Ich gewähre mir nun eine zweite Chance, alles richtig zu machen, doch dieses Mal muss alles ausgewogen und in Balance sein.
Da ich nun meine Michelin-Sterne zurückgegeben habe, habe ich auch meinen Status abgegeben. In der Zukunft werde ich mir selbst zum ersten Mal in meinem Leben mit Nachsicht begegnen; meine Familie und ich werden all die Dinge tun, die ich immer schon tun wollte, aber mein ganzes Leben lang verdrängt habe, statt mir die Zeit dafür zu nehmen. Wir werden spazieren gehen, malen und einfach Zeit als Familie zusammen verbringen.
Ich nehme mir Zeit, um mich als Mensch kennenzulernen, um zu erfahren, was das Geheimnis von wahrem Erfolg und Glück ist. Die Unsicherheiten, mit denen wir heute herumlaufen, sind die gleichen, die wir als Kinder hatten, als wir nach Bestätigung und Liebe gesucht haben.
Wenn Sie den Mut haben, jeden einzelnen Stein umzudrehen, liegen die Antworten für Ihre Zukunft in der Vergangenheit.
Meine Botschaft für Sie, Katie? Vertrauen Sie auf sich selbst; Sie brauchen mich nicht. Sie brauchen niemanden. Sie genügen sich selbst voll und ganz.
Adieu!
Jean-Michel

Adieu klingt ziemlich endgültig. Kein *Au revoir*, auf Wiedersehen. Kein *À bientôt*, bis bald. Er sagt Tschüss. Wahrscheinlich ist das Jean-Michels Art, mir zu sagen, dass er weder jetzt noch später zurückkehrt, sondern dass unser großes Abenteuer im *Marchand* endgültig vorbei ist.

Ich drehe den Brief um und lege ihn flach auf den Tisch, da ich seine Worte nicht sehen will, weil ich nicht begreifen kann, was er mir da schreibt.

Es ist vorbei.

Einfach so.

Nervös fahre ich mir mit der Hand durchs Haar und krame in meiner Tasche nach meinem Handy. Wen soll ich zuerst anrufen? Pip? Octavia? Alice? Dad? Ich kann keinen klaren Gedanken fassen. Einerseits freue ich mich aufrichtig für Jean-Michel. Was er tut, kostet wirklich Mut und ist wahrscheinlich die größte, wichtigste Entscheidung, die er je getroffen hat, und er hat es getan, um seine Familie und sich selbst zu retten.

Was aber den Rest von uns zurücklässt. Verlassen, arbeitslos, aus dem Restaurant ausgewiesen, mit gebrochenen Herzen.

Als mir jemand auf die Schulter tippt, höre ich kurz auf zu kramen. Ich schaue hoch und schlage mir mit der Hand auf die Brust.

»Hi, ist hier schon besetzt?«, fragt mich der schönste Mann, den ich je gesehen habe. Ich muss träumen.

Ich blinzle und schüttle den Kopf.

Und schaue dann zu, wie sich Ben auf den Platz neben mir setzt.

33

»Warum bist du hier? Solltest du nicht in New York sein?« Mein Blick wandert über seine Schulter hinweg erst zur Tür, dann zur Theke. »Ist Francesca auch hier?«

Ben trommelt mit den Fingern auf den Tisch, bevor er sich dann zu mir umdreht. »Hast du denn meine Nachrichten nicht erhalten? Ich wollte dich nicht anrufen, um dich nicht in Verlegenheit zu bringen, deswegen dachte ich, es wäre besser, dir zu schreiben und mir die Chance zu geben, dir alles zu erklären.«

Was denn erklären? Ich zucke mit den Schultern. Wie soll ich ihm denn bitte sagen, dass ich seine Nachrichten zwar bekommen, sie aber nicht gelesen habe? Dass ich ihn sogar geblockt habe? Ich schüttle den Kopf. »Es tut mir leid, Ben. Ich habe sie nicht gelesen«, gestehe ich. »Ich hielt es für das Beste, alles so zu belassen, wie es ist. Ein Neubeginn für mich ebenso wie für dich und deine Freundin.«

»Aber das ist es ja gerade, das wollte ich dir ja sagen. Francesca und ich … Na ja, wir haben uns getrennt. Zwischen uns ist es aus.«

Ich öffne den Mund, um etwas zu sagen, etwas Beiläufiges, Banales, etwas in der Art von »Tut mir sehr leid«. Aber wie kann ich überzeugend Mitleid heucheln? Wieder fahre ich mir mit der Hand durchs Haar und versuche, etwas zu sagen, das angemessen ist und aufrichtig klingt ... »Tut mir leid« gehört jedenfalls nicht dazu.

»Katie?«, fragt Ben. Aber ich kann einfach nicht, ich kriege die Worte nicht raus. *Ben und Francesca haben sich getrennt!*

»Was ist passiert?«, ist das Einzige, was ich zustande bringe. Ich muss es einfach wissen. Vielleicht hat Ben nach allem nun Liebeskummer? Möglicherweise war es ja auch gar nicht seine Entscheidung. Vielleicht hat er Francesca dabei ertappt, wie sie ihn betrogen hat, sodass er nun wütend und verbittert und fest entschlossen ist, sie zurückzuerobern? Eventuell war sie aber auch nur so schwachsinnig wie ich und hat sich von dem tollsten aller Partner und dem besten Freund, den man sich wünschen könnte, getrennt.

»Ich fand es nicht fair, ihr weiter etwas vorzumachen«, erklärt er mit einem tiefen Seufzen. »Wenn ich ganz ehrlich bin, wollte ich gar nicht nach New York gehen. Sie aber schon. Sie wollte unbedingt hin. Das wiederum hat mich über dich und mich nachdenken lassen. Dass wir getrennte Wege gegangen sind. Warum wir getrennte Wege gegangen sind. Und wie ich mich hier bei dir wiedergefunden habe.«

Seine Finger wandern über den Tisch, bis er seine Hand neben meine legt. Ich kann gar nicht beschreiben, wie es sich anfühlt, ihn so nah neben mir zu haben, über uns zu sprechen und die Wärme seines Körpers direkt neben mir zu spüren, ohne dabei das Wort elektrisierend zu benutzen. Habe ich elektrisierend gesagt? Ich meinte beängstigend. Die Art, wie ich mich durch ihn fühle, ist beängstigend. Wie mein Herz von ihm gehalten werden will, ist beängstigend. Wie meine Knie nachgeben, ist beängstigend. Wie meine Lippen über seine Haut, sein Gesicht und seine Brust wandern wollen, ist beängstigend. Und elektrisierend.

»Ich habe es jetzt begriffen, weißt du? Als ich auf Reisen gehen wollte und du bleiben wolltest, hast du mich nicht vor die Wahl gestellt. Du hast mich gehen lassen. Francesca dagegen war anders. Mit ihr war alles anders, und es hat sich nie richtig angefühlt, nie gleich. Sie hat mir ein Ultimatum gestellt und gesagt, dass es aus ist, wenn wir nicht nach New York gehen. Du hast mir das nie angetan. Du wolltest, dass ich das tue, was ich tun muss, selbst wenn es wehtut. Deshalb habe ich Francesca gesagt, dass es aus ist. Dass ich hierherreise, nach Hause. Und dass es das einzig Richtige ist, weil ich immer noch eine andere liebe.«

Dieses Mal bleiben mir die Worte nicht im Hals stecken. Sie rutschen mir einfach heraus, bevor ich mich zusammenreißen kann. »Du bist in eine andere verliebt?«

»Leider ja. Seit ich ihre Eier Benedict probiert habe, wusste ich, dass sie die Richtige ist. Ich hab versucht, ohne sie zu leben. Ist nicht zu empfehlen.«

Ich merke, wie mir die Hitze ins Gesicht steigt, durch den Adrenalinschub, den Schock … Ein wirklich angenehmer Schock, als würden all meine Lottozahlen der Reihe nach gezogen und auf dem Bildschirm auftauchen.

»Was willst du damit sagen? Bist du sicher? Du machst Witze, oder?« Ich massiere mir die Schläfen. Das ist alles ein wenig viel, die schlimmsten Nachrichten meines Lebens, direkt gefolgt von der besten? »Bitte sei ehrlich.«

Er räuspert sich. »Katie, ich liebe dich, das ist kein Witz. Wenn überhaupt, ist es mir noch nie so ernst gewesen wie jetzt. Mir ist klar geworden – ganz gleich, was ich tue oder wo ich bin oder mit wem –, dass ich zu dir gehöre.«

»Küss mich«, fordere ich ihn auf, schlucke schwer und schaue ganz langsam zu ihm auf, doch er sieht auf meine Hand hinunter. Diese führt er zum Mund und küsst sie, dreimal, drei langsame, sanfte Küsse, bei denen mir ein Schauer über den Rücken läuft und mir das Herz bis zum Hals schlägt. Dieses warme Gefühl steigt mir in die Brust, den Hals hinauf und breitet sich auf meinen Wangen aus. Dann löst Ben die Lippen von meiner Hand und schaut mir in die Augen, um meine Reaktion abzuschätzen. Seine Augen sind ganz dunkel, der Blick durchdringend, ganz auf mich konzentriert. Auf meine Lippen. Auf meine Augen, den Nacken, mein Haar, meine Brust. Er scheint mich gar nicht schnell genug erfassen zu können.

O mein Gott, das ist einfach zu viel für mich. Mein Kopf kippt nach hinten an die Wand, als ich seine Lippen erst auf der Innenseite meines Handgelenks spüre, bevor sie sich dann an meinem Arm über die Schulter bis zum Hals vorarbeiten. Ganz selbstverständlich neige ich den Kopf zur Seite und spüre seinen warmen Atem ganz nah. Ich atme seinen salzigen, baumwolligen Duft ein; seine Stoppeln streifen mich so gerade – so nah ist sein Gesicht. Knapp unterhalb meines Ohres hält er inne; ich habe das Gefühl, hier gleich vom Stuhl unter den Tisch zu gleiten. Ich schließe fest die Augen und hoffe, dass es mein Herz nicht zerreißt, als er sich weiter vorbeugt, weil es sich definitiv so anfühlt. Bens Lippen drücken sich ganz sanft auf meine Haut, und ich könnte schwören, dass der Raum um mich herum langsam verschwindet. Ich könnte schwören, dass sich nach und nach alles um mich herum auflöst.

Ben arbeitet sich mit seinen Küssen an meinem Kiefer entlang, bis er endlich am Kinn ankommt. Ich kann mich nicht mehr bewegen. Ich keuche wirklich nach Luft. Es ist kaum noch auszuhalten. Alles will ich in mich aufnehmen. Ihn, ganz, in mich. Meine Hände streifen an seinem Arm hinauf und legen sich um seinen Hinterkopf, nicht weil ich ihn wegschieben will, sondern weil ich ihn verschlingen will. Er löst sich von mir und schaut mich direkt an. Seine Augen lachen, weil er genau weiß, wie verrückt er mich macht. Wir atmen beide schwer, weil wir natürlich wissen, was gleich folgt. Was wir zusammen von Neuem verspüren werden, weil wir uns noch erinnern, wie es mit uns zuvor gewesen ist – voller Ungeduld, wie es jetzt sein wird.

Ich vermute, er ist genauso aufgeregt und hat genauso viel Angst wie ich gerade. Mit dem Daumen streiche ich über seinen Handrücken, woraufhin er leise keucht. Das Einverständnis, das ich ihm mit dieser kleinen Geste signalisiert habe, scheint eine unsichtbare Barriere zu durchbrechen, denn sofort schiebt er seine Hand über die meine, drückt unsere Handflächen aneinander, sodass sich unsere Finger ineinander verschlingen. Die Wärme seiner Hand kommt nicht mal ansatzweise an den Hitzeschub heran, der von Kopf bis Fuß durch meinen Körper feuert. Ein mattes Lächeln umspielt seine Lippen, danach beugt Ben sein wunderschönes Gesicht an meines und drückt seinen Mund auf meine Lippen. Ich fahre ihm mit meinen Fingern durchs Haar und bin *daheim.*

Und dann erst kann ich es glauben, dass das hier wirklich wahr ist. Dann glaube ich ihm, dass er weiß, dass er genauso sehr zu mir gehört, wie ich zu ihm gehöre. Hier, in dieser kleinen Sitzecke des Italieners, sitzen wir ganz verloren inmitten eines Strudels aus Leuten, die hier ihr Mittagessen einnehmen, zwischen heißen Warmhalteplatten und rasenden Bedienungen. Wir sitzen einfach da und küssen uns leidenschaftlich und wild. Als würde unser Leben davon abhängen. Unsere Lippen treffen aufeinander, und ich erinnere mich, ja verstehe auf einmal wieder, warum die Leute das Küssen als ein Ineinander-Verschmelzen beschreiben, denn jeder Millimeter meines Körpers löst sich in seinem auf. Meine Hände packen Bens Haar und ziehen ihn näher an mich heran. Jede Faser meines Körpers steht unter Spannung, ist hellwach und sehnt sich nach ihm, während mein Herz explodiert. Ich habe noch nie jemanden so sehr gewollt wie ihn, und da ist er, in meinen Armen, auf meinen Lippen, mein Ben; meine zweite Chance auf die einzig wahre Liebe.

Er drückt mich nach hinten an die Wand, und wir lachen, küssen uns und streicheln einander das Gesicht, die Wangen, die Lippen fest aufeinander, und knutschen hemmungslos vor allen Restaurantgästen, was mir aber egal ist, absolut egal. Ich will nur ihn. Nur diesen Moment.

Dann höre ich das Klicken eines Kulis, gefolgt von einem lauten Zungenschnalzen. Wir halten inne und drehen uns um. Vor uns steht eine der Bedienungen, die Arme vor der Brust verschränkt. »Es ist Mittagszeit, ihr Süßen. Ich schlage vor, ihr bezahlt und nehmt euch dann ein Hotelzimmer.«

Ich drehe mich zu Ben und gebe mir größte Mühe, meine Lippen zu einer geraden Linie zusammenzupressen, damit ich nicht wie ein strahlender Schwachkopf aussehe. Ich werfe einen Geldschein auf den Tisch und hole meinen Zimmerschlüssel aus der Tasche. »Ich denke, sie hat recht. Was meinst du?«

»Worauf warten wir?«, lacht er und atmet zur gleichen Zeit aus. Wir beide geben das Vorhaben auf, irgendetwas zurückzuhalten. Wie zwei strahlende Schwachköpfe drängeln wir aus der Nische, laufen aus dem Restaurant, überqueren die Straße und hasten ins *Rembrandt*, direkt in meine Suite. Hand in Hand.

34

Inzwischen ist es genau zwei Wochen her, seitdem das, was eigentlich eine ganz normale Freitagabendschicht hätte sein sollen, in Wirklichkeit das letzte Gericht wurde, das Jean-Michel je gekocht hat. Pip bat darum, ihn und Octavia in der Kanzlei seines Anwalts auf der Chancery Lane zu treffen. Hier ist alles aus Beton, sehr förmlich und düster. Ich denke, es wird um die »Trennung, die vertraglichen Verpflichtungen sowie Löhne« gehen, die er im Hinblick auf das *Marchand* mit mir durchgehen muss, was im Grunde bedeutet, dass aufgrund von Jean-Michels Kündigung nun die Vorkehrungen für die Bestattung des Restaurants getroffen werden.

Das muss ich jedoch nicht allein durchstehen. Ich blicke auf meine Finger hinunter, die mit denen des besten Kochs, Freundes und Geschäftspartners, den man sich vorstellen kann, verschlungen sind. An meiner Seite ist Ben. Und wir beide haben einen Plan.

Wir steigen die Stufen eines riesengroßen georgianischen Stadthauses aus grauen Klinkern hinauf und lassen den Türklopfer aus Messing auf die Tür schlagen. Beim letzten Mal, als ich einen solchen Termin hatte, war ich allein. Und es war nicht sonderlich angenehm zu merken, dass die einzige Alternative, wenn man dem Angebot der Gegenseite nicht zustimmen will, darin besteht, selbst das Geld zu beschaffen, indem man dann einem Kredithai-Mafioso eine Riesenmenge Kohle schuldet. Der fackelt nicht lange, einem die Fingernägel zu ziehen, wenn man die Kohle nicht zurückzahlen kann. Ich schaue auf meine Finger hinunter. Autsch. Ich bin froh, dass ich mich darauf nicht eingelassen habe. Aber egal. Pip hat uns gebeten, uns mit ihm hier zu treffen, und er ist derjenige, mit dem wir uns einigen müssen. Außerdem bin ich jetzt schlauer und stärker als beim letzten Mal, als ich in dieser Position war.

Dann mal los.

Als der Summer ertönt, warten wir, bis die Tür mit einem Klicken aufspringt. Nichts ist sicher. Natürlich können sie unseren Vorschlag von vornherein ablehnen. Doch wir müssen es auf jeden Fall versuchen. Allerdings macht mir die Vorstellung, dass wir abgelehnt werden und man uns und unseren Vorschlag zur Tür hinauswirft, längst nicht so viel Angst wie noch zu früheren Zeiten. Denn ich bin gewachsen. Ich bin mit mir im Reinen. Ich werde nicht meinen Wert als Mensch an diesem einen Tag oder dieser einen Entscheidung festmachen.

Außerdem: Ganz gleich, was heute passiert, wohin uns der Weg führt, so hat er mich doch zurück zu Ben geführt und Ben wieder zu mir. Was wahrscheinlich ein wenig mehr Glück, Liebe und tiefe Freude ist, als ich verdient hätte. Sollte also Pip und Octavia nicht gefallen, was wir zu sagen haben, dann werden wir es überleben. Dann werden wir auf Reisen gehen. Schuhe kaufen. Den Kuchen essen. Dann werden wir einander an die Hand nehmen und uns für das nächste Abenteuer bereit machen.

Die Glocken der Kathedrale erschallen, zwölf Schläge. Zeit für unseren Termin. Jeden Moment werden die beiden hier sein. Die Zeit ist gekommen, um herauszufinden, wie es nun weitergeht.

»Bist du bereit?«, fragt mich Ben, als er seine Krawatte richtet und die Manschetten glatt zieht. Heute haben wir unsere weißen Kochjacken und die karierten Hosen zu Hause gelassen. Wir sind nicht als Angestellte gekommen, sondern als potenzielle Partner.

Ich nicke, entferne einen Fussel vom Saum meines besten roten Kleides. »Aber so was von bereit.«

Eine Sekretärin öffnet die Tür und führt uns die Treppe hinauf in ein sehr großes Büro im oberen Stock, wo Pip, Octavia und ein farbiger Anwalt bereits an einem langen Tisch aus Walnussholz sitzen und warten. Jeder von ihnen hat ein weißes, bedrucktes Blatt Papier vor sich liegen. Alle stehen auf, um uns zu begrüßen, wir schütteln einander die Hände, dann stellt der Anwalt sich als Jerome vor. Ich nehme Platz, trinke einen Schluck Wasser und warte darauf, dass die Bombe platzt. Ich bin nervös. Das hier fühlt sich richtig, richtig wichtig an. Es ist viel zu still. Alle sind so steif, agieren total vorsichtig. Man könnte eine Stecknadel fallen hören.

Ich tätschele den leuchtend lilafarbenen Ordner, der meinen Businessplan beinhaltet und auf meinem Schoß liegt. Da Businesspläne in meinem bisherigen Leben eher meine Achillesferse gewesen sind, habe ich mir die beste Hilfe geholt, die ich bekommen konnte. Ich finde den Plan ziemlich beeindruckend. Wollen wir mal hoffen, dass Pip, Octavia und Jerome das genauso sehen.

Als die Sekretärin die Tür schließt, werfe ich verstohlen einen Blick nach hinten, doch das war's, es kommt niemand mehr. Nur neben Octavia befindet sich noch ein freier Platz, auf dem ich eigentlich erwartet hatte, Jean-Michel zu sehen.

Offensichtlich kommen weder er noch seine Frau. Dieses Treffen hier hat einen leicht morbiden Charakter. Es fühlt sich wie die Eröffnung eines Testaments an.

Pip faltet die Hände und leckt sich über die Lippen. »Dann kommen wir mal zum Punkt. Unterm Strich habe ich in Jean-Michel investiert, und Jean-Michel ist vorzeitig von Bord gegangen. Also steht es mir rechtlich gesehen zu, das Gleiche zu tun.«

Ich blicke zum Anwalt hinüber und warte auf Ausführungen, auf eine Erklärung, doch dieser zuckt nur mit den Schultern, um anzudeuten, dass es nicht mehr zu sagen gibt. Er schiebt ein Dokument zu mir herüber.

»Hier steht alles drin. Sollte eine Partei die Übereinkunft brechen, werden die vertraglichen Pflichten der Gegenseite null und nichtig.«

Okay. Obwohl ich damit gerechnet habe, ist das ein ordentlicher Schlag. Das war's. Schluss. Aus. Vorbei.

Octavia räuspert sich. »Ihrer Miene entnehme ich, Katie, dass Sie das hier doch sehr überrascht.«

»Ja und nein«, erwidere ich. »Es hat mich nicht überrascht, dass Jean-Michel unter dem Druck zusammengebrochen ist, und es überrascht mich auch nicht, dass Pip aus dem Vertrag rauswill. Mich überrascht es aber sehr wohl, dass wir das Ganze so leichtfertig beenden, bevor wir alle Möglichkeiten in Betracht gezogen haben. Wir haben so hart dafür gearbeitet. Ich finde, es lohnt sich, dafür zu kämpfen.«

Pip wirft den Kopf in den Nacken, seine Hände fliegen in die Luft. »Kämpfen! Damit treffen Sie den Nagel auf den Kopf! Es war ein einziger Kampf! Nichts als Kampf, Streit und jede Menge Drama, seitdem ich in dieses Irrenhaus involviert war. Und was ist nach all der Plackerei geblieben? Ich verrate es Ihnen. Keine Kunden mehr! Kein Service mehr!

Keine Speisen mehr! Und warum? Weil wir keinen verdammten Chefkoch mehr haben!«

Pip greift in seine Tasche und holt einen Zeitungsartikel hervor. Er starrt auf die Titelseite, bevor er dann hörbar einatmet und den Artikel quer über den Tisch zu Ben und mir hinüberwirft.

»Glauben Sie allen Ernstes, dass wir uns von dieser Überschrift erholen können?«

DER ABSTURZ

Koch und Enfant terrible Jean-Michel Marchand, 48, der als jüngster Koch der Welt in die Geschichte eingegangen ist, der schon im zarten Alter von 33 Jahren bereits drei Michelin-Sterne besaß, hat in der vergangenen Woche sein Restaurant in London verlassen und erklärt, seine Sterne zurückgeben und nie wieder kochen zu wollen.

Ich lege den Zeitungsartikel auf den Tisch zurück und beuge mich auf meinem Stuhl vor. »Jean-Michel mag fort sein, aber Sie haben dafür zwei andere Köche.«

»Zwei?« Pip stutzt. »Ihr zwei?« Und dann bricht er in schallendes Gelächter aus. »Ich kann nicht mehr! Ich brauche eine Pause. Ich sag's euch beiden mal ganz deutlich: Die Leute gehen nicht ins *Marchand*, weil sie hungrig sind. Dazu können sie überall hingehen. Warum um alles in der Welt sollte man drei Monate im Voraus einen Tisch in einem der teuersten Restaurants Londons reservieren?« Er dreht sich zu seinem Anwalt um. »Sie haben doch vor ein paar Wochen dort gegessen. Warum?«

»Wir hatten Hochzeitstag und wollten etwas ganz Besonderes unternehmen«, antwortet Jerome.

Pips Finger schraubt sich in die Höhe. »Haben Sie das gehört? Die Leute wollen etwas ganz *Besonderes*. Jean-Michel ist der Grund, warum das Restaurant etwas Besonderes war. Er war derjenige, der die Leute begeistert hat; er war derjenige mit den drei Michelin-Sternen, den Preisen und Auszeichnungen.« Er verschränkt die Arme im Nacken und schüttelt dann den Kopf. »Zwei unbekannte Köche, die in einem Hotel Gerichte servieren, sind nichts Besonderes. Tut mir leid, Leute. Es ist vorbei.«

Octavia bildet mit ihren Händen eine Raute und schüttelt ebenfalls den Kopf. »Ich weiß Ihre Mühen zu schätzen, aber leider muss ich Pip zustimmen, dass er recht hat. Sie können dieses Restaurant nicht von Jean-Michel übernehmen. Wie bei allem anderen gilt auch hier, dass ein neues Unternehmen, das mit einem Fuß noch in der Vergangenheit steht, nur auf das Versagen zuhumpeln wird.«

Okay – jetzt oder nie. Ich balle meine Hände zu Fäusten, damit ich das Zittern unter Kontrolle bekomme, und hole tief Luft. Es gibt nichts, wovor wir Angst haben müssen. Wir wissen bereits, dass wir das können. Wir sind schon jetzt Gewinner. Und mit dieser Gewissheit stehe ich auf, schlage meinen lilafarbenen Ordner auf und teile mit ruhiger, sicherer Hand drei Kopien unseres Businessplans an Pip, Octavia und ihren Anwalt aus. Danach zwinkere ich Ben zu, woraufhin er unseren Werbefeldzug beginnt.

»Wir haben Ihnen bereits bewiesen, dass wir kochen können, dass wir eine Küche führen und ein Team leiten können, dass wir Zeit hineinstecken wollen und dem Druck gewachsen sind.«

Der Anwalt überfliegt unseren gehefteten, vierseitigen

Businessplan, der alle Diagramme und Zahlen sowie alles Weitere beinhaltet, was man von einem weltbekannten Wirtschafts-Magnat erwarten würde. Mit dem Kugelschreiber fährt er die Zahlen und Prognosen entlang, bis er plötzlich innehält. Und dann – genau an dem erhofften Punkt – rutscht er unruhig auf seinem Sitz hin und her, tippt mit dem Kuli auf den Businessplan, stupst schließlich Pip an und umkreist etwas mittig auf der ersten Seite. Pip starrt hin und kneift die Augen zusammen, um besser sehen zu können, bevor ihm dann klar wird, was er da liest. Er hebt das Kinn und tauscht mit großen Augen Blicke mit Octavia aus.

Ben fährt mit unserem Werbegespräch weiter fort: »Wie Sie am Umfang unserer Recherchen, an der Originalität des Konzepts und der Ausführlichkeit des Businessplans erkennen können, sind wir bereit für den nächsten Schritt: Wir wollen die zur Debatte stehenden Räumlichkeiten des *Rembrandt Hotels* übernehmen und das Restaurant neu eröffnen. Wir wollen dem Restaurant eine zweite Chance geben, die gleichen hochqualitativen Zutaten nutzen, die gleiche Aufmerksamkeit all den kleinen Details widmen, die gleiche Spitzenklasse und Excellence bieten … Dieses Mal jedoch in einer ganz anderen Atmosphäre.«

Ich beobachte Octavia, die die Augenbrauen hochzieht und sich zu uns vorbeugt. »Darf ich Sie kurz unterbrechen, Ben?«

Ben nickt gnädig, woraufhin Octavia ihre Aufmerksamkeit auf mich richtet, während sie mit der rechten Hand den Businessplan hochhält. »Hier steht, dass Sie sich Investitionen von Sir Leo Rosenblatt gesichert haben. Ist das korrekt?«

»Das ist korrekt«, nicke ich. »Solange Ben und ich die Chefköche sind. Das ist die Bedingung, da stimmen wir voll und ganz mit Leo überein.«

Sie mustert das Dokument in ihrer Hand; ein Lächeln breitet sich auf ihren Lippen aus. »Bitte fahren Sie fort.«

Wir zeigen unsere beispielhaften Speisekarten, unseren Markenaufbau und die Innendesign-Modelle, während Pips Anwalt ein paar Berechnungen anstellt und Pip einige Anrufe tätigt.

Als wir fertig sind, nickt Octavia und notiert sich etwas.

»Alles, was sie uns präsentiert haben, zeigt mir sehr deutlich, dass ich vollkommen verrückt wäre, das Kind mit dem Bade auszuschütten. Das Leben ist eine heikle Balance zwischen dem, was man behält, und dem, was man wegwirft. Ja, auf gewisse Art und Weise haben wir etwas verloren, auf andere Art und Weise etwas dazugewonnen. Nicht alles war vergebens, und wir sind alle klüger daraus hervorgegangen. Daher …«

Ich spüre, wie Bens Hand meinen Ellbogen drückt.

»Vielleicht ist es an der Zeit, noch einmal neu anzufangen«, fährt Octavia fort. »Ein neuer Name, eine neue Speisekarte, ein Neubeginn. Nur Sie beide, ganz nackt, ganz bloß. Sie müssen einiges beweisen: zwei unbekannte Köche, kein großer Name im Rücken. Das wird nicht leicht, und natürlich ist das Restrisiko groß, aber ich habe Sie bei der Arbeit beobachtet und gesehen, wie Sie die Herausforderungen gemeistert haben. Wenn das jemand schafft, dann Sie beide.«

Pip reibt sich hin- und hergerissen das Gesicht. Sie bitten uns um Zeit, um den Vorschlag zu diskutieren, während Ben und ich ins Wartezimmer geführt werden, wo wir sitzen und darauf warten, wieder ins Büro geholt zu werden, um dann unser Schicksal zu erfahren.

Aber wir haben uns kaum hingesetzt. Kaum Luft geholt, den Kragen aufgeknöpft und unsere trockenen Kehlen benetzt, als wir schon wieder hereingerufen werden.

Als wir dieses Mal das Büro betreten, stehen alle drei auf unserer Seite des Tisches, lächeln und wollen uns die Hände schütteln.

»Nun, damit hatte ich heute überhaupt nicht gerechnet«, gibt Pip zu. »Ich spüre die Liebe, die dahintersteckt. Ich muss gestehen, dass meine Energie wieder geweckt ist. Wir sind dabei. Mit Leo als festem, solidem Investor passt alles zusammen. Packen wir es an!«

Wir schütteln einander die Hände, bevor Octavia Ben und mich dann in den Arm nimmt. »Wisst ihr, mir gefällt die Idee jetzt schon unendlich gut«, flüstert sie. Sie weicht zurück und kneift ein Auge zusammen, als würde sie sich auf etwas konzentrieren, das nur in ihrer Vorstellung existiert. »*Martha's Cellar* könnte das Beste sein, was hier seit langer, langer Zeit an den Start gegangen ist.«

Ein Jahr später

Katie, komm runter, Ben ist am Telefon! Ein Anruf aus London!«, brüllt mein Dad vom Fuß der Treppe hinauf, als ich gerade meine absolut hinreißende Babynichte, die gleichzeitig auch mein Patenkind ist, vorsichtig meiner Schwester zurückgebe.

Ich drücke Catherine ein letztes Küsschen auf die winzig kleine Nase und glätte den Kragen ihres kleinen Taufkleides aus Spitze, das ich aus dem Hochzeitskleid meiner Mutter genäht habe. Sie duftet nach Babypuder und Keksen, und ich bete sie einfach an. Meine Mutter hätte sie geliebt. Ihr hätte es besonders gefallen, wie wir alle hier zusammengekommen sind, die Gegenwart feiern und uns auf die Zukunft freuen.

»Beeil dich, das ist ein Ferngespräch! Das kostet doch ein Vermögen!«, brüllt Dad erneut.

Rachel winkt mir zu, woraufhin ich die Treppe hinuntereile, immer zwei Stufen auf einmal nehme und zum Festnetzanschluss stürze.

»Hey, du!« keuche ich atemlos in den Hörer. »Wie geht es dir? Ich kann gar nicht fassen, dass schon eine Woche um ist! Ich kann gar nicht lange sprechen, da jede Minute die Gäste kommen und ich immer noch Baby Catherines Torte mit einer Glasur überziehen muss.«

»Es klingt, als würde Australien dir gut bekommen. Wie ist das Wetter?«

»Es ist brütend heiß, aber wunderschön. Alice ist schon jetzt braun gebrannt, und es würde mich nicht wundern, wenn ich in nicht allzu weiter Ferne auch für sie und Conor einen solchen Kuchen backen würde. Die beiden flirten ziemlich heftig miteinander, was eigentlich total lustig ist, wenn man bedenkt, wie mein Bruder sie mit Babykröten in der Hand zum Schreien gebracht und sie damit durch die Felder gejagt hat. Gott sei Dank ist er inzwischen ein wenig ruhiger geworden! Die beiden haben nur noch Augen für sich, seit wir hier angekommen sind. Ich halte dich auf dem Laufenden. Er hat sogar versprochen, einen Steinwall rund um das Haus – Verzeihung, ich meine natürlich um das ›Landhaus‹ – zu bauen. Alice spielt mit der Idee zu expandieren und nächstes Jahr ein Camping-Retreat anzubieten, um auf die große Nachfrage zu reagieren. Er will ihr dabei helfen! Adam kommt später auch noch, sodass dann alle Familienmitglieder hier versammelt sind. Alle bis auf dich, natürlich. Ich soll dich von allen herzlich grüßen. Wie geht es dir? Ich vermisse dich. Erzähl mir bitte alles!«

Ben versichert mir, dass in *Martha's Cellar* alles perfekt läuft und unter Kontrolle ist. Dann rückt er noch mit der Nachricht heraus, dass wir es ins *Time Out*-Magazin in die Top fünf der Besten Newcomer geschafft haben, was ein enormer – ein *weiterer* enormer – Erfolg innerhalb unseres ersten Jahres nach der Eröffnung ist.

»Hast du Zeit, damit ich dir die ganze Kritik vorlesen kann? Die ist wirklich gut!«, erklärt er, und ich sehe ihn bildlich vor mir, wie er sich der Sonne entgegenbeugt, mit dem Rücken an der Küchentür lehnt, das Telefon zwischen Ohr und Schulter eingeklemmt, das Magazin in der Hand, ein schiefes Grinsen auf den Lippen. Natürlich freue ich mich über die Rezension, aber eigentlich will ich nur noch länger seine Stimme hören.

»Ja, bitte! Lies es mir vor.«

Er räuspert sich und fängt an. »*Trommelwirbel bitte! Es ist wieder an der Zeit, die letzten zwölf Monate hinsichtlich unseres Essens zu resümieren – während wir uns die Bäuche reiben und uns hoch und heilig versprechen, nächste Woche endlich mit der Diät zu beginnen. Und in diesem Jahr gab es eine schier irre Anzahl brillanter Restaurants. Was es uns verdammt schwer gemacht hat, die Shortlist auf eine machbare Größe zu reduzieren. Aber wir haben's gepackt. Auch wenn wir uns wiederholen mögen: In London essen zu gehen, ist einfach geil.*

Der erste Platz geht an … Oh, an Martha's Cellar. *Um Elizabeth Barrett Browning zu zitieren:* ›Wie ich dich liebe? Lass mich zählen, wie.‹

Die Speisen: Mutige Teller voller saisonaler Zutaten, doch Chefköchin Katie Kelly hebt Sie mit der ihr eigenen Leichtigkeit mit Gerichten wie Dorsch mit frischen Erbsen, Linsen und Speck oder ganzen Portland Krabben mit Bratkartoffeln und Mayonnaise in andere Sphären. Probieren Sie das Trifle. Vertrauen Sie mir. Hier ist die Heimat der wunderbaren traditionellen Küche. Von Fleischkroketten bis hin zu Bakewell-Tarte mit Blutorangenmarmelade … Mmmmh! Wir reden hier aber keinesfalls von einer einfachen Sonntagmittagsmahlzeit; den Unterschied macht die Chefköchin Katie Kelly, die derzeit jüngste Sterneköchin Großbritanniens. Sie arbeitet zusammen mit dem Experten für Meeresfrüchte, Ben Cole – die Verbindung zwischen den beiden muss im Himmel geknüpft worden sein. Sie sind die kulinarischen Fred Astaire und Ginger Rogers. Sie verschmelzen miteinander, sie harmonieren, sie begeistern. Sie arbeiten einfach, Teufel noch mal! Der ganze Zauber vollzieht sich in einem sim-

plen, eleganten Raum, in dem eine kleine, himmlische Auswahl regionaler Favoriten auf einer Kreidetafel angeschrieben steht. Angeboten werden herzhaft-deftige Speisen mit angloamerikanischen, amerikanischen und französischen Einflüssen, alle jedoch mit einem britischen Glanz versehen. Man findet hier Würstchen im Schlafrock und Fisch-Pie perfekt angerichtet neben Hühnerleberparfait und Maccheroni-Käseauflauf – und alle werden mit beeindruckender Präzision zubereitet.

Die Atmosphäre: zwei lange Gemeinschaftstische. Zwei Settings pro Abend. Hier liegt der große Unterschied von Martha's Cellar. *Man kommt um achtzehn oder einundzwanzig Uhr jeden Abend, wie man zu einer Familienfeier kommen würde. Paare, Einzelpersonen, größere Gruppen, wer weiß das schon? Alle setzen sich an denselben Tisch und essen zusammen. Es ist absolut wunderbar. Seltsamerweise kommt es einem nicht so vor, als wäre dies eine neue oder gar revolutionäre Art des Essengehens, doch das ist es, und es fühlt sich richtig, richtig gut an.*

Selbst wenn man nicht in der Nähe von Chelsea wohnt, sollte man diesem außergewöhnlichen Restaurant zumindest einmal einen Besuch abstatten. Das Dekor ist sehr reduziert: Es herrscht ein beruhigendes, grau-grünes Farbkonzept vor, dazu unaufdringliche Kunstwerke. Die wahren Kunstwerke finden sich auf den Tellern. Da die ›Britische Küche‹ weiterhin dabei ist, sich eine eigene Identität aufzubauen, wird schnell deutlich, wie bahnbrechend dieses neue Restaurant tatsächlich ist. Weit davon entfernt, wählerisch zu sein, hat man sich hier der ausgesuchten Herkunft der Lebensmittel und schlicht gekochten, traditionellen Gerichten verschrieben, was auf großes Interesse stößt – absolut verdient unserer Meinung nach.

So viele Konsistenzen, so viele Farben, so viele Geschmacksrichtungen. Wirklich atemberaubend. Vom glänzend polierten Tafelservice bis zum ruhigen, luftigen Rahmen ist dies eine der besten neuen Locations, die es in unserer Hauptstadt seit langer Zeit gibt. Wir können uns glücklich schätzen, richtig glücklich. Für die besten Zuschauerplätze steuern Sie die Hocker an der Bar an. Denn die Chemie zwischen den Chefköchen Katie Kelly und Ben Cole sollte man nicht verpassen!«

Ach du meine Güte!

»Ziemlich gut, was?«, fragt Ben.

»Das ist mehr als gut! Der Artikel ist phänomenal!«, entgegne ich und würde jetzt nichts lieber tun, als meine Arme um ihn zu schlingen und ihm zu sagen, dass er mein Ein und Alles ist. Dass er mein Leben zu dem macht, was es ist. Dass ich glücklicher bin, als ich es mir je erträumt habe.

Wer hätte gedacht, dass das passieren könnte? Dass von dem Moment an, als wir unsere Investition gesichert hatten, unsere atemberaubende Achterbahnfahrt begann. Ein paar Monate später haben wir *Martha's Cellar* eröffnet; Ben und ich arbeiten ganz normal am Pass, Seite an Seite. Georgias Desserts haben ihr bereits die Auszeichnung als Rising Star eingebracht, und dieses Mal bekamen wir vollkommen freie Hand von unseren Investoren, sodass Ben und ich ein Team nach unserem Belieben zusammenstellen konnten. Und das hat einen gewaltigen Unterschied ausgemacht. Unser Küchenteam fühlt sich wie eine Familie an. Und mehr noch: Es verhält sich wie eine große Familie. Wie eine sehr besondere Familie, die genau weiß, wie wichtig uns allen jeder Bissen ist. Zugunsten eines gemeinsamen Ziels achten wir alle sorgsam aufeinander. Dann kam Sara eines Abends durch die Schwingtür geeilt und machte für eine Early-Bird-Bestellung am frühen Donnerstagabend ungewohnt große Augen.

»Jetzt ist er da!«, flüsterte sie und legte die Hand aufs Herz. »Dieses Mal ganz sicher! Ich weiß es einfach!«

Okay. Dieses Mal war es also wirklich wahr. Ein Michelin-

Inspektor. Und dieses Mal handelte es sich nicht um Jean-Michel im *Marchand*. Dieses Mal ging es einzig und allein um Ben, um mich und um *Martha's Cellar*.

Ben schaute zu mir herüber und zog die Augenbrauen hoch. Ich lächelte, legte meine Hand auf die seine, schob seine Finger zwischen die meinen und drückte sie sanft.

»Schon gut. Warum tun wir nicht einfach, was wir immer tun?«

Ich bin ruhig geblieben. Und dieses Mal musste ich mir dazu nicht einmal gut zureden. Ich musste mich nicht kontrollieren, um gegen das Zittern anzukämpfen. Denn ich war aufgeregt. Aber ich war auch zuversichtlich. Ich wusste, was wir können, und wollte für diesen Menschen, diesen Gast, diesen Inspektor kochen. Genau, wie ich für alle anderen kochen möchte. Jedes Gericht soll der beste Teller sein, den ich je serviert habe und den der Gast je gegessen hat.

»Packen wir's an! Wie wir es immer tun!«

Und genau das haben wir gemacht. Wir haben es nicht einmal dem Rest der Mannschaft gesagt. Es war nicht nötig. Denn wir wussten, dass alle ihre Aufgabe super erledigen, weil sie das immer tun. Jedes. Einzelne. Mal.

Und so ist es passiert. So hat *Martha's Cellar* den ersten Michelin-Stern bekommen.

Besonders stolz bin ich darauf, dass wir alles auf unsere Art und Weise gemeistert haben. Nämlich in dem Wissen, dass wir gut sind, es überleben werden und auch morgen noch da sind, ob wir nun den Stern bekommen oder nicht.

Zwei Tage pro Woche schließen wir, und das ist nicht verhandelbar. Es bedeutet nämlich, dass wir alle ein Privatleben haben können. Wir alle können unsere Beziehungen aufrechterhalten. Wir können uns ausruhen, die Batterien aufladen und wieder mit frischen Kräften zur Arbeit kommen.

Das ist wichtig. Und es funktioniert. Ich habe einen ganzen Aktenschrank voller Lebensläufe von Gastropersonal, das jederzeit hier einsteigen und bei uns arbeiten wollen würde. Für den Fall der Fälle trainieren wir diese Leute an jedem letzten Montagabend eines jeden Monats in der Parklands-Seniorenresidenz. Dort bekommen alle Bewohner und ihre Familien ein Drei-Gänge-Menü auf unsere Kosten spendiert. Wir verwöhnen sie. Es macht sie glücklich, aber uns noch viel glücklicher. All das haben wir Mel und Zoe zu verdanken, die jetzt die Seniorenresidenz leiten; sie haben das möglich gemacht. Zusammen mit dem Kräutergarten, den Musik- und Quizabenden, all den Picknicken und Feiern, die wir für die Bewohner organisiert haben, ist die Parklands-Seniorenresidenz inzwischen eine viel, viel schönere Einrichtung geworden. Hier kann man nicht nur alte Erinnerungen wieder wachrufen, sondern auch neue Erinnerungen schaffen.

»Katie? Ich brauche dich hier, Liebes!« Ich höre, dass mein Vater mich von der Veranda aus ruft. Natürlich bin ich für das Essen zuständig, doch er ist derjenige, der sich um die Drinks kümmert – und meine Herren, was nimmt er seine Rolle ernst. Heute wird auf die Geburt von Baby Catherine angestoßen, und es soll ein denkwürdiger Abend werden, der sich gut und gern bis in die frühen Morgenstunden hinziehen könnte, wenn ich mir die Größe der Alkoholvorräte anschaue, die Dad besorgt hat.

»Tut mir leid, ich muss los, aber ich rufe dich morgen an, wenn es hier ein wenig ruhiger ist, ja? Ich liebe dich, wir reden morgen.«

»Kein Problem. Ich liebe dich auch! Ach, noch eine Sache.«

»Was denn?«

»Wenn du wieder zurück bist, möchte ich dich fragen, ob ich dich etwas fragen kann.«

»Dann schieß los, wenn wir uns sehen«, grinse ich und hauche zum Abschied einen Kuss in den Hörer. Ich höre ihn lachen, und für einen ganz kurzen Moment sind die zehntausend Meilen zwischen uns vergessen, sodass ich nur noch seine Stimme im Ohr habe, als er mir sagt, dass er mich liebt. Nach allem, was wir verloren haben, und allem, was wir gefunden haben, nach allem, vor dem wir weggerannt sind und was wir wiederaufgebaut haben, bin ich zu der festen Überzeugung gelangt, dass es so etwas wie »einen einzig richtigen Weg« nicht gibt. Diese Reise ist endlos und verwunderlich und schlängelt sich dahin. Wenn man im Dunkeln nicht sieht, wohin man steuert, muss man einfach nur genügend Glauben und Vertrauen aufbringen, um den nächsten Schritt zu tun, um in Bewegung zu bleiben. Das ist alles, was es braucht, um nicht ins Stocken zu geraten, sondern um sich weiter vorzubewegen. Je mehr ich darüber nachdenke, desto überzeugter bin ich, dass es im Leben nicht darum geht, seinen Weg zu finden (oder den eines anderen), sondern neue Wege zu schaffen. Wenn ich also nach London zurückkehre und Ben mir seine Frage stellt – welche auch immer das sein mag –, so bin ich bereit. Aber er sollte sich beeilen, denn ich könnte ihm zuvorkommen und ihm zuerst meine Frage stellen. Und egal, auf welchem Weg es passiert, so bin ich fest davon überzeugt, dass es für uns in Ordnung sein wird.

Ein Brief von Colleen

Ich möchte mich von Herzen bei Ihnen bedanken, dass Sie *Der Geschmack von Karamell und Liebe* gelesen haben. Ich hoffe, es hat Ihnen gefallen. Ich habe es sehr genossen, über Katie zu schreiben und mit ihr auf die Reise zu gehen.

Der eigenen Leidenschaft zu folgen, ist sehr lohnend, doch dazu ist eine große Opferbereitschaft nötig. Mein Opfer, das ich für diesen Roman bringen musste, bestand darin, mich durch Hunderte Foodblogs zu scrollen und viel auswärts essen zu gehen. Sollten Sie mich also irgendwann einmal persönlich treffen: Ja, genau, ich bin's – ich habe dank des ganzen Bananenbrots nur ein paar zusätzliche Kilos angesetzt. Eine Geschichte über Essen, Liebe, Ehrgeiz, ungewöhnliche Freundschaften und zweite Chancen zu schreiben, war wunderbar, und ich hoffe inständig, dass Sie genauso gern Zeit mit Katie verbracht haben wie ich.

In diesem Roman wollte ich unser Identitätsbewusstsein erforschen, sowohl auf persönlicher als auch auf beruflicher Ebene, sowie die Tatsache, dass unsere Identität ganz eng an das geknüpft ist, was wir tun und wie erfolgreich wir uns damit fühlen. Dies kann besonders herausfordernd sein, wenn wir unseren Job oder die Wohnung aufgrund von unkontrollierbaren Umständen einbüßen und anschließend unseren festen Platz in der Welt verlieren. Aus den Verkäufen dieses Buches wird eine Spende an Wohltätigkeitsorganisationen in unseren Städten gehen. Indem Sie also einfach nur dieses Buch gekauft haben, haben Sie irgendwem, irgendwo geholfen, Entlastung und ein wenig Trost zu bekommen – als eine Art Anstupser, dass das Wohlbefinden dieser Person uns wichtig ist. Daher danke ich Ihnen von ganzem Herzen.

Vielen Dank auch an all diejenigen, die mir Nachrichten gesendet, über Facebook und Twitter mit mir gechattet und mir erklärt haben, wie gern sie meine Romane lesen. Diese Liebenswürdigkeit und Unterstützung hauen mich wirklich um. Es gibt unzählige Gründe, warum ich es liebe, Autorin zu sein; mein Lieblingsgrund ist jedoch diese unglaubliche Verbindung zu den Menschen rund um die Welt, aus völlig unterschiedlichen Gesellschaftsschichten, dank derer ich das Gefühl habe, überall Freunde zu besitzen.

Team Bookouture, Abigail Fenton, Kim Nash, Noelle Holten und die wunderbare Schwesternschaft der Buchbloggerinnen und -kritikerinnen, die sich die Zeit genommen haben, meine Bücher zu lesen und mir so liebe Worte zu meinen Geschichten zu schicken: Mit eurem Einfühlungsvermögen, eurer Unterstützung und immer positiven Einstellung bringt ihr mein Herz zum Schwingen. Euch allen bin ich unendlich dankbar, und ich schätze es sehr, dass wir uns alle gemeinsam auf diese Reise begeben haben.

Betty und Sadie, ihr habt mich unfassbar stolz gemacht. Vielen Dank, dass ihr mir dabei geholfen habt, das hier zu schaffen.

Vielen Dank und viel Spaß beim Lesen.

Bis zum nächsten Mal
Ihre Colleen Coleman

Rezepte

Eier Benedict, wie Ben sie liebt

Für 2 Personen

2 Eier
2 Scheiben Toastbrot
4 EL Sauce Hollandaise
2 Scheiben Speck
3 EL Essig
500 ml Wasser

Zubereitung

Zunächst einen Topf mit Wasser und Essig zum Kochen bringen.

Zum Pochieren ein Ei nach dem anderen aufschlagen und mithilfe einer Schöpfkelle ins kochende Wasser geben. Einige Minuten köcheln lassen. Die Eier vorsichtig aus dem Wasser heben und in eine Schüssel mit Salzwasser legen.

Den Speck in einer beschichteten Pfanne goldbraun anbraten. Das Toastbrot toasten. Die Sauce Hollandaise in einem Topf erwärmen.

Das Ei auf dem Toastbrot anrichten, mit Speck belegen und mit Sauce Hollandaise beträufeln.

Tipp: Den Toast mit frischen Kräutern garnieren.

Steak Diane, wie Katie es zubereitet

für 2 Personen

4 Medaillons vom Rind, jeweils ca. 85 Gramm
½ TL Salz
¼ TL schwarzer Pfeffer
1 EL Butter
4 TL gehackte Schalotten
1 TL gehackter Knoblauch
100 g braune Champignons, in Scheiben geschnitten
60 ml Cognac
2 TL Dijonsenf
60 ml flüssige Schlagsahne
60 ml Kalbsfond
2 TL Worcestershire-Soße
2 Tropfen Tabasco
1 EL Frühlingszwiebeln, in dünne Ringe geschnitten
1 TL gehackte Petersilie

Zubereitung

Die Butter bei mittlerer Hitze in einer großen Pfanne schmelzen, die Medaillons hineinlegen und von beiden Seiten ca. eine halbe Minute anbraten. Die Medaillons auf eine Seite der Pfanne schieben. Dann die Schalotten und den Knoblauch in die Pfanne geben und kurz anschwitzen. Die Pilze hinzufügen und wenige Minuten anschwitzen, sie sollten weich sein.

Das Fleisch aus der Pfanne nehmen, auf eine Platte geben, salzen, pfeffern und warm halten.

Den Cognac in die Pfanne gießen und flambieren. Wenn die Flammen erloschen sind, den Senf und die Schlagsahne hineingeben und alles eine Minute unter Rühren köcheln lassen. Den Kalbsfond hinzufügen und kurz weiterköcheln lassen, dann die Worcestershire-Soße und den Tabasco hineingießen und verrühren. Das Fleisch in die Pfanne geben und mit der Soße bedecken.

Die Pfanne vom Herd nehmen, die Frühlingszwiebeln und die Petersilie unterrühren.

Jeweils 2 Medaillons auf die Teller geben, mit Soße übergießen und sofort servieren.

Wunderbar dazu passen Kartoffelgratin, karamellisiertes Gemüse oder grüner Spargel.

Sherry Trifle, wie Martha ihn am liebsten mag

Zutaten für 8 Portionen

16 Löffelbiskuits
100 g Himbeerkonfitüre
200 g Mandelstifte
150 ml Sherry
1 Päckchen Vanillepuddingpulver
½ Liter Milch
4 EL Zucker
250 g flüssige Schlagsahne
250 g Himbeeren oder Kirschen (TK)
20 Amarettinikekse

Zubereitung

Die Löffelbiskuits mit Konfitüre bestreichen und damit den Boden einer Glasschüssel auslegen.

Die Mandeln in einer Pfanne ohne Fett anrösten. Zwei Esslöffel Mandeln beiseitestellen. Den Rest über die Löffelbiskuits streuen. Sherry darüber gießen. Ziehen lassen.

Den Pudding nach Anweisung mit Milch und 2 Esslöffeln Zucker kochen, anschließend etwas abkühlen lassen. Dann einen Becher Sahne unter den Pudding rühren.

Einige Früchte für die Garnitur zurückbehalten. Die

restlichen Früchte mit ein wenig Wasser aufkochen, dann über die Löffelbiskuits schichten.

Restliche Sahne mit dem restlichen Zucker steif schlagen. Pudding und Sahne nacheinander über das Obst schichten, mit restlichen Mandeln bestreuen und mit einigen Früchten garnieren.

Etwa eine halbe Stunde im Kühlschrank kalt stellen.